两宋词律

集萃

姚康铃 著

巴蜀书社

目　录

序

“词牌”是词的族称，它留存着词调的体貌特征。

“宋词”是词的时代尊称，它在中国文学史上有着显赫的地位。

词，源于中国古典诗歌，是我国韵文（包括诗赋、辞曲、歌谣，有韵的颂、赞、箴、铭、哀、诔等）体裁的重要样式。词受益于古代燕乐（又称宴乐、醼乐，即采自民间俗乐而用于士大夫宴饮的音乐），因进入乐府（始于秦的音乐官署或诗体名）和乐而歌舞之，故词亦文亦乐，其命脉是“韵”。词韵比诗韵更宽。

词体，发端于隋唐之际，因与新兴的俗乐（有别于雅乐的民间音乐）之曲相配的歌辞（词）而萌生；词体形成于唐、五代，因歌辞（词）随音乐演唱愈加悦耳而流行；词体昌盛于宋，因词（辞）独立于乐府后，且“倚声填词”之风甚浓而集大成。词之初始被称为“曲子词”，到了南宋简称“词”。宋以前，词多为宴前娱宾遣兴之作。在宋时，词已经成为词人或诗人创作的文体，又经柳永、苏轼、辛弃疾以及周邦彦、姜夔等词大家的继承与创新，词体得到完善，词便成为了中国文学中真正的独立的体裁。尤其在宋代的中后期，词之格律更加完美，词家巨子辈出，词作名篇涌世，竖起了时代文学之奇峰，宣称“宋词”理所当然。词从古代民歌和古典诗歌而来，一直受到古典音乐的润泽，她在这样的文学艺术家园里成长，留下了一串串芳名：长短句、琴趣、乐府、诗余、乐章、歌曲、遗音、渔笛谱、语业种种。在古诗成为乐府歌辞，并产生五、七言句法混用，或杂入其他句法遂以成篇时，这种长短不一的歌辞和乐后，尤为抑扬顿挫，急缓错落，颇受诗人和乐府的青睐，从而孕育出了词的雏形。所以，“长短句”的称谓才是词最为贴切的乳名。词体按词的字数多少可分为小令、中调和长调；而以音乐的长短遍数来分有九类，其中的“令”“引”“近”“慢”四体为文人学士所通行的正体，而其他如“法曲”“大曲”“缠令”“三台”“序子”等体，只流于市井，非正体而不被通用。所谓“令”，即词之短小者，始发于五代，因写国觞民怨而多见。所谓“引”“近”“慢”，为词之长短适中或较长者，兴于北宋，因咏物叙事抒情而多见。入宋后，词体由“令”化“慢”，以应词意之舒展与敦厚。故宋词词体实为令词和慢词两大类。到了明代，有以词的长短为五十八字以内者为令词，以五十九字至九十字或九十一字以上者为慢词的提法，然而此法不是定规，仅供研考。词体有各种体式，即不同“词调”。词初无调，乃唐初乐府或五、七言诗而已。到了唐代中期，出现了长短句，配乐的歌词便更显韵味，而词调生焉。这时的词，仍然是乐府配曲的歌辞，组成了歌谱。当时的曲由音乐的宫调创制，形成“曲调”。古代的音乐宫调由十二宫、七十二调构成。到南宋时仅用七宫十二调，即黄钟宫、仙吕宫、正宫、高宫、南吕宫、中吕宫、道宫等七宫，大石调、小石调、般涉调、歇指调、越调、仙吕调、中吕调、正平调、高平调、双调、黄钟羽、商调等十二调。初学者倚调填词，不是创制宫调，不必深究之。这时的词调与乐府的“曲调”同一。到南宋虽然词脱离乐府不再配乐歌之，但词调仍保留着原曲调的外形特征，词调仍与曲调通用、统称。后来收集的宋词多有以原宫调（曲调）归类者。词调是词的基本形态，它既包含有乐曲的音律和节奏，又包含有诗歌的韵律和句式。这时的宋词，其调有定格，其句有定式，其字有定数，其韵有定声，形成了较为固定的繁杂而严谨的格律，即“词律”。词律包括词的章节（叫段、遍或片）、句式（含句数和字数）、韵律（含韵位、平仄、声调）等基本要素，这些要素成为后人“倚声填词”的依据和准则。到了明清时期，这些成熟的词律被集合成谱，完整而通用的“词谱”得以面世。词谱的集成标志着“词牌”的完善，真正确立了宋词的珍贵的文学价值。

词牌，是填词用的曲调名，即词调的名称。它是宋词独有的象征，具有丰富的文学性和艺术性，是词家与后学喜爱宋词的情缘所在。最初，词只作为乐曲的配词用来演唱，有的依曲填词，有的按词制曲。当时，曲调的名称一般根据作词的情事或词中的情景以及词的字句取定，故词的内容与曲调的名称有着直接关联，使曲调的名称概括与升华了词意，沉淀着许许多多生动的故事（典故）和哲理。因此，词调的名称与曲调的名称一致，即后来所谓的“词牌”。在词的发展过程中，词人不断依原曲调填词，词牌与后来所填之词的内容逐渐失去关联。而且，绝大多数的词都已不再配乐演唱，只作为一种文体独立运行。故而，各个曲调名便以词牌的身份只作为文字、音韵结构的定式而伏存。词牌由曲调名发展而来，并得到词家的不断创新而更加丰美：有以所咏人物定名者，如《念奴娇》；有以古诗句定名者，如《蝶恋花》；有以咏事定名者，如《采桑子》；有以地域定名者，如《石州慢》；有以情意定名者，如《长相思》；有以器乐定名者，如《水龙吟》；有以典故定名者，如《雨霖铃》；有以词中句定名者，如《秦楼月》；有以域外文化定名者，如《菩萨蛮》；有以词的句法定名者，如《字字双》；有以各句字数定名者，如《三字令》；有以全调字数定名者，如《百字令》；有以词人率意定名者，如《长亭怨慢》等等。这些沐浴着时代文化的词牌，浸透和饱含着词人的不同情怀、不同境遇以及不凡的艺术创造力，使词牌如百花斗艳、群星闪烁，其意境深邃而奇妙，其情思深厚而浓烈。故而，出现了词牌中正名之外有异名、同名而异调、一名而多体的生动氛围。如此富丽的词坛，为后人填词提供了莫大的自由空间和倾吐情志的款款标格。

填词，即“作词”。词作者选择词牌并按照其词调的规定（词律）填入字句，谓之填词，雅称“倚声”。

填词必须熟读词品。如今出版发行的宋词或唐宋元词的集本颇多，全集、选集、鉴赏词典、词话、文集、词史、词谱种种，皆收集有宋词作品。据载，词有八百二十余调，两千三百余体。仅由中华书局出版发行、唐圭璋先生编著的《全宋词》就收录了词作近两万首，涉及作者一千三百余人。

填词必须熟记词律。词之格律不仅包括韵律（韵部、韵脚、平仄）、句式（片数、句数、字数），还包括词调变化的诸多定规，如“促拍”“犯调犯声”“减字偷声”“添字摊破”“摘遍转调”“泛声”以及“叠字”“叠韵”“领字”“对仗”等语法的使用。至今，词律典籍较完备者，当属清代万树的《词律》及清康熙年间的《钦定词谱》。

填词必须熟知词流。前人对词的总体风格有了定论，“婉约”与“豪放”为其基本词风。在北宋周邦彦为宋词制定了“家法”，诸多杰出的词人“以诗为词”进行创新后，雅化的词风对词的发展一直影响到今天。词风随时代而变，而时代又造就了不同的流派。凡宋词典籍对其流派风格都有多方面、多层次的评鉴，尤其对“婉约派”“豪放派”及其著名的词家，以及他们的佳作都有分层面、分艺术格调的论述。这些著述将当时的历史风云、民间疾苦与文人士大夫的思想情感紧密结合起来，从词人的作品中去体味宋词的思想性、艺术性和个性。王易先生所著《中国词典史》和詹衡宇先生所编《宋词鉴赏常识》从这些方面都作了丰富而深入的分析，读之颇受教益。

在《宋代词话》一书中，陈彤、陈果先生用八十二字，为我们开出了倚声填词的“入门药方”：“求之词选，以探其本；博之词理，深广其才；按之词律，以合其法；取法乎上，必思登峰造极而后止。词由诗入门，学词贵在能诗之后，未有不知诗而第工词者。诗词一理，然不工词者可以工诗，不工诗者断不能工词。”二陈之言告诉学人要以诗入词，厚读词笈，知晓词律，净心填词，以求高才品。

韵，乃韵文的生命，更是宋词的命根。所谓“韵”，古作“均”（音“韵”），即和谐的声音。凡汉字的尾音（收音）相类者为韵，故韵由汉字的音调而生。因为先民们认识了韵，于是汉字以韵而有所归，句以韵而有所合，意思是具有相同尾音的汉字归为同一韵类，具有同一类别的韵组合成的句子和谐、合洽，读起来有婉转悠扬之感，韵味使然也。在古代，初始并无韵笈，谣谚歌诗皆由口音自然调协。到三国时，李登《声类》成为我国第一部韵书。李氏以汉字读出音时，受到口腔内器官喉、牙、舌、齿、唇所阻而发出的不同音定为五音（又叫五声），将五音分为宫、商、角（音“jué”）、徵（音“zhǐ”）、羽等五个音级。古人首以五音配字音，用于诗赋和骈（音“pián”）文（骈文为古代的一种文体，讲究句法的对偶、声韵的和谐和辞藻的华丽）的声韵。到了南北朝时期，周颙《四声切韵》开始将汉字字音分为平、上、去、入四声。唐代则以上、去、入为仄声，平、仄相配，形成了时至今日的平仄协调统一的韵律，为我国韵文所用韵奠定了历史性基础。现存最早的韵书《广韵》为宋代陈彭年等重修唐代《切韵》而成，已将汉字分类为二百零六个韵（韵部），形成了汉字以韵部为区分的典籍。然而，陈氏分类太繁，不便运用。后来，金人王文郁将《广韵》并为一百零六韵（韵部），刊行于山西平水，史称《平水韵》体系。元明清以来，通用此韵系。在元代，周德清依据北方语音编制的《中原音韵》，又将汉字分类为十九个韵部，每个韵字分为阴平、阳平、上声、去声，不再用繁琐的反切法注音，此乃音韵学上的一次变革。这种汉字声调，成为现代汉语普通话的定音标准。词初未创其韵，取诗韵而用之。到了明清有专制词韵者，然多数声类混乱，或乡音颇多，不可取也。唯清代戈载《词林正韵》及万树《词律》一出，遂立词韵之准。荣宝斋于1965年11月出版的《袖珍诗韵》属《平水韵》体系，共一百零六个韵部，保留了入声韵，它对于读古词、究古韵很方便。1975年7月由广西人民出版社出版、秦似编著的《现代诗韵》，共十三辙、十七个韵部。秦氏运用了近代北方戏曲和曲艺的"十三道辙"韵类，初学填词者最为适用。1978年7月由上海古籍出版社重印的《诗韵新编》，共十八个韵部，初学者亦适用。

汉字由声母和韵母合成一个音节，词的韵只与音节中的韵母有关。韵母由元音和辅音构成，韵母有韵头、韵腹和韵尾。如果几个字的韵母的主要元音或韵尾相同或相近，便构成同韵。因此，词的韵取决于汉字韵母的主要元音和韵尾。如"穿"［chuān］、"团"［tuán］、"短"［duǎn］、"算"［suàn］，它们的元音是［u］［ɑ］，辅音是［n］。它们的韵头是［u］，韵腹是［a］，韵尾是［n］。它们的主要元音相同，韵尾亦相同，故"穿""团""短""算"同韵。汉字的声调产生韵，字的声调不同，所产生的韵的效果不同。汉字声调由其音高变化构成。如"穿"、"团"、"短"、"算"虽同韵，但它们的发音高低升降不同，从而构成不同的声音效果。因此，声调直接影响填词押韵字的使用。在现代汉语中，字的声调称为"四声调"，即阴平（"－"）、阳平（"/"）、上声（"V"）、去声（"\"）。上声和去声称为仄声，故诗词的用字声调实为平、仄两调。

押韵，亦作"压韵"。即应用同一个韵的字，放在句尾，使之产生一种声音回环的和谐感。句尾的韵字，叫"韵脚"。押韵有"严韵""宽韵"和"通韵"之分。所谓严韵，其韵母的主要元音与韵尾完全相同，此乃词中最和谐之韵，如"开"［kāi］、"来"［lái］为韵。所谓宽韵，其韵母的主要元音不同，但相近，韵尾相同，如“门”［mén］、“心”［xīn］为韵。所谓通韵，其韵母的主要元音不同，但相近，韵尾不同，如“人”［rén］、“清”［qīng］为韵。严韵和宽韵在同一个韵部内押韵，而通韵可在不同韵部押韵，其和谐度较弱。如果句与句之间构成押韵，便使整个段落或章节产生婉转而优美的节奏感，这就形成了一切韵文的韵的基因，更是词的生命元素。韵在诗词中的疏密和押韵的方式不同，构成不同的韵律，分为格律韵和自由韵。格律韵有严格的定式，用韵不可随意改动。如词，五、七言律诗和绝句。自由韵没有严格的定规，用韵比较自由、宽松，如歌词、新体诗和说唱文学等。在宋词中，有的词调句句押韵，有的隔句或隔几句押韵。有的词调含“暗韵”和“藏韵”，即含句中韵。在宋词中，因多数句式从古诗和近体诗而来，词的每句每个字都讲究入韵平、仄声的使用。初学者必须对二字句到十一字句的每句用韵的定规熟知。然而，当今作词，不可拘泥，应以表达真情为准自然遣词，在确保各种词调正体中，韵脚的韵部、韵位按定律而制的前提下，是否其平仄声合陈规，就显得不那么重要了。在宋词中，有的词调全词同韵，即同为平韵或同为仄韵，叫“平韵格”或“仄韵格”；有的平仄韵互叶（叶音“协”。互叶，即间用之意）。至于韵部和平仄的使用，应遵循前人的约定俗成，但可以依据填词的情事、所要表达的情感、所展现的境况而灵活运用，从而使自己的作品合词律、入境界、出哲理、留词味。宋词用韵繁杂而多变，用同一词牌可以出现不同的用韵方式。然而，初学者只要掌握词牌的正体（正格）的用韵方式即可，且不妨以“和韵”的方式循序渐进。所谓和韵，一是“依韵”：与被和词品同在一个韵中，而不必用其原字；二是“次韵”：用被和词品的原韵原字，其先后次序亦须相同；三是“借韵”：用被和词品的原字，而不必依照其次序。

当我们鉴赏宋词时，纷繁的词牌扑面而来，“婉约”与“豪放”的体派直教你仿佛回到历史，步入胜景，聆听天籁，相会圣贤，领悟人生，净洁心灵。难怪词牌在词中虽语意伏之，而寓意依然，如同朝露和阳光，永远润泽着这朵奇葩。创立和取用这些词牌当然不是词家的无心之举，定然与他们的境况和素养相关。试看，在星光灿烂的词家中，令词高手晏殊，慢词巨匠柳永、张先，豪放派词祖苏轼，苏门“四学士”秦观、黄庭坚、张耒、晁补之，集大成者周邦彦，奇俊才女李清照，风骨才气并存的大家辛弃疾、陆游，精通音律善自度新腔的姜夔，姜之一宗而自开新境的杰出词家吴文英、蒋捷等词坛名流，他们总是偏爱《满江红》《蝶恋花》《浪淘沙》《渔家傲》《临江仙》《沁园春》《念奴娇》《望江南》《虞美人》《清平乐》《菩萨蛮》《浣溪沙》《西江月》《满庭芳》《水龙吟》《水调歌头》等散发着古香、沕留着古色的词牌。这些繁花似锦的词牌，因词家的趣味与技巧而被赋予许许多多别称与别体，有的词牌正名之外有异名，那些异名虽与正名毫不近义，但读之听之美也。取《木兰花》一首便知，其异名有《玉楼春》《西湖曲》《呈纤手》《归风便》《东邻妙》《梦相亲》等等。许多词牌因从原教坊（始于唐代，专管雅乐以外的音乐、舞蹈、百戏演出和教习事务的机构）曲中取段，改腔转调，变化字数，五音句法相犯，而取词牌的正名变之。如摘取原教坊曲的一段，而为小令，故在词牌后加“令”字，如《梁州令》；有的词牌本为琴曲名，将其引申为新腔后，在词牌后加“引”字，如《江城梅花引》；有的词牌以教坊旧曲翻制新腔，故在词牌后加“近”或“近拍”，如《剑器近》《郭郎儿近拍》；有的词牌为令词、慢词两种，在词牌后加“令”或“慢”，如《雨中花令》《雨中花慢》；有的词牌减少字数或增加字数，在词牌前加“减字”或“添字”，如《减字木兰花》《添字浣溪纱》；有的词牌因减添字而转其调，在词牌前加“偷声”或“摊破”，如《偷声木兰花》《摊破浣溪纱》；有的词牌因词调变为急促，在词牌前加“促拍”，如《促拍满路花》；有的词牌因转换宫调改变节奏，在词牌前加“转调”，如《转调满庭芳》；有的词牌因原于曲调名，而有五音相犯，或有句法相犯，在词牌后或中加“犯”，如《凄凉犯》《八犯玉交枝》；有的词牌因从大曲而来，摘取大曲的一遍，在词牌后加“摘遍”，如《泛清波摘遍》；有的词牌为大曲序（分为散序和中序）的一部分，在词牌后加“序”或“中序”，如《莺啼序》《霓裳中序第一》；有的词牌为大曲主词的开头，在词牌后加“歌头”，如《六州歌头》等等。如此词家把玩词牌，词牌陶冶词家，可见宋词的艺术感染力极强。难怪从皇帝到布衣，从贤达到野老，从文豪到将帅，从理学家到书画家，从道释到隐士，从贵夫人到民间才女，从浪子到艺妓，都有词作传世。可见，宋词乃国人喜闻乐见而又特别能表达情怀的“诗”与“歌”、“字”与“画”。在华夏文明中，宋词曾经是大众文化生活的“膳品”。那么，在文化生活如此丰富的今天，宋词应该成为我们传承与发展的“醇品”。

词牌诠释着宋词，词牌使宋词永远光彩夺目。

此集取宋词词牌近五百首、见宋代词人三百余，聊成“词谱”，谬为“集萃”，仅供学友参考。

诵词如读画，体味情景；填词如作画，倾诉情思。兹填《人月圆》一首，以为记：

笑语悲鸣终身随，须有诵词声。衣食为天，名节乃大，莫少笔耕。　　凤凰台上忆吹箫，西河水龙吟。阳关三叠，高山流水，踏歌探春。

壬辰春·成都

凡　例

一、本书所用宋词词牌名称及例词，以唐圭璋《全宋词》、万树《词律》为底本；所用古韵、现代韵，以《袖珍诗韵》（荣宝斋1965年版）、秦似《现代诗韵》（广西人民出版社1975年版）为准。

二、本书例词选取原则：名家必收，只此一首，多体择正，句式工整，扩大作者。

三、词牌格律由“词律·词趣”表述。其中，词调的字数、平仄、声调、多体、异名、典故以及语法要求，用文字叙述。句式定格借用曲牌字数定格形式表示，即全词的各段用汉字数字的小写标示。句读按《全宋词》，即逗号表示一句，顿号表示断句，句号表示韵位。其平、仄韵标注于字句下方，领字用“△”符号标注于领字句下方。词的段（遍）用“片”称谓，每片句数标注其后。

四、例词的声调和领字亦标注于韵脚和领字的下方。例词注有古今韵对照说明和个别生字（词）的注释。作者小传排于例词之前。

五、本书词牌顺序，以现代汉语词典音序为基准。

安公子

【词律·词趣】

本格原为唐教坊曲名，后用为词牌。双片一百零六字。全词同韵，仄韵，韵字可上声、可去声。上下片第四句、第五句、第八句首字为领字。另有一百零二字体，将上下片第三句、第四句制为“四三四”句式，第五句、第六句制为“四五”句式。见陆游词。

上片　五。七。七，五。五，五。三、五。五，六。（九句）
　　　仄　仄　　△仄　△　仄　　仄　△　仄

下片　五。七。七，五。五，五。三、五。五，六。（九句）
　　　仄　仄　　△仄　△　仄　　仄　△　仄

【词人·词例】

南宋　袁去华（生卒年不详），字宣卿，奉新（今属江西）人。高宗时进士。官知善化、石首县。有《适斋类稿》《袁宣卿词》。词存八十九首。

弱柳千丝缕。嫩黄匀遍鸦啼处。寒入罗衣春尚浅，过一番风雨。问燕
　　（古去）　　　　（古去）　　　　　　　　△　　（古去）△

子来时，绿水桥边路。曾画楼、见个人人否。料静掩云窗，尘满哀弦
　　　　　（古去）　　　　　（古上）△

危柱。　庾信愁如许。为谁都著眉端聚。独立东风弹泪眼，寄烟波
（古去）　　　（古上）　　　　（古去）　　　　　　　　△

东去。念永昼春闲，人倦如何度。闲傍枕、百啭黄鹂语。唤觉来厌厌，
（古去） △ （古去） （古上） △

残照依然花坞①。
（古去）

注：一、本词例押古上声“纸”“语”韵，古去声“麌”“遇”韵。因“纸”“语”“麌”“遇”在现代韵中属“居”韵，故全调可押衣部“居”韵。

二、①坞：音“wù”。这里指四面高而挡风的建筑物。

暗　香

【词律·词趣】

本格双片九十七字。全词同韵，仄韵，韵字可上声、可去声，古韵多入声。上片第二句，下片第三句首字为领字。此调因韵脚略异而为多体。见张炎、吴潜等词。本词为南宋姜夔自度曲。据载：姜夔曾填咏梅词赠范成大，成大使歌女唱之，并定名为《暗香》。又张炎甚叹《暗香》为绝唱，以此调咏荷花，并更名为《红情》。

上片　四。五，四。四，七。六，三、四。三、四，五。（九句）
　　　仄　△　仄　　　仄　　　　　仄　　　　　仄

下片　二。三。五，四。四。七。六，三、四。三、三，四。（十句）
　　　仄　仄　△　仄　仄　仄　　　　　仄　　　　　仄

【词人·词例】

南宋　姜夔（约1155—1209），字尧章，号白石道人，饶州鄱阳（今江西波阳）人。杰出词人、音乐家。寓居武康。一生未仕，虽生活贫寒，然心境恬静。与诗人词客交往壮游。其词重格律，音乐谐美。好自度曲。白石上承周邦彦，下开吴文英，是格律派的代表词人之一，对后世影响较大。词集《白石道人歌曲》是现存的一部词与乐谱的合集。另著有《琴瑟考古图》《白石道人诗集》《诗说》。词存八十七首。

旧时月色。算几番照我，梅边吹笛。唤起玉人，不管清寒与攀摘。何
（古入）△　　　　　　（古入）　　　　　　　　　　（古入）

逊而今渐老，都忘却、春风词笔。但怪得、竹外疏花，香冷入瑶席。
（古入） （古入）

江国。正寂寂。叹寄与路遥，夜雪初积。翠尊易泣。红萼无言耿相忆。
（古入） （古入） △ （古入） （古入） （古入）

长记曾携手处，千树压、西湖寒碧。又片片、吹尽也，几时见得。
（古入） （古入）

注：本词例押古入声“质”“陌”“锡”“职”“缉”韵。因“质”与“衣”在现代韵中同韵；“陌”“锡”“职”“缉”与“碧”“寂”“力”“立”在古韵中同韵，而“碧”“寂”“力”“立”在现代韵中属“衣”韵。故全调可押衣部“衣”韵。

暗香疏影

【词律·词趣】

本格双片一百零五字。全词同韵，仄韵，韵字可上声、可去声，古韵多入声。此调由南宋姜夔自度曲《暗香》和《疏影》的上片与下片合成而得名。“暗香疏影”，因北宋词人林逋有“疏影横斜水清浅，暗香浮动月黄昏”诗句而成为梅花的代称，词人也取用为词牌。

上片　四。五，四。四，七。六，三、四。三、四，五。（九句）

　　　仄　　　仄　　　仄　　　　　仄　　　　　仄

下片　六，五，四。四，四，六。七，三、四。三、四，六。（十句）

　　　　　　　仄　　　　　仄　　　　　仄　　　　　仄

【词人·词例】

南宋　吴文英（1212—1272），字君特，号梦窗、觉翁，四明（今浙江鄞县）人。著名词人，为南宋词坛作词较多者。一生未第，交友甚广，曾作吴潜浙东安抚使幕僚。晓音律，善自度曲。其词字句工丽，音律和谐。有《梦窗甲乙丙丁稿》。词存三百四十一首。

占春压一。卷峭寒万里，平沙飞雪。数点酥钿，凌晓东风□吹裂。独

（古入）　　　　　　　（古入）　　　　　　　（古入）

曳横梢瘦影，入广平、裁冰词笔。记五湖、清夜推篷，临水一痕月。

（古入）　　　　　　　（古入）

何逊扬州旧事，五更梦半醒，胡调吹彻（古入）。若把南枝，图入凌烟，香满玉楼琼阙（古入）。相将初试红盐味，到烟雨、青黄时节（古入）。想雁空、北落冬深，澹墨晚天云阔（古入）。

注：本词例押古入声“质”“月”“曷”“屑”韵。因“月”“屑”在现代韵中属“些”韵，“曷”与“越”在古韵中同韵，而“越”在现代韵中属“些”韵，“质”与“些”属宽韵，故全调可押些部“些”韵。

何逊扬州旧事，五更梦半醒，胡调吹彻。若把南枝，图入凌烟，香满
（古入）
玉楼琼阙。相将初试红盐味，到烟雨、青黄时节。想雁空、北落冬深，
（古入）（古入）
澹墨晚天云阔。
（古入）

注：本词例押古入声“质”“月”“曷”“屑”韵。因“月”“屑”在现代韵中属“些”韵，“曷”与“越”在古韵中同韵，而“越”在现代韵中属“些”韵，“质”与“些”属宽韵，故全调可押些部“些”韵。

八宝妆

【词律·词趣】

本格双片一百一十字。全词同韵，仄韵，韵字可上声、可去声。下片第八句首字为领字。

上片　　四，四，六。七，六。六，四，七。六，四。（十句）
　　　　　　　　仄　　仄　　　　仄　　仄

下片　　六，四，六。三、四，三、四。三、四。七。五，七。（九句）
　　　　　　　　仄　　　　　　仄　　仄　仄　△　仄

【词人·词例】

北宋　刘焘（生卒年不详），字无言，长兴人。哲宗时进士。徽宗时官秘书省正字、提点淮南东路刑狱、秘书少监、提点嵩山崇福宫，除秘阁修撰。钦宗时，因擅离官守，为李光所劾。

门掩黄昏，画堂人寂，暮雨乍收残暑（上）。帘卷疏星门户悄，隐隐严城钟鼓（上）。空街烟暝半开，斜日朦胧，银河澄淡风凄楚（上）。还是凤楼人远，桃源无路（去）。　　惆怅夜久星繁，碧空望断，玉箫声在何处（上）。念谁伴、茜裙翠袖，共携手、瑶台归去（去）。对修竹、森森院宇（上）。曲屏香暖凝沉炷（去）。

问对酒当歌，情怀记得刘郎否。
△　　　　　　　　　　　（上）

注：本词例押古上声“纸”“语”“麌”韵，古去声“御”“遇”韵。因“纸”“语”“麌”“御”“遇”在现代韵中属“衣”“居”韵。故全调可押衣部“衣”“居”韵。本词例亦可押姑部“姑”韵。因“暑”“鼓”“楚”“处”“路”“炷”属“姑”韵，“去”“宇”“否”在古韵中与“纸”“语”“麌”同韵，而“纸”“语”“麌”在现代韵中同属“衣”韵，而“麌”在古韵中与“鼓”同韵，“鼓”在现代韵中属“姑”韵，故全调亦可押“姑”韵。

八宝装

【词律·词趣】

本格双片五十二字。全词同韵，仄韵，韵字可上声、可去声。上下片第三句首字为领字，故唱之连绵不断，韵味悠长。

上片　　七。三、三。五，四，四。（五句）
　　　　仄　　仄　△　　仄

下片　　七。三、三。五，四，四。（五句）
　　　　仄　　仄　△　　仄

【词人·词例】

北宋　张先（990—1078），字子野，乌程（今浙江湖州）人。仁宗时进士。以都官郎中致仕。词风清婉，语言工巧。因“云破月来花弄影”“帘压卷花影”“堕轻絮无影”句，世称“张三影”。有《张子野词》。

锦屏罗幌初睡起。花阴转、重门闭。正不寒不暖，和风细雨，困人天
　　　　　　（上）　　　　　（去）　△

气。　　此时无限伤春意。凭谁诉、厌厌地。这浅情薄幸，千山万水，
（去）　　　　　　　　（去）　　　　　（去）　△

也须来里。
　（上）

注：本词例押衣部“衣”韵。

八归

【词律·词趣】

本格双片一百一十五字。全词同韵，仄韵，韵字可上声、可去声，古韵多入声。此调始于姜夔。另有一百一十一字、平韵体，一百一十四字、仄韵体。见高观国、史达祖等词。

上片　　四，四，六。七，六，四。七，三、四。三、四，五。（十句）
　　　　　　　　仄　　　　仄　　　　仄　　　　仄

下片　　六，四，六。四，四，六。五，七。三、四，四，五。（十一句）
　　　　　　　　仄　　　　　仄　　仄　　　　　　仄

【词人·词例】

南宋　姜夔

芳莲坠纷，疏桐吹绿，庭院暗雨乍歇。无端抱影销魂处，还见筱墙萤
　　　　　　　　　　　　　　　　（去）
暗[①]，藓阶蛩切[②]。送客重寻西去路，问水面、琵琶谁拨。最可惜、
　　　　（去）　　　　　　　　　　　　　　　（去）
一片江山，总付与啼鴂。　长恨相从未款，而今何事，又对西风离
　　　　　　　　（去）
别。渚寒烟淡，棹移人远，缥缈行舟如叶。想文君望久，倚竹愁生步
（去）　　　　　　　　　　　　（去）
罗袜。归来后、翠尊双饮，下了珠帘，玲珑闲看月。
　（去）　　　　　　　　　　　　　　　　（去）

注：一、本词例押些部“些”韵。本押古入声“月”“屑”“叶”“曷”韵，因“月”“屑”“叶”在现代韵中属“些”韵，“曷”在古韵中与“越”同韵，而“越”在现代韵中亦属“些”韵，故全调可押“些”韵。

二、①筱：音“xiǎo”。这里指小竹子。②蛬：音“qióng”。蟋蟀。

八节长欢

【词律·词趣】

本格双片九十八字。全词同韵，平韵，韵字可阴平、可阳平。

上片　四。四，四。五，五。七，三、四。六，四。（九句）
平　平　平　平　平

下片　六。三、六。五，三、六。三，三、四。三、四，六。（八句）
平　平　平　平　平

【词人·词例】

北宋　毛滂（1061—?），字泽民，衢州（今属浙江）人。哲宗时，官杭州法曹。受知于苏轼，后出蔡卞之门。后知武康县，将县舍改筑东堂，成斋名。徽宗时，知秀州。又与贺铸唱和，以词交友。词风清疏、淡雅。有《东堂词》。词存二百零一首。

泽国秋深。绣楹天近，坐久魂清。溪山绕尊酒，云雾浥衣襟。余霞孤
（阴）（阴）（阴）

雁送愁眼，寄寒闺、一点离心。杜老两峰秀处，短发疏巾。　佳人
（阴）（阴）

为折寒英。罗袖湿、真珠露冷钿金。幽艳为谁妍，东篱下、却教醉倒
（阴）（阴）

渊明。君但饮，莫觑他[①]、落日芜城。从教夜、龙山清月，端的便解
（阳）（阳）

留人。
（阳）

注：一、本词例押根部“根”韵。本押古上平声“真”韵，古下平声“庚”“侵”韵。因“真”“侵”在现代韵中属“根”韵，“根”韵中的“橙”与古韵中的“庚”同韵，故全调亦押“根”韵。

二、①觑：音“qū”。把眼睛合成一条缝注意看。

八六子

【词律·词趣】

本格双片八十八字。全词同韵，平韵，韵字可阴平、可阳平。另有柳永词双片九十一字，仄韵体。唐杜牧之作，双片九十字，平韵体。此词又名《感黄鹂》。

上片　三。四，六。七，六，四。（六句）
　　　平　　平　　　　平

下片　六。六，六。三、六，四，四，八，六。三。六。（十句）
　　　平　　平　　　　　　　　　　　平　平　平

【词人·词例】

南宋　郑熏初（生卒年不详），字幼霞，号小山。

忆南洲。绀波萦绕，垂杨翠拂朱楼。念十载风流梦觉，满身花影人扶，
　（阴）　　　　　　　　（阳）

旧曾暗游。　无言空怆离忧。醉袖裛将红泪①，吟笺写许清愁。试与
　　（阳）　　　　　　（阴）　　　　　　　　　（阳）

问、杨琼解怜郎否，也应还是，旧家身价，而今艳质不来眼底，柔情

终在心头。黯凝眸。黄昏月沉半钩。
　　（阳）　（阳）　　　（阴）

注：一、本词例押收部“收”韵。

二、①裛：音“yì”。这里通“浥”，沾湿之意。

八拍蛮

【词律·词趣】

本格原为唐教坊曲名，后用为词牌。单片二十八字。全词同韵，平韵，韵字可阴平、可阳平。此调第一句、第三句宜为仄韵。

单片　七，七。七，七。（四句）
　　　　　平　　平

【词人·词例】

南宋　仇远（1247—1326），字仁近，一字仁父，号山村民，钱塘（今浙江杭州）人。文学家、画家。度宗时，以诗扬名。入元后曾任溧阳教授，官满归于湖山之间。有《兴观集》《金渊集》《无弦琴谱》。词存一百十九首。

翠袖笼香醒宿酒，银屏汲水瀹新茶①。几处杜鹃啼暮雨，来禽空老一
　　　　　　　　　　　　　　（阳）
春花。
（阴）

注：一、本词例押花部“花”韵。

二、①瀹：音“yuè”。煮；烹茶。

八声甘州

【词律·词趣】

本格双片九十七字。全词同韵，平韵，韵字可阴平、可阳平。上片第三句，下片第二句首字为领字。上下片其他五字句可做领字。韵段内可撤句造句，但须保持其字数不变。见汤恢、柳永、何梦桂、陈允平等词。另有九十五字、九十六字体，见程垓、刘过等词。本词又名《甘州》《潇潇曲》。《甘州》原为唐大曲名，属边塞曲，因上下片共八个韵（即“八声”）而得名。此调宜用于抒发悲凉之情，柳永之词可为代表作。

上片　五，三、五。五，四，四。六，五。五，四。（九句）

平　△　平　平　平

下片　六，五，四。五，五。三、四，三、五。三，四，四。（十句）

△　平　平　平　平

【词人·词例】

南宋　罗椅（1204—1276），字子远，号涧谷。庐陵（今江西吉安）人。理宗时进士。以秉义郎为江陵教官，后改漳州教官，知赣州信丰县，迁榷货务提辖。词存四首。

甚匆匆岁月，又人家、插柳记清明。正南北高峰，山传笑响，水泛箫

（阳）　△

声。吹散楼台烟雨，莺语碎春晴。何地无芳草，惟此青青。　　谁管
(阴)　　　　　　　　(阳)　　　　　　　　(阴)

孤山山下，任种梅竹冷，荐菊泉清。看人情如此，沉醉不须醒。问何
　　　　△　　　　　　　(阴)　　　　　　　　(阴)

时、樊川归去，叹故乡、七十五长亭。君知否，洞云溪竹，笑我飘零。
　　　　　　　　　　(阳)　　　　　　　　　　　(阳)

注： 本词例押东部“声”韵。其中，“醒”在古韵中与“酊”同韵，而“酊”在现代韵中属“声”韵，故“醒”亦押“声”韵。

芭蕉雨

【词律·词趣】

本格双片六十五字。全词同韵，仄韵，韵字均为去声。古韵为入声。

上片　六。五，三。六。六，四。（六句）
　　　仄　　　仄　仄　　　仄

下片　六。五。五、三。三、三，六，四。（六句）
　　　仄　仄　　　仄　　　　　　　仄

【词人·词例】

南宋　程垓（生卒年不详），字正伯，眉山（今属四川）人。工诗文，词风凄婉绵丽。有《书舟诗》。词存一百五十七首。

雨过凉生藕叶（去）。晚庭消尽暑，浑无热（去）。枕簟不胜香滑①（去）。争奈宝帐情生，金尊意惬（去）。　玉人何处梦蝶（去）。思一见冰雪（去）。须写个贴儿、丁宁说（去）。试问道、肯来么，今夜小院无人，重楼有月（去）。

注：一、本词例押些部“些”韵。本押古入声“月”“屑”“叶”韵，而“月”“屑”“叶”在现代韵中属“些”韵，故全调可押“些”韵，均为去声。

二、①簟：音“diàn”，竹席。

白　雪

【词律·词趣】

本格双片九十五字。全词同韵，平韵，韵字可阴平、可阳平。原为古琴曲，意取凛然清洁、雪竹琳琅之意。属高雅之乐，故宋人用于词牌。

上片　　四，三、六。四，四，六。三。三、四。三、四，五。（九句）
　　　　　　　　平　　　　　平　平　　　平　　　　　平

下片　　六，四，三。六，五。三、四，五。四，六。（九句）
　　　　　　　　平　　　平　　　　　平　　　平

【词人·词例】

南宋　杨无咎（1097—1171），字补之，自号清夷长者，清江人。工画，以画梅出名。有《逃禅词》。

檐收雨脚，云乍敛、依然又满长空。纹蜡焰低，熏炉烬冷，寒衾拥尽
（阴）
重重。隔帘栊。听撩乱、扑漉春虫。晓来见、玉楼珠殿，恍若在蟾宫。
（阳）　（阳）　（阳）　（阴）

长爱越水泛舟，蓝关立马，画图中。怅望几多诗思，无句可形容。谁
（阴）　（阳）
与问、已经三白，忒是报年丰。未应真个，情多老却天公。
（阴）　（阴）

注：本词例押东部“东”“声”韵。

白　苎

【词律·词趣】

本格双片一百二十三字。全词同韵，仄韵，韵字可上声、可去声。古乐府有《白苎曲》，宋人借旧曲作新声故名。另有蒋捷双片一百二十五字，仄韵体。然《词律》所收一百二十一字体，因所依蒋捷词刻本而脱漏四字致误，非另一体。

上片　三，三，四。四，六。六。三。二。三、六。九。六、三。（十一句）
　　　　　　仄　　仄　仄　仄　仄　　　仄　仄　　　仄

下片　二。四，四，四，六。六，四。四，六，四。四，四，四。四，五。
　　　仄　　　　　　　仄　　　仄　　　　　仄　　　　　仄　　　仄

（十五句）

【词人·词例】

南宋　史浩（1106—1194），字直翁，明州鄞县（今浙江宁波）人。高宗时进士。孝宗时，官中书舍人、翰林学士、知制诰。后为右丞相，封魏国公，进太师。谥文惠。有《鄮峰真隐漫录》。

腊天寒，晓风劲，幽香频吐。精神绰约[1]，谁羡姑射居处。江南探春
　　　　　　　　　　　　　　　（古上）　　　　　　（古去）
独步。恨无侣。微语。又谁管、雪势霜威埋妒。且图少陵东阁作诗苦。
（古去）　（古上）（古上）　　　　　　　（古去）　　　　　　　　（古上）
拟烦玉纤轻拗、宁相许。　　惜取。栏干遍倚，月淡黄昏，水边清浅，
　　　　　　　　（古上）（古上）

不放红尘染污。似名画手丹青，罢施缃素②。不随艳卉，强媚韶光一瞬，
（古去）（古去）
飘荡无据。只恐金门，宝鼎方调，时时来觑。便把枝头，豆颗朝天去。
（古去）（古去）（古去）

注：一、本词例押古上声“语”“麌”韵，古去声“御”“遇”韵。因“语”“麌”“御”“遇”在现代韵中属“居”韵，故全调可押衣部“居”韵。

二、①绰约：形容女子姿态柔美。绰：音“chuò”。②缃：音“xiāng”。浅黄色。

拜星月

【词律·词趣】

本格双片一百零二字。全词同韵，仄韵，韵字可上声、可去声。上片第五句、末句，下片第四句、末句首字为领字。另有一百零四字体。此词又名《拜星月慢》。本调始于周邦彦词。唐教坊曲有《拜星月》，由民间拜星月习俗而产生。

上片　　四，四，六。四，五。三，六，六。四，五。（十句）

　　　　　　　　仄　　△仄　　　　　仄　　△仄

下片　　三、五。三、五。六，五。三、五。三、五。三、四，五。（八句）

　　　　　　仄　　　仄　　△仄　　仄　　仄　　　　△仄

【词人·词例】

北宋　周邦彦（1056—1121），字美成，号清真居士，钱塘（今浙江杭州）人。词大家，集宋词之大成者。曾官太学正、庐州教授，知溧水县。徽宗时，提举大晟府。精通音律，自制许多新词调。词作格律谨严，语言典雅。其长调尤精。其对词之句法、章法、音律和炼字等方面进行了严格规范，使词之法度更为井然，有门径可依，为后来格律派词人所宗，称“词家之冠”。值得一提的是，以周邦彦为领袖的大晟词人，如晁端礼、万俟咏、晁冲之、田为、徐伸、江汉等，由于他们的共同努力，铸就了宋词特殊的文学地位。有《清真集》。词存一百八十六首。

夜色催更，清尘收露，小曲幽坊月暗。竹槛灯窗，识秋娘庭院。笑相
（去） △ （去）
遇，似觉琼枝玉树，暖日明霞光烂。水眄兰情①，总平生稀见。　画
（去） △ （去）
图中、旧识春风面。谁知道、自到瑶台畔。眷恋雨润云湿，若惊风吹
（去） （去） △
散。念荒寒、寄宿无人馆。重门闭、败壁秋虫叹。怎奈向、一缕相思，
（去） （上） （去）
隔溪山不断。
△ （去）

注：一、本词例押山部“山”“天”韵。

二、①眄视：斜着眼看。眄，音“miàn”。

宝鼎现

【词律·词趣】

本格三片一百五十七字。全词同韵，仄韵，韵字可上声，可去声。下片第三句首字为领字。韵段内可撤句造句，但须保持其字数不变。见史浩等词。另有一百五十八字体，见赵长卿、石孝友等词。本词又名《三段子》。

上片　四，四，四。三，四，七。三、五，六。三、四，六。（十句）
　　　　　　仄　　　　　仄　　　　仄　　　　　仄

中片　七。三、四。三、四，七。三、五，六。三、四，六。（八句）
　　　仄　　仄　　　　　仄　　　　仄　　　　　仄

下片　六，三、四。五，六。三、四。五。三、四，六。（八句）
　　　　　　仄　△　仄　　　仄　仄　　　　仄

【词人·词例】

南宋　陈著（1214—1297），字子微，号本堂，鄞县人。理宗时进士。官著作郎，知嘉兴府。后为临安通判。有《本堂集》。

著林仙叟，梦境炊得，才香还觉。回首渺，舡棱何处，云与商量浮计
（去）
小。矮矮屋、半弓来闲地，也著三花两草。沸眼底、鞭风笠雨，不满
（上）（上）
茶边一笑。　　寿骨奇耸神清峭。散人装、游戏尘表。帘昼永、长留
（去）（去）（上）

雅伴，吟唾宽飞潇洒料。最好是、瑟和琴同调，眉里相看耐老。更绿
　　　　　　　　　（去）　　　　　　　　　　　　　　　　　（上）
草、孙枝可意，谱得家传较早。　　争指画额儿儿，欢祝处、荷薰吹
　　　　　　　　　　　　　（上）
晓。记兰汤初试，当日风光又到。拼醵饮①、任金尊倒。醉把羲娥傲。
（上）　△　　　　　　　　（去）　　　　　　　　（上）　　　　（去）
算万事、都是空花，雪柏霜松镇好。
　　　　　　　　　　　　　　（上）

注：一、本词例押高部“高”韵。

二、①醵：音“jù”。凑钱喝酒。

碧牡丹

【词律·词趣】

本格双片九十八字。全词同韵，仄韵，韵字可上声、可去声，古韵多入声。另有七十五字、七十四字、七十三字各体，且句式各异。见晏几道、晁补之、程垓等词。

上片　四，四，六。四，五。六，四，四。四，五。（十句）
仄　仄　仄　仄

下片　六，三、四。三、四，六。四，四，七。六，五。（九句）
仄　仄　仄　仄

【词人·词例】

南宋　李致远（生平不详）

破镜重圆，分钗合钿，重寻绣户珠箔。说与从前，不是我情薄。都缘
（古入）　（古入）
利役名牵，飘蓬无定，翻成轻负。别后情怀，有万千牢落。　经时
（古入）　（古入）
最苦分携，都为伊、甘心寂寞。纵满眼、闲花媚柳，终是强欢不乐。
（古入）　（古入）
待凭鳞羽，说与相思，水远天长又难托。而今幸已再逢，把轻离断却。
（古入）　（古入）

注：本词例押古入声“药”韵。其中，“负”在现代韵中与“度”同韵，而“度”在古韵中属“药”韵。

遍地花

【词律·词趣】

本格双片五十六字。全词同韵，仄韵，韵字可上声、可去声。

上片　七。三、四。三、四，三、四。（四句）
　　　仄　　仄　　　　　仄

下片　三、四，三、四。三、四，三、四。（四句）
　　　　　　　仄　　　　　　仄

【词人·词例】

北宋　毛滂

白玉阑边自凝伫（去）。满枝头、彩云雕雾（去）。甚芳菲、绣得成团，砌合出、韶华好处（去）。　　暖风前、一笑盈盈，吐檀心、向谁分付（去）。莫与他、西子精神，不枉了、东君雨露①（去）。

注：一、本词例押姑部“姑”韵。

二、①东君：传说中指日神、春神或东王公。

薄　幸

【词律·词趣】

本格双片一百零八字。全词同韵，仄韵，韵字可上声、可去声。上片第七句首字为领字。另有句式、断句略异体，见贺铸、吕渭老等词。“薄幸”，即薄情，负心之意。亦为旧时女子对所欢之人的昵称，犹云“冤家”等。唐代诗人杜牧诗句“十年一觉扬州梦，赢得青楼薄幸名”中有“薄幸”。词人取其意味，以制词牌。

上片　四。三、四。三、四，六。七，七。五，四，六。（九句）
仄　仄　仄　仄　△　仄

下片　三，三，三、四。五，四。七。三、四，四，五。四，六。（十一句）
仄　仄　仄　仄　仄

【词人·词例】

南宋　沈端节（生卒年不详），字约之，吴兴人，寓居溧阳（今属江苏）。孝宗时，知衡州。仕至朝散大夫、江东提刑。有《克斋词》一卷。《全宋词》收录其词四十五首。

桂轮香满。送寒色、轻风剪剪。又还是、幽窗人静，梅影参差初转。
（上）（上）（去）

念少年孤负芳音，多时不见文君面。漫快泻琼舟，浓熏宝鸭，终是心
（去）△

情差懒(上)。　　漫就枕，浑无寐，但听彻、天边飞雁(去)。闲愁消万缕，如何消遣(上)。绣衾空忆鸳鸯暖(上)。细思量、遍倚屏山，挑尽琴心，谁识相思怨(去)。休文瘦损，陡觉频移带眼(上)。

注：本词例押山部“山”“天”韵。

卜算子

【词律·词趣】

本格双片四十四字。全词同韵，仄韵，韵字可上声、可去声。另有四十六字体，上下片为“五五七三三”句式，“三三”为六字句断句。见欧阳修、黄庭坚等词。此调有慢词八十九字、九十三字体。本词又名《缺月挂疏桐》《百尺楼》《眉峰碧》《黄鹤洞中仙》《楚天遥》等。据传，此调名借用唐代诗人骆宾王之绰号。骆宾王作诗喜欢用数字，时人戏称“卜算子”，即卖卜算命之人也。

上片　　五，五。七，五。（四句）
　　　　　　仄　　　仄

下片　　五，五。七，五。（四句）
　　　　　　仄　　　仄

【词人·词例】

北宋　陈瓘（1057—1122），字莹中，号了翁，沙县（今属福建）人。神宗时进士。徽宗时官右司谏、给事中。赐谥忠肃。有《了斋集》。

咄咄汝何人，眼在眉毛下。（去）明月相随万里来，何处分真假。（上）　问著总无言，有口番成哑。（上）荆棘林中自在身，即是知音者。（去）

注：本词例押花部“花”韵。其中，“者”在古韵中与“下”同韵。

步蟾宫

【词律·词趣】

本格双片五十六字。全词同韵，仄韵，韵字可上声，可去声。上下片末句可制为“三四”句式。见蒋捷词。此调又名《惜芳时》《柳摇金》《金莲绕凤楼》等。“蟾宫”，即月宫。传说因月中有蟾蜍而成为月亮的代称。

上片　七。三、四。七，七。（四句）
　　　仄　　仄　　仄

下片　七。三、四。七，七。（四句）
　　　仄　　仄　　仄

【词人·词例】

北宋　汪存（生卒年不详），字公泽，婺源（今属江西）人。哲宗时，授西京文学。曾多次辞官乞归。文人们称其为“四友先生”。

玉京此去春犹浅（上）。正雪絮、马头零乱。姮娥剪就绿云裳（去），待来步蟾宫与换（去）。　　明年二月桃花岸（去）。棹双桨、浪平烟暖。扬州十里小红楼（上），尽卷上珠帘一半（去）。

注：本词例押山部“山”“天”韵。

步　月

【词律·词趣】

本格双片九十四字，全词同韵，仄韵，韵字可上声、可去声，古韵多入声。上下片第五句首字为领字。另有双片九十六字、平韵体。见史达祖等词。

上片　四，四，六。四，五。三、四，三、四。三，四，四。（十句）

　　　　　仄　　△仄　　　　　仄　　　仄

下片　五。五，四。四，五。三、四，三、四。三，六。（九句）

　　　仄　　仄　　△仄　　　　　仄　　仄

【词人·词例】

南宋　施岳（生卒年不详），字仲山，号梅川，吴（今苏州）人。宋理宗淳祐中前后在世。精于音律，死后葬于西湖虎头岩下。生平事迹已不可考。

玉宇薰风，宝阶明月，翠丛万点晴雪。炼霜不就，散广寒霏屑。采珠

（古入）　△　（古入）

蓓、绿萼露滋，嗔银艳①、小莲冰洁。花痕在，纤指嫩痕，素英重结。

（古入）　（古入）

枝头香未绝。还是过中秋，丹桂时节。醉乡冷境，怕翻成消歇。玩

（古入）　（古入）　△　（古入）

芳味、春焙旋熏②，贮秾韵、水沉频爇③。堪怜处，输与夜凉睡蝶。

（古入）　（古入）

注：一、本词例押古入声“月”“屑”“叶”韵。因“月”“屑”“月”在现代韵中属“些”韵，故全调可押些部“些”韵。

二、① 嗔：音“chēn”。生气。② 焙：音“bèi”。微烘。③ 爇：音“ruò”。烧。

采莲令

【词律·词趣】

本格原为唐教坊曲名，后用为词牌。双片九十一字。全词同韵，仄韵，韵字可上声、可去声。此词仅柳永一首，属孤调。

上片　　三，五。三、四。七，五。三、四，四，六。（八句）
　　　　　　仄　　　仄　　　仄　　　　　　　　仄

下片　　四，七。三、四。四，三、五。三、四，四，六。（八句）
　　　　　　仄　　　仄　　　　　仄　　　　　　　　仄

【词人·词例】

北宋　柳永（约987—约1053），原名三变，字耆卿、景庄。崇安（今福建武夷山）人。仁宗时进士，官屯田员外郎。世称柳七、柳屯田。为人放荡不羁，终身潦倒。善为乐章，尤精慢词。其词语言通俗，音律谐婉，对宋词的发展有较大影响。柳永一生仕途坎坷，直到五十岁左右才考取进士。因写过“忍把浮名，换了浅斟低唱”词句，在应考进士发榜时被宋仁宗勾去名字，并说：“且去浅斟低唱，何要浮名？”从此，他索性自称为“奉旨填词三变”，纵游娼馆酒楼，与乐工、歌妓为友，专力作词。官场上的不幸，成就了柳永的艺术天赋，让他开创了宋词的崭新天地。有《乐章集》。

月华收，云淡霜天曙。西征客、此时情苦。翠娥执手送临岐，轧轧开
　　　　　　　　　（去）　　　　　　　　　（上）
朱户。千娇面、盈盈伫立，无言有泪，断肠争忍回顾。　一叶兰舟，
（上）　　　　　　　　　　　　　　　　　　（去）
便恁急桨凌波去。贪行色、岂知离绪。万般方寸，但饮恨、脉脉同谁
　　　　　　　（去）　　　　　　　（上）
语。更回首、重城不见，寒江天外，隐隐两三烟树。
（上）　　　　　　　　　　　　　　　　　（去）

注：本词例押衣部“居”韵。本押古上声“语”“麌”韵，古去声“御”“遇”韵，因“语”“麌”“御”“遇”在现代韵中属“居”韵，故全调可押“居”韵。

采桑子

【词律·词趣】

本格原为唐教坊大曲《采桑》的一遍，用为词牌。双片四十四字。全词同韵，平韵，韵字可阴平、可阳平。又名《丑奴儿令》《罗敷歌》《罗敷媚》《醉梦迷》《忍泪吟》《伴登临》《苗而秀》等。另有《添字采桑子》四十八字或五十四字，《促拍采桑子》五十四字，《摊破采桑子》六十字，以上皆双片平韵；还有《采桑子慢》（一名《丑奴儿慢》），双调九十字，分平韵、仄韵二体。本词调名初由《陌上桑》《采桑曲》演变而来。“陌上桑”的名称始见于南朝，被收录在南朝徐陵编著的诗歌总集《玉台新咏》中。《陌上桑》是汉乐府中唯一一部喜剧叙事诗歌，描述美貌少妇秦罗敷采桑的情景。

上片　七，四。四。七。（四句）
　　　　　　平　平　平

下片　七，四。四。七。（四句）
　　　　　　平　平　平

【词人·词例】

南宋　胡铨（1102—1180），字邦衡，号澹庵，庐陵（今江西吉安）人。南宋政治家、文学家，爱国名臣，庐陵“五忠一节”之一。高宗时进士。初任枢密院编修，因反对秦桧被贬。孝宗时，官兵部侍郎。有《澹庵文集》《澹庵词》。词存十六首。

山浮海上青螺远，决眦归鸿[1]（阳）。闲倚东风（阴）。叠叠层云欲荡胸（阴）。弄琴细写清江引，一洗愁容（阳）。木杪黄封（阴）。贤圣都堪日日中（阴）。

注：一、本词例押东部“东”“声”韵。

二、①眦：音“zì”。眼角。

彩云归

【词律·词趣】

本格双片一百字。全词同韵，平韵，韵字可阴平、可阳平。上片第六句首字可作领字。

上片　七。三、四。三、五，三、四。三、四，五。六，四。（八句）
　　　平　　平　　　　　平　　　　△平　　平

下片　二。四，三、四。四，四，四。三、四，六。三，四，四。（十一句）
　　　平　　　平　　　　平　　　　平　　　　平

【词人·词例】

北宋　柳永

蘅皋向晚舣轻航。卸云帆、水驿鱼乡。当暮天、霁色如晴昼，江练静、
（阳）（阴）

皎月飞光。那堪听、远村羌管，引离人断肠。此际浪萍风梗，度岁茫
（阴）△（阳）

茫。　堪伤。朝欢暮宴，被多情、赋与凄凉。别来最苦，襟袖依约，
（阳）（阴）（阳）

尚有余香。算得伊、鸳衾凤枕，夜永争不思量。牵情处，惟有临歧，
（阴）（阳）

一句难忘。
（阳）

注：本词例押方部“方”韵。

苍梧谣

【词律·词趣】

本格单片十六字。全词同韵，平韵，韵字可阴平、可阳平。又名《十六字令》《归字谣》等。

单片　　一。七。三，五。（四句）
　　　　平　平　　　平

【词人·词例】

南宋　蔡伸（1088—1156），字伸道，自号友古居士，仙游（今属福建）人。徽宗时进士。官至左中大夫。有《友古居士词》。词存一百七十五首。

天。休使圆蟾照客眠。人何在，桂影自婵娟。
（阴）　　　　（阳）　　　　（阴）

注：本词例押山部“天”韵。

侧 犯

【词律 · 词趣】

本格双片七十七字。全词同韵，仄韵，韵字可上声、可去声。上片第四句首字为领字。韵段内可撤句造句，但须保持其字数不变。见周邦彦、袁去华等词。另有句式、韵脚不同体。见姜夔、方千里等词。“犯调”词中，凡以“宫”调犯“羽”调者，称为侧犯。本调为周邦彦自创曲。

上片　　四，七。二。五、三。五，五。二。八。（八句）
　　　　　　仄　仄　△　仄　　　仄　仄　仄

下片　　四，五。三。八。四，四。四，四。（八句）
　　　　　　仄　仄　仄　　仄　　仄

【词人 · 词例】

南宋　谭宣子（生卒年不详），字明之，号在奄。

素秋渐爽，倚香曲枕情依旧。怀袖。浸数尺湘漪、簟纹皱。悲欢尽梦
（去）　（去）　△　（去）

里，玉骨从消瘦。空又。思太液芙蓉未央柳。　　翔凤何在，乐府传
（去）　（去）　（上）

孤奏。人病酒。有鸳鸯双字倩谁绣。拜月西楼，几声滴漏。应恐纨洁，
（去）　（上）　（去）　（去）

已疏郎手。
（上）

注： 本词例押收部“收”韵。

茶瓶儿

【词律·词趣】

本格双片五十六字。全词同韵，仄韵，韵字可上声、可去声。另有五十四字体。此调始于北宋李元膺。

上片　　七。三、四。五。四，五。（五句）
　　　　仄　　仄　仄　　仄

下片　　七。三、四。五。四，五。（五句）
　　　　仄　　仄　仄　　仄

【词人·词例】

北宋　李元膺（生卒年不详），东平人。南京教官。

去年相逢深院宇（古上）。海棠下、曾歌金缕（古上）。歌罢花如雨（古上）。翠罗衫上，点点红无数（古去）。　　今岁重寻携手处（古去）。空物是、人非春暮（古去）。回首青门路（古去）。乱红飞絮，相逐东风去（古去）。

注：本词例押古上声“麌”韵，古去声“御”“遇”韵。因“麌”“御”“遇”在现代韵中属“居”韵，故全调可押衣部“居”韵。

钗头凤

【词律·词趣】

本格双片六十字。全词平仄韵互叶。上下片前三句同韵，仄韵。韵字可上声，可去声；上下片后五句同韵，平韵。韵字可阴平，可阳平。上下片末句各为三叠字，可断句，可不断句。另有全词同为仄韵或同为平韵体。此调本名《撷芳词》，由陆游改为此名。本词又名《折红英》《惜分钗》《玉珑璁》等。

上片　三。三。七。三。三。四，四。三。（八句）
　　　仄　仄　仄　平　平　　　平　平

下片　三。三。七。三。三。四，四。三。（八句）
　　　仄　仄　仄　平　平　　　平　平

【词人·词例】

南宋　唐婉（生卒年不详），陆游妻，因陆母所逼而离异，改适赵士程。相传陆游与之离异后，于沈园游玩时巧遇新婚的赵士程、唐婉夫妇。陆游感慨往事，题《钗头凤》一首。唐婉于次年重游沈园，见而和之，因有此作。不久抑郁而终。词存仅此一首。

世情薄。人情恶。雨送黄昏花易落。晓风干。泪痕残。欲笺心事，独
（古入）（古入）　　　　　　（古入）（古上平）（古上平）

语斜阑。难难难。　人成各。今非昨。病魂尝似秋千索。角声寒。
（古上平）（古上平）　（古入）（古入）　　　　（古入）（古上平）

夜阑珊。怕人寻问，咽泪装欢。瞒瞒瞒。

（古上平）　　　　　　（古上平）　（古上平）

注：本词例押古入声“药”韵，古上平声“寒”韵。因“药”在古韵中与“索”同韵，而“索”在现代韵中同“波”韵，故本调仄韵可押歌部“波”韵；“寒”在现代韵中属“山”韵，故本调平韵可押山部“山”韵。

长寿乐

【词律·词趣】

本格双片一百一十三字。全词同韵，仄韵，韵字可上声、可去声。凡五字句首字为领字。另有字句、韵脚不同体。见柳永词。

上片	四。	五，	四。	六，	四，	四。	五，	七。	五，	四。	三，	六。	（十二句）
	仄	△	仄			仄	△	仄	△	仄		仄	
下片	二，	四，	六。	六，	四，	四。	五，	七。	五，	四。	三，	六。	（十二句）
				仄		仄	△	仄	△	仄		仄	

【词人·词例】

南宋　李清照（1084—约 1151），号易安居士，齐州章丘（今属山东）人。杰出女词人。其父李格非为著名学者，其夫赵明诚为金石考据家。“靖康之难”爆发前，李清照夫妻相濡以沫，恩爱幸福，其词多写柔情蜜意、闺阁相思之情。金兵入中原后，二人流寓南方，赵明诚病故，李清照境遇更加凄苦。其词转而描写国耻家恨、凄凉悲切之情。李清照词风典雅，语言清丽，善用白描手法。她的另一词学贡献为所著《词论》，对唐、五代至北宋诸家词的得失进行了系统评价，提出词“别是一家”之说，反对以作诗文之法作词。该《词论》对后世词的发展具有深刻影响。有《易安居士文集》、《易安词》。词存四十三首。

微寒应候。望日边六叶，阶蓂初秀。爱景欲挂扶桑，漏残银箭，杓回
（去）△（去）

摇斗①。庆高闳此际②，掌上一颗明珠剖。有令容淑质，归逢佳偶。
（去）△（上）△（上）

到如今，昼锦满堂贵胄。　荣耀，文步紫禁，一一金章绿绶。更值
（去）（去）

棠棣连阴，虎符熊轼，夹河分守。况青云咫尺，朝暮入承明后。看彩
（上）△（去）△

衣争献，兰羞玉酎。祝千龄，借指松椿比寿。
（去）（去）

注：一、本词例押收部“收”韵。其中，“剖”与“收”在古韵中同韵，故“剖”可押“收”韵。

二、①杓：音“biāo”。古代指北斗七星柄部的三颗星。②闳：音“hóng”。巷门。

长亭怨

【词律 · 词趣】

本格双片九十七字。全词同韵，仄韵，韵字可上声、可去声。另有句式、韵脚不同体。见张炎等词。又名《长亭怨慢》。在古代，于道路相隔十里设长亭，相隔五里设短亭，供行旅之人歇息或饯别之用。这些路亭里上演着许多生离死别的故事，宋人以此取之为词调名。

上片	三、	四。	四，	四。	四，	七。	四。	三、	四。	四，	三、	四。	（九句）
		仄		仄		仄	仄		仄			仄	
下片	二。	五。	六。	四。	三、	四。	三、	四，	三、	四。	五，	六。	（九句）
	仄	仄	仄	仄		仄				仄		仄	

【词人 · 词例】

南宋　张炎（1248—约1320），字叔夏，号玉田、乐笑翁，先世成纪（今甘肃天水）人，后寓居临安（今浙江杭州）。杰出词人，词论家。宋亡家破，晚年漫游浙江、苏州一带，与周密、王沂孙为词友，不仅工词，亦工词学研究。其词用字工巧，追求典雅，尤长于咏物词。张炎是宋词的结束者，在他之后便是新兴散曲时代了。他在晚年苦心专著《词源》，将宋词的雅化理论提高到了崭新的高度。另有《山中白云词》（又名《玉田词》）。词存二百零二首。

跨匹马、东瀛烟树①(去)。转首十年，旅愁无数(去)。此日重逢，故人犹记旧游否(上)。雨今云古(上)。更秉烛、浑疑梦语(上)。衮衮登台，叹野老、白头如许(上)。

归去(去)。问当初鸥鹭(去)。几度西湖霜露(去)。漂流最苦(上)。便一似、断蓬飞絮(去)。情可恨、独棹扁舟，浩歌向、清风来处(去)。有多少相思，都在一声南浦(上)。

注：一、本词例押衣部“衣”“居”韵。本押古上声“纸”“语”“麌”韵，古去声“御”“遇”韵，而“纸”“语”“麌”“御”“遇”在现代韵中属“衣”“居”韵。

二、①瀛：音“yíng”。大海，池泽。

长相思

【词律·词趣】

本格原为唐教坊曲名，后用为词牌。双片三十六字。全词同韵，平韵，韵字可阴平、可阳平。上下片第一句、第二句为叠韵。又名《双红豆》《忆多娇》《相思令》《长相思令》《吴山青》《山渐青》《琴调相思令》等。另有慢词双片一百零三字、一百零四字、平韵体，见柳永等词。敦煌曲子词中有双片四十四字，平韵体，其字句格律与此调全异，当是同名异曲。

上片　　三。三。七。五。（四句）
　　　　平　平　平　平

下片　　三。三。七。五。（四句）
　　　　平　平　平　平

【词人·词例】

南宋　陈东甫（生平不详）

花深深，柳阴阴。度柳穿花觅信音，君心负妾心。　　怨鸣琴，恨孤
（阴）　（阴）　（阴）　（阴）　（阴）

衾。钿誓钗盟何处寻，当初谁料今。
（阴）　（阳）　（阴）

注：本词例押根部“根”韵。

朝中措

【词律 · 词趣】

本格双片四十八字。全词同韵，平韵，韵字可阴平、可阳平。又名《照江梅》《芙蓉曲》等。此调始见于北宋欧阳修。

上片　　七。五。六，六。（四句）
　　　　平　平　　　平

下片　　四，四，四。六，六。（五句）
　　　　　　　　平　　　平

【词人 · 词例】

南宋　李祁（生卒年不详），字萧远，雍丘（今河南杞县）人。登进士。官至尚书郎。词存十四首。

郎官湖上探春回。初见照江梅。过尽竹溪流水，无人知道花开。　　佳
（古上平）（古上平）（古上平）

人何处，江南梦远，殊未归来。唤取小丛教看，隔江烟雨楼台。
（古上平）（古上平）

注：本词例押古上平“灰”韵。因“灰”在现代韵中属“飞”韵，故全调可押飞部“飞”韵。

城头月

【词律·词趣】

本格双片五十字。全词同韵，仄韵，韵字可上声、可去声。此调与《少年游》同字句，但不同声韵和韵脚。

上片　七。五。四，四，五。（五句）
　　　仄　仄　　　　　仄

下片　七。五。四，四，五。（五句）
　　　仄　仄　　　　　仄

【词人·词例】

南宋　李昴英（1201—1257），字俊明，号文溪，番禺（今属广东）人。理宗时进士。历官秘书郎、著作郎，官至吏部侍郎。有《文溪集》。词存三十首。

工夫作用中宵昼（去）。点化无中有（上）。真气长存，童颜不改，底用呵磨皱（去）。

一身二五之精媾（去）。积得婴儿就（去）。试问霞翁，三田熟未，还解飞冲否（上）。

注：本词例押收部“收”韵。

赤枣子

【词律·词趣】

本格单片二十七字。全词同韵，平韵，韵字可阴平、可阳平。又名《桂殿秋》。

单片　　三，三。七。七，七。（五句）
　　　　　平　平　　　平

【词人·词例】

南宋　游九言（1142—约1206），一名九思，字诚之，建阳人。学者称其为默斋先生。理宗时，赠直龙图阁。溢文靖。有《默斋遗稿》二卷。

仙子去，眇云程①。天香杳杳佩环清。回望九州烟雾日，千山月落影
　　　　（阳）　　　　　　　（阴）
纵横。
（阳）

注：一、本词例押东部“声”韵。

二、①眇：音“miǎo”。渺小。

传言玉女

【词律·词趣】

本格双片七十四字。全词同韵，仄韵，韵字可上声、可去声。凡五字句首字为领字。下片头两句可制为“四六”句式。另有七十三字体。见袁绹词。

上片　　四，六。四，五。四，六。四，四。（八句）

　　　　　　仄　　△仄　　仄　　仄

下片　　六，四。四，五。四，六。四，四。（八句）

　　　　　　仄　　△仄　　仄　　仄

【词人·词例】

南宋　郭应祥（1158—?），字承禧，号遁斋，自名为笑笑先生。临江军（今江西清江）人。孝宗淳熙八年（1181）进士。曾于楚越间为官，与词人黄机友善，常相唱和。有《笑笑词》。

稽古堂前，恰见四番端午。又来江上，听鸣鼍急鼓[1]。棹歌才发，漠

（古上）　△　（古上）

漠一川烟雨。轻舟摇飏，浪心掀舞。　　倦客今年续命，欠□彩缕。

（古上）　（古上）　（古上）

归期渐近，划地萦心绪[2]。何日斑衣，更看迎门儿女。百怀且付，尊

△　（古上）　（古上）

前蒲黍。
(古上)

注：一、本词例押古上声“麌”“语”韵。因“麌”“语”在现代韵中属“居”韵，故全调可押衣部“居”韵。

二、①鸣鼍急鼓：即鼍鼓，以坚厚的鼍皮冒鼓，声如鼍鸣，故称。此为互文写法。鼍，音“tuó”。扬子鳄。②刬：音“chǎn”。同铲。

垂丝钓

【词律·词趣】

本格双片六十六字。全词同韵，仄韵，韵字可上声，可去声。上片第六句、末句，下片末句首字为领字。上片第三句、第四句可制为“五三”句式，或将上片末句作为下片首句。见杨无咎、陈允平等词。

上片　四。六。四，四。三。五。三。五。（八句）

　　　仄　仄　　　仄　仄　△仄　仄　△仄

下片　四，六。四。五。五。三。五。（七句）

　　　　　仄　仄　仄　仄　　仄　△仄

【词人·词例】

南宋　杨冠卿（1140—?），字梦锡，江陵（今属湖北）人。曾举进士。官知广州。有《客亭类稿》。词存三十六首。

翠帘昼卷。庭花日影初转。酒力未醒，眉黛还敛。停歌扇。背画阑倚

（上）　（上）　（上）　（去）　△

遍。情无限。怅韶华又晚。　锦鞯去后①，愁宽珠袖金钏②。碧云

（去）　（去）　△　（上）　（去）

信远。难托西楼雁。空写银筝怨。肠欲断。更落红万点。

（上）　（去）　（去）　（去）　△　（上）

注：一、本词例押山部“山”“天”韵。

二、①鞯：音“jiān”。马鞍及垫在下面的物件。②钏：音“chuàn”。镯子。

春从天上来

【词律·词趣】

本格双片一百零四字。全词同韵，平韵，韵字可阴平、可阳平。凡五字句首字均为领字。另有一百零六字体。见张炎词。

上片　　四。五，四。四，四，六。五，三、四。三。五，四。（十一句）
　　　　平　△　平　　　　　平　△　　　平　平　△　平

下片　　六，五，四。四，四，六。五，三、四。三。五，四。（十一句）
　　　　　　△　平　　　　　平　△　　　平　平　△　平

【词人·词例】

南宋　张继先（1092—1128），字嘉闻，或说字遵正，又字道正，号翛然子。知名道士，道教正一派第三十代天师。徽宗时，赐号虚靖先生。著有《大道歌》《心说》等，对道教正一派发展产生重大影响。有《虚清词》。

王土平平。正海息波澜，岳敛云烟。三景虚明，八表澄清，一月普照
　　（阳）△　　　　　（阴）

诸天。有流霞洞焕，映黍珠、徐下空玄。绝形言。见千真拱极，万气
（阴）△　　　　　　　　（阳）　（阳）△

朝元。　当时鹤鸣夜半，感真符宝篆，特地清传。碧湛龙文，红凝
（阳）　　　　　　　△　　　　　（阳）

龟篆，绛衣舞鬣蹁跹。计功成果就，无真教、郭景飞仙。已千年。亘
　　　　　（阴）△　　　　　　　　（阴）　　（阳）△

灯灯续焰，光朗无边。
（阴）

注：本词例押山部“山”“天”韵。其中，“平”与“门”属通韵，而“门”在古韵中同“元”韵，“元”在现代韵中亦属“山”韵，故“平”亦属“山”韵。

春光好

【词律·词趣】

本格原为唐教坊曲名，御制曲，后用为词牌。双片四十一字。全词同韵，平韵，韵字可阴平、可阳平。另有四十字至四十八字多体。此调又名《愁倚阑》《愁倚阑令》《倚阑令》等。据传，唐明皇临轩击鼓，见春色明丽，取此曲名。《春迁莺》之别名《春光好》，与此调不同体。

上片　　三，三。三。七，三。（五句）
　　　　　　平　平　　　平

下片　　六，六。七，三。（四句）
　　　　　　平　　　平

【词人·词例】

北宋　李之仪（约1035—1117），字端叔，自号姑溪居士，沧州无棣（今属山东）人。神宗时进士。提举河东常平。能诗善词，语言通俗清丽。有《姑溪居士文集》《姑溪词》。

霜压晓，月收阴。斗寒深。看尽烛花金鸭冷，卷残衾。　卯酒从谁
（阴）（阴）（阴）

细酌，余香无计重寻。空把夜来相见梦，写文琴。
（阳）（阳）

注：本词例押根部“根”韵。

春霁

【词律·词趣】

本格双片一百零五字。全词同韵，仄韵，韵字可上声、可去声，古韵多入声。上片第二句首字为领字。此调正名为《秋霁》。曾纡用正名作一百零三字体词，史达祖用正名作一百零五字体词。

上片　四，五，四。四，四，六。四。七。三。二，七。（十一句）

　　　　△　仄　　　　　仄　仄　仄　仄　　仄

下片　四，四，四，四。三、四，七。七。四，六，四，四。（十一句）

　　　　　　　　仄　　　　仄　仄　　　　　仄

【词人·词例】

南宋　胡浩然（生平不详）

迟日融和，乍雨歇东郊，嫩草凝碧（古入）。紫燕双飞，海棠相衬，妆点上林春色（古入）。黯然望极（古入）。困人天气浑无力（古入）。又听得（古入）。园苑，数声莺啭柳阴直（古入）。

当此暗想，故国繁华，俨然游人，依旧南陌（古入）。院深沉、梨花乱落，那堪如练点衣白（古入）。酒量顿宽洪量窄（古入）。算此情景，除非殢酒狂欢[1]，恣歌沉醉，有谁知得（古入）。

注：一、本词例押古入声“陌”“职”韵。因“陌”“职”在古韵中与“碧”“力”同韵，而“碧”“力”在现代韵中属“衣”韵。故全调可押衣部“衣”韵。

二、①殢：音“tì”。滞留。

翠楼吟

【词律·词趣】

本格双片一百零一字。全词同韵，仄韵，韵字可上声、可去声。上片第七句，下片第三句、第八句首字为领字。此词为姜夔自度曲，专为武昌安远楼落成而赋。

上片　四，四，六。五，三、四。四。五，四。三。四，四。（十一句）
　　　　　　仄　　　仄　仄　△　仄　仄　　仄

下片　二。四，五，四。五，三、四。四。五，四。三。四，四。（十二句）
　　　仄　　△　仄　　　仄　仄　△　仄　仄　　仄

【词人·词例】

南宋　姜夔

月冷龙沙，尘清虎落，今年汉酺初赐①。新翻胡部曲，听毡幕、元戎
　　　　　　　　　　　　　　　　（古去）
歌吹。层楼高峙。看栏曲萦红，檐牙飞翠。人姝丽。粉香吹下，夜寒
（古去）　（古上）△　　　　　　　　（古去）　（古去）
风细。　此地，宜有词仙，拥素云黄鹤，与君游戏。玉梯凝望久，
（古去）（古去）　　　　　△　　　　　　（古去）
叹芳草、萋萋千里。天涯情味，仗酒祓清愁②，花销英气。西山外。
　　　　　（古上）　　（古去）△　　　　　　（古去）　（古去）
晚来还卷、一帘秋霁。
　　　　　（古去）

注：一、本词例押古上声“纸”韵，古去声“寘”“未”“霁”“泰”韵。因“纸”“寘”“霁”在现代韵中属“衣”韵，“未”在古韵中与“衣”同韵，“泰”在古韵中与“贝”同韵，而“贝”在现代韵中与“未”同韵，故全调可押衣部“衣”韵。

二、①酺：音“pú”。聚会饮酒。②祓：音“fú”。这里指消除。

大　酺

【词律·词趣】

本格双片一百三十三字。全词同韵，仄韵，韵字可上声、可去声。上片第五句、第十一句、第十三句首字为领字。下片七字句可制为“三四”句式，见周邦彦词。下片第十句可押韵，可不押韵，见周邦彦、李曾伯等词。“大酺”，意大宴饮。唐教坊曲有《大酺乐》。宋人借旧曲以制新调，故名《大酺》，周邦彦乃此调始作者。

上片	四，	三，	六。	五，	五，	四。	四，	四，	六。	五，	五，	四。	五，	四，	四。
			仄		△	仄			仄		△	仄	△		仄

（十五句）

下片	五。	三、	五。	三、	四，	四，	七。	五。	三、	四。	三、	三。	四，	六，	六。
	仄		仄				仄	仄		仄		仄			仄

（十一句）

【词人·词例】

南宋　颜奎（1234—1308），字子瑜，号吟竹，太和（今江西泰和）人。《全宋词》存词八首。

唱古荼蘼，新荷叶，谁向重帘深处。东风三十六，向园林都过，余寒犹
（去）　△

妒。公子狐裘，佳人翠袖，怎见此时情否。天上知音杳，怪参差律吕，
（去）　（上）　△

世间多误。记画扇题诗，单衣试酒，梦归泥絮。　　嗟春如逆旅。送
（去）　△　　　　　　　　　（去）　　　　　　（上）
无路、远涉前无渡。回首住、凌波亭馆，待月楼台，满身花气凝香雾。
　　　（去）　　　　　　　　　　　　　　　　　　（去）
度入南薰去。留燕伴、不教迟暮。但一点、芳心苦。生怕摇落，分付
　（去）　　　　　　（去）　　　　　（上）
荷房收贮。晚妆又随过雨。
（去）　　　（上）

注：本词例押衣部“衣”“居”韵。本押古上声“纸”“语”“麌”韵，古去声“御”“遇”韵，而“纸”“语”“麌”“御”“遇”在现代韵中属“衣”“居”韵，故全调可押衣部“衣”“居”韵。

大圣乐令

【词律·词趣】

本格双片五十二字。全词同韵，仄韵，韵字可上声、可去声。又名《玉团儿》。

上片　七。三、四。四，四，四。（五句）
　　　仄　　　仄　　　　　仄

下片　七。三、四。四，四，四。（五句）
　　　仄　　　仄　　　　　仄

【词人·词例】

南宋　仲并（生卒年不详），字弥性，江都（今江苏扬州）人。高宗时进士。曾通判京口、湖州。孝宗时提光禄寺丞，知蕲州。有《浮山集》。

豆蔻梢头春正早。敛修眉、未经重扫。湖山清远，几年牢落，风韵初
　　　　　　（上）　　　　　　（上）
好。　慢绾垂螺最娇小①。是谁家、舞腰袅袅。而今莫谓，春归等
（上）　　　　　　（上）　　　　　　（上）
闲，分付芳草。
　　　（上）

注：一、本词例押高部“高”韵。

二、①绾：音“wǎn”。盘绕打结。

大　有

【词律·词趣】

本格双片九十九字。全词同韵，仄韵，韵字可上声、可去声。另有句式句读略异者，见周邦彦等词。

上片　四，四，三、四。三、六。七，三、四。六，六。（八句）
仄　仄　仄　仄

下片　三、三。五，四。四，六。六，三、四。三、四，四。（九句）
仄　仄　仄　仄　仄

【词人·词例】

南宋　潘希白（生卒年不详），字怀古，号渔庄，永嘉（今浙江湖州）人。理宗时登第。干办临安府节制司公事。

戏马台前，采花篱下，问岁华、还是重九。恰归来、南山翠色依旧。
（上）　（去）

帘栊昨夜听风雨，都不似、登临时候。一片宋玉情怀，十分卫郎清瘦。
（去）　（去）

红萸佩，空对酒。砧①杵动微寒，暗欺罗袖。秋已无多，早是败荷衰柳。
（上）　（去）　（上）

强整帽檐攲侧，曾经向、天涯搔首。几回忆、故国莼鲈，霜前雁后。
（上）　（去）

注：一、本词例押收部“收”韵。

二、①砧：音“zhēn”。捣衣石。

丹凤吟

【词律 · 词趣】

本格双片一百一十四字。全词同韵，仄韵，韵字可上声、可去声，古韵多入声。下片第四句、第九句首字为领字。上片后三句可制为“六六四”句式，见吴文英词。下片第三句、第四句、第五句可制为“四六四”句式，后两句可制为“三三三”句式，见陈允平词。

上片　六，四，四。四，六。四，四，四，四。六，四，六。（十二句）
　　　　　仄　　仄　　　　　　仄　　　　仄

下片　六，七。五，五，四。四，六。七，五。四，五。（十一句）
　　　　仄　　△　仄　　仄　　△仄　仄

【词人 · 词例】

北宋　周邦彦

迤逦春光无赖，翠藻翻池，黄蜂游阁。朝来风暴，飞絮乱投帘幕。生
（古入）（古入）

憎暮景，倚墙临岸，杏靥[1]夭斜，榆钱轻薄。昼永惟思傍枕，睡起无聊，
（古入）

残照犹在亭角。　况是别离气味，坐来但觉心绪恶。痛引浇愁酒，
（古入）（古入）

奈愁浓如酒，无计消铄[2]。那堪昏暝，簌簌半檐花落[3]。弄粉调朱柔
△（古入）（古入）

素手，问何时重握。此时此意，长怕人道著。
△（古入）（古入）

注：一、本词例押古入声“药”“觉”韵。因“恶”“乐”在古韵中与“药”“觉”同韵，而“恶”“乐”属现代韵“歌”韵，故全调可押歌部“歌”韵。

二、①醽：音“yè”。酒窝。②铄：音“shuò”。熔化。③簌：音“sù”。风吹落叶或花的声音。

淡黄柳

【词律·词趣】

本格双片六十五字。全词同韵，仄韵，韵字可上声、可去声，古韵多入声。姜夔客居安徽合肥南城时，见巷陌凄静，唯有鹅黄柳色夹道，倍觉依依可怜，自制此曲，以抒客怀。

上片　四，五。七。六，七。（五句）
　　　　仄　仄　　仄

下片　三。五。三、三。八。四，四，六。（七句）
　　　仄　仄　　仄　仄　　　　仄

【词人·词例】

南宋　姜夔

空城晓角，吹入垂杨陌（古入）。马上单衣寒恻恻[①]（古入）。看尽鹅黄嫩绿，都是江南旧相识（古入）。　正岑寂[②]（古入）。明朝又寒食（古入）。强携酒、小桥宅（古入）。怕梨花落尽成秋色（古入）。燕燕飞来，问春何在，唯有池塘自碧（古入）。

注：一、本词例押古入声“陌”“锡”“职”韵。因“陌”“锡”“职”在古韵中与“碧”“寂”“力”同韵，而“碧”“寂”“力”在现代韵中属“衣”韵，故全调可押衣部“衣”韵。

二、①恻：音“cè”。悲伤。②岑：音“cén”。这里指寂静之意。

导引

【词律·词趣】

本格单片五十字。全词同韵，平韵，韵字可阴平、可阳平。另有句式、韵脚略异者，见范祖禹、王珪、周必大等词。此调有五十一字体，见洪迈词。本词为古代皇室庆典与祭祔活动所用乐曲的导引辞。与其他词牌不同，此名不是真正意义上的调名，不含初始时与词之内容有直接关系的寓意。在宋代，此词与乐曲同用，故成为词牌传世。

单片　　四，五。五。七，五。七。五。七，五。（九句）
　　　　　　平　平　　　平　平　平　　　平

【词人·词例】

北宋　和岘（933—988），字晦仁，开封浚仪（今河南开封）人。五代词人和凝之子。历官太常博士、京东转运使、主客郎中、判太常寺兼礼仪院事。

气和玉烛，睿化著鸿明（阳）。缇管一阳生（阴）。郊禋盛礼燔柴毕[①]，旋轸凤凰城（阳）。森罗仪卫振华缨（阴）。载路溢欢声（阴）。皇图大业超前古，垂象泰阶平（阳）。

注：一、本词例押东部“声”韵。

二、①禋：音“yīn”。祭名。燔：音“fán”。焚烧。

捣练子

【词律 · 词趣】

本格双片三十八字。全词同韵，平韵，韵字可阴平、可阳平。上下片首句为复句。另有单片二十七字，平韵体。此词又名《夜捣衣》《杵声齐》《夜如年》《望书归》《剪征袍》等。

上片　　三，三。七。三，三。（五句）
　　　　　　平　平　　　平

下片　　三，三。七。三，三。（五句）
　　　　　　平　平　　　平

【词人 · 词例】

南宋　李石（1108—约1182），字知几，号方舟，资州（今四川资中）人。高宗时进士。历官都官员外郎、成都路转运判官。有《方舟集》《方舟诗余》。词存三十九首。

斟别酒，问东君。一年一度一回新。看百花，飘舞茵。　斟别酒，问
　　　　（阴）　　　　　　（阴）　　　　　　（阴）

行人。莫将别泪裛罗巾。早归来，依旧春。
（阳）　　　　　　（阴）　　　　　　（阴）

注：本词例押根部“根”韵。

倒垂柳

【词律·词趣】

本格双片八十一字。全词同韵，仄韵，韵字可上声、可去声。

上片　五，三、三。五，五。五，五。五，六。（八句）

　　　　　仄　　仄　　仄　　仄

下片　四。七。五，五。四，五。四，五。（八句）

　　仄　仄　　仄　　仄　　仄

【词人·词例】

南宋　杨无咎

晓来烟露重，为重阳、增胜致。记一年好处，无似此天气。东篱白衣

（古去）　（古上）

至，南陌芳筵启。风流曾未远，登临都在眼底。　人生如寄。谩把

（古上）　（古上）　（古去）

茱萸看仔细①。击节听高歌，痛饮莫辞醉。乌帽任教，颠倒风里坠。

（古去）　（古去）　（古去）

黄花明日，纵好无情味。

（古去）

注：一、本词例押古上声“荠”韵，古去声“寘”“未”“霁”韵。因“荠”“寘”“霁”在现代韵中属“衣”韵，“未”在古韵中与“衣”同韵，故全调可押衣部“衣”韵。

二、①茱萸：音“zhū yú”。植物名。古代重阳节佩戴以避邪。

氏州第一

【词律·词趣】

本格双片一百零二字。全词同韵，仄韵，韵字可上声、可去声。此调始于周邦彦，其取宋大曲《氏州》首遍而成词牌。方千里、陈允平借邦彦韵作词，其句式略异。“氏州”，古地名，在今陕西、甘肃、四川边域地区，其族人称为氏族。在两晋十六国间，曾建立仇池、前秦、后凉等政权。《氏州》乃氏民族的音乐。

上片　四，四，六。四，四，六。四，三、四。四，四，四。（十一句）
　　　　　　仄　　　　仄　　　　仄　　　仄

下片　七。三、四。四，四，五。三、三，三、四。四，三、四。（九句）
　　　仄　　仄　　　　仄　　　　仄　　　　仄

【词人·词例】

南宋　刘天游（生平不详）

冰缩寒流，川凝冻霭，前回鹭渚冬晚。燕阁红炉，驼峰翠釜，曾忆花
（上）
柔酒软。云海沧洲，甚又寄、南来客雁。洒雪朱门，回桡剡曲[1]，镜
（上）　（去）
华霜满。　　万里银霄凝望眼。恁吟袖、画阑空暖。树带潮墟，笳鸣
（上）　（上）　（上）
古戍，簇仲宣幽怨。想愁思、春近也，随宫绣、时宽一线。昨夜扁舟，
（去）　（去）

梦湖山、眉横黛浅。

（上）

注：一、本词例押山部“山”“天”韵。

二、①剡：音“shàn”。水名。

滴滴金

【词律·词趣】

本格双片五十一字。全词同韵，仄韵，韵字可上声、可去声，古韵多入声。上下片末句首字为领字。另有五十字、四十六字体，其句式略不同，见欧阳修、杨无咎、赵彦端等词。宋词多为五十字体，上下片句式为“七三三七五”，见李遵勖、晏殊、杨无咎等词。

上片　七。三，三。七，五。（五句）
　　　仄　　仄　　△仄

下片　七。七。七，五。（四句）
　　　仄　仄　　△仄

【词人·词例】

南宋　孙道绚（生卒年不详），号冲虚居士。

月光飞入林前屋。风策策，度庭竹。夜半江城击柝声[①]，动寒梢栖宿。
（古入）　（古入）　△　（古入）

等闲老去年华促。只有江梅伴幽独。梦绕夷门旧家山，恨惊回难续。
（古入）　（古入）　△　（古入）

注：一、本词例押古入声“屋”“沃”韵。因“屋”“沃”在古韵中与“木”“束”同韵，而“木”“束”在现代韵中属“姑”韵。故全调可押姑部“姑”韵。

二、①柝：音“tuò”。打更用的梆子。

笛家弄

【词律·词趣】

本格双片一百二十五字。全词同韵，仄韵，韵字可上声、可去声。“笛”，中国特有的管乐器。古代称竹制直吹的洞箫名笛（篴），隋唐以后，用以专称竹制横吹的管乐器，故又名“横笛”“横吹”，俗称笛子。随着民族乐器的发展与改良，笛之型制大小不一，其材质有竹、玉、金属等。笛之音色或清脆，或润厚，在我国古代音律史上占据着十分重要的地位，宋词的发展与其有着深厚的渊源。

上片　四，四，四，七。四，四，四，四。四，四，五。三、三，四，四。
　　　　　　　　仄　　　　　　　　仄　　　　仄　　　　　　　仄
（十四句）

下片　二。四，四，四，四，四。二、六，六。四，四，五。三，三，四，四。
　　　仄　　　　　　　　　仄　　　仄　　　　仄　　　　　　　仄
（十五句）

【词人·词例】

北宋　柳永

花发西园，草薰南陌，韶光明媚，乍晴轻暖清明后。水嬉舟动，禊饮
　　　　　　　　　　　　　　　　　　　　　　（去）
筵开①，银塘似染，金堤如绣。是处王孙，几多游妓，往往携纤手。遣
　　　　　　　　　　　（去）　　　　　　　　　　　　　（上）

离人、对嘉景，触目伤情，尽成感旧(去)。　　别久(上)。帝城当日，兰堂夜烛，百万呼卢，画阁春风，十千沽酒(上)。未省、宴处能管弦，醉里不寻花柳(上)。岂知秦楼，玉箫声断，前事难重偶(上)。空遗恨，望仙乡，一饷消凝[2]，泪沾襟袖(去)。

注：一、本词例押收部“收”韵。

二、①禊：音“xì”。祓禊，古代一种在水滨举行的民俗活动。②饷：音“xiǎng”。用酒食等款待。

帝台春

【词律·词趣】

本格原为唐教坊曲名，后用为词牌。双片九十八字。全词同韵，仄韵，韵字可上声、可去声，古韵为入声。宋词仅北宋李甲一首。

上片　四，五。四，三、四。七，三、四。三，四，四。（九句）
　　　　仄　　　仄　　　仄　　仄

下片　三。三。三。三。三、四，三，三、四。七，七。五，五。（十一句）
　　　仄　仄　仄　仄　　　　　　　仄　　仄　　仄

【词人·词例】

北宋　李甲（生卒年不详），字景元，华亭（今上海松江）人，自号华亭逸人。哲宗时，官武康令。工画，得米芾称许。有《李景元词》一卷。词存九首。

芳草碧色，萋萋遍南陌。暖絮乱红，也知人、春愁无力。忆得盈盈拾
　　　　　　（古入）　　　　　　　　　　（古入）
翠侣，共携赏、凤城寒食。到今来，海角逢春，天涯为客。　　愁旋
　　　　　　　（古入）　　　　　　　　　　（古入）
释。还似织。泪暗拭。又偷滴。谩伫立、遍倚危阑，尽黄昏，也只是、
（古入）（古入）（古入）（古入）
暮云凝碧。拼则而今已拼了，忘则怎生便忘得。又还问鳞鸿，试重寻
　（古入）　　　　　　　　　　　（古入）

消息。
（古入）

注： 本词例押古入声“陌”“锡”“职”韵。因“陌”“锡”“职”在古韵中与“碧”“寂”“力”同韵，而“碧”“寂”“力”在现代韵中属“衣”韵，故全调可押衣部“衣”韵。

点绛唇

【词律·词趣】

本格双片四十一字。全词同韵，仄韵，韵字可上声、可去声。又名《点樱桃》《南浦月》《沙头雨》《寻瑶草》《万年春》等。此调因南朝梁文学家江淹诗“明珠点绛唇”句而得名。另传，古代女子有用牛髓或牛油配作唇膏之法，故叫“点绛唇”。到唐代，此种风尚甚为流行。

上片　四，七。四。五。（四句）
　　　　　仄　仄　仄

下片　四，五。三。四。五。（五句）
　　　　　仄　仄　仄　仄

【词人·词例】

北宋　王禹偁（954—1001），字元之，济州巨野（今山东巨野）人。太宗时进士。授武成主簿。真宗时出知黄州，后迁蕲州。有《小畜集》《小畜外集》《五代史阙文》。词存一首。

雨恨云愁，江南依旧称佳丽。水村渔市。一缕孤烟细。　天际征鸿，
（去）　（上）　（去）

遥认行如缀。平生事。此时凝睇。谁会凭阑意。
（去）　（去）　（去）　（去）

注：本词例押衣部“衣”韵。本押古上声“纸”韵，古去声“寘”“霁”韵，因“纸”“寘”“霁”在现代韵中属“衣”韵。故全调可押“衣”韵。

蝶恋花

【词律·词趣】

本格原为唐教坊曲名，后用为词牌。双片六十字。全词同韵，仄韵，韵字可上声、可去声，古韵多入声。此词初名《鹊踏枝》，一作《雀踏枝》，北宋晏殊改为《蝶恋花》。调名取义于南北朝梁简文帝萧纲诗句“翻阶蛱蝶恋花情”。本词另有别称《黄金缕》《江如练》《一箩金》《凤栖梧》《桃源行》《西笑吟》《望长安》《卷珠帘》《明月生南浦》《细雨吹池沼》《鱼水同欢》等。本调宜抒发缠绵悱恻之情。

上片　七。四，五。七。七。（五句）
　　　仄　　　仄　仄　仄

下片　七。四，五。七。七。（五句）
　　　仄　　　仄　仄　仄

【词人·词例】

北宋　李冠（生卒年不详），字世英，历城（今山东济南）人。举进士不第。调乾宁主簿。以文学著称，与王樵、贾同齐名。有《东皋集》。词存五首。

贴鬓香云双绾绿（古入）。柳弱花娇，一点春心足（古入）。不肯玉箫闲度曲（古入）。恼人特把青蛾蹙①（古入）。　静夜溪桥霜薄屋（古入）。独影行歌，惊起双鸾宿（古入）。愁破酒阑闺梦熟。月斜窗外风敲竹。
(古入)　　　　　　(古入)

注：一、本词例押古入声“屋”“沃”韵。因“屋”“沃”在古韵中与“木”“束”同韵，而“木”“束”在现代韵中属“姑”韵。故全调可押姑部“姑”韵。

二、①蹙：音“cù”。皱眉。

丁香结

【词律·词趣】

本格双片九十九字。全词同韵，仄韵，韵字可上声、可去声。上片第四句，下片第二句、第九句首字为领字。唐李商隐《代赠》诗中有“芭蕉不展丁香结，同向春风各自愁”句，宋人取作词牌。

上片　四，四，六。五。三，六。五，三、四。四，四，四。（十一句）
仄　△仄　仄　仄　仄

下片　二。五，六。四，四，四。六，五。五，六。（十句）
仄　△　仄　仄　仄　△　仄

【词人·词例】

北宋　周邦彦

苍藓沿阶，冷萤黏屋，庭树望秋先损。渐雨凄风迅。澹暮色，倍觉园
（上）　△　（去）

林清润。汉姬纨扇在，重吟玩、弃掷未忍。登山临水，此恨自古，销
（去）　（上）

磨不尽。　牵引。记试酒归时，映月同看雁阵。宝幄香缨，熏炉象
（去）　（上）　△　（去）

尺，夜寒灯晕。谁念留滞故国，旧事劳方寸。唯丹青相伴，那更尘昏
（去）　（去）　△

蠹损。
（上）

注：本词例押根部“根”韵。

定风波

【词律·词趣】

本格原为唐教坊曲名，后用为词牌。双片六十二字。全词平仄间用。常见为：上片平平仄仄平，下片仄仄平仄仄平，平韵押一个韵，仄韵押多个韵。亦有全押一个韵者，见吴文英词。平声可阴平、可阳平，仄声可上声、可去声。另有六十字、平仄间用，或全词用平韵体，见曹冠、陈允平等词。此调为五代后蜀词家欧阳炯所作，其句律稍异，宋人依之。此词有慢词、双片九十九字至一百零五字、仄韵各体，见柳永等词。本词别称《定风流》《定风波令》《卷春空》《醉琼枝》等。

上片　七。七。七。二。七。（五句）
　　　平　平　仄　仄　平

下片　七。二。七。七。二。七（六句）
　　　仄　仄　平　仄　仄　平

【词人·词例】

北宋　王琪（生卒年不详），字君玉，华阳（今四川双流）人。举进士，调江都主簿。仁宗时召试，授大理评事、馆阁校勘。后以礼部侍郎致仕。据《复斋漫录》记载，北宋晏殊有一次途经扬州，与王琪相聚时，言及“无可奈何花落去”诗句长时未能对出下句。王琪手指飞燕道：“何不用‘似曾相识燕归来’?”晏殊听后叫绝。后来晏殊将“似曾相识燕归来”用在了《浣溪沙》词中，可见，王琪很得晏殊赏识。词存十一首。

把酒花前欲问天。春来秋去苦茫然。风雨满枝花满地。何事。却教纤
（阴） （阳） （去） （去）

草占流年。　　试把钿筝重促柱。无绪。酒阑清泪滴朱弦。赖有玉人
（阳） （上） （去） （阳）

相顾好。轻笑。却疑春色在婵娟。
（上） （去） （阴）

注：本词押山部“山”“天”韵，衣部“衣”“居”韵，高部“高”韵。其中，“柱”在古韵中与“雨”同韵，而“雨”在现代韵中属“居”韵，故“柱”和“绪”均属“居”韵。

定西番

【词律·词趣】

本格原为唐教坊曲名，后用为词牌。双片四十一字。全词同韵，平韵，韵字可阴平、可阳平。此调为北宋张先依据唐、五代词，在其上片增加六字句而成。

上片　　六，三，三。六，三。（五句）
　　　　　　　平　　　平

下片　　六，五。六，三。（四句）
　　　　　　平　　　平

【词人·词例】

北宋　张先

焊拨紫槽金衬，双秀萼，两回鸾。齐学汉宫妆样，竞蝉娟。　三十
　　　　　　　　　　　（阳）　　　　　　　　　　（阴）
六弦蝉闹，小弦蜂作团。听尽昭君幽怨，莫重弹。
　　　　　　　（阳）　　　　　　　（阳）

注：本词例押山部“山”“天”韵。

东风第一枝

【词律·词趣】

本格双片一百字。全词同韵，仄韵，韵字可上声、可去声。韵段内可撤句造句，但须保持其字数不变，见曹勋、史达祖等词。本词又名《琼林第一枝》。

上片　四，四，六。六，六。四，三、四。三、四，六。（九句）
　　　　　　　仄　　仄　　　　　仄　　　　仄

下片　三、四。三、四。六，六。四，三、四。三、四，六。（八句）
　　　　　仄　　仄　　仄　　　　仄　　　　仄

【词人·词例】

南宋　赵崇霄（生卒年不详），字有得，号莲岙，商王元份八世孙。剑浦（今福建南平）人。理宗时进士。

妒雪梅甦，迷烟柳醒，游丝轻扬新霁。卷帘看燕初归，步屧为花早起①。
（古去）（古上）

春来犹浅，便做出、十分春意。喜凤钗、才卸珠幡，早换巧梳描翠。
（古去）（古去）

著数点、催花雨腻。更一番、递香风细。小莺忺暖调声，嫩蝶试
（古去）（古去）

晴舞翅。清欢易失，怕轻负、年芳流水。好趁闲、共整吟鞯，日日访
（古去）（古上）

桃寻李。
（古上）

注：一、本词例押古上声“纸”韵，古去声“寘”“霁”韵。因“纸”“寘”“霁”在现代韵中属“衣”韵，故全调可押衣部“衣”韵。

二、①屧：音“xiè”。木板拖鞋。

东风齐著力

【词律·词趣】

本格双片九十二字。全词同韵，平韵，韵字可阴平、可阳平。全宋词只此一首。

上片　四，四，四。四，五。六，三、四。三，四，四。（十句）
　　　　　　平　　　平　　　　　平　　　　　平

下片　五。三、六。四，五。六，三、四。三，四，四。（九句）
　　　平　　平　　　平　　　　　平

【词人·词例】

南宋　胡浩然

残腊收寒，三阳初转，已换年华（阳）。东君律管，迤逦到山家（阴）。处处笙簧鼎沸，会佳宴、坐列仙娃（阳）。花丛里，金炉满爇，龙麝烟斜（阳）。　此景转堪夸（阴）。深意祝、寿山福海增加（阴）。玉觥满泛，且莫厌流霞（阳）。幸有迎春寿酒，银瓶浸、几朵梅花（阴）。休辞醉，园林秀色，百草萌芽（阳）。

注：本词例押花部“花”韵。其中，“斜”在古韵中属“花”韵。

东坡引

【词律·词趣】

本格双片五十七字。全词同韵，仄韵，韵字可上声、可去声。上下片末两句为重叠句。另有四十八字、五十三字、五十八字体，其句式略异，见曹冠、赵师侠、辛弃疾、赵长卿等词。其中，曹冠词不是叠句，赵师侠词上片末句亦不是叠句。

上片　五。五。七。五。五。（五句）
　　　仄　仄　仄　仄　仄

下片　七。六。七。五。五。（五句）
　　　仄　仄　仄　仄　仄

【词人·词例】

南宋　杨冠卿

绿波芳草路。别离记南浦。香云剪赠青丝缕。钗分金半股。钗分金半
（古去）（古上）（古上）（古上）
股。　阳关一曲声凄楚。惹起离筵愁绪。梦魂拟逐征鸿去。行云无
（古上）（古上）（古上）（古去）
定据。行云无定据。
（古去）（古去）

注：本词例押古上声“语”“麌”韵，古去声“御”“遇”韵。因“语”“麌”“御”“遇”在现代韵中属“居”韵，故全调可押衣部“居”韵。

洞仙歌

【词律·词趣】

本格原为唐教坊曲名，后用为词牌。双片八十二字。全词同韵，仄韵，韵字可上声、可去声。上片第四句，下片第八句首字为领字。此调另有八十二字至九十三字，一百一十八字至一百二十六字等三十九种体，且句式各不相同，见柳永、苏轼、黄庭坚、赵长卿、辛弃疾等词。欧阳修将此词名为《洞仙歌令》。此词又名《羽仙歌》《洞中仙》《洞玄歌》等。此调初始用来吟咏洞府仙人故事，后入乐府。道家有十大神仙居住之名山胜境，谓之十大洞天（洞府）：河南王屋山之“王屋洞府”，又称“大有清虚之天”；浙江委羽山之“委羽洞府”，又称“大有空明之天”；青海西倾山之“西域洞府”，又称“太玄总真之天”；陕西西岳华山之“西玄洞府”，又称“三元极真之天”；四川青城山之“青城洞府”，又称“宝仙九室之天”；浙江赤城山之“赤城洞府”，又称“上玉清平之天”；广东罗浮山之“罗浮洞府”，又称“朱明耀真之天”；江苏茅山之“句曲洞府”，又称“金坛华阳之天”；浙江括苍山之“括苍洞府”，又称“成德隐玄之天”；江苏西湖庭山之“林屋洞府”，又称“龙神幽虚之天”。

上片　　四，五。七。五，四，三，六。（七句）
　　　　　　仄　仄　△　仄　　仄

下片　五，四，七。三、三，三，六。三、五，五，四。（九句）
　　　　　　仄　　　　　　　仄　　　　△　仄

【词人·词例】

南宋　陈深（生卒年不详），字子微，号宁极，平江人。宋亡后隐居。

银波湛碧，遥泛仙槎早。婺宿荧煌瑞云晓。庆芳传丹桂，欢动连枝，
　　　　　　（上）　　　　　　（上）　△
称寿处，一簇蓬莱翠窈①。　　步虚声宛转，清澈瑶坛，疑是钧霄凤音
　　　　　　（上）
渺。正金姥、礼虚皇，天阶净，凉入绡衣风袅②。想金书、秘字赐长
（上）　　　　　　　　　　　　　　（上）
生，进九酝霞卮③，练颜长好。
　△　　　　　　　　（上）

注：一、本词例押高部“高”韵。

二、①蓬莱：古代传说中的海中三神山之一，为神仙所居。②袅：音“niǎo”。细长，柔弱。③卮：音“zhī”。古代酒具。

斗百草

【词律·词趣】

本格双片一百零二字。全词同韵，仄韵，韵字可上声、可去声。凡五字句首字为领字。“斗百草”，也叫“斗草”，古代一种以花草为比赛内容的游戏，常于端午节行之。宋人取此民俗制为词牌。

上片　四，七。四，四，六。三、五，四。五，四，四。（十句）
　　　　　仄　　　　　仄　　△　仄　△　　　仄

下片　六，四，七。四，四，三、四。三，七。三，三、四。（十句）
　　　　　　　仄　　　　　　仄　　仄　　　　仄

【词人·词例】

北宋　晁补之（1053—1110），字无咎，号归来子，济州巨野（今山东巨野）人。神宗时进士。曾官秘书省正字、校书郎、礼部郎中、国史编修官、知河中府等。为“苏门四学士”之一。晁补之与“苏门四学士”其他人一样，受到苏轼牵连，难逃政治厄运。但他与秦观柔弱的性格不同，不凄然自伤，而愤然豪放，如同恩师苏轼。其词风豪爽且沉郁。有《鸡肋集》《晁氏琴趣外篇》。词存一百六十七首。

别日常多，会时常少天难晓。正喜花开，又愁花谢，春也似人易老。惨无
　　　　　　　　　　　（上）　　　　　　　　　　　　　　（上）

言、念旧日朱颜，清欢莫笑。便苒苒如云，霏霏似雨，去无音耗。　　追
　　△　　　　　　　　（去）△　　　　　　　　　　　　（去）

想墙头梅下，门里桃边，名利为伊都忘了（上）。血写香笺，泪封罗帕，记三日、离肠恨搅（上）。如今事，十二楼空凭谁到（去）。此情悄，拟回船、武陵路杳（上）。

注：本词例押高部“高”韵。

斗百花

【词律·词趣】

本格双片八十一字。全词同韵，仄韵，韵字可上声、可去声，全词宜均押去声。上片首句为句中韵，可押韵，可不押韵。见柳永词。“斗百花”乃古代女子游戏。五代文学家王仁裕《开元天宝遗事》录唐玄宗遗闻：“长安士女，春时斗花，戴插以奇花多者为胜。”宋人取趣制为词牌。

上片　六。六。六，六。四，六，六。五。（八句）
　　　仄　仄　　　仄　　　　　仄　仄

下片　四，六。四，六。四，六，六。（七句）
　　　　　仄　　　仄　　　　　仄

【词人·词例】

北宋　柳永

满搦宫腰纤细[1]。年纪方当笄岁[2]。刚被风流沾惹，与合垂杨双髻。
（去）　（去）　（去）
初学严妆，如描似削身材，怯雨羞云情意。举措多娇媚。　争奈心
（去）　（去）
性，未会先怜佳婿。长是夜深，不肯便入鸳被。与解罗裳，盈盈背立
（去）　（去）
银釭[3]，却道你先睡。
（去）

注： 一、本词例押衣部“衣”韵。本押古去声“寘”“霁”韵，但“寘”“霁”在现代韵中属“衣”韵，故全调可押“衣”韵，均为去声。

二、①搦：音“nuò”。握，拿。②笄：音“jī”。这里指女子到了成年。③釭：音“gāng”。油灯。

斗鸡回

【词律 · 词趣】

本格双片五十一字。全词同韵，仄韵，韵字可上声、可去声。“斗鸡”，古代清明节时以鸡相斗的一种游戏。据载，玄宗在藩邸时，乐民间清明节斗鸡戏。即位后，治鸡坊于两宫间。宋人取趣制为词牌。

上片　　四，五。三，三。四，五。（六句）
　　　　　　仄　　　仄　　　仄

下片　　六，三、三。三，三。四，五。（六句）
　　　　　　　　仄　　　仄　　　仄

【词人 · 词例】

南宋　杜龙沙（生平不详）。

莺啼人起，花露真珠洒。白苎衫，青骢马。绣陌相将，斗鸡寒食下。
　　　　　　　（上）　　　　　（上）　　　　　　　　　（去）

回廊暝色愔愔①，应是待、归来也。月渐高，门犹亚。闷剔银缸，漏
　　　　　　　　　　　（上）　　　　（去）

声初入夜。
　（去）

注：一、本词例押花部“花”韵。本押古上声“马”韵，古去声“祃”韵。但“马”“祃”在现代韵中属“花”韵，故全调可押“花”韵。

二、①愔：音“yīn”。愔愔，安静无声。

杜韦娘

【词律·词趣】

本格原为唐教坊曲名，后用为词牌。双片一百零九字。全词同韵，仄韵，韵字可上声、可去声，古韵多入声。“杜韦娘”为唐代名歌妓。教坊以杜氏之名制作曲牌，宋人借唐旧曲别创新声，成此词牌。

上片　四，七。八，三、四。五，四，七。三，四、四。(九句)
　　　　仄　　　　仄　　　　仄　　　　仄

下片　三。四，七。三、五，三、四。三、四，四，五。三，四、四。(十句)
　　　仄　　仄　　　　　　仄　　　　　　　仄　　　　仄

【词人·词例】

北宋　杜安世（生卒年不详），字寿域，京兆（今陕西西安）人。世称杜郎中。有《杜寿域词》一卷。词存八十四首。

暮春天气，莺老燕子忙如织。间嫩叶题诗哨梅小，乍遍水、新萍圆碧。
（古入）（古入）

初牡丹谢了，秋千搭起，垂杨暗锁深深陌。暖风轻，尽日闲把、榆钱
（古入）

乱掷。　恨寂寂。芳容衰减，顿欹玳枕困无力。为少年、狂荡恩情
（古入）（古入）（古入）

薄，尚未有、归来消息。想当初、凤侣鸳俦[①]，唤作平生，更不轻离拆。
（古入）（古入）

倚朱扉，泪眼滴损、红绡数尺。

（古入）

注：一、本词例押古入声“陌”“职”韵。因“陌”“职”在古韵中与“碧”“力”同韵，而“碧”“力”在现代韵中属“衣”韵，故全调可押衣部“衣”韵。

二、①俦：音“chóu”。伴侣。

渡江云

【词律·词趣】

本格双片一百字。全词同韵。上片四平韵，下片四平韵间一仄韵。亦有全押平韵或全押仄韵体。平声可阴平、可阳平；仄声可上声、可去声。下片第四句首字为领字。下片前两句可制为六字句。见陈允平词。此词又名《三犯渡江云》。

上片　五，四，五。五，四，五。四，三、四。三，四，五。（十一句）
平　平　平　平

下片　二。四，四，五。三、四，四。七，三、四。三，六。（十句）
平　△仄　平　平　平

【词人·词例】

南宋　杨泽民（生卒年不详），乐安（今江西乐安）人。有《和清真词》。时人将周邦彦、方千里词合刻之，号《三英集》。

渔乡回落照，晚风势急，鸳鹭集汀沙。解鞍将憩息，细径疏篱，竹隐
（阴）
两三家。山肴野蔌[1]，竞素朴、都没浮华。回望时，绕村流水，万点
（阴）　（阳）
舞寒鸦。　休嗟。明年秋暮，一叶扁舟，望平川北下。应免劳、尘
（阴）　（阴）　△　（去）
巾乌帽，宵炬红纱。青蓑短棹长江碧，弄几曲、羌管吹葭[2]。人借问，
（阴）　（阴）

鸣榔便入芦花[3]。
（阴）

注：一、本词例押花部“花”韵。其中“嗟”在古韵中与花同韵。

二、①蔌：音“sù”。蔬菜。②葭：音“jiā”。初生的芦苇。③榔：音“láng”。木头相撞击的声音。

多　丽

【词律·词趣】

本格双片一百三十九字。全词同韵，平韵，韵字可阴平、可阳平。另有一百三十八字体，见晁补之、葛立方等词。此调亦有双片一百四十字、仄韵体。本词别称《绿头鸭》《陇头泉》等。《绿头鸭》原为唐乐府曲名。“多丽”，传系妓名。

上片　三，六。三、四，六。三、四，三、四。四，四，七。三、四，五。
　　　　　平　　　　平　　　　　　平　　　　平　　　　平
三，四，四。（十四句）
　　　　平

下片　三、四，六。三、四，三、四。四，四，七。三、四，五。三，四，
　　　　　　平　　　　　平　　　平　　　　平
四。（十二句）
平

【词人·词例】

南宋　葛立方（生卒年不详），字常之，丹阳（今属江苏）人，迁吴兴（今浙江湖州）。高宗时进士。历官秘书省正字、校书郎、中书舍人、吏部侍郎。出知袁州、宣州。有《四畴笔耕》《韵语阳秋》《归愚集》。

冷云收，小园一段瑶芳。乍春来、未回穷腊，几枝开犯严霜。傍黄昏、
　　　　　　　　（阴）　　　　　　　　　　　　　（阴）

暗香浮动，照清浅、疏影低昂(阳)。却月幽姿，含章媚态，姮娥姑射下仙乡(阴)。倚阑看、殷勤持酒，索笑也何妨(阳)。堪怜处，东君不管，独自凄凉(阳)。

算何人、为伊销断，古今才子篇章(阴)。有西湖、赋诗处士[①]，□东阁、年少台郎(阳)。驿使来时，吴王醉处，几番牵动广平肠(阳)。剩宴赏、微酸如豆，又是隔年长(阳)。高楼外，莫教羌管，吹坠寒香(阴)。

注：一、本词例押方部“方”韵。

二、①处士：古时称有才德而隐居不仕之人。

二郎神

【词律·词趣】

本格原为唐教坊曲名，后用为词牌。此调始于柳永词。双片一百零四字。全词同韵，仄韵，韵字可上声、可去声。上片第三句、第八句，下片第四句首字为领字。韵段内可撤句造句，但须保持其字数不变。另有一百字、一百零三字、一百零五字等多体，且句式略不同，见柳永、吕谓老、曹勋、张孝祥等词。一百零五字体又名《转调二郎神》《十二郎》。“二郎神”，中国古典名著《西游记》《封神演义》以及戏剧《宝莲灯》等文学故事中人物。神力无比，威猛善战。一说乃华山圣母之兄“三圣母”；一说姓杨名戬，住灌口（今成都都江堰），为郡守李冰之次子；一说即李冰。

上片	四，	三、	四。	五，	四，	五。	七，	三、	四。	五，	四，	四。	（十句）
			仄	△		仄			仄	△		仄	
下片	二。	四，	四。	五，	四，	六。	四，	四，	六。	三、	六，	四。	（十一句）
	仄		仄	△		仄			仄			仄	

【词人·词例】

南宋　汤恢（生卒年不详），字充之，号西郙，眉山（今四川眉山）人。

琐窗睡起，闲伫立、海棠花影。记翠楫银塘，红牙金缕，杯泛梨花冷。
（上）△（上）
燕子衔来相思字，道玉瘦、不禁春病。应蝶粉半销，鸦云斜坠，暗尘
（去）△
侵镜。　　还省。香痕碧唾，春衫都凝。悄一似荼蘼，玉肌翠帔[①]，
（去）（上）（上）△
消得东风唤醒。青杏单衣，杨花小扇，闲却晚春风景。最苦是、蝴蝶
（上）（上）
盈盈弄晚，一帘风静。
（去）

注：一、本词例押东部“声”韵。其中，“凝”在古韵中与“醒”同韵，而“醒”在现代韵中属“声”韵。

二、帔：音“pèi”。古代披肩。

法驾导引

【词律·词趣】

本格单片三十字。全词同韵，平韵，韵字可阴平、可阳平。第一句、第二句为重复句。另有双片平韵体，上下片同单片句式，见刘辰翁、刘克庄等词。“法驾”，古代天子的车驾。此调是专为“法驾”乐曲所作的导引辞，宋人取作词牌。

单片　　三，三，五。七，七。五。（六句）

【词人·词例】

南宋　陈与义（1090—1138），字去非，号简斋，本蜀人，后徙居河南洛阳。徽宗时，登上舍甲科。高宗时，官中书舍人，拜翰林学士，参知政事。有《无住词》。词存十八首。

朝元路，朝元路，同驾玉华君（阴）。千乘载花红一色，人间遥指是祥云（阳）。回望海光新（阴）。

注：本词例押根部“根”韵。

法曲献仙音

【词律 · 词趣】

本格双片九十二字。全词同韵，仄韵，韵字可上声、可去声。下片第九句首字为领字。韵段内可撤句造句，但须保持其字数不变，见李彭老、张炎等词。另有九十一字、九十三字体，其句式略异，见柳永、王奕等词。本词又名《越女镜心》。“法曲”，即法乐，用于佛教法会。我国中原法曲从南北朝梁时起，已由西域法乐与汉族清商乐结合而形成，至隋唐发展到极盛。在唐代，玄宗皇帝酷爱法曲，专设“法部”，让梨园弟子习演之。当时，法曲还掺杂道曲，使之更加浑厚。其时，著名法曲有《赤白桃李花》《霓裳羽衣》等。唐之法曲传到宋代，仅有二三种矣。

上片　四，四，六。四，四，六。六。五。（八句）
　　　　　　仄　　　　仄　仄　仄

下片　三。三、四，三，六。五，三、四。四，三、四。五，六。（十句）
　　　仄　　　　　仄　　　　仄　　　　　仄　△　仄

【词人 · 词例】

南宋　楼采（生卒年不详），字君亮，鄞（今浙江宁波）人。宁宗时进士。

花匣幺弦，象奁双陆①，旧日留欢情意。梦到银屏，恨裁兰烛，香篝夜
（古去）

阑鸳被②。料燕子重来地。桐阴锁窗绮。　倦梳洗。晕芳钿、自羞鸾
（古去）　（古去）　（古上）　（古上）
镜，罗袖冷，烟柳画栏半倚。浅雨压荼蘼，指东风、芳事余几。院落
（古上）　（古上）
黄昏，怕春莺、惊笑憔悴。倩柔红约定，唤取玉箫同醉。
（古去）△　（古去）

注：一、本词例押古上声“纸”“荠”韵，古去声“寘”韵。因“纸”“荠”“寘”在现代韵中属“衣”韵，故全调可押衣部“衣”韵。

二、①奁：音“lián”。古代妇女梳妆用的镜匣。双陆：古代博戏。②篝：音“gōu”。用竹笼罩着灯光。

翻香令

【词律·词趣】

本格双片五十六字。全词同韵，平韵，韵字可阴平、可阳平。因南宋郤虙词中“宝香半灺倩谁翻”句得名。

上片　七(平)。七(平)。三、三，三，五(平)。（五句）

下片　七(平)。七(平)。三、三，三，五(平)。（五句）

【词人·词例】

南宋　郤虙（生卒年不详），字文佰，抚州临川（今属江西）人。词存一首。

醉和春恨拍阑干(阴)。宝香半灺倩谁翻(阴)①。丁宁告、东风道，小楼空，斜月杏花寒(阳)。　梦魂无夜不关山(阴)。江南千里霎时间(阴)。且留得、鸾光在，等归时，双照泪痕干(阴)。

注：一、本词例押山部“山”“天”韵。

二、①灺：音“xiè”。蜡烛的余烬。

芳草渡

【词律·词趣】

本格双片五十六字。全词同韵，平韵，韵字可阴平、可阳平。另有五十七字体，见张先词。此调有慢调，双片八十九字，仄韵体。见陈允平、周邦彦等词。“芳草”，香草也。从古至今，文人雅士以此物比喻忠贞。将“芳草”取进词牌，可见词人寄寓着多么美好的心愿。

上片　　三，三。三，三。七。四，五。（七句）
　　　　　　平　　　平　　　　　　平

下片　　三，三。三，三。七。三，三，三。（八句）
　　　　　　平　　　平　平　　　　　平

【词人·词例】

北宋　贺铸（1052—1125），字方回，号庆湖遗老，卫州（今河南辉县）人。著名词人。曾任泗州、太平州通判。晚年退居苏州。长于自度曲，好以“寓声”。词风多样，妖冶、幽洁、悲壮，深于情而工于语。有《庆湖遗老集》《东山词》。词存二百八十三首。

留征辔[1]，送离杯。羞泪下，捻青梅。低声问道几时回。秦筝雁促，此
　　　　　　（阴）　　　　　　（阳）　　　　　　（阳）
夜为谁排。　　君去也，远蓬莱。千里地，信音乖。相思成病底情怀。
　　（阳）　　　　　　　（阳）　　　　　（阴）　　　　　　（阳）

和烦恼，寻个便，送将来。
（阳）

注：一、本词例押开部“开”韵。本押古上平声“灰”“佳”韵。其中，“排”“乘”“怀”“莱”“来”在现代韵中属“开”韵，“杯”“梅”“回”与“材”在古韵中亦属“开”韵，故全调可押“开”韵。

二、①辔：音“pèi”。驾驭牲口用的嚼子和缰绳。

粉蝶儿

【词律·词趣】

本格双片七十二字。全词同韵，仄韵，韵字可上声、可去声。上下片第四句首字为领字。上下片第四句、第五句可制为“三三四”句式，见毛滂、辛弃疾等词。另有七十四字体，且句式略异，见史浩词。本词另有《粉蝶儿慢》，双调九十八字，仄韵。因毛滂词中有“粉蝶儿，这回共花同活”句，故名。

上片　四，六。三、四。五，五。三，六。（七句）
　　　　仄　　仄　△　仄　　仄

下片　四，六。三、四。五，五。三，六。（七句）
　　　　仄　　仄　△　仄　　仄

【词人·词例】

南宋　曹冠（生卒年不详），字宗臣，号双溪居士，东阳（今属浙江）人。秦桧门下十客之一，教其孙秦埙。高宗时登甲科。曾官平江府教授，擢国子录、太常博士，兼权中书门下检正诸房公事。孝宗时，再应举中第。后官临安府通判，改任太常寺主簿，知郴州。有《燕喜词》。词存六十三首。

绕舍清阴，还是暮春天气。遍苍苔、乱红堆砌。问留春不住，春怎知
（古去）　（古去）　△
人意。最关情，云杪杜鹃声碎。　休怨春归，四时有花堪醉。渐红
（古去）　（古去）　（古去）
莲、艳妆依水。次芙蓉岩桂，与菊英梅蕊。称开尊，日日殢香偎翠。
（古上）　△　（古上）　（古去）

注：本词例押古上声“纸”韵，古去声“寘”“未”“霁”“队”韵。因“纸”“寘”“霁”在现代韵中属“衣”韵，“未”在古韵中与“衣”同韵，“队”与“柿”在古韵中同韵，而“柿”在现代韵中属“衣”韵，故全调可押衣部“衣”韵。

风蝶令

【词律·词趣】

双片五十二字。全词同韵，平韵，韵字可阴平、可阳平。

上片　五，五。七。六、三。（四句）
　　　　　平　平　　　平

下片　五，五。七。六、三。（四句）
　　　　　平　平　　　平

【词人·词例】

南宋　朱敦儒（1081—1159），字希真，号岩壑老人，洛阳（今属河南）人。著名词人。早年隐居不仕。高宗时，赐进士出身。曾任两浙东路提点刑狱。其词语言清畅俚俗，多写闲适放浪的生活。有《岩壑老人诗文》一卷、《樵歌》三卷。词存二百四十六首。

试看何时有，元来总是空（阴）。丹砂只在酒杯中（阴）。看取乃公双颊、照人红（阳）。

花外庄周蝶，松间御寇风（阴）。古人漫尔说西东（阴）。何似自家识取、卖油翁（阴）。

注：本词例押东部“山”“声”韵。

风流子

【词律·词趣】

本格原为唐教坊曲名，后用为词牌。双片一百一十字。全词同韵，平韵，韵字可阴平、可阳平。上片第四句，下片第七句首字为领字。下片头三句可撤句造句，但须保持其字数不变，见周邦彦、秦观等词。另有一百零九字体，见赵孟坚词。此词有单片三十四字，仄韵体。本词又名《内家桥》。

上片　五，三，五。五，四，四，四。三，五，五。四，四，四，四。（十四句）
平　△　平　平　平

下片　二，三，五，四。六，四。五，四，四，四。六，四。（十二句）
平　平　△　平　平

【词人·词例】

北宋　张耒（1054—1114），字文潜，号柯山，楚州淮阳（今江苏清江）人。著名诗人。神宗时进士。曾任秘书省正字、起居舍人。徽宗时为太常少卿，后被贬。其为“苏门四学士”之一。有《张右史文集》《柯山词》。词存六首。

木叶亭皋下，重阳近，又是捣衣秋。奈愁入庾肠，老侵潘鬓，谩簪黄
（阴）　△

菊，花也应羞。楚天晚，白蘋烟尽处[1]，红蓼水边头[2]。芳草有情，夕
（阴）　（阳）

阳无语，雁横南浦，人倚西楼。　　玉容，知安否，香笺共锦字，两
（阳）
处悠悠。空恨碧云离合，青鸟沉浮。向风前懊恼，芳心一点，寸眉两
（阴）　　　　　　　　　　（阳）　△
叶，禁甚闲愁。情到不堪言处，分付东流。
（阳）　　　　　　　　（阳）

注：一、本词例押收部“收”韵。其中，“浮”在古韵中与“收”同韵。

二、①蘋：音“pín”。长在浅水中的蕨类植物。②蓼：音“liǎo”。水边生长的草本植物。

风入松

【词律·词趣】

本格原为古琴曲名，后用为词牌。双片七十六字。全词同韵，平韵，韵字可阴平、可阳平。上下片末句可制为“三三”句式，见张继先词。另有七十二字至七十四字各体，其句式略异，见赵彦端、晏几道、周紫芝等词。此调名见唐代诗人僧皎然《风入松》歌。

上片　七。五。七，三、四。六，六。（六句）
　　　平　平　　　　平　　平

下片　七。五。七，三、四。六，六。（六句）
　　　平　平　　　　平　　平

【词人·词例】

南宋　俞国宝（生卒年不详），临川（今江西抚州）人。孝宗时为太学生。有《醒庵遗珠集》。词存十三首。

一春长费买花钱（阳）。日日醉花边（阴）。玉骢惯识西湖路，骄嘶过、沽酒垆前[①]（阳）。红杏香中箫鼓，绿杨影里秋千（阴）。　暖风十里丽人天（阴）。花压鬓云偏（阴）。画船载取春归去，余情寄、湖水湖烟（阴）。明日重扶残醉，来寻陌上花钿（阳）。

注：一、本词例押山部“天”韵。

二、①垆：音“lú”。酒店里放置酒瓮的土台子，借指酒店。

凤池吟

【词律 · 词趣】

本格双片九十九字。全词同韵，平韵，韵字可阴平、可阳平。上下片第四句首字为领字。

上片　四，四，六。五，四，四。四，七。四，四，四。（十一句）
　　　　　　　平　△　　　平　平　　　平

下片　六，五，四。五，四，四。四，七。三，三、四。（十句）
　　　　　　　平　△　　　平　平　　　平

【词人 · 词例】

南宋　吴文英

万丈巍台，碧罘罳外[1]，衮衮野马游尘[2]（阳）。△旧文书几阁，昏朝醉暮，覆雨翻云（阳）。忽变清明，紫垣敕使下星辰（阳）。经年事静，公门如水，帝甸阳春（阴）。

长安父老相语，几百年见此，独驾冰轮（阳）。△又凤鸣黄幕，玉霄平溯，鹊锦新恩（阴）。画省中书，半红梅子荐盐新（阴）。归来晚，待赓吟、殿阁南薰（阴）。

注：一、本词例押根部“根”韵。

二、①罘罳：音“fú sī”。古代设在门外的屏风。②衮衮：连续不断；众多。衮，音“gǔn”。

凤归云

【词律·词趣】

本格原为唐教坊曲名，后用为词牌。双片一百零二字。全词同韵，平韵，韵字可阴平、可阳平。此调原为七言四句二十八字诗，后演为长调。敦煌写本《云谣集杂曲子》收长调四首，双调七十八字至八十三字各体，平韵。诸词家对其文字、断句说法不一。宋词有柳永二首，不仅与敦煌词不同，而且后出的版本，其字句也有所不同。本集取其中一体为例词。

上片　三，七。四，五。四，四，五。六，四，六。（十句）
　　　平　　平　　　　平　　　平

下片　四，四，四，四，五，三。四，四，五。六，四，七。（十二句）
　　　　　　　　　　　平　　　　平　　　平

【词人·词例】

北宋　柳永

向深秋，雨余爽气肃西郊。陌上夜阑，襟袖起凉飙。天末残星，流电
　　　　　　　　（阴）　　　　　　　　（阴）
未灭，闪闪隔林稍。又是晓鸡声断，阳乌光动，渐分山路迢迢。　驱
　　　　　（阴）　　　　　　　　　　　　　　　（阳）
驱行役，苒苒光阴，蝇头利禄，蜗角功名，毕竟成何事，漫相高。抛
　　　　　　　　　　　　　　　　　　　　　　　　　（阴）

掷云泉，狎玩尘土[①]，壮节等闲消。幸有五湖烟浪，一船风月，会须
（阴）
归去老渔樵。
（阳）

注：一、本词例押高部“高”韵。

二、①狎：音“xiá”。亲近而不庄重。

凤凰阁

【词律·词趣】

本格双片六十八字。全词同韵，仄韵，韵字可上声、可去声，古韵多入声。另有六十九字体，其字句不同，见赵师侠词。本词又名《数花风》。

上片　　四，六。七。六，四。三、四。（六句）
　　　　　　仄　仄　　　仄　　仄

下片　　四，六。七。六，四。三、四。（六句）
　　　　　　仄　仄　　　仄　　仄

【词人·词例】

南宋　刘克庄（1187—1269），字潜夫，号后村居士，莆田（今福建莆田）人。文学家、著名词人。以荫入仕。理宗时赐同进士出身，官工部尚书兼侍读。曾因咏落梅诗遭谗而病废十载。后以龙图阁学士致仕。诗词多感慨时事之作，词风豪迈，语言新奇，善于引典。为南宋“江湖派诗人”和辛派词人的重要作家。有《后村先生大全集》《后村别调》。词存二百六十四首。

元规端委，得似幼舆丘壑。人言此辈宜高阁。几载种天随菊，采庞公
　　　　　　　　　　（古入）　　　　　　　　（古入）

药。龙尾道、难安汗脚。　　浮荣菌蕣①，选甚庶官从橐②。对床句
（古入）　　　　　（古入）　　　　　　　　　　　　　（古入）

子真佳作。安用羡伊结驷，叹侬罗雀。呼便了、沽来共酌。
（古入）　　　　　　　　（古入）　　　　　　（古入）

注：一、本词例押古入声“药”韵。因“药”在古韵中与“作”“落”同韵，而“作”“落”在现代韵中属“波”韵，故全调可押歌部“波”韵。

二、①蕣：音“shùn”。木槿。②橐：音“tuó”。一种口袋。

凤凰台上忆吹箫

【词律·词趣】

本格双片九十七字。全词同韵，平韵，韵字可阴平、可阳平。下片第一句、第二句、第三句可撤句造句，但须保持其字数不变，见曹勋、张炎等词。另有九十五字、九十六字体，且句式不同。清人亦有仄韵之作。此词牌取传说中萧史与弄玉吹箫引凤故事而得名。又名《忆吹箫》。

上片　四，四，六(平)。三、四，四(平)。六，三、四(平)。三，四，四(平)。（十句）

下片　六，三，六(平)。三、四，四(平)。六，三、四(平)。三，六(平)。（九句）

【词人·词例】

北宋　晁补之

才短官慵，命奇人弃，年年故里来还（阳）。记往岁、莲塘送我，远赴荆蛮（阳）。莫道风情似旧，青镜里、绿鬓新斑（阴）。佳人怪，把盏为我，微敛眉山（阴）。

从来嗣宗高韵，独见赏，青云敻绝尘间①（阴）。谩回首、平生醉语，一梦惊残（阳）。莫笑移花种柳，应备办、投老同闲（阳）。从枯槁，松桧耐得霜寒（阳）。

注：一、本词例押山部“山”“天”韵。

二、①敻：音“xiòng”。远。

凤来朝

【词律·词趣】

本格双片五十字。全词同韵，仄韵，韵字可上声、可去声。另有双片五十一字，仄韵体，且上片第三句制为“三五”句式。见陈允平词。

上片　五。三、四。八。三、三。（四句）
　　　仄　　　仄　仄　　　仄

下片　六。三、四。五。三、三。（四句）
　　　仄　　　仄　仄　　　仄

【词人·词例】

北宋　周邦彦

逗晓看娇面。小窗深、弄明未遍。爱残朱宿粉云鬟乱。最好是、帐中
　　　　（去）　　　　　　（去）　　　　　　（去）
见。　说梦双蛾微敛。锦衾温、酒香未断。待起难舍拚①。任日炙、
（去）　　　　　　（上）　　　　　　（去）　　　（去）
画栏暖。
　　（上）

注：一、本词例押山部“山”“天”韵。

二、①拚：音“pàn”。舍弃不顾。

凤求凰

【词律·词趣】

原为乐府《琴曲》歌名，后用为词牌。双片七十七字。全词同韵，平韵，韵字可阴平、可阳平。因北宋郭茂倩编《乐府诗集》中有“凤兮凤兮归故乡，遨游四海求其凰”句而得名。凤凰，古代传说中的百鸟之王。雄者叫“凤”，雌者叫“凰”，凤是凤凰的通称。此鸟为神鸟，常用来象征祥瑞。如伴侣称为“凤侣”，华美的文辞称为“凤藻”，排箫称为“凤箫”，“梧桐枝”称为“凤条”，皇帝乘坐的车子称为“凤辇”，贤才逢良时称为“凤鸣朝阳”等等。故而乐府歌辞、宋词借以成名。

上片　四，四。六。六，四。六，三、四。四，四，四。（十句）
　　　　平　平　　平　　　平　　　平

下片　六，三，六。六，四。六，三、四。四，六。（九句）
　　　　　　平　　平　　　平　平

【词人·词例】

北宋　贺铸

园林幕翠，燕寝凝香。华池缭绕飞廊。坐按吴娃清丽，楚调圆长。歌
（阴）（阳）（阳）

阑横流美眄，乍疑生、绮席辉光。文园属意，玉觞交劝，宝瑟高张。
（阴）（阴）

南薰难销幽恨，金徽上，殷勤彩凤求凰。便许卷收行雨，不恋高唐。
（阳）（阳）
东山胜游在眼，待纫兰、撷菊相将[1]。双栖安稳，五云溪是故乡。
（阴）（阴）

注：一、本词例押方部“方”韵。

二、①撷：音“xié”。摘取。

凤箫吟

【词律·词趣】

本格双片九十九字。全词同韵，平韵，韵字可阴平、可阳平。另有一百字或一百零一字，平韵体，见晁补之等词。此调又名《芳草》《凤楼吟》等。相传北宋大臣韩缜出使西夏，于离筵上作此词，神宗赵顼为之感怀。

上片　三，四，六。五，四，四。五，三、四。五，六。（十句）
平　平　平　平

下片　二。四，三、四。五，五，四。五，三、四。三，四，四。（十一句）
平　平　平　平　平

【词人·词例】

北宋　韩缜（1019—1097），字玉汝。先世灵寿（今属河北）人，后徙雍丘（今河南杞县）。仁宗时进士。历官知枢密院事、尚书右仆射兼中书侍郎，知颍昌府。以太子太保致仕。谥庄敏。词存一首。

锁离愁，连绵无际，来时陌上初熏。绣帏人念远，暗垂珠露，泣送征
（阴）
轮。长亭长在眼，更重重、远水孤云。但望极楼高，尽日目断王孙。
（阳）（阳）（阴）

消魂。池塘别后，曾行处、绿妒轻裙。恁时携素手，乱花飞絮里，
（阳）（阳）

缓步香茵。朱颜空自改，向年年、芳意长新。遍绿野，嬉游醉眼，莫负
（阴）（阴）
青春。
（阴）

注：本词例押根部“根”韵。

芙蓉月

【词律 · 词趣】

本格双片九十四字。全词同韵，仄韵，韵字可上声、可去声。下片第二句首字为领字。

上片　五，三、六。四，六。六，六。三，三，六。（九句）
仄　仄　仄　仄

下片　五。五，四。四，六。六，三。三。三，三、四。（十句）
仄　△　仄　仄　仄　仄　仄

【词人 · 词例】

南宋　赵以夫（1189—1256），字用文，号虚斋，长乐（今属福建）人。宁宗时进士。历官同知枢密院事、吏部尚书。擅长慢词。有《虚斋乐府》。

黄叶舞碧空，临水处、照眼红苞齐吐。柔情媚态，伫立西风如诉。遥
（古上）　（古去）
想仙家城阙，十万绿衣童女。云缥缈，玉娉婷，隐隐彩鸾飞舞。　樽
（古上）　（古上）
前更风度。记天香国色，曾占春暮。依然好在，还伴清霜凉露。一曲
（古去）△　（古去）　（古去）
阑干敲遍，悄无语。空相顾。残月淡，酒阑时、满城钟鼓。
（古上）（古去）　（古上）

注：本词例押古上声“语”“麌”韵，古去声“遇”韵。因“语”“麌”“遇”在现代韵中属“居”韵，故全调可押衣部“居”韵。

拂霓裳

【词律·词趣】

本格双片八十二字。全词同韵，平韵，韵字可阴平、可阳平。另有上片第二句首字为八字句，下片末句为“五三”句式体，见晏殊词。

上片　　三。七。三，七。五，五。三。三、五。（八句）
　　　　平　平　　　平　　平　平　　平

下片　　四，三，三。三，七。五，五。三。三、五。（九句）
　　　　　　　　平　　平　　平　平　　平

【词人·词例】

北宋　晏殊（991—1055），字同叔，抚州临川（今江西进贤）人。政治家、文学家、杰出词人。真宗时以神童召试，年仅十四岁被赐同进士出身。仁宗时，官至同中书门下平章事兼枢密使。当时名臣范仲淹、文学家欧阳修、词家张先均出其门。其词风承袭五代，闲雅而有情思，语言婉丽，音韵谐和。世称“词人宰相”。其《浣溪纱》中“无可奈何花落去，似曾相识燕归来”句，著称于世。谥元献。有《珠玉词》。

乐秋天。晚荷花缀露珠圆。风日好，数行新雁贴寒烟。银簧调脆管，
　　（阴）　　　　　　（阳）　　　　　　　（阴）

琼柱拨清弦。捧觥船。一声声、齐唱太平年。　人生百岁，离别易、
　　　（阳）　（阳）　　　　　　（阳）

会逢难。无事日，剩呼宾友启芳筵。星霜催绿鬓，风露损朱颜。惜清
（阳）　（阳）　（阳）
欢。又何妨、沉醉玉尊前。
（阴）　（阳）

注：本词例押山部“山”“天”韵。

甘草子

【词律·词趣】

本格双片四十七字。全词同韵，仄韵，韵字可上声、可去声。下片末句首字为领字。上片第四句可押韵，可不押韵。见柳永词。

上片　二。四，五。五。五。（五句）
　　　仄　　　仄　仄　仄

下片　七。三、四。七。五。（四句）
　　　仄　　　仄　仄　△仄

【词人·词例】

北宋　寇准（961—1023），字平仲，华州下邽（今陕西渭南北）人。政治家，名臣。太宗时进士。初官参知政事，后拜相。因受排挤而罢相。晚年再起为相。真宗时又被排挤去位，封莱国公。有《寇莱公集》。词存五首。

春早。柳丝无力，低拂青门道。暖日笼啼鸟。初坼桃花小。　遥望
（上）　　　　　　　（去）　　　（上）　　　（上）
碧天净如扫。曳一缕、轻烟缥缈。堪惜流年谢芳草。任玉壶倾倒。
　　（上）　　　　　（上）　　　　　（上）△　　　（上）

注：本词例押高部“高”韵。

甘露歌

【词律·词趣】

本格单片二十四字。全词前两句一个韵，仄韵，后两句一个韵，平韵。仄韵可上声、可去声，平韵可阴平、可阳平。此词原为诗，南宋词人曾慥、黄大舆以为词，后从之。

单片　　七。五。七。五。（四句）
　　　　仄　仄　平　平

【词人·词例】

北宋　王安石（1021—1086），字介甫，号半山，抚州临川（今江西抚州）人。政治家、思想家、文学家。仁宗时进士。初知鄞县。曾上万言书，主张变法，未被采纳。神宗时，召为翰林学士兼侍讲。又上书阐明必须改革，与神宗皇帝意合，为参知政事。后拜相。推行青苗、免役、农田水利等一系列新法，史称“王安石变法”。因保守派强烈反对，曾两次罢相，终退居江宁（今南京）。封荆国公，谥文。其为“唐宋八大家”之一，散文雄健峭拔，诗歌遒劲清新。词虽不多而风格高峻。有《王文公文集》《临川先生文集》。

折得一枝香在手。人间应未有。疑是经春雪未消。今日是何朝。
（上）（上）（阴）（阳）

注：本词例押收部“收”韵，高部“高”韵。

感皇恩

【词律 · 词趣】

本格原为唐教坊曲名，后用为词牌。双片六十七字。全词同韵，仄韵，韵字可上声、可去声。此调有偷声、减字、添字等变格。另有一体，双片六十字，平韵，与《小重山》相似。本词又名《人南渡》《迭萝花》等。

上片　　五，四。七。四，六。五，三。（七句）
　　　　　　仄　仄　　　仄　　　仄

下片　　四，四。七。四，六。五，三。（七句）
　　　　　　仄　仄　　　仄　　　仄

【词人 · 词例】

南宋　赵孟坚（1199—约 1267），字子固，号彝斋，太祖十世孙。南渡为海盐（今浙江海盐）人。著名书画家。理宗时登进士第。为湖州掾，入转运司幕，知诸暨县，以御史言罢归。有《彝斋文编》。

官小宦游初，清贫如旧。小簇杯盘旋篘酒①。虽然微禄，不比他们丰
　　　　　　　　　　　（去）　　　　　　　（上）

厚。也知惭愧是，皇恩受。　　富贵千般，享之惟寿。心地平时到头
（去）　　　　　　（去）　　　　　　　　　　　　　（去）

有。摩挲铜秋，祝望比他长久。鼎来荣贵待，通闺后。
（上）　　　　　　　（上）　　　　　　　　（去）

注：一、本词例押收部“收”韵。

二、①篘：音“chōu”。滤酒的器具；过滤之酒。

高山流水

【词律·词趣】

本格原为古琴曲，后用为词牌。双片一百一十字。全词同韵，平韵，韵字可阴平、可阳平。上片第八句，下片第九句首字为领字。此调内容和曲名成就于俞伯牙和钟子期知琴知音的故事。春秋时，琴师俞伯牙善鼓琴，钟子期善听。俞伯牙鼓琴志在高山，钟子期听琴犹峨峨兮若泰山；俞伯牙鼓琴志在流水，钟子期听琴洋洋兮若江河。后因以“高山流水”或“流水高山”寓为得知音、得知己之典。故宋人借此琴曲以制词牌。

上片　七。三、四。五，六。三、四。三、六，四。五，五。(九句)
　　　平　　　平　　　平　　　平　　　　　　平　△　平

下片　二。五，三、四。五，六。三、四。三、六，四。五，五。(十句)
　　　平　　　　平　　　平　　　平　　　　　　平　△　平

【词人·词例】

南宋　吴文英

素弦一一起秋风。写柔情、都在春葱。徽外断肠声，霜霄暗落惊鸿。
(阴)　(阴)　(阳)

低颦处、剪绿裁红。仙郎伴、新制还赓旧曲，映月帘栊。似名花并蒂，
(阳)　(阳)　△

日日醉春浓。　吴中。空传有西子，应不解、换徵移宫。兰蕙满
(阳)　(阴)　(阴)

襟怀，唾碧总喷花茸。后堂深、想费春工。客愁重、时听蕉寒雨碎，
（阳）　（阴）

泪湿琼钟。恁风流也称，金屋贮娇慵。
（阴）　△　（阴）

注：本词例押东部“东”“声”韵。

高阳台

【词律·词趣】

本格双片一百字。全词同韵，平韵，韵字可阴平、可阳平。下片第二句首字为领字。上下片第八句可押韵、可不押韵，见王沂孙词。此词又名《庆春泽》《庆春泽慢》等。本调名出自战国楚辞赋家宋玉《高唐赋》中楚怀王游高唐时梦见巫山神女的故事。

上片　四，四，六。四，六。七，三、四。三。四，四。（十句）
　　　　　　平　　平　　　平　平　平

下片　七，五，四。四，六。七，三、四。三。四，四。（十句）
　　　△　平　　平　　　平　平　平

【词人·词例】

南宋　韩疁（生卒年不详），字子耕，号萧闲。有《萧闲词》。词存六首。

频听银签，重然绛蜡，年年衮衮惊心。饯旧迎新，能消几刻光阴。老来可
（阴）（阴）
惯通宵饮，待不眠、还怕寒侵。掩清尊。多谢梅花，伴我微吟。　邻娃
（阴）（阴）（阳）
已试春妆了，更蜂腰簇翠，燕股横金。勾引东风，也知芳思难禁。朱颜那
△（阴）（阴）
有年年好，逞艳游、赢取如今。恣登临。残雪楼台，迟日园林。
（阴）（阳）（阳）

注：本词例押根部“根”韵。

鬲溪梅令

【词律·词趣】

本格双片四十八字。全词同韵，平韵，韵字可阴平、可阳平。“鬲溪”，古水名，谓古黄河下游。

上片　　七。三。九。五。（四句）
　　　　平　平　平　平

下片　　七。三。九。五。（四句）
　　　　平　平　平　平

【词人·词例】

南宋　姜夔

好花不与殢香人。浪粼粼。又恐春风归去绿成荫。玉钿何处寻。　木
（阳）（阳）（阴）（阳）

兰双桨梦中云。小横陈。漫向孤山山下觅盈盈。翠禽啼一春。
（阳）（阳）（阳）（阴）

注：本词例押根部“根”韵。其中，“盈”与“贞”在古韵中同韵，而“贞”在现代韵中属“根”韵。

隔浦莲

【词律·词趣】

本格双片七十字。全词同韵，仄韵，韵字可上声、可去声。另有周邦彦七十三字体。宋人倚声时多用周邦彦韵，然其句式各不相同。

上片　　六。五。四，七。五。三。五。（七句）
　　　　仄　仄　　　仄　仄　仄　仄

下片　　三。三、六。四，六。五。二。六。（七句）
　　　　仄　　　仄　　　仄　仄　仄　仄

【词人·词例】

南宋　赵必瑑（1245—1294），字玉渊，号秋晓，东莞（今广东东莞）人。度宗时，与父同登进士。曾任南康县丞。有《覆瓿集》。

东风吹长嫩葆。花坞穿青窈。玉管新声，金铃颤响惊青鸟。行乐莫草
（上）（上）（上）
草。春光闹。鸳浴垂杨沼。　红娇小。梳宫样、髻云钗凤斜倒。酒
（上）（去）（上）（上）（上）
边轻别，一枕相思到晓。巫山难梦到。愁觉。一些心事谁表。
（上）（去）（去）（上）

注：本词例押高部“高”韵。

更漏子

【词律·词趣】

本格双片四十六字。上下片各两仄韵、两平韵，且各押一个韵，即全词为四个韵。亦可平与仄、平与平、仄与仄同押一个韵，即全词可为二至三个韵。此词又名《独倚楼》《付金钗》《翻翠袖》等。本词牌因晚唐温庭筠词中多咏更漏而得名。

上片　三，三。六。三，三。五。（六句）
　　　　仄　仄　　　　平　平

下片　三，三。六。三，三。五。（六句）
　　　　仄　仄　　　　平　平

【词人·词例】

南宋　黄机（生卒年不详），字几仲，一字几叔，东阳（今浙江东阳）人。曾仕州郡。词学辛弃疾。有《竹斋诗余》。词存九十六首。

秋点长，秋梦短。怕见黄昏庭院。风窸窣①，雨萧骚。倚窗魂欲销。
（上）（去）（阴）（阴）

候蛛丝，占鹊喜。依旧浓愁一纸。红袖黦②，翠细蔫。泪痕犹未干。
（上）（上）（阴）（阴）

注：一、本词例押山部“山”“天”韵，衣部“衣”韵，高部“高”韵。

二、①窸窣：音“xī sū”。细小的摩擦声。②黦：音“yuè”。黄黑色。

孤　鸾

【词律·词趣】

本格双片九十八字。全词同韵，仄韵，韵字可上声、可去声。上下片第二句、末句首字为领字。下片第四句、第五句可制为“五五”句式，见张槼词。鸾，传说中像凤凰一类的神鸟，寓意着吉祥与富贵，故而其名多用于美好的事物。如夫妻和谐叫“鸾凤和鸣”，人才会聚叫“鸾翔凤集”，梳妆镜叫“鸾镜”，皇帝仪仗中的旗叫“鸾旗”等等。当然，诗词的调名也就时时见之。

上片　四。五，四。四，六。六，三、四。六，五。（九句）
　　　仄　△　仄　　　仄　　　仄　　△仄

下片　三、五。五，四。四，六。六，三、四。六，五。（九句）
　　　　仄　△　仄　　　仄　　　仄　　△仄

【词人·词例】

南宋　马子严（生卒年不详），字庄父，号古洲居士，建安（今福建建瓯）人。孝宗时进士。官岳阳守。有《岳阳志》二卷。

沙堤香软。正宿雨初收，落梅飘满。可奈东风，暗逐马蹄轻卷。湖波
　（上）△　　　　　　（上）　　　　　　　　　　　（上）
又还涨绿，粉墙阴、日融烟暖。蓦地刺桐枝上，有一声春唤。　　任
　　　　　　　（上）　　　　　　△　（去）

酒帘、飞动画楼晚。便指数烧灯，时节非远。陌上叫声，好是卖花行
(上)　△　(上)
院。玉梅对妆雪柳，闹蛾儿、象生娇颤。归去争先戴取，倚宝钗双燕。
(去)　(去)　△　(去)

注：本词例押山部“山”“天”韵。

古香慢

【词律·词趣】

本格双片九十四字。全词同韵，仄韵，韵字可上声、可去声。此调为吴文英自度曲。

上片　四，四，四。四，六。五，三、四。三、四，六。（九句）
　　　　　　仄　　仄　　　　仄　　　仄

下片　三、四。四，四。四，四。四，六。五，三、四。三，三、四。（九句）
　　　　仄　　仄　　仄　　　　仄　　　仄

【词人·词例】

南宋　吴文英

怨娥坠柳，离佩摇荭[①]，霜讯南圃。漫忆桥扉，倚竹袖寒日暮。还
　　　　　　　　　　　　（上）　　　　　　　　（去）
问月中游，梦飞过、金风翠羽。把残云、剩水万顷，暗熏冷麝苦。　渐
　　　　　　　　　　（上）　　　　　　　　（上）
浩渺、凌山高处。秋澹无光，残照谁主。露粟侵肌，夜约羽林轻误。
　　（去）　　　　　　　　（上）　　　　　　　　（去）
翦碎惜秋心，更肠断、珠尘藓路。怕重阳，又催近、满城细雨。
　　　　　　　　　　（去）　　　　　　　　（上）

注：一、本词例押衣部“居”韵。本押古上声“麌”韵，古去声“御”“遇”韵。因“麌”“御”“遇”在现代韵中属“居”韵，故全调亦押“居”韵。

二、①荭：音“hóng”。一种一年生草本植物。

鼓笛令

【词律·词趣】

本格双片五十四字。全词同韵，仄韵，韵字可上声、可去声。

上片　六。三、四。七。三、四。（四句）
　　　仄　　　仄　仄　　　仄

下片　六。三、四。七。三、四。（四句）
　　　仄　　　仄　仄　　　仄

【词人·词例】

南宋　朱敦儒

纸帐绸衾忒暖（上）。尽自由、横翻倒转（上）。睡觉西窗灯一盏（上）。恰听打、三更三点（上）。　残梦不须深念（去）。这些个、光阴煞短（上）。解散缰绳休系绊（去）。把从前、一笔勾断（去）。

注：本词例押山部“山”“天”韵。

鼓笛慢

【词律·词趣】

本格双片一百零二字或一百零六字。全词同韵，仄韵，韵字可上声、可去声。上下片第九句首字为领字。上片第一句、第二句，上片末三句，下片末三句均可撤句造句，但须保持其字数不变。见赵长卿、欧阳修等词。

上片　　六，七。四，四，四。四，四，四。五，四，三、三。（十一句）
　　　　　　仄　　　　仄　　　　　仄 △　　　　仄

下片　　六，三、四。四，四，四。四，四，四。五，四，四。（十一句）
　　　　　　　　仄　　　　仄　　　　　仄 △　　　仄

【词人·词例】

北宋　孔榘（生卒年不详），字处度。与隐士孔夷齐名。

数枝凌雪乘冰，嫩英半吐琼酥点。南州故苑，何郎遗咏，风台月观。
（上）（去）
疏影横斜，暗香浮动，水寒云晚。笑浮花浪蕊，娇春万里，空零落、
（上）△
愁莺燕。　　游子寂寥暮景，向天边、几回相见。玉人纤手，殷勤攀
（去）（去）
赠，欲行微盼。越使归来，汉宫妆罢，昭华流怨。念湘江梦杳，窗前
（去）（去）△
疑是，此情何限。
（去）

注：本词例押山部“山”“天”韵。

归朝欢

【词律·词趣】

本格双片一百零四字。全词同韵，仄韵，韵字可上声、可去声。

上片　七。七。七，七。五。七。三、四，五。（八句）
　　　仄　仄　　　仄　仄　仄　　　　　仄

下片　七。七。七，七。五。七。三、四，五。（八句）
　　　仄　仄　　　仄　仄　仄　　　　　仄

【词人·词例】

南宋　陈德武（生卒年不详），三山（今福建福州）人。有《白雪遗音》。

昨夜城头望牛斗。金气横空作龙吼。朝天尺一鹤飞书，尊前夺我龙头
（上）　（上）

友。风流江左后。青毡旧物曾坚守。念侨居、淮阳九载，闲却丝纶手。
（上）　（去）　（上）　（上）

花骢欲系无长柳。玉箸频挥翻短袖。凤凰台近月重圆，紫薇花暖香
（上）　（去）

依旧。功名随分有。论交要在知心友。唱阳关、一杯别酒，先祝斯文寿。
（去）　（上）　（上）　（去）

注：本词例押收部“收”韵。

归国谣

【词律·词趣】

本格原为唐教坊曲名，后用为词牌。单片三十四字。全词同韵，仄韵，韵字可上声、可去声。另有《归自谣》词牌，其体与此调完全相同，即异名而同体。还有《归国遥》之名，“遥”与“谣”一字之差，被误为一体，实则各为一体。《归国遥》乃双片四十二字或四十三字，仄韵体。

单片　　三。七。七。七。三。七。（六句）
　　　　仄　仄　仄　仄　仄　仄

【词人·词例】

南宋　姚述尧（生卒年不详），字进道，钱塘（今浙江杭州）人。高宗时进士。孝宗时，官知乐清县、知鄂州。有《箫台公余词》一卷。

初夏好。雨过池塘荷盖小。绿阴庭院莺声悄。朱帘隐隐笙歌早。沉烟
（上）　　　　　　（上）　　　　　　（上）　　　　　　（上）
袅。玉人笑拥金尊倒。
（上）　　　　（上）

注：本词例押高部“高”韵。

归田乐

【词律 · 词趣】

本格双片七十二字。全词同韵，仄韵，韵字可上声、可去声。本词一名多体，且字句各异，见晁补之、仇远、蔡伸等词。该词又名《归田乐引》。此词另有令词，双片四十四字，平韵，见黄庭坚等词。

上片　五。三、四。五。五，四。七。（六句）
　　　仄　　　仄　仄　　　仄　仄

下片　五。三、六。四，五。五、四。七。（六句）
　　　仄　　　仄　　　仄　　　仄　仄

【词人 · 词例】

北宋　晏几道（1038—1110），字叔原，号小山，抚州临川（今江西抚州）人。著名词人。晏殊第七子。历官颍昌府许田镇监、乾宁军通判、开封府判官等。曾因反对王安石变法，受株连下狱，性格更显孤傲。晚年家境更加衰落。其词长于小令，语言精巧婉丽，多寓诗人句法，艳而不俗，将令词发展到了极致。与父时称“二晏”。有《小山词》。

试把花期数。便早有、感春情绪。看即梅花吐。愿花更不谢，春且长
　　　（古上）　　　　　　（古上）　　　（古上）
住。只恐花飞又春去。　　花开还不语。问此意、年年春还会否。绛
（古去）　　　　（古去）　　　　（古上）　　　　　　　（古上）

唇青鬓，渐少花前语。对花又记得、旧曾游处。门外垂杨未飘絮。
（古上）（古上）（古去）

注：本词例押古上声“纸”“语”“麌”韵，古去声“御”“遇”韵。因“纸”“语”“麌”“御”“遇”在现代韵同“衣”“居”韵，故全调可押衣部“衣”“居”韵。

桂枝香

【词律·词趣】

本格双片一百零一字。全词同韵，仄韵，韵字可上声、可去声。上下片第二句首字为领字。上片第四句、第五句可制为“六四”句式。见王安石词。此词又名《疏帘淡月》。

上片　四。五，四。四，六。七，三、四。四，四，四。（十句）
　　　仄　△　仄　　　仄　　　　仄　　　　仄

下片　三、四。五，四。四，六。七，三、四。四，四，四。（十句）
　　　　　仄　△　仄　　　仄　　　　仄　　　　仄

【词人·词例】

南宋　徐宝之（生卒年不详），字鼎夫，号西麓，庐陵（今江西吉安）人。

人间秋至。对暮雨满城，沉思如水。桐叶惊风，似语怨蛩齐起[1]。南楼
（古去）△　　　　　　　（古上）　　　　　　　（古上）
月冷曾多恨，怕而今、夜深横吹。那堪更听，萧萧槭槭[2]，透窗摇睡。
　　　　　　　　　　（古去）　　　　　　　　　　（古去）

问禁梦、闲云何地。但手约轻绡，省人深意。红树池塘，谁见宿妆凝
　　　　　（古去）△　　　　　　（古去）
睇。旧时裘马行歌事，合都归、汀蘋烟芷。思王渐老，休为明珰[3]，
（古去）　　　　　　　　　　（古上）

沉吟洛涘④。
（古上）

注：一、本词例押古上声“纸”韵，古去声“寘”“霁”韵。因“纸”“寘”“霁”在现代韵中属“衣”韵，故全调可押衣部“衣”韵。

二、①蛩：音“qióng”。蟋蟀。②槭槭：风吹树叶摇动的声音。槭，音“qì”。③珰：音“dāng”。妇女戴在耳垂上的一种装饰品。④涘：音“sì”。水边。

国　香

【词律·词趣】

本格双片九十九字。全词同韵，平韵，韵字可阴平、可阳平。上下片第二句首字为领字。另有九十七字体，见曹勋词。张炎词上片第四句、第五句互换句子顺序。《左传·宣公三年》：“以兰有国香，人服媚之如是。”后以“国香”泛喻其他香花或佳人。宋人取之为词牌。

上片　四。五，四。四，六。六，三、四。五，四，四。（十句）
平　△　平　平　平　平

下片　五，五，四。四，六。六，三、四。五，四，四。（十句）
△　平　平　平　平

【词人·词例】

南宋　曹勋（1098—1174），字功显，阳翟（今河南禹县）人。曹组之子。徽宗时，赐同进士出身。曾拜昭信军节度使。有《松隐集》。

十月新阳。喜桃杏秀发，宫殿春香。宝历开图，文母协应时康。诞庆
（阳）△　（阴）（阴）

欣逢令旦，向花闱、罄列嫔嫱①。欢荣是九五，侍膳芳筵，翠扆龙章②。
（阳）（阴）

天心人共喜，拱三钗瑞彩，同捧瑶觞。禁中和气，都入法部丝簧。
△　（阴）（阳）

一片神仙锦绣，正珠帘、高卷云光。遐龄祝亿载，永奉慈颜，地久天长。
（阴）（阳）

注：一、本词例押方部“方”韵。

二、①罄：音“qìng”。这里指尽。嫔嫱：古代宫廷里的女官。②扆：音“yǐ”。古代一种屏风。

过龙门

【词律·词趣】

本格双片五十四字。全词同韵，平韵，韵字可阴平、可阳平。

上片　　五。四。七。七，四。（五句）
　　　　平　平　平　　　平

下片　　五。四。七。七，四。（五句）
　　　　平　平　平　　　平

【词人·词例】

南宋　史达祖（生卒年不详），字邦卿，号梅溪，汴（今河南开封）人。著名词人。宁宗时，为韩侂胄堂吏，掌文书。曾使金。其词细腻工巧，咏物情满。有《梅溪词》。词存一百一十二首。

醉月小红楼（阳）。锦瑟箜篌[1]（阳）。夜来风雨晓来收（阴）。几点落花饶柳絮，同为春愁（阳）。　寄信问晴鸥（阴）。谁在芳洲（阴）。绿波宁处有兰舟（阴）。独对旧时携手地，情思悠悠（阴）。

注：一、本词例押收部"收"韵。

二、①箜篌：音"kōng hóu"。古代弦乐器，分卧式、竖式两种。

海棠春

【词律·词趣】

本格双片四十八字。全词同韵，仄韵。韵字可上声、可去声。下片第一句、第二句可制为“四四六”句式，见柴元彪词。本词又名《海棠花》《海棠春令》等。南宋吴潜三用同韵写海棠。

上片　　七。三、四。五，五。（四句）
　　　　仄　　　仄　　　仄

下片　　七。三、四。五，五。（四句）
　　　　仄　　　仄　　　仄

【词人·词例】

南宋　吴潜（1196—1262），字毅夫，号履斋，先世迁溧水（今属江苏）人，居德清（今属浙江）。宁宗时进士第一。历官参知政事、枢密使、左丞相。曾受人谗毁，两度罢相。有《履斋诗余》。

苍龙夭矫停今雨。正不待、云吞雾吐。绝笑大夫松，今古闲言语。　　清
（古上）　（古上）　（古上）

光冷艳侵入处。漏月影、婆娑自舞。拟作岁寒人，此愿天应许。
（古上）　（古上）　（古上）

注：本词例押古上声“语”“麌”韵。因“语”“麌”在现代韵中属“居”韵，故全调可押衣部“居”韵。

汉宫春

【词律·词趣】

本格双片九十六字。全词同韵，有平韵、仄韵两体。平韵韵字可阴平、可阳平，仄韵韵字可上声、可去声。上下片第二句首字为领字。上片第四句、第五句可制为“四六”句式；下片头三句可制为“六三六”句式，第四句、第五句可制为“四六”句式，末两句可制为“三六四”句式。见葛长庚、沈蔚、李光等词。本词一名多体，其上下片首句可押韵，见张先、康与之等词。

上片　四，五，四。六，四。四，三、四。三、四，六。（九句）
　　　　△　平　　平　　平　　平

下片　六，五，四。六，四。四，三、四。三、四，六。（九句）
　　　　△　平　　平　　平　　平

【词人·词例】

南宋　赵汝茪（生卒年不详），字参晦，号霞山，又号退斋。为宗室子弟，宋太宗第四子商王元份七世孙，理宗淳祐中前后在世。有《退斋词》一卷。

著破荷衣，笑西风吹我，又落西湖。湖间旧时饮者，今与谁俱。山山
　　　△　　（古上平）　　（古上平）

映带，似携来、画卷重舒。三十里、芙蓉步障，依然红翠相扶。一
（古上平）（古上平）
目清无留处，任屋浮天上，身集空虚。残烧夕阳过雁，点点疏疏。故
△（古上平）（古上平）
人老大，好襟怀、消减全无。慢赢得、秋声两耳，冷泉亭下骑驴。
（古上平）（古上平）

注： 本词例押古上平“鱼”“麌”韵。因“鱼”“麌”在现代韵中属“居”韵，故全调可押衣部“居”韵。

撼庭秋

【词律 · 词趣】

本格原为唐教坊曲名，后用为词牌。双片四十八字。全词同韵，仄韵，韵字可上声、可去声。上片第二句，下片第四句首字为领字。

上片　　六。五。四，四，四。（五句）
　　　　仄　△仄　　　　仄

下片　　四，四，四。五，四，四。（六句）
　　　　　　　　仄　△　　　仄

【词人 · 词例】

北宋　晏殊

别来音信千里。怅此情难寄。碧纱秋月，梧桐夜雨，几回无寐。　楼
（上）　△　　　（去）　　　　　　　　　　　　　（去）

高目断，天遥云黯，只堪憔悴。念兰堂红烛，心长焰短，向人垂泪。
　　　　　　　　　　（去）　△　　　　　　　　　　　（去）

注： 本词例押衣部“衣”韵。其中“寐”“悴”“泪”在古韵中属“寘”韵，而“寘”在现代韵中属“衣”韵。

好女儿

【词律·词趣】

本格双片六十二字。全词同韵，平韵，韵字可阴平、可阳平。上下片第四句首字为领字。另有四十五字体，且句式略异，见黄庭坚词。此词又名《国门东》《九回肠》《月先圆》《绮筵张》《画眉郎》《绣带子》等。

上片　四。四。三、五，五，四，四。（六句）
　　　平　平　　　△　　平

下片　六，三、三。三、五，五，四，四。（六句）
　　　　　　平　　　△　　平

【词人·词例】

北宋　晏几道

绿遍西池。梅子青时。仅无端、尽日东风恶，更霏微细雨，恼人离恨，
　　（阳）　　（阳）　　　　　　　　　　△

满路春泥。　应是行云归路，有闲泪、洒相思。想旗亭、望断黄昏
　　（阳）　　　　　　　　　　　　　　　（阴）

月，又依前误了，红笺香信，翠袖欢期。
　△　　　　　　　　　　　（阴）

注：本词例押衣部“衣”“居”韵。

好事近

【词律 · 词趣】

本格双片四十五字。全词同韵，仄韵，韵字可上声、可去声。上下片末句首字为领字。又名《钓船笛》《倚秋千》等。

上片　五，六。六，五。（四句）
　　　　仄　　△仄

下片　七，五。六，五。（四句）
　　　　仄　　△仄

【词人 · 词例】

北宋　蔡襄（1012—1067），字君谟，莆田人。仁宗时进士。曾官龙图阁学士、知开封府、知泉州，后召为翰林学士。

瑞雪满京都，宫殿尽成银阙。常对素光遥望，是江梅时节。　如今
（去）　△　（去）

江上见寒梅，幽香自清绝。重看落英残艳，想飘零如雪。
（去）　△　（去）

注：本词例押些部“些”韵。本押古入声“月”“屑”韵，因“月”“屑”在现代韵中属“些”韵，故全调可押“些”韵。

河　传

【词律·词趣】

本格双片六十一字。全词同韵，仄韵，韵字可上声、可去声。上片第二句、第三句可制为“五四”句式，见秦观诗。另有句式、韵脚略异者，见赵鼎、吕渭老等词。还有五十七字体，见柳永词；五十四字体，平仄韵间用，见辛弃疾词。本词一作《水调河传》，又名《怨王孙》《月照梨花》《唐河传》等。“河传”，其名始于隋代，相传为炀帝去江都时所作，声韵悲切。

上片　四。四，五。四，六。三、三。（六句）
　　　仄　　　仄　　　仄　　　仄

下片　七。四，五。四，六。三、三。（六句）
　　　仄　　　仄　　　仄　　　仄

【词人·词例】

北宋　黄庭坚（1045—1105），字鲁直，号山谷道人、涪翁，洪州分宁（今江西修水）人。著名诗人、书法家。英宗时进士。以校书郎为检讨官，迁著作佐郎。后遭贬谪。“苏门四学士”之一，与苏轼齐名，世称“苏黄”。开创江西诗派，善词。书法为“宋四家”之一。有《山谷集》《山谷精华录》《山谷琴趣外篇》。词存一百九十首。

心情老懒。对歌对舞，犹是当时眼。巧笑靓妆，近我衰容华鬓。似扶
（上）　　　　　　　　（上）　　　　　　　　（上）

著、卖卜算。　　思量好个当年见。催酒催更，只怕归期短。饮散灯
（去）　　　　　　　　（去）　　　　　　　　（上）

稀，背锁落华深院。好杀人、天不管。
（去）　　　　（上）

注：本词例押山部“山”“天”韵。其中，“鬓”在古韵中与“捆”同韵，而“捆”又与“阮”同韵，“阮”在现代韵中又属“山”韵，故“鬓”可押“山”韵。

河渎神

【词律·词趣】

本格原为唐教坊曲名，后用为词牌。双片四十九字。全词同韵。上片平韵，韵字可阴平、可阳平；下片仄韵，韵字可上声、可去声。另有全词通押平韵体。此词源于唐、五代祭咏河边祠庙之曲。

上片　　五。六。七。六。（四句）
　　　　平　平　平　平

下片　　七。六。六。六。（四句）
　　　　仄　仄　仄　仄

【词人·词例】

南宋　辛弃疾（1140—1207），字幼安，号稼轩，历城（今山东济南）人。爱国主义杰出词人。年轻时参加抗金义军，后任湖北、江西、湖南、福建、浙东安抚使等职。其抗金建议未被采纳，反遭打击，曾长期落职闲居。词风豪壮，与苏轼并称“苏辛”，均为宋词“豪放派”集大成者。与李清照并称“济南二安”，均有宋词柔婉之本色。有《稼轩长短句》《辛稼轩诗文钞存》。词存六百二十九首。

芳草绿萋萋。断肠绝浦相思。山头人望翠云旗。蕙香佳酒君归。　惆
　　（古上平）　　　（古上平）　　　（古上平）　　　（古上平）

帐画檐双燕舞。东风吹散灵雨。香火冷残箫鼓。斜阳门外今古。
（古上）（古上）（古上）（古上）

注：本词例押衣部“衣”韵。本押古上平声“支”“微”“齐”韵，古上声“麌”韵。因“归”与“衣”在古韵中属“微”韵，故在现代韵中“归”与“萋”“思”“旗”同“衣”韵，平声；“麌”在现代韵中属“衣”韵，仄声。故全词同韵，可押衣部“衣”韵。

河满子

【词律 · 词趣】

本格原为唐教坊曲名，后用为词牌。双片七十四字。全词同韵，平韵，韵字可阴平、可阳平。另有双调仄韵体。唐开元年间，沧州歌女何满子临刑哀歌一曲以自赎，竟得赦免。后以其名为曲调名，亦称《河满子》。

上片　　六，六。七，六。六，六。（六句）
　　　　　　平　　　平　　　平

下片　　六，六。七，六。六，六。（六句）
　　　　　　平　　　平　　　平

【词人 · 词例】

北宋　孙洙（1031—1079），字巨源，广陵（今江苏扬州）人。年十九举进士。官至翰林学士。有《孙贤良集》。

怅望浮生急景，凄凉宝瑟余音。楚客多情偏怨别，碧山远水登临。目
　　　　　　　　　　　　（阴）　　　　　　　　　　　　　　（阳）
送连天衰草，夜阑几处疏砧[①]。　黄叶无风自落，秋云不雨长阴。
　　　　　　　　　　　　（阴）　　　　　　　　　　　　　　（阴）
天若有情天亦老，摇摇幽恨难禁。惆怅旧欢如梦，觉来无处追寻。
　　　　　　　　　　　　　（阳）　　　　　　　　　　　　（阳）

注：本词例押根部“根”韵。

荷花媚

【词律·词趣】

本格双片六十字。全词同韵，仄韵，韵字可上声、可去声，古韵多入声。上片末句，下片第二句首字为领字。荷花，又名莲花、芙蕖、菡萏、水芙蓉、玉环等。荷花“出污泥而不染”，雅色丰姿，为历代文人所青睐，宋词咏荷多有佳作。

上片　五。三、六。五，四，五。（五句）
　　　仄　　　仄　　　　△仄

下片　三、五，五，四。三、三，五，四。（六句）
　　　　　　△　仄　　　　　　仄

【词人·词例】

北宋　苏轼（1037—1101），字子瞻，号东坡居士，眉州眉山（今四川眉山）人。苏洵之子。文学家、词大家、书画家。善画古木竹石。仁宗时进士。神宗时，曾任祠部员外郎，因反对王安石新法而求外职，任杭州通判，知密州、徐州、湖州。后因诗谤罪被贬黄州。哲宗时，任翰林学士，曾出知杭州、颍州等。官至礼部尚书。后又遭贬，死于常州。谥文忠。与父洵、弟辙合称“三苏”，为唐宋“八大家”之一。词开豪放一派，对后世影响极大。亦为“田园词”第一人。有《东坡七集》《东坡词》。词存三百七十八首。

霞苞电荷碧。天然地。别是风流标格。重重青盖下，千娇照水，好红
　　　(古入)　　　　　　　　　　(古入)　　　　　　　　　　　　　　△
红白白。　每怅望，明月清风夜，甚低迷不语，娇邪无力。终须放、
　(古入)　　　　　　　　　　　　△　　　　　　　(古入)
船儿去，清香深处住，看伊颜色。
　　　　　　　　　　　　(古入)

注：本词例押古入声“陌”“职”韵。因“陌”“职”在古韵中与“碧”“力”同韵，而“碧”　“力”在现代韵中同属“衣”韵，故全调可押衣部“衣”韵。

荷叶杯

【词律·词趣】

本格原为唐教坊曲名，后用为词牌。双片五十字。全词上下片皆为“仄仄平平平”韵。上下片仄韵与平韵可各为一个韵，即全词四个韵，可为两个至三个韵。仄韵韵字可上声、可去声，平韵韵字可阴平、可阳平。此词另有单片二十三字或二十六字，亦为平仄互用体。

上片　　六。二。五。七。五。（五句）
　　　　仄　仄　平　平　平

下片　　六。二。五。七。五。（五句）
　　　　仄　仄　平　平　平

【词人·词例】

南宋　许棐（？—1249），字忱父，号梅屋，海盐（今浙江海盐）人。隐居秦溪。有《献王集》《梅屋诗稿》《梅屋诗余》。词存二十首。

鹊踏画檐双噪。书到。和笑拆封看。归程能隔几重山。远约数宵间。
（古去）（古去）（古上平）（古上平）（古上平）

准备绣轮雕辔[1]。游戏。说与百花知。莫教枝上一红飞。留伴玉东西。
（古去）（古去）（古上平）（古上平）（古上平）

注：本词例押古去声“号”“寘”韵，古上平声“寒”“删”“支”“微”“齐”韵。因在现代韵中“号”属“高”韵，“寘”属“衣”韵，“寒”“删”属“山”韵，“支”“齐”属“衣”韵，“微”在古韵中同“衣”韵，故本调仄韵为高部“高”韵，衣部“衣”韵；平韵为山部“山”韵，衣部“衣”韵。全调共押三个韵。

贺圣朝

【词律·词趣】

本格双片四十九字。全词同韵，仄韵，韵字可上声、可去声。凡五字句首字均为领字。另有四十七字体，见张先、黄庭坚、赵彦端等词。

上片　七。五。七，五。（四句）
仄　△仄　△仄

下片　四、四。五。七，五。（四句）
仄　△仄　△仄

【词人·词例】

北宋　叶清臣（1000—1049），字道卿，长洲（今江苏苏州）人。仁宗时进士。官翰林学士，权三司使。词存二首。

满斟绿醑留君住。莫匆匆归去。三分春色二分愁，更一分风雨。　花
（去）△　（去）　△　（上）

开花谢、都来几许。且高歌休诉。不知来岁牡丹时，再相逢何处。
（上）△　（去）　△　（去）

注： 本词例押衣部“居”韵。本押古上声“语”“麌”韵，古去声“御”“遇”韵。因“语”“麌”“御”“遇”在现代韵中属“居”韵，故全词可押衣部“居”韵。

贺新郎

【词律 · 词趣】

本格双片一百一十六字。全词同韵，仄韵，韵字可上声、可去声。另有一百一十四字、一百一十五字体，且句式、韵脚略异，见苏轼、赵长卿等词。韵段内可撤句造句，但须保持其字数不变，见史达祖、辛弃疾等词。本词又名《贺新凉》《金缕曲》《乳燕飞》《貂裘换酒》《风敲竹》《雪月江山夜》等。此调用入声韵，其音节尤为高亢，故南宋豪放派词人喜作之。

上片　五。三、四，四。七，六。三、四。七，三、五。三，三。（十句）
　　　仄　　　　仄　　仄　　　仄　　　　仄　　　仄

下片　七。三、四，四。七，六。三、四。七，三、五。三，三。（十句）
　　　仄　　　　仄　　仄　　　仄　　　　仄　　　仄

【词人 · 词例】

南宋　万俟绍之（生卒年不详），字子绍，郢（今湖北钟祥）人。

决眥入飞鸟。正江南、梅雨初晴，乱山浮晓。凤去台空箫声断，惟有
　　（上）　　　　　　　　　　　（上）

疏林鸦噪。但空锁、吴时花草。指点中原青山外，奈征尘、迷望愁云
　（去）　　　　　（上）

绕。佳丽地，谩凝眺。　清风助我舒长啸。问其中、虚帘曲槛，阅
（上）　　　（去）　　　　　　（去）

人多少。风景不殊江山在，况是英雄未老。且拼与、尊前一笑。欲说
（上）　　　　　　　　（上）　　　　　　（去）

前朝兴亡事，唤谪仙、来共传清醥①。归路晚，月明照。
（上）　　　　（去）

注：一、本词例押高部“高”韵。

二、①谪仙：指神仙受罚被降人间后的称谓。李白被称为谪仙。谪，音“zhé”。醥：音“piǎo”。清酒。

鹤冲天

【词律·词趣】

本格双片八十六字。全词同韵，仄韵，韵字可上声、可去声。另有八十四字、八十八字体，见柳永等词。此调有令词，双调四十七字，平韵，见李弥逊词。本词牌与《喜迁莺》《春光好》之别称《鹤冲天》不同体。

上片　四，五。五，三。五，三，三。五。四，六。（十句）
　　　　　　仄　　仄　　　　仄　仄　　仄

下片　四，五。五，三。五，三，三。五。四，六。（十句）
　　　　　　仄　　仄　　　　仄　仄　　仄

【词人·词例】

北宋　杜安世

清明天气。永日愁如醉。台榭绿阴浓，薰风细。燕子巢方就，盆池小，
　　　　　　　（古去）　　　　　（古去）

新荷蔽。恰是逍遥际。单夹衣裳，半笼软玉肌体。　石榴美艳，一
（古去）　　（古去）　　　　　　　（古上）

撮红绡比。窗外数修篁，寒相倚。有个关心处，难相见，空凝睇。行
　（古上）　　　　　（古上）　　　　　　　　（古去）

坐深闺里。懒更妆梳，自知新来憔悴。
　（古上）　　　　　　（古去）

注：本词例押古上声“纸”“荠”韵，古去声“寘”“霁”韵。因“纸”“荠”“寘”“霁”在现代韵中属“衣”韵，故全调可押衣部“衣”韵。

红窗迥

【词律·词趣】

本格双片六十五字。全词同韵，仄韵，韵字可上声、可去声。上片第二句首字为领字。另有五十五字体，且句式不同，见柳永词。

上片　　五，五，四。七。九。（五句）
　　　　　△　仄　仄　仄

下片　　二。四，四，四。四，七。三、三，四。（八句）
　　　　仄　　　　　仄　　　仄　　　　仄

【词人·词例】

南宋　曹豳（生卒年不详），字西士，号东庙，一号东猷，瑞安（今属浙江）人。宁宗时进士第。授吉安州教授，调重庆府司法参军、知建昌。理宗时，任秘书丞、兼仓部郎官。后出任浙西提举常平，移任浙东提点刑狱，召左司谏。以宝章阁待制致仕。谥文恭。词存二首。

春闱期近也，望帝乡迢迢，犹在天际。懊恨这一双脚底。一日厮赶上
　　　　　　△　　　　　　　　　（去）　　　　　　　　（上）

五六十里。　争气。扶持我去，转得官归，恁时赏你。穿对朝靴，
（上）　　（去）　　　　　　　　　　　　　　　　（上）

安排你在轿儿里。更选个、宫样鞋，夜间伴你。
　　　　　　（上）　　　　　　　　（上）

注：本词例押衣部“衣”韵。

红林檎近

【词律·词趣】

本格双片七十九字。全词同韵，平韵，韵字可阴平、可阳平。下片第五句首字为领字。此调为周邦彦自度曲。“林檎”，系花果，俗名“花红”。

上片　　五，五。五，五。六，六。六。五。（八句）
　　　　　　平　　　平　　　　平　平　平

下片　　五，五。四，六。五，四，七。（七句）
　　　　　　平　　　平　△　　　平

【词人·词例】

北宋　周邦彦

高柳春才软，冻梅寒更香。暮雪助清峭，玉尘散林塘。那堪飘风递冷，
　　　　　　　　　（阴）　　　　　　　　　　（阳）
故遣度幕穿窗。似欲料理新妆。呵手弄丝簧。　　冷落词赋客，萧索
　　　　　（阴）　　　　　（阴）　　　（阳）
水云乡。援毫授简，风流犹忆东梁。望虚檐徐转，回廊未扫，夜长莫
　（阴）　　　　　　　　　　　（阳）△
惜空酒觞。
　　（阴）

注：本词例押方部“方”韵。

后庭花

【词律·词趣】

本格原为唐教坊曲名，后用为词牌。双片四十四字，仄韵，韵字可上声、可去声。此调本名《玉树后庭花》，为南朝陈后主陈叔宝所作艳曲，后宫美人习而歌之，有其辞曰："玉树后庭花，花开不复久。"时人听之以为歌谶。果然，不久陈灭。故后人视为亡国之音。唐代诗人杜牧《泊秦淮》诗中有"商女不知亡国恨，隔江犹唱《后庭花》"句。北宋张先取其制为词牌。元人王恽词集有一体，名为《后庭花破子》，其格律与宋人作品不同。

上片　七。四。七。四。（四句）
　　　仄　仄　仄　仄

下片　七。四。七。四。（四句）
　　　仄　仄　仄　仄

【词人·词例】

南宋　许棐

一春不识西湖面。翠羞红倦。雨窗和泪摇湘管。意长笺短。　知心
（去）（去）（上）（上）

惟有雕梁燕。自来相伴。东风不管琵琶怨。花落吹遍。
（去）（去）（去）（上）

注：本词例押山部"山""天"韵。

胡捣练令

【词律·词趣】

本格双片四十八字。全词同韵，仄韵，韵字可上声，可去声。本名《胡捣练》，其为令词。本词字句、声韵同《桃源忆故人》，但实为另一体。

上片　　七，六。六。五。（四句）
　　　　　　仄　仄　仄

下片　　七，六。六。五。（四句）
　　　　　　仄　仄　仄

【词人·词例】

北宋　韩维（1017—1098），字持国，雍丘（今河南杞县）人。用门荫入仕。欧阳修荐为检讨。曾官知太常礼院，判泾州，知制诰。神宗时任龙图阁直学士，知州郡，拜门下侍郎。后以太子少傅致仕。

夜来风横雨飞狂，满地闲花衰草（上）。燕子渐归春悄（上）。帘幕垂清晓（上）。　天将佳景与闲人，美酒宁嫌华皓（去）。留取旧时欢笑（去）。莫共秋光老（上）。

注：本词例押高部“高”韵。

花　犯

【词律·词趣】

本格双片一百零二字。全词同韵，仄韵，韵字可上声、可去声。上片第五句首字为领字。另有句读略不相同体，见黄公绍词。此调始于周邦彦，方千里借邦彦韵填词一首。

上片　三，四，五。四。五，四。七。五。三、四，五。（十句）
仄　仄　△　仄　仄　仄　仄

下片　七，五，四。三，三、四。三、四，三、五。三、四，五。（九句）
仄　仄　仄　仄

【词人·词例】

南宋　王沂孙（约 1240—约 1310），字圣与，号碧山、中仙、玉笥山人，会稽（今浙江绍兴）人。后入元，任庆元路学正。词多咏物，间寓家国之恸。有《花外集》。词存六十四首。

古婵娟，苍鬟素靥，盈盈瞰流水。断魂十里。叹绀缕飘零，难系离思。
（古上）（古上）△（古去）
故山岁晚谁堪寄。琅玕聊自倚[①]。谩记我、绿蓑冲雪，孤舟寒浪里。
（古去）（古上）（古上）

三花两蕊破蒙茸，依依似有恨，明珠轻委。云卧稳，蓝衣正、护春憔
（古上）△
悴。罗浮梦、半蟾挂晓，幺凤冷、山中人乍起。又唤取、玉奴归去，
（古去）（古上）

余香空翠被。
（古去）

注：一、本词例押古上声“纸”韵，古去声“寘”韵。因“纸”“寘”在现代韵中属“衣”韵，故全调可押衣部“衣”韵。

二、①琅玕：音“láng gān”。像珠子的美石。

花上月令

【词律·词趣】

本格双片五十八字。全词同韵，平韵，韵字可阴平、可阳平。

上片　七。三，三。七，三。三，三。（七句）
　　　平　　平　　平　　平

下片　七，三，三。七，三。三，三。（七句）
　　　　　　平　　平　　平

【词人·词例】

南宋　吴文英

文园消渴爱江清（古下平）。酒肠怯，怕深觥（古下平）。玉舟曾洗芙蓉水，泻清水。秋梦浅，醉云轻（古下平）。　庭竹不收帘影去，人睡起，月空明（古下平）。瓦瓶汲井和秋叶，荐吟醒（古下平）。夜深重，怨遥更（古下平）。

注： 本词例押古下平声“庚”“青”“蒸”韵。因“庚”“青”“蒸”在现代韵中属“声”韵，故全调可押东部“声”韵。

花心动

【词律·词趣】

本格双片一百零四字。全词同韵，仄韵，韵字可上声、可去声，古韵多入声。上下片第二句首字为领字。上片第二句、第三句可制为“三六”句式。见赵长卿、阮逸女等词。另有一百字、一百零三字体，其句式略异。见曹勋、赵鼎等词。本词又名《桂飘香》。

上片　四，五，四。四，四，六。七，三、四。三，四，四。（十一句）
　　　△　仄　仄　仄　仄

下片　六。五，四。四，四，六。七，三、四。三，六。（十句）
　　　仄　△　仄　仄　仄　仄

【词人·词例】

南宋　黄子行（生卒年不详），号蓬瓮，修水（今江西修水）人。黄庭坚之本家孙辈。有《蓬瓮寐语》。词存六首。

谁倚青楼，把谪仙长笛，数声吹裂。一片乍零，千点还飞，正是雨晴
△　（古入）
时节。水晶帘外东风起，卷不尽、满庭香雪。画阑小，斜铺乱飐，翠
（古入）　（古入）
苔成缬①。　袅袅余香未歇。空怅望音尘，两眉愁切。翠袖泪干，粉
（古入）　（古入）△　（古入）
额妆寒，此恨有谁同说。江南春信痕迹，余情在、冷烟残月。梦魂远，
（古入）　（古入）

兰灯伴人易灭。
（古入）

注：一、本词例押古入声“月”“屑”韵。因“月”“屑”在现代韵中属“些”韵，故全调可押些部“些”韵。

二、①缬：音“xié”。有花纹的丝织品。

画堂春

【词律·词趣】

本格双片四十七字。全词同韵，平韵，韵字可阴平、可阳平。另有四十六字、四十九字体，见苏轼、张先、史浩等词。

上片　　七。六。七。四。（四句）
　　　　平　平　平　平

下片　　六，六。七。四。（四句）
　　　　　　平　平　平

【词人·词例】

南宋　朱埴（1215—?），字圣陶，号尧章，自号古平，庐陵（今江西吉安）人。理宗时进士第一甲第十六人。曾官太常博士。

绿窗睡起小妆残。玉钗低坠云鬟。回纹枉寄见伊难。心绪阑珊。　翠
　　　（阳）　　　　（阳）　　　　（阳）　　（阴）

袖两行珠泪，画楼十二阑干。销磨今古霎时间。恨杀青山。
　　　　　　　（阴）　　　（阴）　　（阴）

注：本词例押山部“山”“天”韵。

还京乐

【词律·词趣】

本格原为唐教坊曲名，御制曲，后用为词牌。双片一百零三字。全词同韵，仄韵，韵字可上声、可去声。上片第三句、第六句、第八句首字为领字。上片末两句，下片第二句、第三句、第四句可撤句造句，但须保持其字数不变。词人方千里、吴文英、陈允平在填此词时均用周邦彦韵。

上片　三，九。五，四，四。五。七。五，六。（九句）

　　　　仄　△　　　仄　△仄　仄　△　仄

下片　四。三、四，四，四。六，三、四。三，五，四。五，六。（十一句）

　　　仄　　　　　　仄　　　　　仄　　　　　仄　　仄

【词人·词例】

南宋　方千里（生卒年不详），三衢（今浙江衢州）人。官舒州签判。有《和清真词》。

岁华惯，每到和风丽日欢再理。为妙歌新调，粲然一曲，千金轻费。

　　　　　　　　　　（古上）△　　　　　　　　　　　　（古去）

记夜阑沉醉。更衣换酒珠玑委①。帐画烛摇影，易积银盘红泪。　　向

△　　（古去）　　　　　　（古上）　△　　　　　　　　（古去）

笙歌底。问何人、能道平生，聚合欢娱，离别兴味。谁怜露浥烟笼，

　（古上）　　　　　　　　　　　　　　　　（古去）

尽栽培、艳桃秾李。谩萦牵，空坐隔千山，情遥万水。纵有丹青笔，
（古上）（古上）

应难摹画憔悴。
（古去）

注：一、本词例押古上声“纸”韵，古去声“寘”“未”韵。因“纸”“寘”在现代韵中属“衣”韵，“未”与“衣”同韵，故全调可押衣部“衣”韵。

二、①玑：音“jī”。不圆的珠子。

浣溪沙

【词律 · 词趣】

本格原为唐教坊曲名，后用为词牌。双片四十二字。全词同韵，平韵，韵字可阴平、可阳平。下片第一句、第二句宜用对偶句。另有慢词双片九十三字，仄韵体，见周邦彦等词。本词又名《小庭花》《庆双椿》《负心期》《醉中真》《杨柳陌》《频载酒》《锦缠头》等。此调因春秋越国绝美女子西施（又称西子），浣纱于若耶溪（即浣纱溪）之情景而得名。故又称《浣溪纱》或《浣纱溪》。此词调最早见于唐代诗人韩偓词。宋词中的《摊破浣溪沙》或《添字浣溪沙》实为《山花子》别称。

上片　七。七。七。（三句）
　　　平　平　平

下片　七，七。七。（三句）
　　　　平　平

【词人 · 词例】

南宋　洪咨夔（？—1236），字舜俞，号平斋，于潜（今浙江临安西南）人。宁宗时进士。授如皋主簿，寻为饶州教授。累官至刑部尚书、翰林学士，知制诰，加端明殿学士。谥忠文。有《平斋词》一卷。

细雨斜风寂寞秋。黄花压鬓替人羞。归舟云树负箜篌。　燕子楼寒
（阴）　（阴）　（阳）

迷楚梦，凤凰池暖惬秦讴。暮云凝碧可禁愁。
（阴）（阳）

注：本词例押收部“收”韵。

黄河清

【词律·词趣】

本格双片九十八字。全词同韵，仄韵，韵字可上声、可去声。上片末句首字为领字。“黄河清”乃古人对华夏母亲河浑浊难清而时有清透的一种拜瑞之祈，常用以比喻难得、罕见之事。故世人以包拯笑比“黄河清”。李康《运命论》：“黄河清而圣人生。”词人取为调名，含义颇深。

上片　七。三、四。四，六。六，三、四。七，五。（八句）
　　　仄　　仄　　仄　　　　仄　　△仄

下片　六，三、六。四，六。六，三、四。四，三、四。（八句）
　　　　　　仄　　仄　　　　仄　　　　仄

【词人·词例】

南宋　丘密（1135—1209），字宗卿，江阴军（今属江苏）人。孝宗时进士。历官建安府推官、国子博士、知华亭县、户部郎中、提点浙东刑狱、知平江府。后移帅绍兴，改两浙转运副使，进户部侍郎，四川安抚制置使，同知枢密院事。谥文定。有《文定公词》一卷。

鼓角清雄占云祲。喜边尘、今度还静。一线乍添，长觉皇州日永。楼
　　（古去）　　　　　　（古上）　　　　　　　　　　（古上）

外崇牙影转，拥千骑、欢声万井。太平官府人初见，梦三占佳景。
　　　　　　　　　　　（古上）　　　　　　　　△　　（古上）

皇恩夜出天闱，云章粲、凤鸾飞动相映。（古去）宝带万钉，与作今朝佳庆。（古去）

勋业如斯得也，况整顿、江淮大定。（古去）这回恰好，归朝去、共调金鼎。（古上）

注：本词例押古上声“梗”“迥”韵，古去声“敬”“径”“沁”韵。因“梗”“敬”“径”在现代韵中属“声”韵，“迥”与“醒”在古韵中同韵，而“醒”在现代韵中属“声”韵，“沁”与“声”属通韵，故全调可押东部“声”韵。

黄鹤引

【词律·词趣】

本格双片八十三字。全词同韵，仄韵，韵字可上声、可去声。

上片　四。七。六，四。四。六。四。三、四。（八句）
　　　仄　仄　　　仄　仄　仄　仄　　　仄

下片　五，五。六，四。四。六。四。三、四。（八句）
　　　　　仄　　　仄　仄　仄　仄　　　仄

【词人·词例】

北宋　方资（1030—?），婺州（今浙江金华）人。仁宗时进士。由县令提任南阳教授。

生逢垂拱。不识干戈免田陇。士林书圃终年，庸非天宠。才初阘茸①。
（上）（上）（上）（上）

老去支离何用。浩然归弄。似黄鹤、秋风相送。　尘事塞翁心，浮
（去）（去）（去）

世庄生梦。漾舟遥指烟波，群山森动。神闲意耸。回首利鞿名鞚②。
（去）（去）（上）（去）

此情谁共。问几斛③、淋浪春瓮。
（去）（去）

注：一、本词例押东部“东”“声”韵。其中，“茸”在古韵中与“耸”同韵。

二、①阘茸：音“tà róng”。卑贱之意。②鞿鞚：音“jī kòng”。马的缰绳和笼头。③斛：音“hú”，古量器，也是容量单位。

黄莺儿

【词律·词趣】

本格双片九十六字。全词同韵，仄韵，韵字可上声、可去声。因柳永咏黄莺词“园林晴昼春谁主”而得名。

上片　七，四，四，四，四。六，五。六，四，四。（十句）
　　　　　　　　　　仄　　仄　　　仄

下片　二。五，五。四，四，六。六，五。六，五。（十句）
　　　仄　　仄　　　　仄　　仄　　仄

【词人·词例】

南宋　陈允平（约 1205—约 1280），字君衡，一字衡仲，号西麓，四明（今浙江宁波）人。著名词人。恭帝时授沿海制置司参议官。词学周邦彦。有《西麓继周集》《西麓诗稿》《日湖渔唱》。词存二百零九首。

六波烟黛浮空远，南陌嘤嘤，乔木初迁，纱窗无眠，画阑凭晓。看并
　　　　　　　　　　　　　　　　　　　　　　　　（上）
宿暗黄深，织雾金梭小。那人携酒听时，料把春来，诗梦惊觉。　飞
　　　　　　　（上）　　　　　　　　　　　　　　（去）
绕。翠接断桥云，绿漾新堤草。数声娇啭，婉娩如愁，调簧弄歌尖巧。
（上）　　　　　　　（上）　　　　　　　　　　　　　　（上）
随燕啅软尘低，蝶妥游丝袅。最怜舞絮飞花，唤却东风老。
　　　　　　　　（上）　　　　　　　　　（上）

注：本词例押高部“高”韵。

蕙兰芳引

【词律·词趣】

本格双片八十四字。全词同韵，仄韵，韵字可上声、可去声，古韵多入声。凡五字句首字为领字。韵段内可撤句造句，但须保持其字数不变，见陈允平词。“蕙兰”，六大类兰花之一，是中国栽培历史最悠久、最普及的品种，又名九华兰、九子兰、夏兰、九节兰等。在古代，蕙与香草白芷合称为“蕙芷”，用以象征君子之美德。

上片　四，三、四。五，六。四，三、四。五，六。（八句）
仄　△　仄　仄　△　仄

下片　四，四，四。五，六。四，四。三，六。（九句）
仄　△　仄　仄　仄

【词人·词例】

北宋　周邦彦

寒莹晚空，点清镜、断霞孤鹜。对客馆深扃①，霜草未衰更绿。倦游
（古入）△　（古入）
厌旅，但梦绕、阿娇金屋。想故人别后，尽日空疑风竹。　塞北氍
（古入）△　（古入）
毹②，江南图障，是处温燠③。更花管云笺，犹写寄情旧曲。音尘迢
（古入）△　（古入）
递，但劳远目。今夜长，争奈枕单人独。
（古入）　（古入）

注：一、本词例押古入声“屋”“沃”韵。因“屋”“沃”在古韵中与“木”“束”同韵，而“木”“束”在现代韵中属“姑”韵，故全调可押姑部“姑”韵。

二、①扃：音“jiōng”。门扇。②氍毹：音“qú shū”。毛织地毯。③燠：音“yù”。暖、热。

蕙清风

【词律·词趣】

本格双片七十字。全词同韵，仄韵，韵字可上声，可去声。

上片　　五，四。五，四。五，五。三、四。（七句）
　　　　　　仄　　　仄　　　仄　　　仄

下片　　五，四。五，四。五，五。三、四。（七句）
　　　　　　仄　　　仄　　　仄　　　仄

【词人·词例】

北宋　贺铸

何许最悲秋，凄风残照。临水复登山，莞然西笑①。车马几番尘，自
　　　　　　　　（去）　　　　　　　　　　（去）
古长安道。问谁是、后来年少。　　飞集两悠悠，江滨海岛。乘雁与
　（去）　　　　　　（去）　　　　　　　　　　　　（上）
双凫，强分多少。传语酒家胡，岁晚从吾好。待做个、醉乡遗老。
　　　（上）　　　　　　　　　　（上）　　　　　　　　（上）

注：一、本词例押高部“高”韵。

二、①莞：音“wǎn”。形容微笑。

击梧桐

【词律·词趣】

本格双片一百一十字。全词同韵，仄韵，韵字可上声、可去声。上片第十句，下片第八句首字为领字。

上片　五。三、六。五，三，六。四，四，六。五，五，四。（十一句）
　　　仄　　仄　　　　仄　　　　仄　　△　仄

下片　四，四。六。五，三、六。六，四，五。三、四，四。（十句）
　　　　仄　仄　　　　仄　　　△仄　　　仄

【词人·词例】

南宋　李珏（1219—1307），字元晖，号鹤田，吉水（今属江西）人。年十二时通书经。为官后授秘书省正字，除阁门宣赞舍人。词存二首。

枫叶浓于染。秋正老、江上征衫寒浅。又是秦鸿过，霁烟外，写出离
　　　　（上）　　　　　　　　（上）

愁几点。年来岁去，朝生暮落，人似吴潮展转。怕听阳关曲，奈短笛
（上）　　　　　　　　　　　　　（上）　　　　　　　　△

唤起，天涯情远。　　双屐行春，扁舟啸晚。忆昔鸥湖莺苑。鹤帐梅
　　　　　（上）　　　　　　　　（上）　　　　（去）

花屋，霜月后、记把山扉牢掩。惆怅明朝何处，故人相望，但碧云半
　　　　　　　　　（上）　　　　　　　　　　　　△

敛。定苏堤、重来时候，芳草如剪。
(上)　　　　　　　　　　　　　　　(上)

注：本词例押山部“山”“天”韵。

期夜月

【词律·词趣】

本格双片一百一十三字。全词同韵，仄韵，韵字可上声、可去声，古韵多入声。上片第九句首字为领字。

上片　七。五。三，三。四，六。二。七。五。三，三，四，六。（十三句）
仄　仄　仄　仄　仄　仄　△仄　仄

下片　六，四，四。六，五。二。七。六，五，四。六。（十一句）
仄　仄　仄　仄　仄　仄

【词人·词例】

南宋　刘浚（生平不详）

金钩花绶系双月。腰肢软低折。揎皓腕[1]，萦绣结。轻盈宛转，妙若
（古入）　（古入）　（古入）

凤鸾飞越。无别。香檀急扣转清切。翻纤手飘瞥。催画鼓，追脆管，
（古入）（古入）　（古入）△　（古入）

锵洋雅奏，尚与众音为节。　当时妙选舞袖，慧性雅资，名为殊绝。
（古入）　（古入）

满座倾心注目，不甚窥回雪。纤怯。逡巡一曲霓裳彻[2]。汗透鲛绡肌
（古入）（古入）　（古入）

润，教人传香粉，媚容秀发。宛降蕊珠宫阙。
（古入）　（古入）

注：一、本词例押古入声“月”“屑”韵。因“月”“屑”在现代韵中属“些”韵，故全调可押些部“些”韵。

二、①揎：音“xuān”。捋袖子露出手臂。②逡巡：有所顾虑而徘徊不前。逡，音“qūn”。

极相思

【词律·词趣】

本格双片四十九字。全词同韵，平韵，韵字可阴平、可阳平。上片第一句、第二句可制为“四七”句式，且首句不押韵。见仇远词。

上片　　六。五。四，四，四。（五句）
　　　　平　平　　　　平

下片　　七，三、四。四，四，四。（五句）
　　　　　　　平　　　　平

【词人·词例】

南宋　陆游（1125—1210），字务观，号放翁，越州山阴（今浙江绍兴）人。爱国主义诗人，杰出词人。孝宗时赐进士出身。曾任镇江、隆兴、夔州通判。后入四川宣抚使王炎幕府，投身军旅。官至宝章阁待制。与尤袤、杨万里、范成大并称为“南宋四大诗人”，并有“小李白”之美誉。有《剑南诗稿》《渭南文集》《南唐书》《老学庵笔记》《放翁词》。

江头疏雨轻烟（阴）。寒食落花天（阴）。翻红坠素，残霞暗锦，一段凄然（阳）。　惆怅东君堪恨处，也不念、冷落尊前（阳）。那堪更看，漫空相趁，柳絮榆钱（阳）。

注：本词例押山部“山”“天”韵。

集贤宾

【词律·词趣】

本格双片一百一十七字。全词同韵，平韵，韵字可阴平、可阳平。另有小调双片五十九字、平韵体。本词又名《接贤宾》。

上片　七，四。六，四。六，六。七，三、四。六，五。（十句）
　　　　　平　　平　　平　　　　平　　平

下片　七。五。六，四。六，六。三、四，三、四。六，五。（十句）
　　　平　平　　平　　平　　　　　　平　　平

【词人·词例】

北宋　柳永

小楼深巷狂游遍，罗绮成丛（阳）。就中堪人属意，最是虫虫（阳）。有画难描雅态，无花可比芳容（阳）。几回饮散良宵永，鸳衾暖、凤枕香浓（阳）。算得人间天上，惟有两心同（阳）。　　近来云雨忽西东（阴）。诮恼损情悰①（阳）。纵然偷期暗会，长是匆匆（阴）。争似和鸣偕老，免教敛翠啼红（阳）。眼前时、暂疏欢宴，盟言在、更莫忡忡（阴）。待作真个宅院，方信有初终（阴）。

注：一、本词例押东部“东”韵。

二、①悰：音“cóng”。欢乐；思绪。

芰荷香

【词律·词趣】

本格双片九十八字。全词同韵，平韵，韵字可阴平、可阳平。上下片第二句首字为领字。另有九十七字体。“芰荷”，指荷花或荷叶，简称荷，别称芙蓉。《离骚》：“制芰荷以为衣兮，集芙蓉以为裳。”可见荷之美亦为人之美，“出污泥而不染”“出水芙蓉”便成了高洁与丽质的象征。因而，宋人取“芰荷”及其香气制为词牌。

上片　三。五，四。四，六。四，三、四。六。四，四。（十句）
　　　平　△　平　　平　　　平　平　　平

下片　七，五，四。四，六。四，三、四。六。四，四。（十句）
　　　　　△　平　　平　　　平　平　　平

【词人·词例】

南宋　朱敦儒

远寻花。正风亭霁雨，烟浦移沙。缓提金勒，路拥桃叶香车。凭高帐
（古下平）△　（古下平）　（古下平）
饮，照羽觞、晚日横斜。六朝浪语繁华。山围故国，绮散余霞。　无
（古下平）　（古下平）　（古下平）
奈尊前万里客，叹人今何在，身老天涯。壮心零落，怕听叠鼓掺挝[1]。
△　（古下平）　（古下平）
江浮醉眼，望浩渺、空想灵槎。曲终泪湿琵琶。谁扶上马，不省还家。
（古下平）　（古下平）　（古下平）

注：一、本词例押古下平声“麻”韵。其中，“槎”在现代韵中与“麻”同韵，因“麻”在现代韵中属“花”韵，故全调可押花部“花”韵。

二、①掺挝：音“càn zhuā”。击鼓的声音。

佳人醉

【词律·词趣】

本格双片七十二字。全词同韵，仄韵，韵字可上声、可去声。上下片末句首字为领字。另有双片七十一字、仄韵体，见柳永词。

上片　　六。六。三、五。三、四，四，五。（六句）
　　　　仄　仄　　　仄　　　　　　△仄

下片　　三。五。六，六。三。四、四。五。（七句）
　　　　仄　仄　　仄　仄　　　仄　△仄

【词人·词例】

北宋　刘弇（1048—1102），字伟明，安福（今属江西）人。神宗时进士。官至著作佐郎、实录检讨官。有《龙云集》《龙云先生乐府》。

月到楼台第几。十里金虫成缀。袅琅玕、争罥绛球起①。试新妆、嬉春
　　　（古上）　　　　（古去）　　　　　　（古上）

粉黛，盈盈暗香，结谁家秾李。　　拥缇骑。箫鼓沸三市。别指春风画
　　　　　　　　　△　　（古上）　　　　　　（古上）

隼②，归度鳌山影里。闲红翠。挥觞不待、游人分袂。悄珠帘十二。
　　　　（古上）　（古去）　　　　　　　（古去）△　　（古去）

注：一、本词例押古上声“纸”韵，古去声“寘”“霁”韵。因“纸”“寘”“霁”在现代韵中属“衣”韵，故全调可押衣部“衣”韵。

二、①罥：音“juàn”。挂之意。②隼：音“sǔn”。一种猛禽。

家山好

【词律 · 词趣】

本格双片五十七字。全词同韵，平韵，韵字可阴平、可阳平。唐钱起《送李栖桐道举擢第还乡省侍》诗有“莲舟同宿浦，柳岸向家山”句，词人借以取作词牌。

上片　七。三，三。七，三。三、三。（六句）
　　　平　　平　　平　　平

下片　七，五。四，七。五。（五句）
　　　　平　　平　平

【词人 · 词例】

北宋　刘述（生卒年不详），字孝叔，湖州归安（今浙江湖州）人。仁宗时进士。历官荆湖北路转运使、侍御史知杂事。坐事出知江州。

挂冠归去旧烟萝。闲身健，养天和。功名富贵非由我，莫贪他。这岐
　　　　　　　（阳）　　　（阳）　　　　　　　　　（阴）
路、足风波。　水晶宫里家山好，物外胜游多。晴溪短棹，时时醉
　　（阴）　　　　　　　　　　　　（阴）
唱里棱罗。天公奈我何。
　（阳）　　　（阳）

注：本词例押歌部“歌”“波”韵。其中，“他”在现代韵中与“迦”同韵，而“迦”在古韵中属“歌”韵。故“他”可押“歌”韵。

减字木兰花

【词律·词趣】

本格双片四十四字。上下片各为两仄韵转两平韵，其中两仄韵、两平韵皆各为一个韵，或仄与仄、平与平、平与仄各为一个韵。仄声可上声、可去声，平声可阴平、可阳平。此调是将《木兰花》上下片第一句、第三句各减去三个字，并将第三句、第四句改为平韵。全词“四换韵体”，故名《减字木兰花》，可简称《减兰》。

上片　　四。七。四。七。（四句）
　　　　仄　仄　平　平

下片　　四。七。四。七。（四句）
　　　　仄　仄　平　平

【词人·词例】

北宋　韦骧（1033—1105），本名让，字子骏，钱塘（今浙江杭州）人。仁宗时进士。历官尚书主客郎中、提点夔州路刑狱、知亳州。

危楼引望（去）。天气犹寒花未放（去）。远思悠悠（阴）。芳草何年恨即休（阴）。　仙踪何处（去）。此去蓬山多少路（去）。春霭腾腾（阳）。更在瑶台十二层（阳）。

注：本词例押方部“方”韵，收部“收”韵，姑部“姑”韵，东部“声”韵。

剪牡丹

【词律·词趣】

本格双片一百零一字。全词同韵，仄韵，韵字可上声、可去声。下片第九句首字为领字。宋教坊有“佳人剪牡丹队”，即女弟子舞队，此词牌源于此。

上片　四，四，六。四，五。六，四，六。四，五。（十句）
仄　仄　仄　仄

下片　六。三、四。五，八。七。四，五。二。五，四。（十句）
仄　仄　仄　仄　仄　仄　△　仄

【词人·词例】

北宋　张先

野绿连空，天青垂水，素色溶漾都净。柔柳摇摇，坠轻絮无影。汀洲日
（去）　（上）
落人归，修巾薄袂，撷香拾翠相竞。如解凌波，泊烟渚春暝。　彩绦
（去）　（去）
朱索新整。宿绣屏、画船风定。金凤响双槽，弹出今古幽思谁省。玉盘
（上）　（去）　（上）
大小乱珠迸。酒上妆面，花艳媚相并。重听。尽汉妃一曲，江空月静。
（去）　（去）　（去）　△　（去）

注：本词例押东部“声”韵。其中，“听”“暝”在古韵中属去声。

剑器近

【词律·词趣】

本格双片九十六字。全词同韵，仄韵，韵字可上声、可去声。此词乃南宋袁去华取唐宋教坊舞曲《剑器舞》的一段构成词牌，故宋词仅此一首。

上片　三。三、四。六。三。三。三、四。六。三。(八句)
　　　仄　　仄　仄　仄　仄　　　仄　仄　仄

下片　二。五。四，三、五。七，五，六。四。四，六。七。(十一句)
　　　仄　仄　　　　仄　　　　仄　仄　　仄　仄

【词人·词例】

南宋　袁去华

夜来雨(古上)。赖倩得、东风吹住(古去)。海棠正妖娆处(古去)。且留取(古上)。悄庭户(古上)。试细听、莺啼燕语(古上)。分明共人愁绪(古去)。怕春去(古去)。　佳树(古上)。翠阴初转午(古上)。重帘未卷，乍睡起、寂寞看风絮(古去)。偷弹清泪寄烟波，见江头故人，为言憔悴如许(古上)。彩笺无数(古去)。去却寒暄，到了浑无定据(古去)。断肠落日千山暮(古去)。

注：本词例押古上声“语”“麌”韵，古去声“御”“遇”韵。因“语”“麌”“御”“遇”在现代韵中属“居”韵，故全调可押衣部“居”韵。

江城梅花引

【词律·词趣】

本格双片八十七字。全词同韵，平韵，韵字可阴平、可阳平。另有句读不同者，见吴文英等词。此调亦有全词平韵、仄韵间用体，见周密词。此词牌为《梅花引》的别称，而《梅花引》取古琴曲《梅花三弄》别名而成。本词又名《江梅引》《访寒梅》《怜落梅》《忆江梅》《明月引》《西湖明月引》《摊破江城子》等。南宋洪皓出使金而不屈，留金十五载多有感慨，填《江梅引》四首，每首皆有一“笑”字，称为《四笑江梅引》。又据《词律》称，此词牌源于李白诗“江城五月落梅花”句。

上片　七。三。三。四，五。七，三，三、三。（八句）
　　　平　平　平　　　平　　　　　　　平

下片　七。三，三。四，三、四。四、五。七、三，三、三。（八句）
　　　平　　　平　　　　　平　　　平　　　　　平

【词人·词例】

南宋　赵与洽（生卒年不详），字景周，号戆庵。秦王德芳九世孙。理宗时进士。

单衾寒引画龙声（阴）。雨初晴（阳）。月微明（阳）。竹外溪边，低见一枝横（阳）。澹月疏花三四点，尚春浅，早相看、似有情（阳）。　夜来袖冷暗香凝（阳）。恨半销，

酒半醒。靓妆照影，未忺整、雪艳冰清。只恐不禁、愁绝易飘零。待
　　(阳)　　　　　　　　　　　(阴)　　　　　　　　　(阳)
得南楼三弄彻、君试看，比从前、更瘦生。
　　　　　　　　　　　　　　　　(阴)

注：本词例押东部“声”韵。其中，“醒”在古韵中与“零”同韵，而“零”在现代韵中属“声”韵，阳平。

江城子

【词律·词趣】

本格双片七十字。全词同韵，平韵，韵字可阴平、可阳平。黄庭坚有仄韵之作。五代后蜀欧阳炯“如西子镜，照江城”句，后由北宋晁补之改名《江神子》。又因南宋韩淲词中有“腊后春前村意远”句，又名《村意远》。此调亦名《水晶帘》。词中“江城子”指金陵（今江苏南京）。

上片　七。三。三。四，五。七，三，三。（八句）
　　　平　平　平　　　平　　　　　平

下片　七。三。三。四，五。七，三，三。（八句）
　　　平　平　平　　　平　　　　　平

【词人·词例】

南宋　沈与求（1086—1137），字必先，号龟溪，湖州德清（今属浙江）人。徽宗时进士。历官明州通判、监察御史、殿中侍御史、吏部尚书兼权翰林学士、荆湖南路安抚使、镇江知府兼两浙西路安抚使、吏部尚书参知政事、明州知府、知枢密院事。有《龟溪集》。

华灯高宴水精宫。浪花中。意无穷。十载江湖，重绾汉符铜。应有青
（阴）（阴）（阳）（阳）

藜存往事，人缥缈，佩丁东。　　卧听萧寺响疏钟。渡溪风。转空濛。
（阴）（阴）（阴）（阳）

月上孤窗，邻唱有渔翁。追念使君清坐久，歌一发，恨千重。
（阴）（阳）

注：本词例押东部“东”“声”韵。

江楼令

【词律·词趣】

本格双片五十二字。全词同韵，仄韵，韵字可上声、可去声。上下片末句首字为领字。

上片　　七。三、四。七。五。(四句)
　　　　仄　　　仄　仄　△仄

下片　　七。三、四。七。五。(四句)
　　　　仄　　　仄　仄　△仄

【词人·词例】

南宋　吴则礼（？—1121），字子副，号北湖居士，兴国州（今湖北阳新）人。哲宗时，任卫尉寺主簿，徽宗时知虢州。有《北湖集》。

凭阑试觅红楼句。听考考、城头暮鼓。数骑翩翩度孤戍。尽雕弓白羽。
　　　　(去)　　　　　　(上)　　　　　　(去)　△　　　(上)

平生正被儒冠误。待闲看、将军射虎。朱槛潇潇过微雨。送斜阳西去。
　　　　(去)　　　　　　(上)　　　　　　(上)　△　　　(去)

注：本词例押衣部“居”韵。本押古上声“麌”韵，古去声“御”“遇”韵，因“麌”“御”“遇”在现代韵中属“居”韵，故全调可押“居”韵。

江南春

【词律·词趣】

本格双片一百零六字。全词同韵，仄韵，韵字可上声、可去声，古韵多入声。下片第三句首字为领字。另有单片三十字，平韵体，见北宋寇准词。此调为孤调。

上片　四，四，六。四，三、四。五。三、四。三、四，四，六。（十句）
　　　　　　仄　　　仄　仄　　仄　　　　　仄

下片　三，三。五，四。四，三、四。五。三、四。四，四，六。（十一句）
　　　　仄　△　仄　　　仄　仄　　仄　　　仄

【词人·词例】

南宋　吴文英

风响牙签，云寒古砚，芳铭犹在棠笏[1]。秋床听雨，妙谢庭、春早吟笔。
（古入）（古入）

城市喧鸣辙。清溪上、小山秀洁。便向此、搜松访石，葺屋营花[2]，
（古入）（古入）

红尘远避风月。　瞿塘路，随汉节。记羽扇纶巾，气凌诸葛。青天
（古入）（古入）△（古入）

万里，料漫忆、莼丝鲈雪。车马从休歇。荣华事、醉歌耳热。天与此
（古入）（古入）（古入）

翁，芳芷嘉名，纫兰佩兮琼玦[3]。
（古入）

注：一、本词例押古入声“质”“月”“曷”“屑”韵。因“月”“屑”在现代韵中属“些”韵，“质”“曷”与“诘”“越”在古韵中同韵，而“诘”“越”在现代韵中属“些”韵，故全调可押些部“些”韵。

二、①笏：音“hù”。古代君臣在朝廷上相见时大臣手中所拿的狭长板子，上面可以记事。这里指砚的形状似笏。②葺：音“qì”。用茅草盖的房顶。③玦：音“jué”。古时半环形佩玉。

绛都春

【词律·词趣】

本格双片一百字。全词同韵，仄韵，韵字可上声、可去声。上下片第二句首字为领字。上片第二句、第三句可制为“三六”句式，下片第一句、第二句、第三句可制为“二四三六”句式或“二四五四”句式，见吴文英、蒋捷词。另有九十八字体，其句式略异，见毛滂、张榘词。陈允平将九十八字体改押平韵。

上片　四。五，四。四，七。七。三、四。四，四，四。（十句）
　　　仄　△　仄　　仄　仄　　仄　　　仄

下片　六。五，四。四，七。七。三、四。六，四。（九句）
　　　仄　△　仄　　仄　仄　　仄　　仄

【词人·词例】

南宋　陈郁（生卒年不详），字仲文，号藏一，临川（今属江西）人。理宗时，因文字优异，以布衣任缉熙殿应制，后充东宫讲堂掌书兼著述。有《藏一话腴》四卷。

晴天媚晓。正禁苑乍暖，莺声娇小。柳拂玉阑，花映朱帘韶光早。熙
（上）△　　　　（上）　　　（上）

朝多暇舒长昼。庆圣主、新颁飞诏。贻谋恩重，齐家有训，万邦仪表。
　　（去）　　　（去）　　　　　（上）

偏称宫闱欢笑。酿和气共结，天香缭绕。侍宴回车，留部将迎金莲照。
(去) △ (上) (去)
鸡鸣警戒丁宁了。但管取、咸常同道。东皇先报宜男，已生瑞草。
(上) (去) (上)

注：本词例押高部“高”韵。其中，“昼”不同声韵，应有误。

解连环

【词律·词趣】

本格双片一百零六字。全词同韵，仄韵，韵字可上声、可去声。古韵多入声。凡五字句首字为领字。韵段内可撤句造句，但须保持其字数不变，见杨无咎、方千里等词。此调本名《望梅》，因周邦彦词有“妙手能解连环”句，故改为《解连环》。又名《杏梁燕》《玉连环》等。

上片　四。五，四。三、四，五，四。四，三、四。五，四，四。（十一句）
　　　仄　△　仄　　　　　△　仄　　　　　仄　△　　　仄

下片　六。五，四。三、四，五，四。四，三、四。三、四，四。（十句）
　　　仄　△　仄　　　　　△　仄　　　　　仄　　　　　仄

【词人·词例】

南宋　黄廷玮（生卒年不详），号双溪。

乍寒帘幕。愁灯花正结，又还轻落。弄瘦影、瓶里梅梢，为谁缀陇头，
（古入）△　　　　　　　（古入）　　　　　　　　　　△

向来新萼。万古千今，算惟有、别情难托。把潘郎鬓绿，尽付雁声，
（古入）　　　　　　　　　　（古入）△

几度寥寞。　　扁舟暮江旧泊。记携觞就折，烟翠犹弱。漫过却、歌
（古入）　　　　　　　（古入）△　　　　　　　（古入）

夕吟朝，问天道何时，素纤重握。想得文姬，近更苦、云衣香薄。待
　　△　　　　　　　（古入）　　　　　　　　　　（古入）

更阑、试寻梦境，梦回更恶。

（古入）

注：本词例押古入声“觉”“药”韵。因“觉”“药”在古韵中与“握”“恶”同韵，而“握”“恶”在现代韵中属“歌”“波”韵，故全调可押歌部“歌”“波”韵。

解佩令

【词律·词趣】

本格双片六十六字。全词同韵，仄韵，韵字可上声、可去声。另有下片头两句不押韵或句式略异者，见仇远、蒋捷等词。“解佩”，即解下佩戴之物。“佩”是古代文官朝服或文人雅士、神仙道释等服装上所配的饰物。脱衣就须解佩。本调名取义于西汉文学家刘向《列仙传》中郑交甫遇汉皋（古山名）神女解佩的故事。

上片　四。四。三、四。四，三、四。三、四。（六句）
　　　仄　仄　　仄　　　　仄　　仄

下片　四。四。三、四。四，三、四。三、四。（六句）
　　　仄　仄　　仄　　　　仄　　仄

【词人·词例】

南宋　史达祖

人行花坞。衣沾香雾。有新词、逢春分付。屡欲传情，奈燕子、不曾
　（上）　　（去）　　　　　（去）

飞去。倚珠帘、咏郎秀句。　相思一度。秾愁一度。最难忘、遮灯
（去）　　　　（去）　　　（去）　（去）

私语。澹月梨花，借梦来、花边廊庑[1]。指春衫、泪曾溅处。
（上）　　　　　　　（上）　　　　（去）

注： 一、本词例押衣部“居”韵。本押古上声“麌”韵，古去声“御”“遇”韵，因“麌”“御”“遇”在现代韵中属“居”韵，故全调可押“居”韵。

二、①庑：音“wǔ”。正房对面和两侧的小屋。

解语花

【词律·词趣】

本格双片一百字。全词同韵，仄韵，韵字可上声、可去声。上片第五句，下片第二句首字为领字。另有句读、句式略异者，见吴文英、周密等词。此调亦有九十八字、九十九字、一百零一字各体。“解语花”，出于唐明皇之口，用以赞喻杨贵妃之美貌。宋人取之为词牌。

上片　四，四，五。四。五，四。四。三、四。三、四，五。（十句）
　　　　　　仄　仄　△　仄　仄　　仄　　　　仄

下片　六。五，四。四。三、六。四。三、四。三、四，五。（十句）
　　　仄　△　仄　仄　　仄　仄　　仄　　　仄

【词人·词例】

南宋　刘子寰（生卒年不详），字圻父，号篁㟂，建阳（今属福建）人。宁宗时进士。登朱熹之门，刘克庄序其诗。

龙沙殿腊，兔苑留寒，花照冰壶夜。乱山平野。装珠树满眼，买春无
（古去）（古上）△
价。墙头苑下。浑不见、桃夭杏冶。疑趁风、庾岭寒梅，触处都飘谢。
（古去）（古上）（古上）（古去）

吹面峭寒未怕。览瑶池万里，飞观高榭。霓旌鹤驾。歌黄竹、胜跃
（古去）△（古去）（古去）
踏青骄马。峰峦似画。但点缀、片对相借。惊望中、玉宇琼楼，残溜
（古上）（古去）（古去）

空鸳瓦。
（古上）

注：本词例押古上声“马”韵，古去声“卦”“祃”韵，因“马”“卦”“祃”在现代韵中属“花”韵，故全调可押花部“花”韵。

金蕉叶

【词律·词趣】

本格双片四十六字。全词同韵，仄韵，韵字可上声、可去声，古韵多入声。此调一名多体，有四十八字、六十一字、六十二字等体，见袁去华、仲殊、柳永等词。

上片　　四。七。四，七。（四句）
　　　　仄　仄　　仄

下片　　六。三、四。四，七。（四句）
　　　　仄　　仄　　仄

【词人·词例】

南宋　蒋捷（约 1245—约 1305），字胜欲，号竹山，阳羡（今江苏宜兴）人。度宗时进士。宋亡后隐居不仕。有《竹山词》。

云褰翠幕。满天星碎珠迸索。孤蟾阑外，照我看看过转角。
（古入）（古入）（古入）
酒醒寒砧正作。待眠来、梦魂怕恶。枕屏那更，画了平沙断雁落。
（古入）（古入）（古入）

注： 本词例押古入声“觉”“药”韵。因“觉”“药”在古韵中与“作”“握”同韵，而“作”“握”在现代韵中属“波”韵，故全调可押歌部“波”韵。

金菊对芙蓉

【词律·词趣】

本格双片九十九字。全词同韵，平韵，韵字可阴平、可阳平。凡五字句首字为领字。

上片　　四，四，六。五，四。七，三、四。四，四，四。（十句）
　　　　　　　　平　△　平　　　　平　　　　平

下片　　六。五，四。五，四。七，七。四，四，四。（十句）
　　　　平　△　平　△　平　　　平　　　　平

【词人·词例】

南宋　冯取洽（生卒年不详），字熙之，号双溪拟巢翁，延平（今福建南平）人。有《双溪词》。

宝镜缘空，玉簪点水，荡摇千顷寒光。正江妃月姊，斗理明妆。扶阑
（阴）△（阴）

一笑开诗眼，少容我、吟讽其旁。一川风露，满怀冰雪，云海弥茫。
（阳）（阳）

不妨倚醉乘狂。问天公觅取，几曲渔乡。听小楼哀管，偷弄初凉。夜
（阳）△（阴）△（阳）

深欢极忘归去，锦江酿透碧筒香①。对花无语，花应笑我，不似张郎。
（阴）（阳）

注：本词例押方部“方”韵。

金明池

【词律·词趣】

本格双片一百二十字。全词同韵，仄韵，韵字可上声、可去声。凡五字句首字可作领字。上片第七句、第八句可制为“三六”句式，见李弥逊词。本调又名《昆明池》。

上片　四，四，六。三、四，三、四。三、四，五，四。五，四，六。
　　　　　　仄　　　　　　仄　　　　△　仄　△　　仄
（十一句）

下片　七。五，四。三、四，三、四。三、四，五，四。五，四，六。
　　　仄　△　仄　　　　　　仄　　　　△　仄　△　　仄
（十一句）

【词人·词例】

北宋　僧挥（生卒年不详），俗姓张，名挥，安州（今湖北安陆）人。曾举进士。因游荡不羁，其妻投毒相害，幸啖蜜而解，因出家为僧，法号仲殊，人称“蜜殊”。先后居住于苏州承天寺、杭州吴山宝月寺。他与苏轼交游甚密，终自缢而死。有《宝月集》。词存四十六首。

天阔云高，溪横水远，晚日寒生轻晕。闲阶静、杨花渐少，朱门掩、
　　　　　　　　　　　　（去）
莺声犹嫩。悔匆匆、过却清明，旋占得余芳，已成幽恨。都几日阴沉，
（去）　　　　　　　　　　　△　　　　　（去）　△

连宵慵困，起来韶华都尽。　　怨入双眉闲斗损。乍品得情怀，看承
（去）　（上）　△
全近。深深态、无非自许，厌厌意、终羞人问。争知道、梦里蓬莱，
（去）　（去）
待忘了余香，时传音信。纵留得莺花，东风不住，也则眼前愁闷。
△　（去）　△　（去）

注：本词例押根部“根”韵。

金人捧露盘

【词律·词趣】

本格双片七十九字。全词同韵，平韵，韵字可阴平、可阳平。上下片七字句可制为“四三”或“三四”句式，见高似孙、高观国等词。本词一作《铜人捧露盘》，又名《上西平》《西平曲》《天宇乐》《铜人捧露盘引》。贺铸登凌歊台作此调时，又改名《凌歊》，为双片八十一字，平韵体。

上片　三，三，三。三、四。四，七。七，四。（八句）
　　　　　　平　　　平　　　平　　　平

下片　三，三，三，三。三、四。四，七。七，四。（九句）
　　　　　　　　平　　　平　　　平　　　平

【词人·词例】

南宋　汪元量（1241—1317?），字大有，号水云，钱塘（今浙江杭州）人。宋亡后，南归为道士。有《水云集》《湖山类稿》《水云词》。词存五十八首。

越山云，越江水，越王台。个中景、尽可徘徊。凌高放目，使人胸次
　　　　　　　　（古上平）　　　　　　（古上平）

共崔嵬。黄鹂紫燕报春晚，劝我衔杯。　　古时事，今时泪，前人喜，
（古上平）　　　　　　　　（古上平）

后人哀。正醒里、歌管成灰。新愁旧恨，一时分付与潮回。鹧鸪啼歇
（古上平）（古上平）（古上平）
夕阳去，满地风埃。
（古上平）

注：本词例押古上平声“灰”韵。因“灰”在现代韵中属“飞”韵，故全调可押飞部“飞”韵。

金盏倒垂莲

【词律·词趣】

本格双片九十二字。全词同韵，平韵，韵字可阴平、可阳平。上下片第二句首字为领字。韵段内可调换句式，见晁补之词。此调因晁端礼词“痛饮狂歌，金盏倒垂莲”句而得名。

上片　　四，五，四。四，五。三、四，六。六，四。（九句）
　　　　　△　平　　平　　　　平　　平

下片　　六，五，四。四，五。三、四，六。六，四。（九句）
　　　　　△　平　　平　　　　平　　平

【词人·词例】

北宋　晁端礼（1046—1113），字次膺，其先辈澶州清丰（今属河南）人，徙家彭门（今江苏徐州）。神宗时进士。后受蔡京举荐，应诏上京。以承事郎为大晟府协律，未到任而逝。有《闲适集》《闲斋琴趣外篇》。

流水漂花，记同寻阆苑①，曾宴桃源。痛饮狂歌，金盏倒垂莲。未省
　　　　　△　　　　　　（阳）　　　　　　（阳）
负、佳时良夜，烂游风月三年。别后空抱瑶琴，谁听朱弦。　　风流
　　　　　　　　　　（阳）　　　　　　（阳）
少年儒将，有威名震虏，谈笑安边。寄我新诗，何事赋归田。想歌曲、
　　　　　△　　　　　　（阴）　　　　　　（阳）

情怀如旧，后房应也依然。此外莫问升沉，且斗樽前。
（阳）（阳）

注：本词例押山部“山”“天”韵。

锦堂春

【词律·词趣】

本格双片九十八字。全词同韵，平韵，韵字可阴平、可阳平。凡五字句首字均为领字。另有一百字、一百零一字体，见柳永、司马光等词。此调又名《锦堂春慢》。另有小调双片四十八字，平韵体，又名《乌夜啼》。

上片　四，四，六。五，四。六，六。五，四，四。（十句）
　　　　　　平　△　平　　　平　△　　平

下片　六，五，四。六，四。六，六。五，四，四。（十句）
　　　　△　平　　　平　　　平　△　　平

【词人·词例】

南宋　王梦应（生卒年不详），字静得，攸县（今属湖南）人。度宗时进士。曾官庐陵尉。后起兵抗元，兵败，一家皆殁，惟已身尚存。

浅帻分秋①，凉尊试月，西风未雁犹蝉。看芙蓉影里，绿鬓年年。日
　　　　　　　　　　　　（阳）　△　　　　　　　　　　（阳）
上云帆压海，尘清玉马行天。更烟楼凤举，风幕麟游，锦后珠前。　绿
　　　　　　　　　　（阴）　△　　　　　　　　　　　（阳）
阴池馆如画，记晴春药径，雨晓芝田②。已办十年笑语，小聚云边。
　　　　　　　△　　　　　　　（阳）　　　　　　　　　（阴）
舞称香围艳雪，歌迟酒落红船。早群仙醉去，柳掖花扶，似雾非烟。
　　　　　　　　　　　（阳）△　　　　　　　　　　　（阴）

注：一、本词例押山部“山”“天”韵。

二、①帻：音“zé”。古代一种头巾。②芝田：传说神仙种芝草的地方。

锦帐春

【词律·词趣】

本格双片五十六字。全词上下片，前三句同韵，后三句同韵，全词均为仄韵，韵字可上声、可去声。上下片第四句首字为领字。

上片　　四，四。三、四。五，四。四。（六句）
　　　　　仄　　　仄　△　仄　仄

下片　　四，四。三、四。五，四。四。（六句）
　　　　　仄　　　仄　△　仄　仄

【词人·词例】

南宋　丘密

翠竹如屏，浅山如画。小池面、危桥一跨。著棕亭临水，宛然郊野。
（去）（去）△（上）

竹篱茅舍。　　好是天寒，倍添幽雅。正雪意、垂垂欲下。更朦胧月
（去）（上）（去）△

影，弄明初夜。梅花动也。
（去）（上）

注：本词例押花部“花”韵，些部“些”韵。

九张机

【词律·词趣】

本格多片，每片三十字。全词同韵，平韵，韵字可阴平、可阳平。此调为宋“转踏”词名，仅存两篇，俱无名氏作。其内容描写女子织丝时的情景，自一张机至九张机，故名。“转踏”又作“传踏”，为北宋歌舞形式之一，属诗与词相间组合的叙事歌曲。表演时分为若干节，每节一诗一词，伴以舞蹈。《九张机》属“转踏”中并若干节演一事的形式。

一片　　三。七。七，四，四，五。(六句)
　　　　平　平　　　　　　　　平

……

九片　　三。七。七，四，四，五。(六句)
　　　　平　平　　　　　　　　平

【词人·词例】

宋　无名氏

一张机。采桑陌上试春衣。风晴日暖慵无力，桃花枝上，啼莺言语，
　　(阴)　　　　　　　(阴)

不肯放人归。
　　　(阴)

……

九张机。双花双叶又双枝。薄情自古多离别，从头到底，将心萦系，
（阴）　　　　　　（阴）

穿过一条丝。
（阴）

注：本词例押衣部“衣”韵。其中，“归”在古韵中属“衣”韵。

酒泉子

【词律·词趣】

本格原为唐教坊曲名，后用为词牌。双片四十九字。仄平相间。上片第二句一个同韵，仄韵，后两句同韵、平韵；下片头两句同韵，仄韵，后两句同韵、平韵。亦可仄与仄，平与平，或平仄为同一个韵，即全词可为二至三个韵。平韵可阴平、可阳平，仄韵可上声、可去声。另有四十字至四十五字多体，见辛弃疾、晏殊等词。此词又称《忆余杭》。

上片　　四，七。七。五。（四句）
　　　　　　仄　平　平

下片　　七。七。七。五。（四句）
　　　　仄　仄　平　平

【词人·词例】

北宋　潘阆（？—1009），字逍遥，大名（今属河北）人。太宗时赐进士及第。初为国子四门助教，因狂妄追还诏命。真宗时释罪，提为滁州参军。有《逍遥词》。其《酒泉子》十首，专咏钱塘美景，颇具特色。

长忆西湖，尽日凭阑楼上望。三三两两钓鱼舟。岛屿正清秋。　　笛
（去）（阴）（阴）

声依约芦花里。白鸟成行忽惊起。别来闲整钓鱼竿。思入水云寒。
（上）（上）（阴）（阳）

注：本词例押方部“方”韵，收部“收”韵，衣部“衣”韵，山部“山”韵。

菊花新

【词律 · 词趣】

本格双片五十二字。全词同韵，仄韵，韵字可上声、可去声。葛长庚所填此调慢词，其各体句式、字数大不相同。菊花素有“花中君子”“花中隐士”之美称，文人借喻其傲霜之志，故取作词牌。

上片　　七。七。五，三、四。（四句）
　　　　仄　仄　　　　仄

下片　　七。三、四。五，三、四。（四句）
　　　　仄　　　仄　　　　　仄

【词人 · 词例】

北宋　柳永

欲掩香帏论缱绻①。先敛双蛾愁夜短。催促少年郎，先去睡、鸳衾图
（上）（上）

暖。　须臾放了残针线。脱罗裳、恣情无限。留取帐前灯，时时待、
（上）（去）（去）

看伊娇面。
（去）

注：一、本词例押山部“山”“天”韵。

二、①缱绻：音“qiǎn quǎn”。感情深厚不分离。

倦寻芳

【词律·词趣】

本格双片九十七字。全词同韵，仄韵，韵字可上声、可去声。上片第九句首字为领字。另有九十八字体，见王质词。此词又名《倦寻芳慢》。

上片　　四。四，四。四，六。七，七。三，五，四。（十句）

　　　　仄　　　仄　　仄　　仄　　△　仄

下片　　三、四，四，四。四，六。七，七。三，三、四。（九句）

　　　　　　　　　仄　　仄　　仄　　　仄

【词人·词例】

南宋　翁元龙（生卒年不详），字时可，号和静，四明（今浙江宁波）人。与吴文英为亲伯仲。

燕帘挂晚。莺槛迷晴，花思零乱。试觅娉婷，日日傍湖亭苑。掷果墙

（上）　　　　　　　（去）　　　　　　　　　（上）

阴窥驻马，采香深径抛春扇。醉归来，任钗云半落，绣帘慵卷。　　念

（去）　　　△　　　　（上）

灿锦、年华如旧，飞絮游丝，萦恨难剪。蜀羽无情，早带怨红啼断。

（上）　　　　　　（去）

厚约轻辞寒食夜，行云空梦梨花院。莫凭阑，正斜阳、淡烟平远。

（去）　　　　　　（上）

注：本词例押山部“山”“天”韵。

角 招

【词律·词趣】

本格原为古乐章名，后用为词牌。双片一百零八字。全词同韵，仄韵，韵字可上声、可去声。上片末句首字为领字。另有一百零七字体，见赵以夫等词。“角招”（音“jué sháo”），“招”通“韶”，而“韶”为传说中虞舜时代的乐曲名，南宋姜夔取制词牌，自度此调。

上片　三。六，四。五。四，四。四。三、四。六，六，五。（十一句）
　　　仄　　　仄　仄　　　仄　仄　　　仄　　　　△仄

下片　二。四。四，五。五。四，四。四。三、四。六。三，三、三。
　　　仄　仄　　　仄　仄　　　仄　仄　　　仄　仄　　　　　仄
（十二句）

【词人·词例】

南宋　姜夔

为春瘦。何堪更绕西湖，尽是垂柳。自看烟外岫。记得与君，湖上携
（去）　　　　　　　　　　（上）　　　（去）

手。君归未久。早乱落、香红千亩。一叶凌波缥缈，过三十六离宫，
（上）　（上）　　　　　（上）

遣游人回首。　　犹有。画船障袖。青楼倚扇，相映人争秀。翠翘光
△　（上）　　（上）　（去）　　　　　　　　（去）

欲溜。爱著宫黄，而今时候。伤春似旧。荡一点、春心如酒。写入吴
（去）　　　　　（去）　（去）　　　　　　（上）

丝自奏。问谁识，曲中心、花前友。
　（去）　　　　　　　　　　（上）

注：本词例押收部“收”韵。其中，“亩”在古韵中属“有”韵，而“有”在现代韵中属“收”韵，“溜”在古韵中与“秀”同为去声，而“秀”在现代韵中亦属去声。

开元乐

【词律·词趣】

本格单片二十四字。全词同韵，平韵，韵字可阴平、可阳平。第一句、第三句须用仄声，第一句、第二句为对仗句。

单片　　六，六。六，六。（四句）

【词人·词例】

北宋　沈括（1031—1095），字存中，杭州钱塘（今浙江杭州）人。科学家、政治家。仁宗时进士。神宗时，参与王安石变法。曾任翰林学士、龙图阁待制、知延州。晚年居润州，筑“梦溪园”（在今江苏镇江东）。其人博学多闻，于天文、地理、律历、音乐、医药等皆有研究。有《梦溪笔谈》《长兴集》。

楼上正临宫外，人间不见仙家。寒食轻烟薄雾，满城明月梨花。
（阴）（阴）

注：本词例押花部“花”韵。

凯 歌

【词律·词趣】

本格双片九十五字。全词同韵，平韵，韵字可阴平、可阳平。古韵皆为下平声。“凯歌”乃古代王师得胜后，在军中吹奏的乐曲。此调平直，节奏鲜明，词人以其雄壮而制为词牌。

上片　五，五。六，五。六，六，五。五，五。（九句）
　　　　　平　　平　　　　　平　　平

下片　三，三，三。六，五。六，六，五。五，五。（十句）
　　　　　　　平　　平　　　　　平　　平

【词人·词例】

南宋　张榘（生卒年不详），字方叔，号芸窗，润州（今江苏镇江）人。理宗时任句容令、江东制置使参议。有《芸窗词稿》。

双阁护仙境，万壑渺清秋。台躔光动银汉[1]，神秀孕公侯。胸次千崖
　　　　　　　　　　（阴）　　　　　　　　　　（阳）
灏气[2]，笔底三江流水，姓字桂香浮。十载洞庭月，今喜照扬州。　捧
　　　　　　　　　　　　（阳）　　　　　　　　　　（阴）
丹诏，升紫殿，建碧油。胡儿深避沙漠，铃阁飏轻裘。点检召棠遗爱，
　　　　　　　　（阳）　　　　　　　　　　（阳）
酝酿潘舆喜色，英裔蔚文彪。整顿乾坤定，千岁侍宸旒[3]。
　　　　　　　　　（阴）　　　　　　　　　　（阳）

注：一、本词例押收部“收”韵。本押古下平声“尤”韵，因“尤”在现代韵中属“收”韵，故全调可押“收”韵。

二、①躔：音“chán”。天体运行。②灏：音“hào”。同“浩”。③宸：音“chén”。宫殿。旒：音“liú”。帝王礼帽前后悬垂的玉串。

看花回

【词律·词趣】

本格双片一百零一字。全词同韵，仄韵，韵字可上声、可去声，古韵多入声。上下片第四句首字为领字。另有字句、韵脚略异者，见欧阳修、周邦彦、赵彦端等词。此词有双片六十七字、六十八字平韵体，见柳永词。

上片　六，四。六，五，四，四，七。三、四，七。（九句）
　　　　仄　　△　　　仄　　　仄

下片　三、四。三、四。六，五，四。四，七。三，三，五。（十句）
　　　　仄　　仄　　△　仄　　仄　　　　仄

【词人·词例】

北宋　黄庭坚

夜永兰堂醺饮，半倚颓玉。烂熳坠钿堕履，是醉时风景，花暗烛残，欢
　　　　　　　（古入）　　　　　　　△
意未阑，舞燕歌珠成断续。催茗饮、旋煮寒泉，露井瓶窦响飞瀑。　纤
　　　　　　　（古入）　　　　　　　　　　　（古入）
指缓、连环动触。渐泛起、满瓯银粟①。香引春风在手，似粤岭闽溪，
　　　（古入）　　　　（古入）　　　　　　　△
初采盈掬②。暗香当时，探春连云寻篁竹。怎归得，鬓将老，付与杯中绿。
（古入）　　　　　　　（古入）　　　　　　　　（古入）

注：一、本词例押古入声“屋”“沃”韵。因“屋”“沃”在古韵中与“木”“束”同韵，而“木”“束”在现代韵中属“姑”韵，故全调可押姑部“姑”韵。

二、①瓯：音“ōu”。瓯子，盅。②掬：音“jū”。这里为量词，一捧。

酷相思

【词律·词趣】

本格双片六十六字。全词同韵，仄韵，韵字可上声、可去声。上下片第三句可制为八字句。

上片　七。三、三。三、五。三、三。三，三。（五句）
　　　仄　　仄　　仄　　仄　　仄

下片　七。三、三。三、五。三、三。三、三。（五句）
　　　仄　　仄　　仄　　仄　　仄

【词人·词例】

南宋　程垓

月挂霜林寒欲坠。正门外、催人起。奈离别、如今真个是。欲住也、
（去）　（上）　（去）
留无计。欲去也、来无计。　马上离魂衣上泪。各自个、供憔悴。
（去）　（去）　（去）　（去）
问江路、梅花开也未。春到也、须频寄。人到也、须频寄。
（去）　（去）　（去）

注： 本词例押衣部“衣”韵。本押古上声“纸”韵，古去声“寘”“未”“霁”韵，而“纸”“寘”“霁”在现代韵中属“衣”韵，“未”在古韵中与“衣”同韵，故全调可押衣部。

腊梅香

【词律·词趣】

本格双片一百字。全词同韵，仄韵，韵字可上声、可去声。上片第二句、第五句，下片第二句首字为领字。另有一百零一字体，见喻陟词。

上片　　四，五，四。五，五，四。四，三、四。四，四，四。（十一句）
　　　　　　△　仄　　　△　仄　　　　　仄　　　　　仄

下片　　五，五，四。五，三、五。四，三、四。四，四，四。（十句）
　　　　　　△　仄　　　　　仄　　　　　仄　　　　　仄

【词人·词例】

北宋　吴师孟（生卒年不详），字醇翁，成都（今四川成都）人。举进士。官左朝议大夫、知蜀州。后为梓州路提举。

锦里阳和，看万木凋时，早梅独秀。珍馆琼楼畔，正绛跗初吐[1]，秾
　　　　　△　　　　　　　　（去）　　　　　　　△

华将茂。国艳天葩，真澹伫、雪肌清瘦。似广寒宫，铅华未御，自然
　（去）　　　　　　　　　　（去）

妆就。　　凝睇倚朱阑，噴清香暗度，易袭襟袖。好与花为主，宜秉
（去）　　　　　　　　　△　　　　　　　（去）

烛、频观泛湘酎。莫待南枝，随乐府、新声吹后。对赏心人，良辰好
　　　　　（去）　　　　　　　　　　　（去）

景，须信难偶。
　　　（上）

注：一、本词例押收部“收”韵。其中，“茂”在古韵中属“宥”韵，而“宥”在现代韵中属“收”韵。

二、①跗：音“fū”。这里指花托。

兰陵王

【词律·词趣】

本格原为唐教坊曲名，后用为词牌。三片一百三十字。全词同韵，仄韵，韵字可上声、可去声，古韵多入声。中片第二句、第五句、末句，下片第三句、第六句首字为领字。另有一百三十一字体，见周邦彦、曹冠、辛弃疾、张元干、袁去华等词。“兰陵王”为北齐勇武而貌美的名将高长恭。据传，他自以为不足以威敌，常戴面具出战，并解除了围城之困。齐人为其作歌《兰陵王入阵曲》，模拟他上阵指挥、击刺之神态。此舞曲又称《代面》《大面》，后为唐代盛行之舞曲。唐至宋，将旧曲制新声，取名《兰陵王》。此调声势雄浑，气概不凡，宜抒发激越之情感。

上片	三。	六。	三，	四，	七。	五。	六。	三、	四，	七。	（九句）
	仄	仄			仄	仄	仄			仄	
中片	五。	五，	四。	七。	五，	四，	七。	五。	（八句）		
	仄	△	仄	仄	△		仄	△仄			
下片	二。	三。	五，	四。	七。	五，	四。	四，	三，	三。	（十句）
	仄	仄	△	仄	仄	△	仄			仄	

【词人·词例】

南宋　陈韡（1178—1260），字子华，号抑斋，侯官（今属福建）人。宁宗时进士。历官兵部尚书、参知政事、知枢密院事。赠少师。谥忠肃。

角声切。何处梅梢弄雪。还乡梦，玉井楼前，千朵芙蕖插空碧。邻翁
（古入）　（古入）　（古入）
问消息。为说红尘倦客。应怜笑、弓剑旌旗，底事留人未归得。　淮
（古入）　（古入）　（古入）
山旧相识。记急处笙歌，静里锋镝①。隋堤杨柳犹春色。嗟十载人事，
（古入）△　（古入）　（古入）△
几番棋局，青油年少已鬓白。漫惆怅京国。　朱墨。困无力。似病
（古入）△　（古入）　（古入）　（古入）△
鹤樊笼，老骥羁勒。夕阳不系栖林翼。待添竹东圃，种松西陌。功名
（古入）　（古入）△　（古入）
休问，吾老矣，付俊杰。
（古入）

注：一、本词例押古入声“屑”“陌”“锡”“职”韵。因“屑”“陌”“锡”“职”在古韵中与“闭”“碧”“寂”“力”同韵，而“闭”“碧”“寂”“力”在现代韵中属“衣”韵，故全调可押衣部“衣”韵。

二、①镝：音“dí”。箭头或箭。

浪淘沙

【词律·词趣】

本格原为唐教坊曲名，后用为词牌。双片五十四字。全词同韵，平韵，韵字可阴平、可阳平。又名《卖花声》《曲入冥》《过龙门》等。另有《浪淘沙令》，但字句不同，平仄不同，见柳永、史浩等词。亦有《浪淘沙近》，其句式不同，仄韵体，见宋祁词。此调还有慢词，双片一百三十三字或一百三十五字，仄韵体。见柳永、方千里、吴文英等词。此词初始由唐代诗人白居易、刘禹锡共同创作，为七言绝句体，多咏江浪淘沙之意，后由南唐后主李煜创制为双调。

上片　五。四。七。七，四。（五句）
　　　平　平　平　　　平

下片　五。四。七。七，四。（五句）
　　　平　平　平　　　平

【词人·词例】

南宋　李曾伯（1198—约1266），字长孺，号可斋，原籍覃怀（今河南沁阳），后寓居嘉兴（今属浙江）。著名词人。曾官濠州通判，淮东、淮西制置使。后授四川宣抚使，特赐同进士出身。有《可斋杂稿》《可斋词》。词存二百零二首。

斜日挂汀洲。帆影悠悠。碧云合处是吴头。几片寒芦三两雁，人立清
　　　　（阴）　　　（阴）　　　　　　（阳）
秋。　　柳外莫停舟。休问闲愁。人生江海一萍浮。世路相期如此水，
（阴）　　　　　（阴）　　（阳）　　　　　　（阳）
万里安流。
　　（阳）

注：本词例押收部“收”韵。其中，“浮”在古韵中同“收”。

离亭宴

【词律·词趣】

本格双片七十二字。全词同韵，仄韵，韵字可上声、可去声。一名《离亭燕》。此词因张先始作词中“随处是、离亭别宴”句得名。张先词为七十六字体，其句式不同。宋人多依七十二字体。

上片　六。六。七，六。五，六。（六句）
　　　仄　仄　　　仄　　　仄

下片　六。六。七，六。五，六。（六句）
　　　仄　仄　　　仄　　　仄

【词人·词例】

北宋　张昪（992—1077），字杲卿，韩城（今属陕西）人。真宗时进士。曾官参知政事、枢密使、同中书门下平章事。英宗时，以太子太师致仕。谥康节。词存二首。

一带江山如画。风物向秋潇洒。水浸碧天何处断，翠色冷光相射。蓼
　　　　（去）　　　　（上）　　　　　　　　　　　　　　（去）
岸荻花中①，隐映竹篱茅舍。　　天际客帆高挂。门外酒旗低迓②。
　　　　　　　　　　（去）　　　　　　（去）　　　　　　（去）
多少六朝兴废事，尽入渔樵闲话。怅望倚危栏，红日无言西下。
　　　　　　　　　　　　（去）　　　　　　　　　　　（去）

注：一、本词例押花部“花”韵。本押古上声“马”韵，古去声“祃”“卦”韵，因“马”“祃”“卦”在现代韵中属“花”韵。

二、①荻：音“dí”。水草，似芦苇。②迓：音“yà”。迎接。

荔枝香

【词律 · 词趣】

本格双片七十六字。全词同韵，仄韵，韵字可上声、可去声。又名《荔枝香近》，其中有七十三字体。上片头两句可制为“四五”句式；末句可制为“四五”句式；下片头两句可制为“二七”句式。见赵以夫、陈允平、吴文英等词。

上片　　六。三。六，五。六，五。二、七。（七句）
　　　　仄　仄　　　仄　　　仄　　　仄

下片　　三，三、三。四，六。四，七。六。（七句）
　　　　　　　　仄　　　仄　　　仄　仄

【词人 · 词例】

南宋　方千里

胜日登临幽趣。乘兴去。翠壁古木千章，林影生寒雾。空蒙冷湿人衣，
（古去）　（古去）　（古去）
山路元无雨。深涧、斗泻飞泉溜甘乳。　　渔唱晚，看小棹、归前浦。
（古上）　（古上）　（古上）
笑指官桥，风飐酒旗斜举[①]。还脱宫袍，一醉芳杯倒鹦鹉。幸有雕章
（古上）　（古上）
蜡炬。
（古上）

注：一、本词例押古上声“语”“麌”韵，古去声“御”“遇”韵。因“语”“麌”“御”“遇”在现代韵中属“居”韵，故全调可押衣部“居”韵。

二、①飐：音“zhǎn”。风吹使物动。

恋绣衾

【词律·词趣】

本格双片五十四字。全词同韵，平韵，韵字可阴平、可阳平。上下片第三句可制为六字句。见朱敦儒词。

上片　　七。三、四。三、三，三、四。（四句）
　　　　平　　平　　　　　　平

下片　　七，三、四。三、三，三、四。（四句）
　　　　　　　平　　　　　　平

【词人·词例】

南宋　刘学箕（生卒年不详），字习之，自号种春子，崇安（今属福建）人。隐居不仕。

柳絮风翻高下飞。雨笼晴、香径尚泥。女伴笑、踏青好，凤钗偏、花
　　　　　　（阴）　　　　　　（阳）
压鬓垂。　　乱莺双燕春情绪，搅愁心、欲诉向谁。人间道、因谁瘦，
　（阳）　　　　　　　　　　　　　　（阳）
捻青梅、闲敛黛眉。
　　　　　（阳）

注： 本词例押飞部“飞”韵。其中，“泥”在现代韵中属“衣”韵，而“衣”在古韵中与“飞”同韵，故“泥”亦属“飞”韵。

梁州令

【词律·词趣】

双片五十二字。全词同韵，仄韵，韵字可上声、可去声。一名《凉州令》。另有五十字、五十五字体，其字句略异，见柳永、晏几道等词。亦有合五十字体两首作长调体，为四片，且有定名为《梁州令叠韵》者，见欧阳修、晁补之等词。本调源于唐教坊曲《凉州》误转为《梁州》而来，因摘其一段制为小令。

上片　五。六。七，四，五。（五句）
　　　仄　仄　　　　　仄

下片　七。五。四，四，五。（五句）
　　　仄　仄　　　　　仄

【词人·词例】

北宋　晁补之

二月春犹浅。去年樱桃开遍。今年春色怪迟迟，红梅常早，未露胭脂
　　　（上）　　　　　（去）
脸。　东君故遣春未缓。似会人深愿。蟠桃新镂，双盏相期，似此
（上）　　　　　（上）　　　　（去）
春长远。
　（上）

注：本词例押山部“山”“天”韵。

两同心

【词律·词趣】

本格双片六十八字。全词同韵，平韵，韵字可阴平、可阳平。

上片　四，四。三、四，三、四。三，四。四。（七句）
　　　　　平　　　　　　　平　　　平　平

下片　六。四。三、四，三、四。三，四。四。（七句）
　　　平　平　　　　　　　平　　　平　平

【词人·词例】

南宋　仇远

踏青归后，小步西园。翠袖薄、新篁难倚，绿窗润、弱絮轻黏。春风
　　　　　　　　（阳）　　　　　　　　　　　　　　　　　（阴）
急，暮雨凄然。早听啼鹃。　　忆昔几度湖边。款曲花前。约俊客、
　　　　（阳）　　（阴）　　　　　　　　　（阴）　　（阳）
同倾凿落，看游女、同上秋千。春无主，落日低烟。芳草年年。
　　　　　　　　　　　（阴）　　　　　　　（阴）　　（阳）

注：本词例押山部“山”“天”韵。

临江仙

【词律·词趣】

唐教坊曲名，后用为词牌。双片六十字。全词同韵，平韵，韵字可阴平、可阳平。另有双片五十八字体，见刘袤、许庭等词。原曲因用咏游仙故事而得名。敦煌词又作《临江山》。此词又名《谢新恩》《庭院深深》《雁后归》《鸳鸯梦》等。柳永将此调演变为慢词，双片九十三字，平韵。另有别称《瑞鹤仙令》、《雁归后》等。

上片　　七，六。七。五，五。（五句）
　　　　　　平　平　　　平

下片　　七，六。七。五，五。（五句）
　　　　　　平　平　　　平

【词人·词例】

南宋　洪迈（1123—1202），字景卢，号野处、容斋，鄱阳（今江西波阳）人。文学家、学者。高宗时，中博学宏词科。孝宗时，官中书舍人、直学士院，后拜翰林学士，终以端明殿学士致仕。学识渊博，自经史百家以至医卜星算皆有论述，尤熟于宋代掌故。谥文敏。有《野处类藁》《容斋随笔》《夷坚志》《万首唐人绝句》。词存六首。

绮席流欢欢正洽，高楼佳气重重。钗头小篆烛花红。直须将喜事，来
（阳）（阳）

报主人公。　　桂月十分春正半，广寒宫殿葱葱。姮娥相对曲阑东。
（阴）　　（阴）　　（阴）
云梯知不远，平步蹑东风。
（阴）

注：本词例押东部“东”“声”韵。

玲珑四犯

【词律·词趣】

本格双片一百零一字。全词同韵，仄韵，韵字可上声、可去声。上片第二句首字为领字，上片头三句可制为“四三六”句式，下片第五句、第六句可制为“四四五”句式，见史达祖等词。另有双调九十九字、一百字体，其句式、句读略有不同，见方千里、周密、张炎等词。此调创自周邦彦，然姜夔亦有自度曲，与邦彦词不同。本词又名《夜来花》。

上片　四，五，四。四，六。六，三、四。三、四，六。（九句）
　　　　　△　仄　　仄　　　　仄　　　仄

下片　七，三、四。七，五。六，三、四。三、四，六。（八句）
　　　　　　仄　　仄　　　　仄　　　仄

【词人·词例】

南宋　高观国（生卒年不详），字宾王，山阴（今浙江绍兴）人。著名词人。与史达祖时常唱和，张炎将他与姜夔、吴文英、史达祖并称。其词工而入逸，婉而多风。有《竹屋痴语》一卷。词存一百零八首。

水外轻阴，做弄得飞云，吹断晴絮。驻马桥西，还系旧时芳树。不见翠陌
　　　　　△　　　　　　　（古去）　　　　　　　　　（古上）

寻春，每问著、小桃无语。恨燕莺、不识闲情，却隔乱红飞去。　　少年
　　　　　　　（古上）　　　　　　　　　　　　（古去）

曾识春风意，到如今、怨怀难诉。魂惊冉冉江南远，烟草愁如许。此意待
（古去）（古上）
写翠笺，奈断肠、都无新句。问甚时、舞凤歌鸾，花里再看仙侣。
（古去）（古上）

注：本词例押古上声“语”“麌”韵，古去声“御”“遇”韵。因“语”“麌”“御”“遇”在现代韵中属“居”韵，故全调可押衣部“居”韵。

玲珑玉

【词律 · 词趣】

本格双片一百字。全词同韵，平韵，韵字可阴平、可阳平。上片第六句，下片第二句首字为领字。

上片　　四，三、四。四，六。六，五，四。二。三、四。（九句）
　　　　　　　　平　　平　　△　平　平　　平

下片　　六，五，四。四，三、四。六，三、四，四。二。三，三、四。
　　　　　　△　平　　　　平　　　　平　平　　　平
　　　　（十一句）

【词人 · 词例】

南宋　姚云文（生卒年不详），字圣瑞，高安（今属江西）人。度宗时进士。官兴县尉。有《江村遗稿》。

开岁春迟，早赢得、一白潇潇。风窗淅簌，梦惊金帐春娇。是处貂裘透暖，
　　　　　　　　　　（阴）　　　　　　　　　　　（阴）
任尊前回舞，红倦柔腰。今朝。亏陶家、茶鼎寂寥。　　料得东皇戏剧，
　　　　　　　　（阴）（阳）　　　　　　（阳）
怕蛾儿街柳，先斗元宵。宇宙低迷，倩谁分、浅凸深凹。休嗟空花无据，
　　　　　　　　（阴）　　　　　　　　　（阴）
便真个、琼雕玉琢，总是虚飘。虚飘。且沉醉，趁楼头、零片未消。
　　　　　　　　　　（阴）（阴）　　　　　　　　　（阴）

注：本词例押高部“高”韵。

留春令

【词律 · 词趣】

本格双片五十四字。全词同韵，仄韵，韵字可上声、可去声，古韵多入声。另有五十字、五十二字体，见史达祖等词。赵彦端《杏花天》词与本调同，但各为其词牌。

上片　　七。三、四。七。六。（四句）
　　　　仄　　仄　仄　仄

下片　　三、四。三、四。七。六。（四句）
　　　　　　仄　　仄　仄　仄

【词人 · 词例】

南宋　彭止（生卒年不详），字应期，自号漫者，崇安（今属福建）人。诗笔甚高，格调清丽典雅。尝谒辛弃疾，题绝句一首，为辛弃疾所赏识。有《刻鹄集》。

夜来小雨三更作（古入）。近水处、小桃开却（古入）。玉女向晓掀朱箔（古入）。似与花枝有约（古入）。　　绿池上、柳腰纤弱（古入）。燕子过、谁家院落（古入）。春衫试着香罗薄（古入）。无奈东风太恶（古入）。

注： 本词例押古入声“药”韵。因“药”在现代韵中属“高”韵，故全词可押高部“高”韵。又因“作”“落”“弱”在现代韵中属“波”韵，而“却”“箔”“约”“薄”在古韵中与“作”“落”“弱”同韵，且“恶”在古韵中亦与“作”“落”“弱”同韵，故全调可押现代韵歌部“波”韵，亦可押歌部“歌”韵。

柳梢青

【词律·词趣】

本格双片四十九字。全词同韵，平韵，韵字可阴平、可阳平。另有仄韵体，见张元干词。亦有四十八字、五十字体，且句式不同，见张孝祥等词。此词又名《陇头月》《早春怨》《云淡秋空》《雨洗元宵》等。

上片　四。四，四。四，四，四。（六句）
　　　平　　平　　　平

下片　六。三、四。四，四，四。（五句）
　　　平　　平　　　平

【词人·词例】

南宋　黄简（生卒年不详），一名居简，字元易，号东浦，建安（今福建建瓯）人。隐居吴郡光福山。词存三首。

病酒心情。唤愁无限，可奈流莺。又是一年，花惊寒食，柳认清明。
（阳）（阴）（阳）

天涯翠巘层层。是多少、长亭短亭。倦倚东风，只凭好梦，飞到银屏。
（阳）（阳）（阳）

注：本词例押东部“声”韵。

柳腰轻

【词律·词趣】

本格双片八十二字。全词同韵，仄韵，韵字可上声、可去声。“柳腰”，指女子的腰身纤柔动人，这是文人借用柳枝在微风中律动的姿态，来表达对佳丽的赞美。柳永取其态作此词牌。

上片　七。三、三。四，四，六。三、四，三、四。（七句）
　　　仄　　仄　　　　仄　　　仄

下片　六。三、四。四，四，六。三、四，三、四。（七句）
　　　仄　　仄　　　　仄　　　仄

【词人·词例】

北宋　柳永

英英妙舞腰肢软。章台柳、昭阳燕。锦衣冠盖，绮堂筵会，是处千金
　　　（上）　　　　（去）

争选。顾香砌、丝管初调，倚轻风、佩环微颤。　乍入霓裳促遍。
（上）　　　　　　　　（去）　　　　　　（去）

逞盈盈、渐催檀板。慢垂霞袖，急趋莲步，进退奇容千变。算何止、
　　　（上）　　　　　　　　　　（去）

倾国倾城，暂回眸、万人肠断。
　　　　　　　（去）

注：本词例押山部“山”“天”韵。

六丑

【词律·词趣】

本格双片一百四十字。全词同韵，仄韵，韵字可上声、可去声，古韵多入声。上片第一句、第八句、第十三句，下片第二句、第六句、第九句首字为领字。下片第三句、第四句可制为“四四”句式，第八句可制为七字句，第九句、第十句、第十一句可制为“三四六”句式，见杨泽民、吴文英、刘辰翁等词。此调为周邦彦自度曲。据载，邦彦此词犯六调，皆声美而难唱。词名因以高阳氏（即颛顼，传说中古代部落首领）之六子（皆有才然奇丑者）比之，故名《六丑》。

上片　五，三、四。四，五。四。五，四，五。七。四，四。六。五，四。（十四句）
△　仄　仄　仄　△仄　仄　仄　仄　△　仄

下片　四。五。五，三。六。五，四。三、四。五，四，四。三、四。三、五，四。
仄　△仄　仄　仄　△　仄　仄　△　仄　仄　仄
（十四句）

【词人·词例】

北宋　周邦彦

正单衣试酒，恨客里、光阴虚掷。愿春暂留，春归如过翼。一去无迹。
△　（古入）　（古入）　（古入）

【六　丑】

为问花何在，夜来风雨，葬楚宫倾国。钗钿堕处遗香泽。乱点桃蹊，
△　（古入）　（古入）
轻翻柳陌。多情为谁追惜。但蜂媒蝶使，时叩窗隔。　东园岑寂。
（古入）　（古入）△　（古入）　（古入）
渐蒙笼暗碧。静绕珍丛底，成叹息。长条故惹行客。似牵衣待话，别
△　（古入）　（古入）　（古入）△
情无极。残英小、强簪巾帻。终不似一朵，钗头颤袅，向人攲侧。
（古入）　（古入）△　（古入）
漂流处、莫趁潮汐。恐断红、尚有相思字，何由见得。
（古入）　（古入）

注：本词例押古入声“陌”“锡”“职”韵。因“陌”“锡”“职”在古韵中与“碧”“寂”“力”同韵，而“碧”“寂”“力”在现代韵中属“衣”韵，故全调可押衣部“衣”韵。

六桥行

【词律·词趣】

本格双片九十九字。全词同韵，仄韵，韵字可上声、可去声。上下片第二句首字为领字。下片第四句可押韵，可不押韵，见周端臣词。

上片　三。五，四。四。三、六。四。三、四。三、四，六。（九句）
仄　△　仄　仄　仄　仄　仄　仄

下片　六，五，四。四，三、六。四。三、四。三、四，四。（九句）
△　仄　仄　仄　仄　仄

【词人·词例】

南宋　周端臣（生卒年不详），字彦良，号葵窗，建业（今江苏南京）人。曾任御前应制。

苏堤路。正密柳烘烟，嫩莎收雨。野芳竞吐。山如画、隐隐云藏山坞。
（古去）△　（古去）　（古去）　（古上）
六桥徙倚。喧处处、行春箫鼓。鸥影外、一片湖光，夷犹彩舟来去[①]。
（古上）　（古上）　（古去）

凝想禊饮花前，爱裙幄围香，款留连步。旧踪未改，还会记、揽结
△　（古去）
亭边芳树。愁情几许。更多似、一天飞絮。空自有、花畔黄鹂，知人笑语。
（古去）　（古上）　（古去）　（古上）

注：一、本词例押古上声“纸”“语”“麌”韵，古去声“御”“遇”韵。因

"纸""语""麌""御""遇"在现代韵中属"衣""居"韵，故全调可押衣部"衣""居"韵。

二、①夷犹：迟疑不决。

六幺令

【词律·词趣】

本格原为唐教坊曲名，后用为词牌。双片九十四字。全词同韵，仄韵，韵字可上声、可去声，古韵多入声。上下片第七句为句中韵，可押韵可不押韵。下片第三句、第四句可制为“三八”句式或“三三五”句式，见陈允平、刘埙等词。本词又名《绿腰》《录要》《宛溪柳》《世乐》等。此调为唐宋歌舞大曲，属软舞类，女子独舞。其节奏由慢至快，舞姿轻盈柔美，流传甚广。

上片　四，五。六，五。六，五。四，四，七。（九句）
　　　　仄　　仄　　仄　　　　仄

下片　六。五。六，五。六，五。四，四，七。（九句）
　　　　仄　　仄　　仄　　　　仄

【词人·词例】

南宋　李琳（生卒年不详），号梅溪，长沙（今湖南长沙）人。度宗时进士。词存三首。

淡烟疏雨，香径渺啼鸩。新晴画帘闲卷，燕外寒犹力。依约天涯芳草，
（古入）　（古入）

染得春风碧。人间陈迹，斜阳今古，几缕游丝趁飞蝶。　　柳向尊前
（古入）　（古入）

起舞，又觉春如客。翠袖折取嫣红，笑与簪华发。回首青山一点，檐
（古入）（古入）
外寒云叠。梨花淡白，柳花飞絮，梦绕阑干一株雪。
（古入）（古入）

注：本词例押古入声“月”“屑”“陌”“职”“叶”韵。因“月”“屑”“叶”在现代韵中属“些”韵，“陌”与“液”在古韵中同韵，而“液”在现代韵中亦属“些”韵，“职”与“些”属通韵，故全调可押些部“些”韵。

六州歌头

【词律·词趣】

本格原为鼓吹曲名，后用为词牌。双片一百四十三字。全词同韵，平韵，韵字可阴平、可阳平。上片第十五句，下片第十七句首字为领字。另有一百二十九字、一百四十四字体，亦有平仄互用等多体。其字句、韵脚各不相同，见洪适、王之道、贺铸、韩元吉等词。“六州”，指唐代西边伊、凉、甘、石、氐、渭诸州。每州各有类似军歌的歌曲，统名《六州》。“歌头”，指《六州》的引歌部分，即“中序”的第一章。此调悲壮而深沉，宋时大祀、大恤典礼皆用。

上片　四，五。三，三，三，三。五，三，三，三，三。三。六，三、四。五，
　　　　　平　　　　　　平　　　　　　　　平　平　　　　　平　△
　　　五。四。三。（十八句）
　　　平　平　平

下片　四，三，三，三。三，三，三，三。五，三，三。三，三，三。六，七。
　　　　　　　　平　　　　　　平　　　　平　　　　平　　平
　　　五，五。四。（十九句）
　　　△　平　平

【词人·词例】

南宋　刘褒（生卒年不详），字伯宠，一字春卿，武夷（今福建崇安）人。孝宗时进士。曾官朝请郎、知西全州。

凭深负阻，蜂午肆奔腾。龙江上，妖氛涨，鲸海外，白波惊。羽檄交
（古下平）（古下平）
飞急①，玉帐静，金韬闷②，恢远驭，振长缨。密分兵。细草黄沙渺
（古下平）（古下平）
渺，西关路、风袅高旌。听飞霜令肃，坚壁夜无声。鼓角何神。地中
（古下平）△（古下平）（古上平）
鸣。

看追风骑，攒云槊③，雷野毂，激天钲④。飞箭集，旄头坠⑤，
（古下平）（古下平）
长围掩，郭东倾。振旅观旋凯，笳鼓竞，绣旗明。刀换犊，戈藏革，
（古下平）（古下平）
士休营。黄色亦云交映，论功何止蔡州平。想环城苍玉，深刻入青冥。
（古下平）（古下平）△（古下平）
永诏来今。
（古下平）

注：一、本词例押古上平声“真”韵，古下平声“庚”青“蒸”“侵”韵，因“庚”“青”“蒸”在现代韵中属“声”韵，“真”“侵”与“声”属宽韵，故全调可押“声”韵。

二、①檄：音“xí”。羽檄，古代征兵文书，上插鸟羽。②闷：音“bì”。闭。③槊：音“shuò”。古代兵器。④钲：音“zhēng”。古代行军打击乐。⑤旄头：即昴星。星名，二十八宿之一。因在西方，故用以借指少数民族首领。“旄头坠”暗指敌人失败。旄，音“máo”。牦牛尾做装饰的旗。

龙山会

【词律·词趣】

本格双片一百零三字。全词同韵，仄韵，韵字可上声、可去声。另有句式、韵脚略异体，见吴文英等词。

上片　五(仄)。四，五(仄)。五(仄)。三、六(仄)。五，三、四(仄)。三，四，四(仄)。（十句）

下片　六，四，五(仄)。五(仄)。三、六(仄)。五，三、四(仄)。三、四，四(仄)。（九句）

【词人·词例】

南宋　赵以夫

佳节明朝九(上)。彩舫凌虚，共醉西风酒(上)。湖光蓝滴透(去)。云浪碎、巧学波纹吹皱(去)。碧落杳无边，但玉削、千峰寒瘦(去)。留连久，秋容似洗，月华如昼(去)。　回头南楚东徐，暝霭苍烟，处处空刁斗(上)。山公今健否(上)。功名事、付与年时交旧(去)。白发苦欺人，尚堪插、黄花盈首(上)。归去也、东篱好在，觅渊明友(上)。

注：本词例押收部“收”韵。

辘轳金井

【词律·词趣】

本格双片九十三字。全词同韵，仄韵，韵字可上声、可去声。凡五字句首字为领字。此调与《月城春》句式略同，然《月城春》上下片前段取用《解连环》前段句式，故各为其体。“辘轳”为我国很早时期就使用的汲取井水的起重装置。“金井”为古代井栏上有雕饰的井，一般指宫廷之内的官井。可见，词牌涉及社会生活的各个层面。

上片　四。三、六。四，五。四。三、四。四，四，四。（九句）
　　　仄　　仄　　△仄　仄　　仄　　　　仄

下片　三、四。五，四。四，五。四。三、四。四，四，四。（十句）
　　　　仄　△　仄　　△仄　仄　　仄　　　　仄

【词人·词例】

南宋　刘过（1154—1206），字改之，号龙洲道人，吉州太和（今江西泰和）人。平生以功业自许，然屡试不第。终流落江湖，与陆游、辛弃疾、陈亮交往。善诗词。有《龙洲集》《龙洲词》。词存七十七首。

翠眉重扫（上）。后房深、自唤小蛮娇小（上）。绣带罗垂，报浓妆才了（△）。堂虚夜悄（上）。但依约、鼓箫声闹（去）。一曲梅花，尊前舞彻，梨园新调（去）。　高阳

醉、玉山未倒。看鞋飞凤翼，钗梁微袅。秋满东湖，更西风凉早。桃

（上） △ （上） △ （上）

源路杳。记流水、泛舟曾到。桂子香浓，梧桐影转，月寒天晓。

（上） （去） （上）

注：本词例押高部“高”韵。

满江红

【词律·词趣】

本格双片九十三字。全词同韵，仄韵，韵字可上声、可去声，古韵多入声。上下片七字句宜用对仗句。韵段内可撤句造句，但须保持其字数不变，见柳永、晁补之、周邦彦、吴文英、辛弃疾等词。另有八十九字、九十一字、九十四字、九十六字等多体，其句式略异，见苏轼、柳永、吕渭老等词。南宋姜夔始作平韵体，后用者少。此调唐人名《上江红》，后改为本词名。“满江红”亦为植物名，又称“红蘋”“绿蘋”。此物入夏呈红褐色，为水田、池塘中常见的浮生植物。此调格律沉郁激昂，用以抒发怀抱之佳作颇多。本词又名《伤春曲》、《念良游》等。

上片　四，三、四。三、四，四。七，七。三、五，三。（八句）
　　　　　　仄　　　　仄　　仄　　　　仄

下片　三，三。三，三。三，六。七，七。三、五，三。（十句）
　　　　仄　　仄　　仄　　仄　　　　仄

【词人·词例】

南宋　岳飞（1103—1141），字鹏举，相州汤阴（今属河南）人。官至枢密副使，封武昌郡开国公。因不附和议，为奸臣秦桧以谋反罪杀。其背上所刺“尽忠报国”四字，后传写为“精忠报国”，传为岳飞母亲刺之。追谥武穆，追封鄂王。有《岳武穆遗文》。词存三首。

怒发冲冠，凭栏处、潇潇雨歇（古入）。抬望眼、仰天长啸，壮怀激烈（古入）。三十功名尘与土，八千里路云和月（古入）。莫等闲、白了少年头，空悲切（古入）。　靖康耻，犹未雪（古入）。臣子恨，何时灭（古入）。驾长车踏破，贺兰山缺（古入）。壮志饥餐胡虏肉，笑谈渴饮匈奴血（古入）。待从头，收拾旧山河，朝天阙（古入）。

注： 本词例押古入声“月”“屑”韵。因“月”“屑”在现代韵中属些韵，故全调可押些部“些”韵。

满路花

【词律·词趣】

双片八十三字。全词同韵，仄韵，韵字可上声、可去声，古韵多入声。下片第六句可押韵、可不押韵。另有八十一字、八十四字、九十一字多体，且句式、韵脚各不相同，见柳永、欧阳修、廖刚、辛弃疾、吕渭老、杨泽民等词。此词又名《促拍满路花》《一枝花》《归去难》，双片八十三字，分平韵、仄韵二体。

上片　五，五。五、三。四，五。五，四，六。（八句）
　　　　仄　　仄　　仄　　　仄

下片　四，五。五、三。四，五。五。四，六。（八句）
　　　　仄　　仄　　仄　仄　　仄

【词人·词例】

南宋　张淑芳（生卒年不详），西湖樵家女，曾为贾似道妾，后自度为尼。

罗襟湿未干，又是凄凉雪（古入）。欲睡难成寐、音书绝（古入）。窗前竹叶，凛凛狂风折（古入）。寒衣弱不胜，有甚遥肠，望到春来时节（古入）。　孤灯独照，字字吟成血（古入）。仅梅花知苦、香来接（古入）。离愁万种，提起心头切（古入）。比霜风更烈（古入）。

瘦似枯枝，待何人与分说。
（古入）

注：本词例押古入声“屑”“叶”韵。因“屑”“叶”在现代韵中属“些”韵，故全调可押些部“些”韵。

满庭芳

【词律·词趣】

本格双片九十五字或九十六字，有平韵、仄韵两体。全词同韵，平韵可阴平、可阳平，仄韵可上声、可去声。下片第五句首字为领字。上片起首两句宜用对仗句。下片第五句、第六句可制为“三六”句式，见晁端礼词。下片前四句可制为“五四四”句式，见辛弃疾、夏元鼎、何梦桂、张炎等词。下片首句可押韵，可不押韵，见陈允平词。此词因晚唐吴融诗有“满庭芳草易黄昏”句故名。本词又名《锁阳台》《满庭霜》《满庭花》《江南好》《潇湘雨》《潇湘夜雨》《话桐乡》等。各异名词其字句略有不同。本集取九十五字，平韵体。

上片　四，四，六。四，五。六，三、四。三，四，五。（十句）
平　平　平　平

下片　二。三，四，四。五，四。六，三、四。三，四，五。（十一句）
平　平　△　平　平　平

【词人·词例】

北宋　陈师道（1053—约1101），字无己，一字履常，号后山居士，彭城（今江苏徐州）人。曾授徐州教授。徽宗时，为秘书省正字。有《后山词》。

闽岭先春，琅函联璧，帝所分落人间(阴)。绮窗纤手，一缕破双团(阳)。云里游龙舞凤，香雾起、飞月轮边(阴)。华堂静，松风竹雪，金鼎沸湲潺(阳)。　门阑(阳)。车马动，扶黄籍白，小袖高鬟(阳)。渐(△)胸里轮囷①，肺腑生寒(阳)。唤起谪仙醉倒，翻湖海、倾泻涛澜(阳)。笙歌散，风帘月幕，禅榻鬓丝斑(阴)。

注：一、本词例押山部“山”“天”韵。

二、①囷：音“gūn”。曲折回旋的样子。

幔卷紬

【词律·词趣】

本格双片一百一十一字。全词同韵，仄韵，韵字可上声、可去声。上片第四句，下片第四句、第十一句首字为领字。

上片　　四，四，五。五，四，四，四。四，四，五。三、四，六。（十二句）
　　　　　　　仄　△　　　　仄　　　仄　　　仄

下片　　四。三，五。五，四，四，四。四，四，五。五，四，四。（十三句）
　　　　仄　　仄　△　　　　仄　　　仄　△　　仄

【词人·词例】

北宋　李甲

绝羽沉鳞，埋花葬玉，杳杳悲前事。对一盏寒灯，数点流萤，悄悄画
（去）△

屏，巫山十二。蕣脸星眸，蕙情兰性，一旦成流水。便纵有、甘泉妙
（去）（上）

手、洪都方士何济。　　香闺宝砌。临妆处，匼匝苔痕翠。更不忍看
（去）（去）（去）△

伊，绣残鸳侣，而今尚有，啼红粉渍。好梦不来，断云飞去，黯黯情
（去）

无际。谩饮尽香醪[①]，奈向愁肠，消遣无计。
（去）△（去）

注：一、本词例押衣部“衣”韵。其中，“水”在古韵中与“衣”同韵，“翠”在古韵中与“寘”同韵，而“寘”在现代韵中属“衣”韵。

二、①醪：音“láo”。米酒。

眉 妩

【词律·词趣】

本格双片一百零三字。全词同韵，仄韵，韵字可上声、可去声。上片首句、末句，下片第三句、第十句首字为领字。一名《百宜娇》。南宋吕渭老有《百宜娇》一首，与此调句律不同。据传，西汉京兆尹张敞常为妻子画眉，长安人戏说他“眉妩”，后来词人取趣为词牌。

上片　五，四，五。五，三，六。四。三、四。三、五，五。（十句）
　　　△　　　仄　　　　　仄　仄　　　仄　　　　△仄

下片　二。四。五，四。五，三，六。四。三、四。五，三、三。（十一句）
　　　仄　仄　△　仄　　　　仄　仄　　　仄　△　　　仄

【词人·词例】

南宋　姜夔

看垂杨连苑，杜若侵沙，愁损未归眼。信马青楼去，重帘下，娉婷人
△　　　　　　　　　　　　　　（上）

妙飞燕。翠尊共款。听艳歌、郎意先感。便携手、月地云阶里，爱良
（去）　　（上）　　　　　　（上）　　　　　　　　　　△

夜微暖。　　无限。风流疏散。有暗藏弓履，偷寄香翰。明日闻津鼓，
（上）　　　（去）　　（去）　△　　　　　　（去）

湘江上，催人还解春缆。乱红万点。怅断魂、烟水遥远。又争似相携，
　　　　　　（上）　　（上）　　　　　　（上）　△

乘一舸、镇长见。
（去）

注：本词例押山部“山”“天”韵。

梅弄影

【词律·词趣】

本格双片四十八字。全词同韵，仄韵，韵字可上声、可去声。

上片　四。五。六。四，五。（五句）
　　　仄　仄　仄　　　仄

下片　四。五。六。四，五。（五句）
　　　仄　仄　仄　　　仄

【词人·词例】

南宋　丘密

雨晴风定（去）。一任春寒逞（上）。要勒群芳未醒（去）。不废梅花，晚来妆面靓（上）。　曲阑斜凭（去）。水槛临清镜（去）。翠竹萧骚相映（去）。付与幽人，巡池看弄影（上）。

注：本词例押东部“东”“声”韵。本押古上声“梗”“迥”韵，古去声“敬”“径”韵，因“梗”“迥”“敬”“径”在现代韵中属“东”“声”韵，故全调可押“东”“声”韵。

梅子黄时雨

【词律·词趣】

本格双片九十四字。全词同韵，仄韵，韵字可上声、可去声。凡五字句首字为领字。另有九十三字体，见张炎词。

上片　　四，五，四。五，四。七，七。三。四，四。（十句）

　　　　△　仄　△　仄　　仄　仄　　仄

下片　　二。四。五，四。五，四。七，七。三。六。（十句）

　　　　仄　仄　△　仄　△　仄　　仄　仄　仄

【词人·词例】

南宋　张矩（生卒年不详），字成子，号梅深。《绝妙好词》作张龙荣，或为其别名。《杨春白雪》作张榘。

云宿江楼，爱留人夜语，频断灯炷。奈倦情如醉，黑甜清午。谩道迎

△　（去）△　（上）

薰何曾是，簟纹成浪衣成雨。茶瓯注[①]。新期竹院，残梦莲渚。　应

（上）（去）（上）

误。重帘凄伫。记并刀剪翠，秋扇留句。信那回轻道，而今归否。十

（去）（上）△　（去）△　（去）

二曲阑随意凭，楚天不放斜阳暮。沉吟处。池草暗喧蛙鼓。

（去）（上）（上）

注：本词例押衣部“衣”“居”韵。本押古上声“纸”“语”“麌”韵，古去声“遇”韵，因“纸”“语”“麌”“遇”在现代韵中属“衣”“居”韵，故全调可押“衣”“居”韵。

孟家蝉

【词律 · 词趣】

本格双片九十七字。全词同韵，平韵，韵字可阴平、可阳平。上片首句，下片第二句首字为领字。此调句式与《满庭芳》相似，然各为词牌。

上片　五，四，四。六，五。六，三、四。三。四，四。（十句）
　　　△　　　平　　平　　　　平　平　　平

下片　二。五，四，四。四，六。六，三、四。三。四，四。（十一句）
　　　平　△　　　平　　平　　　　平　平　　平

【词人 · 词例】

南宋　潘汾（生卒年不详），字无质，金华人。

向卖花担上，落絮桥边，春思难禁。正暖日温风里，斗采遍香心。夜
△　　　　　　　　　　　　（阴）　　　　　　　　　　（阴）
夜稳栖芳草，还处处、先弹春禽。满园林。梦觉南华，直到如今。　情
　　　　　　　　　　（阳）　（阳）　　　　　　　　（阴）
深。记那人小扇、扑得归来，绣在罗襟。芳意赠谁，应费万线千针。
（阴）△　　　　　　　　　　（阴）　　　　　　　　（阴）
谩道滕王画得，枉谢客、多少清吟。影沉沉。舞入梨花，何处相寻。
　　　　　　　　　　（阳）　（阳）　　　　　　　　（阳）

注：本词例押根部“根”韵。

梦芙蓉

【词律·词趣】

本格双片九十七字。全词同韵，仄韵，韵字可上声、可去声。上片第二句首字为领字。《梦芙蓉》为吴文英自度曲，乃其为赵昌所画芙蓉而作。因词中有“梦断琼仙”句故名。

上片　五。五，四。四，五。五。六。四，五，五。（十句）
　　　仄　△　仄　　　仄　仄　仄　　　　　仄

下片　六。四，五。四，五。五。六。四，五，五。（十句）
　　　仄　　　仄　　　仄　仄　仄　　　　　仄

【词人·词例】

南宋　吴文英

西风摇步绮（古上）。记（△）长堤骤过，紫骝十里（古上）。断桥南岸，人在晚霞外（古去）。锦温花共醉（古去）。当时曾共秋被（古上）。自别霓裳，应红销翠冷，霜枕正慵起（古上）。　惨澹西湖柳底（古上）。摇荡秋魂，夜月归环佩（古去）。画图重展，惊认旧梳洗（古上）。去来双翡翠（古去）。难传眼恨眉意（古去）。梦断琼娘，仙云深路杳，城影蘸流水[①]（古上）。

注：一、本词例押古上声“纸”“荠”韵，古去声“寘”“队”“泰”韵。因“纸”“寘”“荠”在现代韵中属“衣”韵，“秦”在古韵中与“沛”同韵，“队”“沛”在现代韵中同“醉”韵，而“醉”在古韵中属“寘”韵，故全调可押衣部“衣”韵。

二、①蘸：音“zhàn”。在液体里沾一下。这里是倒映的意思。

梦江南

【词律·词趣】

本格双片四十字。全词同韵，平韵，韵字可阴平、可阳平。原名《太平时》，因贺铸词有“苦笋鲥鱼乡味美，梦江南”句改名。此调与《望江南》之别称《梦江南》不同体。本词又名《替人愁》《爱孤云》《钓船归》《晚云高》《花幕暗》《唤春愁》《艳声歌》等。

上片　七。三。七。三。（四句）
　　　平　平　平　平

下片　七，三。七。三。（四句）
　　　　　平　平　平

【词人·词例】

北宋　贺铸

九曲池头三月三。柳毵毵①。香尘扑马喷金衔，涴春衫②。　苦笋
　　　　　（阴）　（阴）　　　　　（阳）　（阴）

鲥鱼乡味美③，梦江南。阊门烟水晚风恬④。落归帆。
　　　　　　　（阳）　　　　　（阳）　（阳）

注： 一、本词例押山部“山”“天”韵。

二、①毵：音“sān”。细长貌。②涴：音“wò”。弄脏。③鲥：音“shí”。海中名贵鱼。④阊：音“chāng”。阊阖，神话中的天门；宫门。

梦兰堂

【词律·词趣】

本格双片五十一字。全词同韵，仄韵，韵字可上声、可去声。

上片　　七。七。五。三、四。（四句）
　　　　仄　仄　仄　　　仄

下片　　三，三。三、四。六。七。（五句）
　　　　　　仄　　　仄　仄　仄

【词人·词例】

南宋　冯时行（生卒年不详），字当可，巴县（今属四川）人。高宗时，官知万州。后因斥和议而遭停职。孝宗时卒于提点成都刑狱任上。有《缙云集》。

小雨清尘淡烟晚。官柳殢花待暖。君愁入伤眼。芳草绿、断云归雁。
　　　　　（上）　　　　　　（上）　　　　（上）　　　　　　　（去）

酒重斟，须再劝。今夕近、明朝乍远。到时暗花飞乱。千里断肠春不管。
　　　　（去）　　　　　　　（上）　　　　（去）　　　　　　　（上）

注：本词例押山部“山”“天”韵。

梦行云

【词律·词趣】

本格双片六十七字。全词同韵，仄韵，韵字可上声、可去声，古韵多入声。

上片　　五。三。三。四，五。七，五。（七句）
　　　　仄　仄　仄　　　仄　　　仄

下片　　四，四，三、三。四，五。七，五。（七句）
　　　　　　　　　　仄　　　仄　　　仄

【词人·词例】

南宋　吴文英

簟波皱纤縠。朝炊熟。眠未足。青奴细腻，未伴真珠斛[2]。素莲幽
　　　（古入）　（古入）　（古入）　　　　　　　（古入）
怨风前影，搔头斜坠玉。　画阑枕水，垂杨梳雨，青丝乱、如乍沐。
　　　　　　　（古入）　　　　　　　　　　　　　　　（古入）
娇笙微韵，晚蝉理秋曲。翠阴明月胜花夜，那愁春去速。
　　　　　　　（古入）　　　　　　　　　　　（古入）

注：本词例押古入声“屋”“沃”韵。因在古韵中“屋”与“木”同韵，“沃”与“束”同韵，而“木”“束”在现代韵中属“姑”韵，故全调可押姑部“姑”韵。

梦扬州

【词律·词趣】

本格双片九十五字。全词同韵，平韵，韵字可阴平、可阳平。下片第二句首字为领字。此调因秦观词中有“频梦扬州”句得名。“扬州”，古地名，为中华“九州”之一，史称“扬一益二”（益指四川成都），自古因文化繁荣，风土醇香，为骚人墨客流连忘返、去而梦回之地。

上片　三。三、四。四，六。三、三，三、四。三，三，六。（九句）
　　　平　　平　　平　　　　　　平　　　平

下片　六。五，四。四，六。七，三、四。三，四，四。（十句）
　　　平　△　平　　平　　　平　　　平

【词人·词例】

北宋　秦观（1049—1100），字少游，一字太虚，号淮海居士，高邮（今属江苏）人。文学家，杰出词人。神宗时进士第。哲宗时，曾官秘书省正字。后因政治上倾向于旧党遭贬。为“苏门四学士”之一。词风委婉含蓄，清丽雅淡，可谓婉约派集大成的词人。一生好读兵家之书。有《淮海居士长短句》。词存九十首。

晚云收（阴）。正柳塘、烟雨初休（阴）。燕子未归，恻恻清寒如秋（阴）。小阑外、东风软，透绣帏、花蜜香稠（阳）。江南远，人何处，鹧鸪啼破春愁（阳）。　长记曾陪燕游。酬妙舞清歌，丽锦缠头。殢酒为花，十载因谁淹留。
（阳）　△　　　　　　（阳）　　　　　　　（阳）

醉鞭拂面归来晚，望翠楼、帘卷金钩。佳会阻，离情正乱，频梦扬州。
（阴）　　　　　　（阴）

注：本词例押收部“收”韵。

迷神引

【词律·词趣】

本格双片九十七字。全词同韵，仄韵，韵字可上声、可去声。另有双片九十八字体，且句读略不同，见柳永、晁补之等词。

上片	七。	六。	四，	四。	三，	三。	三。	五，	三。	五，	三。	（十一句）			
	仄	仄		仄		仄	仄		仄		仄				
下片	四，	五。	四，	三。	四，	三，	三。	三，	三，	三。	五，	三。	五，	三。	（十四句）
		仄		仄			仄			仄		仄		仄	

【词人·词例】

南宋　朱雍（生平不详），有《梅词》。

白玉楼高云光绕。望极新蟾同照。前村暮雪，霁梅林道。涧风平，波
　　　　　　（上）　　　　　　（去）　　　　　　　（去）
声渺。喜登眺。疏影寒枝颤，太春早。临水凝清浅，靓妆巧。　瘦
（上）　（去）　　　　　　　（上）　　　　　　　（上）
体伤离，向此萦怀抱。觉璧华轻，冰痕小。倦听塞管，转呜咽，令人
　　　　　　　（去）　　　　（上）
老。素光回，长亭静，无尘到。烟锁横塘暖，香径悄。飞英难拘束，
（上）　　　　　　　（去）　　　　　　　（上）
任春晓。
　（上）

注：本词例押高部“高”韵。

迷仙引

【词律·词趣】

本格双片一百二十三字。全词同韵，仄韵，韵字可上声、可去声。上片第七句首字为领字。另有八十三字体，见柳永词。

上片　三。四，五。七。三。四，五。三，五。四，五。三。四。三，三，七。
　　　仄　　仄　仄　仄　　△仄　　仄　　仄　仄　仄　　　　仄
　　　（十六句）

下片　五。三、三。四，七。三、三。三、五。三。三、五。三、五。（九句）
　　　仄　　仄　　仄　　　仄　　仄　仄　　仄　　仄

【词人·词例】

北宋　关咏（生卒年不详），字永言。仁宗时，知通州，后官太常少卿，知泉州，以秘书监致仕。

春阴霁。岸柳参差，袅袅金丝细。画阁昼眠莺唤起。烟光媚。燕燕双
　（古去）　　　　　　（古去）　　　　　（古上）　（古去）

高，引愁人如醉。慵缓步，眉敛金铺倚。嘉景易失，懊恼韶光改。花
　△　　（古去）　　　　（古上）　　　　　　（古上）

空委。忍厌厌地。施朱粉，临鸾鉴，腻香销减摧桃李。　独自个凝
（古上）　（古去）　　　　　　　　　（古上）

睇。暮云暗、遥山翠。天色无情，四远低垂淡如水。离恨托、征鸿寄。
（古去）　　（古去）　　　　　　　（古上）　　　　　（古去）

旋娇波、暗落相思泪。妆如洗。向高楼、日日春风里。悔凭阑、芳草
　　　　　（古去）（古上）　　　　　（古上）

人千里。
（古上）

注：本词例押古上声“纸”“荠”“贿”韵，古去声“寘”“霁”韵。因“纸”“荠”“寘”“霁”在现代韵中属“衣”韵，“贿”与“诒”在古韵中同韵，而“诒”在现代韵中属“衣”韵，故全调可押衣部“衣”韵。

明月逐人来

【词律·词趣】

本格双片六十二字。全词同韵，仄韵，韵字可上声、可去声。此调为南宋李持正自撰谱，因词中有“皓月随人近远”句故名。

上片　四。四。三、四。四，五。六。（六句）
　　　仄　仄　　仄　　仄　仄

下片　四，六。三、四。四，五。六。（六句）
　　　　仄　　仄　　仄　仄

【词人·词例】

南宋　李持正（生卒年不详），字季秉，莆田（今属福建）人。徽宗时进士。历官知德庆、南剑、潮阳三郡。词存二首。

星河明淡。春来深浅。红莲正、满城开遍。禁街行乐，暗尘香拂面。
（去）（上）（去）（去）

皓月随人近远。　天半鳌山，光动凤楼两观。东风静、珠帘不卷。
（上）（去）（上）

玉辇将归[①]，云外闻弦管。认得宫花影转。
（上）（上）

注：一、本词例押山部“山”“天”韵。

二、①辇：音“niǎn”。古代用人拉的车，后多指皇帝、皇后坐的车。

鸣　梭

【词律·词趣】

本格双片八十八字。全词同韵，平韵，韵字可阴平、可阳平。上下片第四句可撤句造句，但须保持八个字不变。此调为南宋谭宣子自度曲，因其词中有“鸣梭”二字而得名。

上片　七。五。四，八。六，五。四。五。（八句）
　　　平　平　　　平　　　平　平　平

下片　七。五。四，三、五。六，五。四。五。（八句）
　　　平　平　　　　　平　　　平　平　平

【词人·词例】

南宋　谭宣子（生卒年不详）

织绡机上度鸣梭。年光容易过。萦萦情绪，似水烟山雾两相和。谩道
（阴）（阳）（阳）

当时何事，流盼动层波。巫影嵯峨。翠屏牵薜萝①。　不须微醉自
（阴）（阳）（阳）

颜酡②。如今难凭么。烛花销艳，但替人、垂泪满铜荷。赋罢西城残
（阳）（阴）（阳）

梦，犹问夜如何。星耿斜河。候虫声更多。
（阳）（阳）（阴）

注：一、本词例押歌部“歌”“波”韵。其中，“过”在古韵中属平声。

二、①薜：音“bì”。藤本植物。②酡：音“tuó”。酒后脸色发红。

摸鱼儿

【词律 · 词趣】

本格原为唐教坊曲名，后用为词牌。双片一百一十六字。全词同韵，仄韵，韵字可上声、可去声。上片第六句、第九句，下片第七句、第十句首字为领字。下片首句可押韵，可不押韵。本词一名多体，其字数、句读略不相同，见欧阳修、魏了翁、赵癯斋等词。此调本名《摸鱼子》，又名《陂塘柳》《山鬼谣》《买陂塘》等。词调初始为歌咏渔民捕捞情景之作。

上片　三、四，六。七，六。三。五，五。四。五，四，五。（十一句）
　　　　　　仄　　仄　仄　△　仄　仄　△　　仄

下片　三。六。六。七，六。三。五，五。四。五，四，五。（十二句）
　　　仄　仄　仄　　仄　仄　△　仄　仄　△　　仄

【词人 · 词例】

南宋　卫宗武（？—1289），字淇父，自号九山，华亭（今江苏松江）人。理宗时，历官尚书郎、知常州。入元隐居不仕。有《秋声集》。词存十一首。

小林峦、一年芳事，乱红还又飞雨。生香冉冉花阴转，云擘满空晴絮。
（古上）（古去）

游宴处。看乐意相关，庭下胎仙舞。歌声缓度。任圆玉敲寒，飞觞传
（古上）△（古上）（古去）△

晓，未许放春去。　　闲中趣。明月清风当户。莘莘容屋陈俎[①]。剪裁
　　　　（古去）　　　　（古去）　　　　（古上）　　　　（古上）

妙语频赓唱，巧胜郢斤般斧。心自许。拚凋景颓龄，为莺俦燕侣。同
　　　　　　　　（古上）　（古上）△　　　　　　　　（古上）

盟会取。共花下小车，竹间三径，长作老宾主。
（古上）△　　　　　　　　（古上）

注：一本词例押古上声“语”“麌”韵，古去声“御”“遇”韵。因“语”“麌”“御”“遇”在现代韵中属“居”韵，故全调可押衣部“居”韵。

二、①俎：音“zǔ”。古代祭祀盛祭品的器具。也称砧板。

蓦山溪

【词律 · 词趣】

本格双片八十二字。全词同韵，仄韵，韵字可上声、可去声。另有上下片第七句押韵体，见欧阳修、李之仪、晁端礼等词。本词又名《上阳春》《弄珠英》等。

上片　四，五。五，三、四。四，五，三，三，五。（九句）
　　　　　仄　　　　仄　　　　　　　　仄

下片　四，五。五，三，四。四，五，三，三，五。（九句）
　　　　　仄　　　　仄　　　　　　　　仄

【词人 · 词例】

南宋　王炎（1138—1218），字晦叔，号双溪，婺源（今属江西）人。孝宗时进士。曾官军器监、中奉大夫。有《双溪集》《双溪诗余》。词存五十二首。

莺啼花谢，断送春归去。（古去）雨后听鹃声，恰似诉、留春不住。（古去）韶光易迈，暗被老相催，无个事，没些愁，方是安身处。（古去）　栽松种菊，相对为宾主。（古上）终日掩柴扉，但只有、清风时度。（古去）不忺把酒[①]，又不喜观书，饥时饭，饱时茶，困即齁齁睡②。
（古去）

注：一、本词例押古上声“麌”韵，古去声“寘”“御”“遇”韵。因“麌”“寘”“御”“遇”在现代韵中属“衣”“居”韵，故全调可押衣部“衣”“居”韵。

二、①忺：音“xiān”。高兴；适意。②齁：音“hōu”。呼噜声。

木兰花

【词律·词趣】

本格原为唐教坊曲名，后用为词牌。双片五十六字。全调同韵，仄韵，韵字可上声、可去声。上下片第三句为平韵。此调又名《木兰花令》。另有《减字木兰花》《偷声木兰花》《木兰花慢》等，各有其格律。本调因五代词人欧阳炯所作有“同在木兰花下醉”句得名。然而，最初其字句参差不一。在宋以前，此调与《玉楼春》各为独立词牌，后宋人实作《玉楼春》调时，成此七言八句，使两词同体不同名，成为本词的别称。因贺铸词有“此欢只许梦相亲”句，故又名《梦相亲》。本词还有别称《西湖曲》《呈纤手》《归风便》《续渔歌》《东邻妙》等。

上片　七。七。七，七。（四句）
　　　仄　仄　　　仄

下片　七。七。七，七。（四句）
　　　仄　仄　　　仄

【词人·词例】

北宋　钱惟演（977—1034），字希圣，钱塘（今浙江杭州）人。为右屯卫将军，累迁翰林学士、枢密使。仁宗时，因事落职。编成《西昆酬唱集》，风靡诗坛。谥曰思，改谥文僖。有《家王故事》《金坡遗事》。

词存二首。

城上风光莺语乱。城下烟波春拍岸。绿杨芳草几时休，泪眼愁肠先已
（去）（去）
断。　　情怀渐觉成衰晚。鸾鉴朱颜惊暗换。昔年多病厌芳尊，今日
（去）（上）（去）
芳尊惟恐浅。
（上）

注：本词例押山部“山”“天”韵。

木兰花慢

【词律·词趣】

本格双片一百零一字。全词同韵，平韵，韵字可阴平、可阳平。上下片第三句首字为领字。此调一名多体，其句式、韵脚各不相同，见柳永、吴文英、陆游等词。

上片　五，三、三。五，四，四。六，三、五。六，六。（九句）
　　　　　　平　△　　平　　　平　　平

下片　七。五。五，四，四。六，三、五。六，六。（九句）
　　　平　平　△　　平　　　平　　平

【词人·词例】

南宋　刘仙伦（生卒年不详），一名儗，字叔拟，号招山。庐陵（今江西吉安）人。有《招山小集》《招山乐章》。词存三十一首。

渐秋空向晚，被风雨、趱重阳[①]。正木落疏林，海棠枝上，忽见红妆。
　　　　　　　　　（阳）　△　　　　　　　　　　　　（阴）

料应妒他兰菊，任年年、独甚占秋光。故把春风娇面，向人逞艳呈芳。
　　　　　　　　　　　（阴）　　　　　　　　　　　　（阴）

看来毕竟此花强。只是欠些香。诮一似当年[②]，五陵公子，却厌
　　　　　　（阳）　　　（阴）△

膏粱[③]。肯来水边竹下，与幽人、相对说凄凉。只恐夜深花睡，五更
（阳）　　　　　　　　　　　（阳）

微有清霜。
（阴）

注：一、本词例押方部“方”韵。

二、①趱：音“zǎn”。这里指赶路。②诮：音“qiào”。责备；讥讽。③膏粱：这里指富贵人家子弟。

南歌子

【词律·词趣】

本格原为唐教坊曲名，后用为词牌。双片五十二字。全词同韵，平韵，韵字可阴平、可阳平。上下片末句可制为“四五”句式，见赵子发词。本调亦有仄韵体。另有单调二十三字、二十六字，平韵体。此词又名《南柯子》《春宵曲》《风蝶令》《宴齐云》《断肠声》《望秦川》《醉厌厌》等。

上片　五，五。七。六、三。（四句）
　　　　　平　平　　平

下片　五，五。七。六、三。（四句）
　　　　　平　平　　平

【词人·词例】

南宋　邓肃（1091—1133），字志宏，沙县（今属福建）人。钦宗时召对，补承务郎。后赴南京，自鸿胪寺主簿，主管江州太平观。有《栟榈集》。

云绕凤前鬓，春开槛里妆。凤屏清昼蔼龙香。浅画娥眉新样、远山长。
（阴）（阴）（阳）

比翼曾同梦，双鱼隔异乡。玉楼依旧暗垂杨。楼下落花流水、自斜阳。
（阴）（阳）（阳）

注：本词例押方部“方”韵。

南 浦

【词律 · 词趣】

本格双片一百零二字。全词同韵，平韵，韵字可阴平、可阳平。上下片第七句首字为领字。另有双片一百零五字，仄韵体，见程垓、周邦彦等词。宋人多用仄韵体，平韵仅北宋孔夷一首。此调名出自《楚辞 · 九歌》“送美人兮南浦”句。唐教坊曲有《南浦子》，词人借旧曲新制词牌。

上片　　四，三、五。六，五。六，三、五。五，四，五。（九句）
　　　　　　　　平　　　平　　　　　　平　△　　　平

下片　　六，三、五。六，五。六，三、五。五，七。（八句）
　　　　　　　　平　　　平　　　　　　平　△　平

【词人 · 词例】

北宋　孔夷（生卒年不详），字方平，汝州龙兴（今河南宝丰）人。哲宗时隐居，隐名鲁逸仲。与同时期李廌为诗酒侣。词存三首。

风悲画角，听单于、三弄落谯门。投宿骎骎征骑[①]，飞雪满孤村。酒
　　　　　　　　　　　　（阳）　　　　　　　　　　　　　（阴）
市渐闲灯火，正敲窗、乱叶舞纷纷。送数声惊雁，下离烟水，嘹唳度
　　　　　　　　　　　　　（阴）△
寒云。　　好在半胧溪月，到如今、无处不销魂。故国梅花归梦，愁
（阳）　　　　　　　　　　　　　　　　　　（阳）
损绿罗裙。为问暗香闲艳，也相思、万点付啼痕。算翠屏应是，两眉
　　（阳）　　　　　　　　　　　　　　　　（阳）△

余恨倚黄昏。
（阴）

注：一、本词例押根部“根”韵。

二、①骎骎：马疾行之势。骎，音“qīn”。

南乡子

【词律·词趣】

本格原为唐教坊曲名，后用为词牌。双片五十六字。全词同韵，平韵，韵字可阴平、可阳平。另有五十四字、五十八字体。此词有单片二十七字、二十八字、三十字等体，均为先两平韵，后转三仄韵格律。此调又名《好离乡》《蕉叶怨》等。《南乡子》词调名始见于五代后蜀词人欧阳炯，属单调。到五代南唐时，由词人冯延巳增为双调，宋沿用。

上片　　五。七。七，二。七。（五句）
　　　　平　平　　　平　平

下片　　五。七。七，二。七。（五句）
　　　　平　平　　　平　平

【词人·词例】

南宋　潘牥（1205—1246），初名公筠，避理宗讳改，字庭坚，号紫岩，福州富沙（今属福建）人。理宗时进士。调镇南军节度推官、衢州推官，皆未上任。历官太学正、通判潭州。有《紫岩集》。刘克庄为撰墓志铭。词存五首。

生怕倚阑干（阴）。阁下溪声阁外山（阴）。惟有旧时山共水，依然（阳）。暮雨朝云去不还（阳）。　应是蹑飞鸾（阳）。月下时时整佩环（阳）。月又渐低霜又下，更阑（阳）。

折得梅花独自看。
（阴）

注：本词例押山部“山”韵。其中，“看”在古韵中属“寒”韵，平声。

内家娇

【词律·词趣】

本格双片一百一十字。全词同韵，平韵，韵字可阴平、可阳平。上片第三句，下片第六句首字为领字。另有一百零五字、一百零九字体，且句读、句式略不同，见柳永等词。

上片　五。三、五。五，四，四，四。三，五，五。四，四，四，四。（十三句）

平　平　△　平　平　平

下片　五。五，四。六，四。五，四，四，四。六，四。（十一句）

平　平　平　△　平　平

【词人·词例】

南宋　刘辰翁（1232—1297），字会孟，号须溪，吉州庐陵（今江西吉安）人。文学家，爱国主义杰出词人。理宗时进士。曾任临安府学教授。入元不仕。其词承辛弃疾一派。曾评点杜甫、王维、李贺、王安石、陆游诸家之作。有《须溪集》《须溪词》。词存三百五十四首。

结客少年场。携高李、闻笛赋游梁。看汉水淮山，高楼共卧，融尊郑

（阳）　（阳）　△

驿，飞盖相望。春风里，种他红与白，笑我懒中忙。供奉后来，玄都

（阳）　（阳）

桃改，佳人好在，庾岭梅香。　何处最难忘。会稽归鬓晚，空带吴

（阴）　（阳）

霜。赢得黄冠野服，笑傲羲皇。看花外小车，出长生洞，橘中二老，
(阴)　　　　　　　　　　　　　(阳)　△

斗智琼黄。称寿堂添十字，孙认三房。
　　(阳)　　　　　　　　　(阳)

注：本词例押方部“方”韵。其中，“望”在现代韵中虽属“方”韵去声，但在古韵中属下平声，故“望”亦为平韵。

霓裳中序第一

【词律·词趣】

本格双片一百零一字。全词同韵，仄韵，韵字可上声、可去声，古韵多入声。上片第四句首字为领字。另有一百零二字、一百零三字体，其句式略不同，见詹玉、罗志仁等词。“霓裳”为大曲《霓裳羽衣曲》的简称。“中序第一”为《霓裳羽衣曲》三大段中第二段第一遍。《霓裳羽衣曲》乃唐宫廷乐舞，著名法曲，传为唐明皇对《婆罗门曲》润色并制歌词而成。天宝乱后，此曲散佚。南宋时，姜夔于乐工故书中得《霓裳曲》十八遍，但虚谱无词，故而为其中序一遍填词，成此词牌。

上片	五。	七。	六。	五，	四。	四。	三、	四。	三，	四，	五。	（十句）	
	仄	仄	仄	△	仄	仄		仄			仄		
下片	二。	四。	三、	四。	六。	四，	四。	五。	三、	四。	三，	四，	五。（十一句）
	仄	仄		仄	仄		仄	仄		仄			仄

【词人·词例】

南宋　尹焕（生卒年不详），字惟晓，山阴（今浙江绍兴）人。宁宗时进士。自畿漕除右司郎官。理宗时任朝奉大夫太府少卿兼尚书左司郎中，兼敕令所删定官。有《梅津集》。词存三首。

青鞾粲素靥。海国仙人偏耐热。餐尽香风露屑。便万里凌空，肯凭莲
　　　　（古入）　　　　　　（古入）　　　　（古入）△

叶。盈盈步月。悄似怜、轻去瑶阙。人何在，忆渠痴小，点点爱轻撅[1]。
（古入）　（古入）　（古入）　（古入）

愁绝。旧游轻别。忍重看、锁香金箧[2]。凄凉清夜簟席。杳杳诗魂，
（古入）　（古入）　（古入）　（古入）

真化风蝶。冷香清到骨。梦十里、梅花霁雪。归来也，恹恹心事，自共
（古入）　（古入）　（古入）

素娥说。
（古入）

注：一、本词例押古入声“月”“屑”“陌”“叶”韵。因“月”“屑”“陌”“叶”在现代韵中属“些”韵，故全调可押些部“些”韵。

二、①撅：音“juē”。翘起嘴唇。②箧：音“qiè”。小箱子。

念奴娇

【词律·词趣】

本格双片一百字。全词同韵，仄韵，韵字可上声、可去声，古韵多入声。韵段内可撤句造句，但须保持其字数不变。其中，上片前两句制为“四五四”时，其五字句首字可为领字，见沈唐、周邦彦、米友仁等词。此调亦有平韵体。万树《词律》定辛弃疾词为正格，其上片前两句为“四五四”句式，五字句后为断句；其下片前三句为“六四五”句式。此调其他格的前部均有变化，属别格。据传，此调名取自唐天宝年间著名歌妓念奴之艺名。念奴色艺俱佳，常参加玄宗皇帝举行的辞岁宴会，其歌声清亮甜美，备受喜爱。故其名进入词牌，传至后世。唐元稹曾在《连昌宫词》诗中描写了念奴表演时的情景。本调又名《大江东去》《赤壁词》《百字谣》《百字令》《百岁令》《壶中天》《酹江月》《双翠羽》《淮甸春》《湘月》《白雪》等。此调宜抒发豪迈之情。

上片　　四，三、六。七，六。四，四，五。四，六。（九句）
　　　　　　　　仄　　　仄　　　　　仄　　仄

下片　　六，五，四。七，六。四，四，五。四，六。（十句）
　　　　　　　　仄　　　仄　　　　　仄　　仄

【词人·词例】

北宋　苏轼

大江东去，浪淘尽、千古风流人物。故垒西边人道是，三国周郎赤壁。
（古入）（古入）

乱石穿空，惊涛拍岸，卷起千堆雪。江山如画，一时多少豪杰。　遥
（古入）（古入）

想公瑾当年，小乔初嫁了，雄姿英发。羽扇纶巾谈笑间，樯橹灰飞烟灭[①]。
（古入）（古入）

故国神游，多情应笑，我早生华发。人生如梦，一樽还酹江月。
（古入）（古入）

注：一、本词例押古入声“物”“月”“屑”韵。因“月”“屑”在现代韵中属“些”韵，“物”在古韵中同“迄”韵，而“迄”与“些”属通韵，故全调可押些部“些”韵。

二、①樯：桅杆。

女冠子

【词律·词趣】

本格原为唐教坊曲名，后用为词牌。双片一百一十一字。全词同韵，仄韵，韵字可上声、可去声，古韵多入声。凡五字句首字为领字。另有一百零七字、一百一十二字体，其句式亦不同，见柳永、蒋捷等词。此长调始于柳永。另有小令，双调四十一字，上片平仄互叶，下片平韵。“女冠”，女道士的别称。唐代女道徒皆戴黄冠，后有戴黑冠者。在古代，女子本无冠，凡有冠者必是女道士，故称“女冠”。

上片　四。三、四。三、四。四，六、三。四，六。五，四，四。（十句）
仄　仄　仄　仄　仄　△　仄

下片　五，四，六，三、四。四，七。四，三、四。五，四，四。（十一句）
△　仄　仄　仄　△　仄

【词人·词例】

北宋　柳永

淡烟飘薄。莺花谢、清和院落。树阴翠、密叶成幄。麦秋霁景，夏云
（古入）　（古入）　（古入）
忽变奇峰、倚寥廓。波暖银塘，涨新萍绿鱼跃。想端忧多暇，陈王是
（古入）　（古入）△
日，嫩苔生阁。　正砾石天高，流金昼永，楚榭光风转蕙，披襟处、
（古入）　△

波翻翠幕。以文会友，沉李浮瓜忍轻诺。别馆清闲，避炎蒸、岂须河
　　(古入)　　　　　　　　　　(古入)

朔。但尊前随分，雅歌艳舞，尽成欢乐。
(古入)△　　　　　　　　　　(古入)

注：本词例押古入声“觉”“药”韵。因“觉”在古韵中与“药”同韵，“药”与“恶”同韵，而“恶”在现代韵中属“歌”韵，故“觉”“药”亦属“歌”韵，全调可押歌部“歌”韵；又因“歌”与“波”同部，全调亦可押歌部“波”韵。

抛球乐

【词律·词趣】

本格原为唐教坊曲名，后用为词牌。单片四十字。全词同韵，平韵，韵字可阴平、可阳平。另有单片三十字、三十三字、四十二字，平韵各体。均为旧体。北宋柳永以旧曲创制新体，始制双片一百八十八字，仄韵体。此曲调为古人抛球催酒时所唱。

单片　七。七，七，七。五，七。（六句）
　　　平　　　　平　　平

【词人·词例】

南宋　李从周（生卒年不详），字肩吾，一字子我，号玭洲，眉州（今四川眉山）人。精六书之学，为魏了翁门客。

风罥蔫红雨易晴。病花中酒过清明，绮窗幽梦乱于柳，罗袖泪痕凝
　　　　　　（阳）
似饧[①]。冷地思量著，春色三停早二停。
（阳）　　　　　　　　　　　　　（阳）

注：一、本词例押东部“声”韵。

二、①饧：音“táng”。通“糖”。

琵琶仙

【词律·词趣】

本格双片一百字。全词同韵，仄韵，韵字可上声、可去声，古韵多入声。此词为姜夔自度曲。

上片　四，三、六。六，五。三、四，三、四。四，四，四。（九句）
仄　仄　仄　仄

下片　三、四，三、五。六，五。三、四，三、四。六，四。（八句）
仄　仄　仄　仄

【词人·词例】

南宋　姜夔

双桨来时，有人似、旧曲桃根桃叶（古入）。歌扇轻约飞花，蛾眉正奇绝（古入）。春渐远、汀洲自绿，更添了，几声啼鴂[①]（古入）。十里扬州，三生杜牧，前事休说（古入）。　又还是、宫烛分烟，奈愁里、匆匆换时节（古入）。都把一襟芳思，与空阶榆荚[②]（古入）。千万缕、藏鸦细柳，为玉尊、起舞回雪（古入）。想见西出阳关，故人初别（古入）。

注：一、本词例押古入声“屑”“叶”韵。因“屑”“叶”在现代韵中属“些”韵，故全调可押些部“些”韵。

二、①鴂：音“jué”。鶗鴂，古书指杜鹃鸟。②荚：音“jiá”。指豆类植物的果实。

品　令

【词律·词趣】

本格双片四十八字。全词同韵，平韵，韵字可阴平、可阳平。此词牌以仄韵体为主，有五十字、五十一字、五十二字、五十六字、六十四字、六十六字体等，其句式各不相同，见欧阳修、奉观、贺铸、周邦彦、周紫芝、黄庭坚等词。其中，周紫芝词的句式最为工整。本词又名《海月谣》。

上片　四，四，四。四，四，四。（六句）
　　　　　　平　　　　　平

下片　六，六。四，四，四。（五句）
　　　　平　　　　平

【词人·词例】

北宋　李廌（1059—1109），字方叔，号德隅斋，又号济南先生、太华逸民。华州（今陕西华县）人。文学家。六岁时成为孤儿，少年时便勤奋好学，曾受苏轼称赞。后屡试不第，决意不仕，定居长社（今河南长葛县）。为“苏门六君子”之一。李廌不仅擅长作词，还擅长品画，有《济南集》《德隅斋画品》。

唱歌须是，玉人檀口，皓齿冰肤。意传心事，语娇声颤，字如贯珠。
（古上平）（古上平）

老翁虽是解歌，无奈雪鬓霜须。大家且道，是伊模样，怎如念奴。
（古上平）（古上平）

注：本词例押古上平声“麌”韵。因“姑”在古韵中同“麌”韵，故全词可押现代韵“姑”韵。

婆罗门引

【词律·词趣】

本格双片七十六字。全词同韵，平韵，韵字可阴平、可阳平。上片第六句首字为领字。此调早为南朝梁时伎乐，至唐入大曲，天宝年间曾改名为《霓裳羽衣》。后从大曲摘其一遍，用为词牌。有用名《婆罗门》者，单片三十四字，平韵体；有用名《婆罗门令》者，双片八十六字，仄韵体；亦有用《婆罗门引》或《望月婆罗门引》者，双片八十六字，仄韵体；亦有用《婆罗门引》或《望月婆罗门引》者，属本调。“婆罗门”，指古印度僧侣贵族、教派，他们掌握神权，垄断知识，享有特权，是社会精神生活的统治者。“婆罗门”有丰富的宗教音乐，后传入中国，演变为乐府曲。

上片　四，七。六。六，五。五，四。（七句）

　　　　平　平　　平　△　平

下片　四。三、三。六，四。四，三、五。三、四。（七句）

　　　平　　平　　平　　　平　　平

【词人·词例】

南宋　赵昂（生卒年不详），孝宗时，御前应对。

暮霞照水，水边无数木芙蓉。晓来露湿轻红。十里锦丝步障，日转影

（阳）（阳）

重重。向楚天空迥，人立西风。　　夕阳道中。叹秋色、与愁浓。寂
（阳）　△　　　　　　　　（阴）　　　　　（阴）　　　　　（阳）

寞三千粉黛，临鉴妆慵。施朱太赤，空惆怅、教妾若为容。花易老、
　　　　　　　　（阴）　　　　　　　　　　　（阳）

烟水无穷。
　（阳）

注：本词例押东部“东”“声”韵。

破阵子

【词律·词趣】

本格原为唐教坊曲名，后用为词牌。双片六十二字。全词同韵，平韵，韵字可阴平、可阳平。又名《十拍子》。据载，此调为宋代从唐《破阵乐》舞曲中取其一段制成之新声。《破阵乐》初名《秦王破阵乐》，为欢庆李世民做秦王时大破叛将刘武周而作，又引入龟兹（西域域国名，在今新疆库车一带）少数民族音乐，后编入乐府，在唐代流传近三百年，初用于宴饮，后用于祭祀庆典。敦煌莫高窟绘有《破阵乐图》。宋词中《破阵乐》为双片一百三十三字或一百三十四字，全词同韵，仄韵，见柳永、张先等词。

上片　　六，六。七，七。五。（五句）
　　　　　　平　　　平　平

下片　　六，六。七，七。五。（五句）
　　　　　　平　　　平　平

【词人·词例】

南宋　陆游

看破空花尘世，放轻昨梦浮名。蜡屐登山真率饮，筇杖穿林自在行[①]。
（阳）（阳）

身闲心太平。　　料峭余寒犹力，廉纤细雨初晴。苔纸闲题溪上句，
（阳）　　　　　　　　　　　　　　（阳）
菱唱遥闻烟外声。与君同醉醒。
（阴）　　　　（阴）

注：一、本词例押东部“声”韵。其中，“醒”在古韵中与“青”同韵，而“青”在现代韵中属“声”韵。

二、①筇：音“qióng”。竹子。可做手仗。

扑蝴蝶

【词律·词趣】

本格双片七十七字。全词同韵，仄韵，韵字可上声、可去声，古韵多入声。又名《扑蝴蝶近》。上片第五句、第六句可制为“四四四”句式。见吕渭老词。

上片　四，五。四，五。六，六。六。(七句)
　　　　　仄　　仄　　仄　仄

下片　三。四，七。四，五。六，六。六。(八句)
　　　仄　　仄　　仄　　仄　仄

【词人·词例】

南宋　邵叔齐（生平不详）

兰摧蕙折，霜重晓风恶。长安何处，孤根谩自托。水寒断续溪桥，月
（古入）　　　　　　　　（古入）
破黄昏院落。相逢俨然瘦削。　最萧索。星星蓬鬓，杳杳家山路正
（古入）　　　（古入）　　（古入）
邈。攀枝嗅蕊，露陪清泪阁。已无蝶使蜂媒，不共莺期燕约。甘心
（古入）　　　　（古入）　　　　　　　（古入）
伴人淡泊。
（古入）

注：本词例押古入声“药”韵。因“药”在现代韵中属“高”韵，“邈”在现代韵中亦属“高”韵，故全调可押高部“高”韵。

菩萨蛮

【词律·词趣】

本格原为唐教坊曲名，后用为词牌。双片四十四字。全词上下片均为两仄韵转两平韵。全词二至四个韵，仄韵韵字可上声、可去声，平韵韵字可阴平、可阳平。此调一作《菩萨鬘》，又名《重叠金》《子夜歌》《花间意》《晚云烘日》等。唐代李白词《菩萨蛮》为后世倚声填词之祖。"菩萨"，梵语"菩提萨埵"的简称，意为"发大心的人"。即指达到自觉（自身得到解脱）、觉他（使众生得到解脱）这两项佛教修行果位者，亦称大乘思想的践行者。《菩萨蛮》其调原为缅甸古乐，乃佛教礼乐，后传入中国。早在唐代开元年间就有此曲。

上片　七。七。五。五。（四句）
　　　仄　仄　平　平

下片　五。五。五。五。（四句）
　　　仄　仄　平　平

【词人·词例】

南宋　朱熹（1130—1200），字元晦，一字仲晦，号晦庵，别称紫阳。徽州婺源（今属江西）人，侨居建阳（今属福建）。哲学家、教育家。高宗时进士。曾任秘阁修撰等职。博览群书，广注典籍，对经学、史学、文学、乐律均有贡献。有《四书章句集注》《周易本义》《诗集传》

《楚辞集注》。词存十九首。

暮江寒碧萦长路。路长萦碧寒江暮。花坞夕阳斜。斜阳夕坞花。 客
(古去) (古去) (古下平) (古下平)

愁无胜集。集胜无愁客。醒似醉多情。情多醉似醒。
(古入) (古入) (古下平) (古下平)

注：本词例押古去声“遇”韵，古入声“陌”“缉”韵，古下平声“麻”“庚”韵。因“遇”在现代韵中属“衣”韵，“陌”“缉”在古韵中与“碧”“立”同韵，而“碧”“立”在现代韵中属“衣”韵，故“陌”“缉”可押“衣”韵；“麻”“庚”在现代韵中属“花”韵，“醒”与“情”属宽韵，可为平声。故全调仄韵可押衣部“衣”韵，平韵可押花部“花”韵、东部“声”韵，全词三个韵字。

七娘子

【词律·词趣】

本格双片六十字。全词同韵，仄韵，韵字可上声、可去声。另有五十八字体，且句式略异，见蔡伸词。此词又名《鸳鸯语》。

上片　七。三、五。四，四。七。（五句）
　　　仄　　仄　　仄　仄

下片　七。三、五。四，四。七。（五句）
　　　仄　　仄　　仄　仄

【词人·词例】

北宋　黄大临（生卒年不详），字元明，号寅庵，洪州分宁（今江西修水）人。黄庭坚兄。哲宗时，官萍乡令。词存三首。

画堂银烛明如昼（去）。见林宗、巾垫羞蓬首（上）。针指花枝，线赊罗袖。须臾（去）两带还依旧（去）。　劝君倒戴休令后（去）。也不须、更漉渊明酒（上）。宝箧深藏，浓香熏透（去）。为经十指如葱手（上）。

注：本词例押收部“收”韵。

凄凉犯

【词律·词趣】

本格双片九十三字。全词同韵，仄韵，韵字可上声、可去声，古韵多入声。一作《凄凉调》，又名《瑞鹤仙影》。据载，姜夔客居合肥时，秋风夕起。某日突闻马嘶，出城四顾，则见荒烟野草，顿觉不胜凄黯。便借琴曲《凄凉调》，并以仙吕调犯商调作词而叙之，名《凄凉犯》。后姜夔将此调示乐工，用古簧管乐器觱栗试演之，其韵极美也。

上片	四。	三、	六。	四，	四，	四。	四。	七。	三、	四，	五。	（九句）
	仄		仄			仄	仄	仄			仄	
下片	五，	四，	四。	四，	三、	四。	四，	七。	三、	四，	三。	（九句）
			仄			仄		仄			仄	

【词人·词例】

南宋　姜夔

绿杨巷陌。秋风起、边城一片离索。马嘶渐远，人归甚处，戍楼吹角。
（古入）（古入）（古入）

情怀正恶。更衰草寒烟淡薄。似当时、将军部曲，迤逦度沙漠。　追
（古入）（古入）（古入）

念西湖上，小舫携歌，晚花行乐。旧游在否，想如今、翠凋红落。漫
（古入）（古入）

写羊裙，等新雁来时系著。怕匆匆、不肯寄与，误后约。
（古入）（古入）

注：本词例押古入声“觉”“药”“陌”韵。因“觉”“药”在现代韵中与“幄”“索”同韵，而“幄”“索”与“波”同韵，“陌”在现代韵中亦属“波”韵，故全调可押歌部“波”韵。

戚　氏

【词律·词趣】

本格三片二百一十二字。全词同韵，平韵，韵字可阴平、可阳平。上片第十三句首字为领字。此词始见于柳永。

上片　三。七。四，七。二。三。七。六，七。四，四，六。五，四，四。
　　　平　平　　　平　平　平　平　　　平　　　　　平　△　　　平
　　　（十五句）

中片　六。四，五。三，四，四。三。四，四，四。四，四，六。（十三句）
　　　平　　　平　　　　　平　平　　　　　平　　　　　平

下片　五，四，四。六，三、五。六，四，五。三、五。三、四。三、四。三、
　　　　　　　平　　　　　平　　　　　平　　　平　　　平　　　平
　　　五。四，四，四。（十五句）
　　　平　　　　　平

【词人·词例】

北宋　柳永

晚秋天。一霎微雨洒庭轩。槛菊萧疏，井梧零乱惹残烟。凄然。望江
　　（阴）　　　　　（阴）　　　　　　　　　　　　（阴）（阳）
关。飞云黯淡夕阳间。当时宋玉悲感，向此临水与登山。远道迢递，
（阴）　　　　　（阴）　　　　　　　　　　　　（阴）
行人凄楚，倦听陇水潺湲。正蝉吟败叶，蛩响衰草，相应喧喧。　孤
　　　　　　　　　（阳）△　　　　　　　　　　（阴）

馆度日如年(阳)。风露渐变，悄悄至更阑(阳)。长天净，绛河清浅，皓月婵娟(阴)。思绵绵(阳)。夜永对景，那堪屈指，暗想从前(阳)。未名未禄，绮陌红楼，往往经岁迁延(阳)。　　帝里风光好，当年少日，暮宴朝欢(阴)。况有狂朋怪侣，遇当歌、对酒竞留连(阳)。别来迅景如梭，旧游似梦，烟水程何限(阳)。念利名、憔悴长萦绊(阴)。追往事、空惨愁颜(阳)。漏箭移、稍觉轻寒(阳)。渐呜咽、画角数声残(阳)。对闲窗畔，停灯向晓，抱影无眠(阳)。

注：本词例押山部“山”“天”韵。其中，“限”与“燕”在现代韵中同为去声，然“燕”在古韵中属下平声，故“限”可为下平声，属现代韵阳平；“绊”与“翰”在现代韵中同为去声，然“翰”在古韵中属上平声，故“绊”可为上平声，属现代韵阴平。

齐天乐

【词律·词趣】

本格双片一百零二字。全词同韵，仄韵，韵字可上声、可去声，古韵多入声。上片第七句、下片第八句首字为领字。另有一百零三字、一百零四字体，均在下片头三句内加字。此调又名《如此江山》《台城路》等。

上片	七，	六。	四，	四，	六。	四。	五，	四。	四，	七。	（十句）	
		仄			仄	仄	△	仄		仄		
下片	六，	五，	四。	四，	四，	六。	四。	五，	四。	四，	五。	（十一句）
			仄			仄	仄	△	仄		仄	

【词人·词例】

南宋　文天祥（1236—1283），字履善，一字宋瑞，号文山，吉州吉水（今属江西）人。文学家，名臣。理宗时进士第一。曾任刑部郎官、知瑞州赣州。当元兵东下时，在赣州组织义军，入卫临安（今杭州）。任右丞相，出使元军议和，被扣留。后脱险继续抗元，不久兵败被俘。元军百般威胁利诱劝降，然其递上《过零丁洋》诗以明志，诗中“人生自古谁无死，留取丹心照汗青”句，成为千古绝唱。其在大都（今北京）狱中所作《正气歌》更显浩然正气。终被杀害于柴市场。其词亦佳，笔触有力，情感强烈。

夜来早得东风信，潇湘一川新绿。柳色含晴，梅心沁暖，春浅千花如
（古入）
束。银蝉乍浴。正沙雁将还，海鳌初矗。云拥旌旗，笑声人在画阑曲。
（古入） （古入） △ （古入） （古入）

星虹瑶树缥缈，佩环鸣碧落，瑞笼华屋。露耿铜虬，冰翻铁马，帘幕
（古入）
光摇金粟。迟迟倚竹。更为把瑶尊，满斟醽醁①。回首宫莲，夜深归
（古入） （古入） △ （古入）
院烛。
（古入）

注：一、本词例押古入声“屋”“沃”韵。在现代韵中，“屋”属“姑”韵；“沃”韵中的“束”亦属“姑”韵。故本词可押现代韵“姑”韵。

二、①醽醁：音“líng lù”。美酒。

绮寮怨

【词律·词趣】

本格双片一百零三字。全词同韵，平韵。韵字可阴平、可阳平。另有一百零四字体，且句式不同，见刘辰翁、赵文等词。

上片　六，五(平)。三、四，三、四(平)。六，三、五(平)。三、四，三，五(平)。（九句）

下片　六(平)。四，六(平)。四，三，三(平)。六，三、三(平)。四(平)。七(平)。（十句）

【词人·词例】

南宋　鞠华翁（生平不详）

又见花阴如水，两心犹未平(阳)。正坐久、主客成三，空无语、影落楸枰[①](阳)。千年人间事业，垂成处、一著容易倾(阴)。便解围、小住何妨，机锋在，瞬息天又明(阳)。　甚似汉吴对营(阳)。纷纷不了，孤光照彻连城(阳)。又似残星，向零落，有余情(阳)。姮娥笑人迟暮[②]，念才力、底须争(阴)。从亏又成。何人正听隔壁声(阴)。

注：一、本词例押东部“声”韵。

二、①楸：音“qiū”。楸树。枰：音“píng”。棋盘。②姮：音“héng”。姮娥，即嫦娥。

绮罗香

【词律 · 词趣】

本格双片一百零四字。全词同韵，仄韵，韵字可上声、可去声。韵段内可撤句造句，但须保持其字数不变，见赵必瑑词。另有一百零三字体，见张炎词。此调始见于南宋史达祖《梅溪词》。

上片　　四，四，六。四，六。三、四，三、四。三、四。七。（九句）
　　　　　　　仄　　仄　　　　　仄　　　　仄

下片　　六，六，四。四，六。三、四，三、四。三、四，五。（九句）
　　　　　　　仄　　仄　　　　　仄　　　　仄

【词人 · 词例】

南宋　张辑（生卒年不详），字宗瑞，号东泽，鄱阳（今江西波阳）人。其词效法于姜夔、苏轼、辛弃疾。有《东泽绮语债》。词存四十四首。

欲雨凉生，初弦月在，画戟香中清啸[1]（去）。旋种芙蕖，深夏木兰芳沼（上）。银汉入、天镜搀秋，福星度、雪阑争照（去）。又谁写、万幅莼波，一江佳思到鱼鸟（上）。　　吴儿眉语笑里，要见圜扉绿遍，平畴青绕（上）。羽扇纶巾，萧洒玉貌长好（上）。问千年、庆会风云，正此日、静春花草（上）。更弦管、非雾非烟，鹤声帘幕晓。
（上）

注：一、本词例押高部“高”韵。

二、①戟：音“jǐ”。古代兵器。

千年调

【词律·词趣】

本格双片七十五字。全词同韵，仄韵，韵字可上声、可去声。曹组词《相思会》有“人无百年人，刚作千年调”句，辛弃疾取其“千年调”作词牌，并将曹组词的下片末句五字句改为三字句而成。

上片　五，五。六，四。四，五。三，三，三。（九句）
　　　　仄　　仄　　仄　　　仄

下片　四，五。六，四。四，五。三，三，三。（九句）
　　　　仄　　仄　　仄　　　仄

【词人·词例】

南宋　辛弃疾

卮酒向人时，和气先倾倒。最要然然可可，万事称好。滑稽坐上，更
（上）（上）

对鸱夷笑①。寒与热，总随人，甘国老。　少年使酒，出口人嫌拗。
（去）（上）（去）

此个和合道理，近日方晓。学人言语，未会十分巧。看他们，得人怜，
（上）（上）

秦吉了。
（上）

注：一、本词例押高部“高”韵。

二、①鸱：音“chī”。猫头鹰一类的鸟。

千秋岁

【词律·词趣】

本格双片七十一字。全词同韵，仄韵，韵字可上声、可去声，古韵多入声。另有七十二字体，见张先、李之仪、廖行之等词。本词又名《千秋节》。依本调添减字后又名《千秋岁引》《千秋岁令》《千秋万岁》等词。据载，唐玄宗生日时，大宴群臣，百官上表请将生日定为千秋节，由此产生了《千秋乐》曲调。宋人依此旧曲另制新声《千秋岁》。

上片　四。五。三，三。五，五。三，七。（八句）
　　　仄　仄　　仄　　仄　　仄

下片　五。五。三，三。五，五。三，七。（八句）
　　　仄　仄　　仄　　仄　　仄

【词人·词例】

南宋　洪适（1117—1184），字景伯，晚年自号盘洲老人，鄱阳（今江西波阳）人。金石学家。高宗时，举博学宏词科。历官尚书右仆射、同中书门下平章事、兼枢密使。谥文惠。有《隶释》《隶续》《盘洲集》《盘洲乐章》。词存一百三十四首。

颜朱鬓绿（古入）。天与穰穰福[①]（古入）。旄钺贵[②]，崇汤沐（古入）。华轩鱼映锦，紫诰鸾回幅（古入）。为寿处，玻璃凿落斟醽醁（古入）。　瑞雾蟠华屋（古入）。露浥秋兰馥（古入）。

香篆起，歌裾簇。衣斑丹穴凤，色润东床玉。鸾共鹤，年年来听神仙
（古入）（古入）
曲。
（古入）

注：一、本词例押古入声“屋”“沃”韵。因“屋”“沃”在古韵中与“木”“束”同韵，而“木”“束”在现代韵中属“姑”韵。故全调可押姑部“姑”韵。

二、①穰穰：意五谷丰饶。穰，音“ráng”。庄稼秆。②钺：音“yuè”。古兵器。

琴调相思引

【词律·词趣】

本格原为古琴曲，后用为词牌。双片四十六字。全词同韵，平韵，韵字可阴平、可阳平。又名《玉交枝》。另有双片七十三字，仄韵体，见贺铸词。赵鼎的《琴调相思令》乃《长相思》别称。

上片　七。七。四，五。（四句）
　　　平　平　　平

下片　七，七。四，五。（四句）
　　　　　平　　平

【词人·词例】

南宋　赵与仁（生卒年不详），字元父，号学舟。曾任临安判官。

冰箔纱帘小院清（阴）。晴尘不动地花平（阳）。昨宵风雨，凉到木樨屏[1]（阳）。

香月照妆秋粉薄，水云飞珮藕丝轻（阴）。好天良夜，闲理玉鞾笙（阴）。

注：一、本词例押东部“声”韵。

二、①木樨：指桂花。樨，音“xī”。

沁园春

【词律·词趣】

本格双片一百一十四字。全词同韵，平韵，韵字可阴平、可阳平。上片第四句，第十二句，下片第三句，第十一句首字为领字。下片前两句可制为“二四三五”句式，或将八字句制为“三五”句式，见韦骧、朱敦儒等词。本词一名多体，见吴泳、王千秋、张元平、王质等词。本词又名《寿星明》《洞庭春色》《念离群》《东仙》等。南宋黄升《花发沁园春》词，与此词不同体。北宋张先最早用此词牌。“沁园”，为东汉明帝（刘庄）之女沁水公主的园名。因当朝恣臣窦宪仗势夺取了公主的沁园，后人作诗词咏其事，此词牌因而得名。

上片　四，四，四。五，四，四，四。四，四，七。三，五，四。（十三句）
　　　　　　平　△　　　　平　　　平　　△　平

下片　六。八。五，四，四，四。四，四，七。三，五，四。（十二句）
　　　平　平　△　　　平　　　平　　△　平

【词人·词例】

南宋　赵善括（生卒年不详），字无咎，隆兴（今属江西）人。孝宗时进士第。官知常熟县，通判平江府、润州，后知鄂州、廉州、常州。有《应斋杂著》。

虎啸风生，龙跃云飞，时不再来。试凭高望远，长淮清浅，伤今怀古，
（阳）　△
故国氛埃。壮志求伸，匈奴未灭，早以家为何谓哉。多应是，待著鞭
（阴）　（阴）　△
事了，税驾方回。　稼轩聊尔名斋。笑学请樊迟心未开。似南阳高
（阳）　（阴）　（阴）　△
卧，莘郊自乐①，磻溪韬略②，傅野盐梅。植杖亭前，集山楼下，五
（阳）
桂三槐次第栽。功名遂，向急流勇退，肯恁徘徊。
（阴）　△　（阳）

注：一、本词例押开部“开”韵。其中，“回”“梅”在古韵中同“灰”韵，而“灰”与“开”同韵。

二、①莘：音“xīn”。地名。②磻：音“pán”。水名。

青房并蒂莲

【词律·词趣】

本格双片一百零三字。全词同韵，平韵。韵字可阴平、可阳平。上下片第二句首字为领字。

上片　　三。五，四。四，五。七，三、四。三、四，七。(九句)
　　　　平　△　平　　　平　　　　　平　　　　平

下片　　六，五，四。七，四。六，八。三、四，七。(九句)
　　　　　　△　平　　　平　　平　　　　　平

【词人·词例】

北宋　周邦彦

醉凝眸。正楚天秋晚，远岸云收。草绿莲红，□映小汀洲。芰荷香里鸳
　(阳)　△　　　　　　　　(阴)　　　　　　　　　(阴)

鸯浦，恨菱歌、惊起眠鸥。望去帆、一派湖光，棹声咿哑橹声柔。
　　　　　　　　(阴)　　　　　　　　　　　　　(阳)

愁窥汴堤细柳，曾舞送莺时，锦缆龙舟。拥倾国纤腰皓齿，笑倚迷楼。
　　　　　　　△　　　　　　　　(阴)　　　　　　　　　(阳)

空令五湖夜月，也羞照三十六宫秋。正浪吟、不觉回桡，水花风叶两
　　　　　　　　　　　　　　　(阴)

悠悠。
(阴)

注：本词例押收部“收”韵。

青门引

【词律·词趣】

本格双片五十二字。全词同韵，仄韵，韵字可上声、可去声，古韵多入声。另有五十三字体，见马子严等词。

上片　五。六。七，四，五。（五句）
　　　仄　仄　　　　　仄

下片　七。五。六，七。（四句）
　　　仄　仄　　　仄

【词人·词例】

南宋　王质（1127—1189），字景文，号雪山，郓州（今山东东平）人。寓居兴国军（今湖北）。高宗时进士。孝宗时，为枢密院编修官，后通判荆南府。有《雪山集》《雪山词》。词存七十六首。

寻遍江南麓（古入）。只有斑斑野菊（古入）。梅花不遇我心悲，一枝得见，便是一年足（古入）。　微香来自横冈竹（古入）。飞度寒溪曲（古入）。落路寻人借问，谢他指向深深谷（古入）。

注：本词例押古入声“屋”“沃”韵。因“屋”“沃”在古韵中与“木”“束”同韵，而“木”“束”在现代韵中属“姑”韵，故全调可押姑部“姑”韵。

青门饮

【词律·词趣】

本格双片一百零六字。全词同韵，仄韵，韵字可上声、可去声，秦观词字句韵脚略异。另有一百零五字、一百零七字体，其字句略异，见曹祖、张纲等词。

上片　　四，四，四，四。四，四，六。五，三、四。四，四，四。（十二句）
　　　　　　　　　　仄　　　　　仄　　　　　仄　　　　　仄

下片　　六，四，四。四，四，六。五，三、四。六，六。（十句）
　　　　　　　　仄　　　　仄　　　　仄　　仄

【词人·词例】

北宋　时彦（？—1107），字邦美。开封（今属河南）人。神宗时进士第一。历官兵部员外郎、集贤校理、秘阁校理、河东转运使、吏部尚书。

胡马嘶风，汉旗翻雪，彤云又吐，一竿残照。古木连空，乱山无数，
　　　　　　　　　　　　　　　　　　（去）
行尽暮沙衰草。星斗横幽馆，夜无眠、灯花空老。雾浓香鸭，冰凝泪
　　　　（上）　　　　　　　　　　（上）
烛，霜天难晓。　长记小妆才了，一杯未尽，离怀多少。醉里秋波，
　　　　（上）　　　　　　　　　　　　　　　　　（上）
梦中朝雨，都是醒时烦恼。料有牵情处，忍思量、耳边曾道。甚时跃
　　　　　　　　　　（上）　　　　　　　　　　　（去）
马归来，认得迎门轻笑。
　　　　　　　　（去）

注：本词例押高部“高”韵。

青玉案

【词律·词趣】

本格双片六十七字。全词同韵，仄韵，韵字可上声、可去声。另有六十六字、六十八字多体，且句式、韵脚不同，见史达祖、张炎、曹勋、吴潜等词。本词又名《横塘路》《西湖路》《青莲池上客》等。《词谱》认定贺铸《横塘路》，双片六十七字、仄韵体为正体，但下片第五句可押韵，可不押韵。此词牌取名于东汉科学家、文学家、画家张衡《四愁诗》“何以报之青玉案”句。“案”与“碗”同，“青玉案”即“青玉碗”。

上片　七。三、三。七。四，四，五。（六句）
　　　仄　　仄　仄　　　　仄

下片　七。七。七。四，四，五。（六句）
　　　仄　仄　仄　　　仄

【词人·词例】

北宋　惠洪（1071—1128），字觉范，后易名德洪，俗姓彭，筠州新昌（今江西宜丰）人。有《石门文字禅》《冷斋夜话》《天厨禁脔》。词存二十一首。

绿槐烟柳长亭路。恨取次、分离去。日永如年愁难度。高城回首，暮
（古去）　（古去）　（古去）

云遮尽，目断人何处。　解鞍旅舍天将暮。暗忆叮咛千万句。一寸
（古去）　（古去）　（古去）

柔肠情几许。薄衾孤枕，梦回人静，彻晓潇潇雨。
（古上）　　　　　　　　　　　　　（古上）

注：本词押古上声“语”“麌”韵，古去声“御”“遇”韵。因“语”“麌”“御”“遇”在现代韵中属“居”韵，故全调可押衣部“居”韵。

倾杯乐

【词律·词趣】

本格原为唐教坊曲名，后用为词牌。双片一百零六字。全词同韵，仄韵，韵字可上声、可去声。另有一百零四字、一百一十五字体。此词又名《倾杯》《古倾杯》等。另有《倾杯令》小调，双片五十二字，仄韵体。

上片　四，四，四。三、四，四，四。七。四，六。四，六。（十一句）
　　　　　　仄　　　　　　仄　仄　　仄　　仄

下片　三、四。八。七，六。三、四。三、四。三，三、四。（八句）
　　　　仄　仄　　仄　　仄　　仄　　　仄

【词人·词例】

北宋　柳永

禁漏花深，绣工日永，蕙风布暖。变韶景、都门十二，元宵三五，银
　　　　　　　　　　（上）

蟾光满。连云复道凌飞观。耸皇居丽，嘉气瑞烟葱茜。翠华宵幸，是
（上）　　　　　（去）　　　　　　　　　（去）

处层城阆苑。　龙凤烛、交光星汉。对咫尺鳌山开羽扇。会乐府两
　（去）　　　　　　（去）　　　　　　（去）

籍神仙，梨园四部弦管。向晓色、都人未散。盈万井、山呼鳌抃。愿
　　　　　　（上）　　　　　（去）　　　　　（去）

岁岁，天仗里、常瞻凤辇。
　　　　　　（上）

注：本词例押山部“山”“天”韵。

清波引

【词律·词趣】

本格双片八十四字。全词同韵，仄韵，韵字可上声、可去声。另有八十三字体，其句式不同，见张炎等词。

上片　四。三、四。四。五。五，六。六，三、三。（八句）
　　　仄　　仄　仄　仄　　仄　　　仄

下片　四。三、四。四。五。五，六。六，四。（八句）
　　　仄　　仄　仄　仄　　仄　　仄

【词人·词例】

南宋　姜夔

冷云迷浦。倩谁唤、玉妃起舞。岁华如许。野梅弄眉妩。屐齿印苍藓，
（上）　　　　　（上）　（上）　（上）
渐为寻花来去。自随秋雁南来，望江国、渺何处。　　新诗漫与。好
（去）　　　　　（去）　（去）
风景、长是暗度。故人知否。抱幽恨难语。何时共渔艇，莫负沧浪烟
（去）　（上）　（上）
雨。况有清夜啼猿，怨人良苦。
（上）　　　　　（上）

注：本词例押衣部“衣”“居”韵。本押古上声“纸”“语”“麌”韵，古去声“御”“遇”韵。因“纸”“语”“麌”“御”“遇”在现代韵中属“衣”“居”韵，故全调可押“衣”“居”韵。

清平调

【词律·词趣】

本格原为唐教坊曲名，后用为词牌。双片五十字。全词同韵，平韵，韵字可阴平、可阳平。相传，唐明皇与杨贵妃喜赏牡丹，时命翰林李白进新辞《清平调》。当时李白尚在醉中，乃成三章，由乐官李龟年歌之。李白之辞为单片二十八字，平韵。宋人取旧曲创新声，后成此词牌。《词律》将此词定为北宋王禹傅所作，而《全宋词》则定为北宋王珪所制，并定名为《平调发引》。既然《辞海》所记即是，可取王珪词，而用名《清平调》，甚好。

上片　四，五。五。七，五。（五句）
　　　　　平　平　　　平

下片　七。五。七，五。（四句）
　　　平　平　　　平

【词人·词例】

北宋　王珪（1019—1085），字禹玉，祖籍华阳（今四川成都）人，徙舒（今安徽庐江）。仁宗时进士。后官大理评事，授太子中允，翰林学士，知开封府。神宗时，拜尚书左仆射、门下侍郎。哲宗时，封岐国公。赠太师，谥文恭。有《华阳集》。

上林春晚，曾是奉宸游。水殿戏龙舟。玉箫吹断催仙驭，一去隔千秋。

（阳）（阴）（阴）

游人重到曲江头。事往涕难收。空余御幄传觞处，依旧水东流。

（阳）（阴）（阳）

注：本词例押收部“收”韵。

清平乐

【词律·词趣】

本格原为唐教坊曲名，后用为词牌。双片四十六字。上片同韵，仄韵，韵字可上声、可去声；下片同韵，平韵，韵字可阴平、可阳平。亦有全词押仄韵者。此调又名《忆梦乡》《醉东风》。相传，李白始作此词。有《清平乐令》，为《望江怨》之别称，与此调无关。

上片　四。五。七。六。（四句）
　　　仄　仄　仄　仄

下片　六。六。六，六。（四句）
　　　平　平　　　平

【词人·词例】

南宋　王千秋（生卒年不详），字锡老，号审斋，东平（今属山东）人。有《审斋词》。词存七十三首。

唤云且住。莫作龙池舞。五月人间须好雨。为扫无边烦暑。　畦秧
（去）（上）（上）（上）

针绿重生[①]。壶天表里俱清。林外桔槔闲挂[②]，省渠多少心情。
（阴）（阴）（阳）

注：一、本词例押姑部“姑”韵；东部“声”韵。其中，“雨”与“舞”在古

韵中同韵，而“舞”在现代韵中属“姑”韵，故“雨”亦属“姑”韵。

二、①畦：音“qí”。有埂围且排列整齐的田地。②槔：音“gāo”。汲水工具。

清商怨

【词律·词趣】

本格双片四十二字。全词同韵，仄韵，韵字可上声、可去声。上片第二句首字为领字。上下片首句可制为七字句，见欧阳修、惠洪等词。另有双片六十字体，且句式不同，见曾觌词。又名《关河令》《伤清怨》《尔汝歌》《望西飞》《东阳叹》等。“清商”，为古代汉民族音乐，称为“清商三调”，即平调、清调、瑟调。此乐为汉魏《清商乐》，后入乐府演变为《清商曲》，再后用为词牌。

上片　　六。五。四，五。（四句）
　　　　仄　△仄　　　仄

下片　　六。三、四。四，五。（四句）
　　　　仄　　　仄　　　仄

【词人·词例】

南宋　陆游

江头日暮痛饮。乍雪晴犹凛。山驿凄凉，灯昏人独寝。　　鸳机新寄
　　　　（上）△　　　（上）　　　　　　　　（上）

断锦，叹往事、不堪重省。梦破南楼，绿云堆一枕。
（上）　　　　　　（上）　　　　　　　　（上）

注：本词例押根部“根”韵。其中，“省”与“根”属通韵。

情久长

【词律·词趣】

本格双片一百零三字。全词同韵，仄韵，韵字可上声、可去声。

上片　　四，七。三、四，四。五，三、六。三、四，四，三、三。（九句）
　　　　　　仄　　　　　仄　　　　　仄　　　　　　　　仄

下片　　四，五。三、四，四。四，三、六。三、四，四，三、三。（九句）
　　　　　　仄　　　　　仄　　　　　仄　　　　　　　　仄

【词人·词例】

南宋　吕渭老（生卒年不详），一作滨老。字圣求，嘉兴（今属浙江）人。著名词人。词风婉媚深窈。有《圣求词》。词存一百三十四首。

锁窗夜永，无聊尽作伤心句。甚近日、带红移眼，梨脸择雨。春心偿
（古去）（古上）
未足，怎忍听、啼血催归杜宇。暮帆挂、沉沉暝色，衮衮长江，流不
（古上）
尽、来无据。　　点检风光，岁月今如许。趁此际、浦花汀草，一棹
（古去）（古上）
东去。云窗雾阁，洞天晓、同作烟霞伴侣。算谁见、梅帘醉梦，柳陌
（古去）（古上）
晴游，应未许、春知处。
（古去）

注：本词例押古上声“语”“麌”韵，古去声“御”“遇”韵。因“语”“麌”“御”“遇”在现代韵中属“居”韵，故全调可押衣部“居”韵。

庆春时

【词律·词趣】

本格双片四十八字。全词同韵，平韵，韵字可阴平、可阳平。

上片　四，四，四。四，四，五。（六句）
　　　　　　平　　　平

下片　四，六。四，四，五。（五句）
　　　　平　　　平

【词人·词例】

北宋　晏几道

梅梢已有，春来音信，风意犹寒（阳）。南楼暮雪，无人共赏，闲却玉阑干（阴）。

殷勤今夜，凉月还似眉弯（阴）。尊前为把，桃根丽曲，重倚四弦看（阴）。

注：本词例押山部“山”韵。

庆宫春

【词律·词趣】

本格双片一百零二字。全词同韵，仄韵，韵字可上声、可去声，古韵多入声。又名《庆春宫》。另有平韵体，且下片首句押韵，见吴文英词。

上片　四，四，六。四，四，六。四，三、四。四，四，四。（十一句）
　　　　　仄　　仄　　仄　　仄

下片　六，四，四。四，四，六。四，三、四。四，四，四。（十一句）
　　　　　仄　　仄　　仄　　仄

【词人·词例】

南宋　刘澜（？—1276），字养源，号江村，天台（今属浙江）人。先为道士，后还俗。

春剪绿波，日明金渚，镜光尽浸寒碧（古入）。喜溢双蛾，迎风一笑，两情依旧脉脉（古入）。那时同醉，锦袍湿、乌纱攲侧（古入）。英游何在，满目青山，飞下孤白（古入）。　片帆谁上天门，我亦明朝，是天门客（古入）。平生高兴，青莲一叶，从此飘然八极（古入）[①]。矶头绿树[②]，见白马、书生破敌（古入）。百年前事，欲问东风，酒醒长笛（古入）。

注：一、本词例押古入声“陌”“锡”“职”韵。因“陌”“锡”“职”在古韵中与“碧”“寂”“力”同韵，而“碧”“寂”“力”在现代韵中属“衣”韵，故全调可押衣部“衣”韵。

二、①八极：最边远的地方。②矶：音“jī”。水边突出的岩石或石滩。

庆佳节

【词律·词趣】

本格双片五十一字。全词同韵，平韵，韵字可阴平、可阳平。上片头两句为叠句。另有双片五十一字，仄韵体，且句式和韵脚不同，见张先词。

上片　三。三。三、三。七。三、三。(五句)
　　　平　平　　　平　平　　　平

下片　七，六。七。三、三。(四句)
　　　　　平　平　　　平

【词人·词例】

北宋　张先

莫风流。莫风流。风流后、有闲愁。花满南园月满楼。偏使我、忆欢
　(阳)　　(阳)　　　　　　(阳)　　　　　　(阳)
游。　我忆欢游无计奈，除却且醉金瓯。醉了醒来春复秋。我心事、
(阳)　　　　　　　　　　(阴)　　　　　　(阴)
几时休。
　(阴)

注：本词例押收部“收”韵。

庆清朝

【词律·词趣】

本格双片九十七字。全词同韵，平韵，韵字可阴平、可阳平。下片第二句首字为领字。下片头三句可制为“六三六”句式，下片第四句、第五句可制为“四六”句式，见曹勋、王沂孙等词。

上片　四，四，六。四，六。六，七。三，四，四。（十句）
平　平　平　平

下片　六，五，四。六，四。六，七。三，四，四。（十句）
△　平　平　平　平

【词人·词例】

南宋　李廷忠（生卒年不详），字居厚，号橘山，于潜（今浙江临安西南）人。孝宗时进士。宁宗时，知夔州。有《橘山甲乙稿》。

天启重光，地钟上瑞，有人起自东山。当年谢傅，几曾鹤发貂冠。不
（阴）　（阴）
似文章隽老，重来鸣步斗枢间。洪钧转，五原草绿，太白兵闲。　运
（阴）　（阳）
庆今朝初度，正日添纹线，月挂冰盘。恩重御壶宣劝，喜溢天颜。听
△　（阳）　（阳）
取沙堤好语，金科红篆押千官。春长在，调元鼎里，不假还丹。
（阴）　（阴）

注：本词例押山部“山”“天”韵。

秋蕊香

【词律·词趣】

本格双片四十八字。全词同韵，仄韵，韵字可上声、可去声。另有慢词，双片九十七字，平韵。亦有《秋蕊香引》，双片六十字，仄韵。此词又名《敖池回》。

上片　六。六。七。六。（四句）
　　　仄　仄　仄　仄

下片　七。三。七。六。（四句）
　　　仄　仄　仄　仄

【词人·词例】

南宋　赵希彭（1205—1266），字清中，号十洲，四明（今浙江宁波）人。理宗时进士。曾提南雄守，不赴。词存二首。

髻稳冠宜翡翠（古去）。压鬓彩丝金蕊（古上）。远山碧浅蘸秋水（古上）。香暖榴裙衬地（古去）。

亭亭二八余年纪（古上）。恼春意（古去）。玉云凝重步尘细（古去）。独立花阴宝砌（古去）。

注：本词例押古上声“纸”韵，古去声“寘”“霁”韵。因“纸”“寘”“霁”在现代韵中属“衣”韵，故全调可押衣部“衣”韵。

秋宵吟

【词律 · 词趣】

本格双片九十九字。全词同韵，仄韵，韵字均为上声。上片第五句、第十句首字为领字。此调为姜夔自度曲。

上片　三，三。六。三，五，四。三、三。六。三，五，四。（十一句）
仄 仄 △ 仄 仄 仄 △ 仄

下片　四，三、四。四，四，五。五。四，四。三、四，七。（十句）
仄 仄 仄 仄 仄

【词人 · 词例】

南宋　姜夔

古帘空，坠月皎。坐久西窗人悄。蛩吟苦，渐漏水丁丁，箭壶催晓。
（上）（上）△（上）

引凉飔①、动翠葆。露脚斜飞云表。因嗟念，似去国情怀，暮帆烟草。
（上）（上）△（上）

带眼销磨，为近日、愁多顿老。卫娘何在，宋玉归来，两地暗萦绕。
（上）（上）

摇落江枫早。嫩约无凭，幽梦又杳。但盈盈、泪洒单衣，今夕何夕恨
（上）（上）

未了。
（上）

注：一、本词例押高部“高”韵。

二、①飔：音“sī”。凉风。

秋夜雨

【词律·词趣】

本格双片五十一字。全词同韵，仄韵，韵字可上声、可去声，古韵多入声。下片第二句可制为七字句。另有五十二字体。见吴潜词。

上片　七。六。五，三、四。（四句）
　　　仄　仄　　　　　仄

下片　七，三、四。五。三、四。（四句）
　　　　　　仄　仄　　　仄

【词人·词例】

南宋　吴潜

云头电掣如金索（古入）。须臾天尽帏幕（古入）。一凉恩到骨，正骤雨、盆倾檐角（古入）。

桃笙今夜难禁也，赖醉乡、情分非薄（古入）。清梦何处托（古入）。又只是、故园篱落（古入）。

注：本词例押古入声“觉”“药”韵。因“觉”“药”在古韵中与“恶”“幄”同韵，而“恶”“幄”在现代韵中同“歌”“波”韵，故全调可押歌部“歌”“波”韵。

秋夜月

【词律·词趣】

本格双片八十二字。全词同韵，仄韵，韵字可上声、可去声。下片第三句、第七句首字为领字。此词牌亦是《相见欢》的别称，但其字句、声韵与此调不同。

上片　四。三、六。三、七。三、三，六。六。(六句)
　　　仄　　仄　　仄　　　　　仄　仄

下片　四。五，五。六，四。四，五。四，四。(九句)
　　　仄　　△仄　　仄　　△仄　　仄

【词人·词例】

北宋　柳永

当初聚散。便唤(去)作、无由再逢伊面(去)。近日来、不期而会重欢宴(去)。向尊前、闲暇里，敛著眉儿长叹(去)。惹起旧愁无限(去)。　盈盈泪眼(上)。漫向我耳边，作(△)万般幽怨(去)。奈你自家心下，有事难见(去)。待信真个，恁(△)别无萦绊(去)。不免收心，共伊长远(上)。

注：本词例押山部“山”“天”韵。

曲江秋

【词律·词趣】

本格双片一百零一字。全词同韵，仄韵。韵字可上声、可去声。古韵多入声。上片第二句首字为领字。下片后三句可制为“三六四”句式，见杨无咎词。无咎作此调三首，均用同韵。

上片　四。五，四。四，四，五。五。三，三。四，四，四。（十二句）
　　　仄　△　仄　　　　　仄　仄　　　仄　　　　　仄

下片　二。四。三、四。五，四，五。五，七。三，四，六。（十一句）
　　　仄　仄　　　仄　　　　　仄　　　仄　　　　　仄

【词人·词例】

南宋　杨无咎

香消烬歇。换沉水重燃，薰炉犹热。银汉坠怀，冰轮转影，冷光侵毛
　　（古入）△　　　　　（古入）
发。随分且宴设。小槽酒，真珠滑。渐觉夜阑，乌纱露濡[①]，画帘风
（古入）　　（古入）　　　　（古入）
揭。　清绝。轻纨弄月。缓歌处、眉山怨叠。持杯须我醉，香红映
（古入）　（古入）　（古入）　　　　　（古入）
脸，双腕凝霜雪。饮散晚归来，花梢指点流萤灭。睡未稳，东窗渐明，
　　　　（古入）　　　　　　　　　（古入）
远树又闻鶗鴂。
　　　（古入）

注：一、本词例押古入声“月”“屑”“叶”韵。因“月”“屑”“叶”在现代韵中属“些”韵，故全调可押些部“些”韵。

二、①濡：音“rú”。沾润。

曲游春

【词律·词趣】

本格双片一百零三字。全词同韵，仄韵，韵字可上声、可去声，古韵多入声。上片第二句、第五句，下片第三句、第六句首字为领字。另有一百零一字体。此调先见于施岳，周密用其韵作一首。

上片　五，五，四。四，五，四。五。三、四。三、四，六。（十句）
　　　　　　△　仄　　　△　仄　仄　　　仄　　　　　仄

下片　二。四。五，四。四，五，四。五。三、四。三、四，四。（十一句）
　　　仄　仄　△　仄　　　△　仄　仄　　　仄　　　　　仄

【词人·词例】

南宋　施岳

画舸西泠落，占柳阴花影，芳意如织。小楫冲波，度曲尘扇底，粉香
　　　　　　　△　　　　　　　　（古入）　　　　　　　△

帘隙。岸转斜阳隔。又过尽、别船箫笛。傍断桥、翠绕红围，相对半
（古入）　　　（古入）　　　　　　（古入）

篙晴色。　　顷刻。千山暮碧。向沽酒楼前，犹系金勒。乘月归来，
　（古入）　　（古入）　（古入）△　　　　　　　（古入）

正梨花夜缟[1]，海棠烟幂[2]。院宇明寒食。醉乍醒、一庭春寂。任满身、
△　　　　　　　　　（古入）　　　（古入）　　　　　（古入）

露湿东风，欲眠未得。
　　　　　　（古入）

注：一、本词例押古入声“陌”“锡”“职”韵。因“陌”“锡”“职”在古韵中与“碧”“寂”“力”同韵，而“碧”“寂”“力”在现代韵中属“衣”韵。故全调可押衣部“衣”韵。

二、①缟：音“gǎo”。古代的一种白绢。②幂：音“mì”。覆盖；罩。

曲玉管

【词律·词趣】

本格原为唐教坊曲名，后用为词牌。三片一百零五字。全词同韵。前两片平、仄韵互用，第三片为平韵。宋词仅柳永一首。

上片　　四，四，七。六，四。三。（六句）
　　　　　　　仄　　　平　平

中片　　四，四，七。四，六。三。（六句）
　　　　　　　仄　　　平　平

下片　　四，三、四，六，六。三。五，六，四，四，四。（十句）
　　　　　　　　　　平　平　　　　　　　平

【词人·词例】

北宋　柳永

陇首云飞，江边日晚，烟波满目凭阑久。立望关河萧索，千里清秋。
（上）（阴）
忍凝眸。　　杳杳神京，盈盈仙子，别来锦字终难偶。断雁无凭，冉
（阳）（上）
冉飞下汀洲。思悠悠。　　暗想当初，有多少、幽欢佳会，岂知聚散
（阴）（阴）
难期，翻成雨恨云愁。阻追游，每登山临水，惹起平生心事，一场消
（阳）（阳）
黯，永日无言，却下层楼。
（阳）

注：本词例押收部“收”韵。

劝金船

【词律·词趣】

本格双片八十八字。全词同韵，仄韵，韵字可上声、可去声，古韵多入声。另有九十二字体，见张先词。

上片　七。五。七。五。四，六。六，四。（八句）
　　　仄　仄　仄　仄　　　仄　　　仄

下片　七。七。七。五。四，六。六，四。（八句）
　　　仄　仄　仄　仄　　　仄　　　仄

【词人·词例】

北宋　苏轼

无情流水多情客。劝我如曾识。杯行到手休辞却。这公道难得。曲水
（古入）（古入）（古入）（古入）
池上，小字更书年月。还对茂林修竹，似永和节。　　纤纤素手如霜
（古入）（古入）
雪。笑把秋花插。尊前莫怪歌声咽。又还是轻别。此去翱翔，遍赏玉
（古入）（古入）（古入）（古入）
堂金阙。欲问再来何岁，应有华发。
（古入）（古入）

注： 本词例押古入声“月”“陌”“屑”“药”“职”韵。因“月”“屑”在现代韵中属“些”韵，“陌”“药”在古韵中与“液”“略”同韵，而“液”“略”在现代韵中属“些”韵，“职”与“些”属通韵，故全调可押些部“些”韵。

鹊桥仙

【词律·词趣】

本格双片五十六字。全词同韵，仄韵，韵字可上声、可去声。又名《鹊桥仙令》《广寒秋》《梅已谢》《蕙香囊》，因北宋秦观词有“金风玉露一相逢，便胜却人间无数”句，又名《金风玉露相逢曲》等。此调有上下片第二句押韵体，见刘辰翁、舒亶等词。另有五十七字、五十八字体，且句式略异，见黄庭坚、晁端礼等词。北宋柳永有双片八十七字、仄韵体。本词调初始用于吟牛郎织女于七夕之夜在鹊桥相会的故事。

上片　四，四，六。七，三、四。（五句）
　　　　　　仄　　　　仄

下片　四，四，六。七，三、四。（五句）
　　　　　　仄　　　　仄

【词人·词例】

南宋　刘一止（1078—1161），字行简，湖州归安（今浙江湖州）人。徽宗时进士。高宗时，官中书舍人、给事中，后以敷文阁直学士致仕。有《苕溪集》《苕溪词》。词存四十二首。

春风真个，取将花去，酬我清阴满院（去）。名园清昼漏签迟，未肯负、酒朋歌伴（去）。　使君情在，暮云合处，卧看碧峰峨弁①（去）。向来魂梦几曾真，休怨断、楼高不见。

（去）

注：一、本词例押山部“山”“天”韵。

二、①弁：音“biàn”。帽子。

冉冉云

【词律 · 词趣】

本格双片五十九字。全词同韵，仄韵，韵字可上声、可去声。

上片　七。三、四。三、六。三、四。（四句）
　　　仄　仄　仄　仄

下片　七。三、四。三、六。六。（四句）
　　　仄　仄　仄　仄

【词人 · 词例】

南宋　卢炳（生卒年不详），字叔阳，自号丑斋。宁宗时，守融州。有《烘堂词》一卷。

雨洗千红又春晚（上）。留牡丹、倚阑初绽（去）。娇娅姹、偏赋精神君看（去）。算费尽、工夫点染（上）。　带露天香最清远（上）。太真妃①、院妆体段（去）。拚对花、满把流霞频劝（去）。怕逐东风零乱（去）。

注：一、本词例押山部“山”“天”韵。

二、①太真妃：即杨贵妃。

绕池游慢

【词律·词趣】

本格双片一百零四字。全词同韵，平韵，韵字可阴平、可阳平。上下片第二句首字为领字。

上片　　四，五，四。七，三、四。五，三、四。四，四，四。（十句）
　　　　　　△　平　　　　　平　　　　　平　　　　平

下片　　六，五，四。七，三、四。五，三、四。四，四，四。（十句）
　　　　　　△　平　　　　　平　　　　　平　　　　平

【词人·词例】

南宋　韩淲（1159—1224），字仲止，号涧泉，许昌（今属河南）人。从仕不久，便隐居上饶。有《涧泉集》《涧泉诗余》。

荷花好处，是红酣落照，翠霭余凉。绕郭从前无此乐，空浮动、山影
　　　　　△　　　　　　　　（阳）

林篁。几度薰风晚，留望眼、立尽濠梁。谁知好事，初移画舫，特地
（阳）　　　　　　　　　　　（阳）

相将。　　惊起双飞属玉，萦小楫冲岸，犹带生香。莫问西湖西畔路，
（阴）　　　　　　　　　　△　　　　　　（阴）

但九里、松下侯王。且举觞寄兴，看闲人、来伴吟章。寸折柏枝，蓬
　　　　（阳）　　　　　　　　　　　（阴）

分莲实，徒系柔肠。
　　　　（阳）

注：本词例押方部“方”韵。

绕佛阁

【词律 · 词趣】

本格双片一百字。全词同韵，仄韵，韵字可上声、可去声，古韵多入声。下片第五句、第八句首字为领字。此调一名多体，其句式和韵脚各不相同，见周邦彦、吴文英等词。

上片　四，四，四。四。九。四。六，六。四，五。（十句）
　　　　　　仄　仄　仄　仄　　　仄　　　仄

下片　五。七。四，五。五，四。四。五，四。三、四。（十句）
　　　仄　仄　　　仄　△　仄　仄　△　仄　　　仄

【词人 · 词例】

南宋　张艾（生平不详），词见《阳春白雪》卷八。

渚云弄湿，烟缕际晚，江国遥碧（古入）。鸿过无迹（古入）。怕闻野寺孤钟动凄恻（古入）。小桥路窄（古入）。疏袖暗拂衰草，愁听蛩语还寂（古入）。可堪过了，龟纱负瑶席（古入）。

荏苒露华白（古入）。一夜秋宵惊晓色（古入）。柳影孤危，残蝉空抱叶（古入）。想△摇落关情，归梦频折（古入）。物华消歇（古入）。尽△倒断寒塘，幽香先灭（古入）。怨红供、拒霜啼颊（古入）。

注：本词例押古入声“月”“屑”“陌”“职”“锡”“叶”韵。因“月”“屑”“叶”在现代韵中属“些”韵，“陌”与“液”在古韵中同韵，而“液”在现代韵中属“些”韵，“职”“锡”与“些”属通韵，故全调可押些部“些”韵。

人月圆

【词律·词趣】

本格双片四十八字。全词同韵，平韵，韵字可阴平、可阳平。下片前三句可制为“七五”句式，见张纲词。另有仄韵体。本词又名《青衫湿》《秋波媚》等。此词为北宋王诜始创，因其词中有“人月圆时”句故名。

上片　七，五。四，四，四。（五句）
　　　　　平　　　　平

下片　四，四，四。四，四，四。（六句）
　　　　　　平　　　　平

【词人·词例】

南宋　汪梦斗（生卒年不详），字玉南，号杏山。宋亡，不仕。有《北游集》。

寻常一样窗前月，人只看中秋。年年今夜，争寻诗酒，共上高楼。　一
　　　　　　　　（阴）　　　　　　　　　　（阳）
奁明镜，能圆几度，白了人头。良辰美景，赏心乐事，输少年游。
　　　　　　　　（阳）　　　　　　　　　　（阳）

注：本词例押收部“收”韵。

如梦令

【词律·词趣】

本格单片三十三字。全词同韵，仄韵，韵字可上声、可去声。第五句、第六句为叠句。此调原名《忆仙姿》，相传为后唐庄宗李存勖自度曲。因其中有“如梦，如梦，和泪出门相送”句，被苏轼改为此名。又名《宴桃源》《比梅》。若将此调复加一片为双片者，其名为《如意令》。

单片　六。六。五，六。二。二。六。（七句）
　　　仄　仄　　　仄　仄　仄　仄

【词人·词例】

北宋　苏庠（1065—1147），字养直，自号眚翁、后湖病民，泉州（今属福建）人。有《后湖集》《后湖词》。词存二十三首。

叠嶂晓埋烟雨。忽作飞花无数。整整复斜斜，来伴南枝清苦。日暮。
（去）（去）（上）（去）

日暮。何许云林烟树。
（去）（去）

注：本词例押姑部“姑”韵。其中，“雨”与“树”在古韵中同韵，故“雨”亦属“姑”韵。

入 塞

【词律·词趣】

本格双片五十二字。全词同韵，平韵，韵字可阴平、可阳平。上片第三句首字为领字，上下片末两句为一叠韵。《入塞》与《出塞》均为汉乐府《横吹曲》名，乃汉武帝时李延年（汉代音乐家、乐府协律都尉）所作。现存歌词均为南北朝以来文人作品。其内容描写将士的边塞生活，声调悲壮而凄切。《出塞》即词牌《谒金门》。

上片　三。三、三。五，五。三。三。（六句）
　　　平　　平　△　平　平　平

下片　七。三、四。七。三。三。（五句）
　　　平　　平　平　平　平

【词人·词例】

南宋　程垓

好思量。正秋风、半夜长。奈银缸一点，耿耿背西窗。衾又凉。枕又凉。
（阳）（阳）△（阴）（阳）（阳）

露华凄凄月半床。照得人、真个断肠。窗前谁浸木犀黄。花也香。梦也香。
（阳）（阳）（阳）（阴）（阴）

注：本词例押方部“方”韵。

阮郎归

【词律·词趣】

本格原为唐教坊曲名，后用为词牌。双片四十七字。全词同韵，平韵，韵字可阴平、可阳平。下片前两句宜用对仗句。本词又名《醉桃源》《忆桃源》《碧桃春》等。相传东汉永平年间，剡县人刘晨、阮肇同入天台山采药，遇二仙女，留住半年。二人思归甚苦，归来时则已历时七世。本词名源于此故事。

上片　七。五。七。五。（四句）
　　　平　平　平　平

下片　三，三。五。七。五。（五句）
　　　　　平　平　平　平

【词人·词例】

北宋　米芾（1051—1107），字元章，号襄阳漫士、海岳外史。世居太原（今属山西），迁襄阳（今属湖北），定居润州（今江苏镇江）。著名书画家。徽宗时召为书画博士，官礼部员外郎，人称米南宫。因举止“颠狂”，人称“米颠”。能诗词，精鉴赏。书法与蔡襄、苏轼、黄庭坚合称“宋四家”。画史上有“米家山”“米氏云山”和“米派”之称。有《宝晋英光集》《宝晋长短句》一卷。词存十七首。

双双鸳鸯戏蘋洲。几行烟柳柔。一声长笛咽清秋。碧云生暮愁。　钩
（阴）　（阳）　（阴）　（阳）
月挂，绮霞收。浦南人泛舟。娟娟何处烛明眸。相望徒倚楼。
（阴）　（阴）　（阳）　（阳）

注：本词例押收部“收”韵。

瑞鹤仙

【词律·词趣】

本格双片一百零二字。全词同韵，仄韵，韵字可上声、可去声，古韵多入声。上片第二句、第五句、第九句，下片第八句首字为领字。另有一百零一字体，见李曾伯词。韵段内可撤句造句，但须保持其字数不变，见康与之等词。此调始见于周邦彦词。又名《一捻红》。另有《瑞鹤仙令》，为《临江仙》之别称。

上片　五。五，四。五。五，四。四。三、四。五，四，四。（十一句）
　　　仄　△　仄　仄　△　仄　仄　　仄　△　　仄

下片　二。四，四，四。四。三，三。五，四，六。七，四。（十二句）
　　　仄　　　　仄　仄　　仄　△　　仄　　仄

【词人·词例】

南宋　王迈（1184—1248），字实之，仙游（今属福建）人。宁宗时，以第四名登第。曾官教授、外州通判。后召入为右司郎官。赠司农少卿。有《臞轩集》。

芳菲春二月。正软红尘里，踏青时节。山川孕人杰。好赤城丹洞，丰
（古入）△　（古入）　（古入）△

姿奇绝。云霄阀阅。个精神、清如玉雪。看谈兵议论，风霆舞剑，刚
（古入）　（古入）　（古入）△

肠如铁。　　闻说。年方英妙，已向城边，飞书驰捷。誓清击楫。宁
（古入）　　（古入）　　（古入）　　（古入）

久此，淹车辙。对花朝称寿，朱颜未老，尽有功名事业。便张韩刘岳
（古入）△　　（古入）

传名，何如一页。
（古入）

注：本词例押古入声“月”“屑”“叶”“洽”韵。因“月”“屑”“叶”在现代韵中属“些”韵，“洽”与“怯”在古韵中同韵，在现代韵中“怯”属“些”韵，故全调可押些部“些”韵。

瑞龙吟

【词律·词趣】

本格三片一百三十三字。全词同韵，仄韵，韵字可上声、可去声。第三片第四句、第五句可制为“四六”句式，见刘辰翁词。此词因前两片句式、韵律全同，为“双曳头”形式，在三段词中不多见。此调创自周邦彦。

上片　三(仄)。六，四(仄)。六，四，四(仄)。（六句）

中片　三(仄)。六，四(仄)。六，四，四(仄)。（六句）

下片　六，四，四(仄)。六，四(仄)。四，五(仄)。三、四，四(仄)。五(仄)。四，四(仄)。五(仄)。三、六(仄)。四，四(仄)。（十六句）

【词人·词例】

南宋　吴文英

大溪(去)面。遥望绣羽冲烟，锦梭飞练(去)。桃花三十六陂[1]，鲛宫睡起，娇雷乍转(上)。　去如箭(去)。催趁戏旗游鼓，素澜雪溅(去)。东风冷湿蛟腥，澹阴送昼，轻霏弄晚(上)。　洲上青苹生处，斗春不管，怀沙人远(上)。残日半开一

川，花影零乱。山屏醉缬，连棹东西岸。阑干倒、千红妆靥，铅香不
（去）（去）
断。傍暝疏帘卷。翠涟皱净，笙歌未散。簪柳门归懒。犹自有、玉龙黄
（去）（上）（去）（上）
昏吹怨。重云暗阁，春霖一片。
（去）（去）

注：一、本词例押山部“山”“天”韵。

二、①陂：音“bēi”。池塘；山坡。

瑞云浓

【词律·词趣】

本格双片七十五字。全调同韵，仄韵，韵字可上声、可去声。上片末句首字可为领字。

上片　　四，六。七。四，三、四。五，五。（七句）
　　　　　仄　仄　　　　　仄　　△仄

下片　　四，三、四。七。四，三、四。四，四。（七句）
　　　　　　　仄　仄　　　　　仄　　仄

【词人·词例】

南宋　杨无咎

瞬离谩久，年华谁信曾换。依旧当时似花面。幽欢小会，记永夜、杯
（去）（去）
行无算。醉里屡忘归，任虚檐月转。　　能变新声，随语意、悲欢感
（去）△（上）
怨。可更余音寄羌管。倦游江浙，问似伊、阿谁曾见。度已无肠，为
（去）（上）（去）
伊可断。
（去）

注：本词例押山部“山”“天”韵。

瑞鹧鸪

【词律·词趣】

本格双片五十六字。全词同韵，平韵，韵字可阴平、可阳平。上片第三句，下片第一句、第三句末字为仄韵。另有六十四字、八十六字、八十八字三体，其句式各异，见柳永、晏殊等词。宋以前，按《瑞鹧鸪》七言律诗谱曲，便出现了此词调。至宋，增添为双遍，故成词牌。本词又名《鹧鸪词》《五拍》《舞春风》《天下乐》《拾菜娘》《报师恩》等。此调与《木兰花》虽同句式，但声韵和韵脚不同，各为其词格。本词调取意于盛唐时吟咏鹧鸪之笙笛类乐曲。

上片　七。七。七，七。（四句）
　　　平　平　　　平

下片　七，七。七，七。（四句）
　　　　　平　　　平

【词人·词例】

南宋　徐照（生卒年不详），字道晖，又字灵晖，号山民。永嘉（今浙江温州）人。家境清寒，布衣终身，以诗游士大夫间，与徐玑、翁卷、赵师秀号称“永嘉四灵”。

雨多庭石上苔文。门外春光老几分。为把旧书藏宝带，误翻残酒湿绡
（阳）　（阴）

裙。　　风头花片难装缀，愁里莺声怯听闻。恰似剪刀裁破恨，半随
(阳)　　　　　　　　　　　　　　　　　　(阳)
妾处半随君。
　　　(阴)

注：本词例押根部“根”韵。

塞翁吟

【词律·词趣】

本格双片九十二字。全词同韵，平韵，韵字可阴平、可阳平。另有双片九十三字，平韵体。其句读略不同。见周邦彦词。

上片　五，六(平)。三，三(平)。五(平)。七，六(平)。三，三(平)。五(平)。（十句）

下片　二(平)。三，四，三、四(平)。三、四，三、四，四(平)。四，四，四(平)。（十句）

【词人·词例】

南宋　陈坦之（生平不详），字行简。

远碧秋痕瘦，楚玉恨赋凄凉(阳)。荷雨碎，泣残妆(阴)。系愁在垂杨(阳)。秋衣拂叠仙栀露，裁云刀尺犹香(阴)。诗锦字，献明珰(阴)。肯容易相忘(阳)。　思量(阳)。空掩抑，分宵缓枕，终不敌、凉谯漏长(阳)。自解佩、兰皋去后，渐消灭、香梅酝藉，小杜疏狂(阳)。年华驶水，鬓影西风，都付清觞(阴)。

注：本词例押方部“方”韵。

塞垣春

【词律·词趣】

本格双片九十六字。全词同韵，仄韵，韵字可上声、可去声。下片第五句首字为领字。上片第六句可制为八字句，上片末两句可制为“六六”句式，下片第五句、第六句、第七句可制为“三四八”句式。见周邦彦词。另有九十八字体，其字句不同，见吴文英、陈允平等词。

上片　五。三、三。四，四，四。三、五。三、三。三、三。六。（九句）
　　　仄　　仄　　　　仄　　仄　　仄　　仄　仄

下片　五，三、四。五，五。五，四，六。五，五。（九句）
　　　　　　仄　　　仄　△　　仄　　仄

【词人·词例】

北宋　张先

野树秋声满。对雨壁、风灯乱。云低翠帐，烟销素被，签动重幔。甚
（上）（去）（去）
客怀、先自无消遣。更篱落、秋虫叹。叹樊川、风流减。旧欢难得重
（上）（去）（上）
见。　停酒说扬州，平山月、应照棋观。绿绮为谁弹，空传广陵散①。
（去）（去）（上）
但光纱短帽，窄袖轻衫，犹记竹西庭院。老鹤何时去，认琼花一面。
△（去）（去）

注：一、本词例押山部“山”“天”韵。

二、①广陵散：古琴曲名。又名《广陵止息》，为篇幅最长的琴曲之一。

三部乐

【词律·词趣】

本格双片九十九字。全词同韵，仄韵，韵字可上声、可去声，古韵多入声。上下片第二句首字为领字。另有九十八字体，韵脚略异，见苏轼词。

上片　四，五，四。四，六。三、四，五，四。四，六。（十句）
　　　　△　仄　　仄　　　　　仄　　仄

下片　六，五，四。六，四。三、四。三、四。四，三、四。（九句）
　　　　△　仄　　仄　　仄　仄　　　仄

【词人·词例】

南宋　陈亮（1143—1194），字同甫，号龙川，婺州永康（今属浙江）人。光宗时进士第一。授签书建康府判官，未任而卒。曾因力主抗金遭忌入狱。为人才气超迈，文章气势纵横。提出“盈宇宙者无非物，日用之间无非事”的命题，认为道为“常行于事物之间者”，须在具体事物中识道，强调“行”对识“道”的作用；指出物欲是人的自然本性，“天理人欲可以并行”，但欲须由礼节制。词作豪放，与辛弃疾相唱和。有《龙川文集》《龙川词》。词存七十四首。

入脚西风，渐去去来来，早三之一。春花无数，毕竟何如秋实。不须
　　　　　△　　　　　（古入）　　　　　　　（古入）

待、名品如麻，试为君屈指，是谁层出。十朝半月，争看抟空霜鹘[①]。
（古入）（古入）

从来别真共假，任盘根错节，更饶仓卒。还他济时好手，封侯
△（古入）

奇骨。没些儿、媻姗勃窣[②]。也不是、峥嵘突兀。百二十岁，管做
（古入）（古入）（古入）

彻、元分人物。
（古入）

注：一、本词例押古入声“质”“物”“月”韵。因“质”“物”“月”在古韵中与“怵”“不”“兀”同韵，而“怵”“不”“兀”在现代韵中属“姑”韵。故全调可押姑部“姑”韵。

二、①抟：音“tuán”。盘旋。鹘：音“gǔ”。一种猛禽。②媻姗：同“蹒跚”。窣：音“sū”。纵跳。

三登乐

【词律·词趣】

本格双片七十一字。全词同韵，仄韵，韵字可上声、可去声。韵段内可撤句造句，但须保持其字数不变，见范成大词。

上片　　四，三、四。三、四。三、三，四。四，四。（七句）
　　　　　　　仄　　仄　　　　仄　　仄

下片　　三、三，四。三、四。三、三，四。四，四。（七句）
　　　　　　　仄　　仄　　　　仄　　仄

【词人·词例】

南宋　陈三聘（生卒年不详），字梦弼，吴郡（今江苏苏州）人。常和范成大词。

注望晓山，晴色丽、晨餐应饱。縠纹平、涨天渺渺。倚藤枝、撑艇子，
　　　　　　　　　　　　（上）　　　　　（上）
昔游曾到。江山自古，水云转好。　帐年来、心纵在，盟寒鸥鸟。
　（去）　　　　　　（上）　　　　　　　　　　　　（上）
故人中、黑头渐少。问几时、寻旧约，石矶重扫。一竿钓月，鬓
　　　　　（上）　　　　　　　　（上）
霜任老。
（上）

注：本词例押高部“高”韵。

三姝媚

【词律·词趣】

本格双片九十九字。全词同韵，平韵，韵字可阴平、可阳平。上下片第二句、第五句首字为领字。上片后两句可制为“四四四”句式，见吴文英词。另有一百零一字，平韵或仄韵体。此调名出自古乐府《三妇艳》。

上片　五，五，四。四，五，四。四，三、四。六，六。（十句）
　　　　△　平　　△　平　　　平　　平

下片　六，五，四。四，五，四。四，三、四。六，四。（十句）
　　　　△　平　　△　平　　　平　　平

【词人·词例】

南宋　杜良臣（生卒年不详），字子卿，豫章（今属江西）人。善小篆。

花浮深岸树，迎新曦窗影，细触游尘。映叶青梅，记共折南枝，又及尝新。驻屐危亭，烟墅杳、风物撩人。虹外斜阳留晚，莺边落絮催春。

心事应辜桃叶，但自把新诗，遍写修筠。恨满芳洲，倩晚风吹梦，暗逐江云。慢埝轻拢，幽思切、清音谁闻。谩有鸳鸯结带，双垂绣巾。

注：本词例押根部“根”韵。

三　台

【词律·词趣】

本格原为唐教坊曲名，后用为词牌。三片一百七十一字。三片同句式。全词同韵，仄韵，韵字可上声、可去声。唐人所作《三台》歌辞为六言绝句，如唐诗人韦应物《三台》词。后《词律》将其收为正体，单片二十四字，平韵体。许棐《三台春曲》亦属此体。但宋人所制本调，与之绝异。

上片　七，六。三、五，三、四。三、五。三、四。三、四，三、四。（八句）
　　　　　仄　　　　　　仄　　仄　　仄　　　　　　仄

中片　七，六。三、五，三、四。三、五。三、四。三、四，三、四。（八句）
　　　　　仄　　　　　　仄　　仄　　仄　　　　　　仄

下片　七，六。三、五，三、四。三、五。三、四。三、四，三、四。（八句）
　　　　　仄　　　　　　仄　　仄　　仄　　　　　　仄

【词人·词例】

南宋　万俟咏（生卒年不详），字雅言，自号词隐、大梁词隐。终身不第。因能自度新声，后补为大晟府制撰官，专为皇帝填词。有《大声集》。词存二十九首。

见梨花初带夜月，海棠半含朝雨。内苑春、不禁过青门，御沟涨、潜

（上）

通南浦。东风静、细柳垂金缕。望凤阙、非烟非雾。好时代、朝野多
（上）　　　　　（上）　　　　　（去）

欢，遍九陌、太平箫鼓。　乍莺儿百啭断续，燕子飞来飞去。近绿
（上）　　　　　（去）

水、台榭映秋千，斗草聚、双双游女。饧香更、酒冷踏青路。会暗
（上）　　　　　（去）

识、夭桃朱户。向晚骤、宝马雕鞍，醉襟惹、乱花飞絮。　正轻寒
（上）　　　　　（去）

轻暖昼永，半阴半晴云暮。禁火天、已是试新妆，岁华到、三分佳处。
（去）　　　　　（去）

清明看、汉宫传蜡炬。散翠烟、飞入槐府。敛兵卫、阊阖门开，住
（去）　　　　　（上）

传宣、又还休务。
（去）

注：本词例押衣部“居”韵，本押古上声“语”“麌”韵，古去声“御”“遇”韵，而“语”“麌”“御”“遇”在现代韵中属“居”韵，故全调可押“居”韵。

三字令

【词律·词趣】

本格双片五十四字。全词同韵，平韵，韵字可阴平、可阳平。另有四十八字体。此调创自五代欧阳炯，因全词皆三字句故名。本调句句三字，韵脚闲适，节奏平稳，最宜为谣谚之作。

上片　三，三。三，三。三，三。三，三，三。（九句）
　　　　　平　　平　　平　　　　平

下片　三，三。三，三。三，三。三，三，三。（九句）
　　　　　平　　平　　平　　　　平

【词人·词例】

南宋　向子諲（1085—1152），字伯恭，号芗林居士，临江清江县（今江西樟树）人。哲宗时以恩荫补官。南渡初，统兵勤王。高宗时，官徽猷阁待制、户部侍郎。晚知平江府。有《酒边词》。

春尽日，雨余时（阳）。红蔌蔌，绿漪漪（阴）。花满地，水平池（阳）。烟光里，云影上，画船移（阳）。　纹鸳并，白鸥飞（阴）。歌韵响，酒行迟（阳）。将我意，入新诗（阴）。春欲去，留且住，莫教归（阴）。

注：本词例押衣部“衣”韵。其中，“飞”“归”在古韵中属“微”韵，而“微”与“衣”同韵，故“飞”“归”亦属“衣”韵。

散天花

【词律·词趣】

本格双片六十字。全词同韵，平韵，韵字可阴平、可阳平。

上片　七。五，三。七。五，三。（六句）
平　平　平　平

下片　七。五，三。七。五，三。（六句）
平　平　平　平

【词人·词例】

北宋　舒亶（1042—1104），字信道，号懒堂，明州慈溪（今属浙江）人。英宗时进士。任知制诰、御史中丞。徽宗时，知南康军、直龙图阁待制。工小词，情思悠然。有《舒学士词》一卷。词存五十首。

云断长空叶落秋（阴）。寒江烟浪静，月随舟（阴）。西风偏解送离愁（阳）。声声南去雁，下汀洲（阴）。　无奈多情去复留（阳）。骊歌齐唱罢，泪争流（阳）。悠悠别恨几时休（阴）。不堪残酒醒，凭危楼（阳）。

注：本词例押收部“收”韵。

扫花游

【词律·词趣】

本格双片九十五字。全词同韵，仄韵，韵字可上声、可去声。上片第二句、第五句、第十句，下片第二句、第五句首字为领字。下片第五句、第六句可制为“三六”句式，见张炎词。此词又名《扫地游》。因周邦彦词有“任占地持杯，扫花寻路”句，又名《扫地花》。

上片　四，五，四。四。五，四。四，六。三。五，四。（十一句）
　　　　　△　仄　仄　△　仄　　仄　仄　△　仄

下片　五。五，四。四。五，四。四，六。三。三、四。（十句）
　　　仄　△　仄　仄　△　仄　　仄　仄　　仄

【词人·词例】

南宋　方千里

野亭话别，恨露草芊绵[1]，晓风酸楚。怨丝恨缕。正杨花碎玉，满城
　　　　　　△　　　　　（古上）　（古上）△
雪舞。耿耿无言，暗洒阑干泪雨。片帆去。纵百种避愁，愁早知处。
（古上）　　　　　　　（古上）（古上）△　　　　　（古上）

离思都几许。但渐惯征尘，斗迷归路。乱山似俎。更重江浪淼[2]，
　　　（古上）△　　　　　（古去）（古上）△
易沉书素。瞪目销魂，自觉孤吟调苦。小留伫。隔前村、数声箫鼓。
（古去）　　　　　　　　（古上）（古上）　　　　（古上）

注：一、本词例押古上声“语”“麌”韵，古去声“遇”韵。因“语”“麌”“遇”在现代韵中属“居”韵，故全调可押衣部“居”韵。

二、①芊：音“qiān”。芊绵，草林茂盛。也作芊眠。②淼：音“miǎo”。大水状。

沙塞子

【词律·词趣】

本格双片五十字。全词同韵，平韵，韵字可阴平、可阳平。另有四十二字体，见朱敦儒词。

上片　七。三、四。三、四，四。（四句）
　　　平　　平　　　　平

下片　七。三、四。三、四，四。（四句）
　　　平　　平　　　　平

【词人·词例】

南宋　周紫芝（1082—1155），字少隐，竹坡居士，宣城（今安徽宣州）人。文学家，著名词人。高宗时进士。历官枢密院编修、知兴国军。亦善诗。有《太仓稊米集》《竹坡词》《竹坡诗话》。词存一百五十六首。

秋云微淡月微羞。云黯黯、月彩难留。只应是、嫦娥心里，也似人愁。
（阴）（阳）（阳）

几时回步玉移钩。人共月、同上南楼。却重听、画阑西角，月下轻讴。
（阴）（阳）（阴）

注：本词例押收部“收”韵。

山花子

【词律·词趣】

本格原为唐教坊曲名，后用为词牌。双片四十八字。全词同韵，平韵，韵字可阴平、可阳平。另有仄韵体。此调早在五代时为杂言《浣溪沙》的别名，即在《浣溪沙》的上下片中，各增添三个字的结句（尾句），故又称《添字浣溪沙》《摊破浣溪沙》或《摊声浣溪沙》。又因南唐李璟词“细雨梦回”两句颇著名，又称《南唐浣溪沙》。

上片　七。七。七，三。（四句）
　　　平　平　　　平

下片　七，七。七，三。（四句）
　　　　　平　　　平

【词人·词例】

南宋　刘辰翁

此处情怀欲问天（阴）。相期相就复何年（阳）。行过章江三十里，泪依然（阳）。　早宿半程芳草路，犹寒欲雨暮春天（阴）。小小桃花三两处，得人怜（阳）。

注：本词例押山部“山”“天”韵。

山亭柳

【词律·词趣】

本格双片七十九字。全词同韵，平韵，韵字可阴平、可阳平。另有仄韵体，其字数、韵脚略异。平韵体始于晏殊，仄韵体始自杜安世。

上片　四。五。三、三。六，六。六，四。（七句）
　　　平　平　　平　　平　　平

下片　七，七。三、三。六，六。六，四。（七句）
　　　　　平　　平　　平　　平

【词人·词例】

北宋　晏殊

家住西秦。赌博艺随身。花柳上、斗尖新。偶学念奴声调，有时高遏
　　（阳）　　（阴）　　　（阴）

行云。蜀锦缠头无数，不负辛勤。　　数年来往咸京道，残杯冷炙谩
（阳）　　　　　　　（阳）

消魂。衷肠事、托何人。若有知音见采，不辞遍唱阳春。一曲当筵落
（阳）　　　　（阳）　　　　　　　　（阴）

泪，重掩罗巾。
　　　（阴）

注：本词例押根部“根”韵。

赏南枝

【词律·词趣】

本格双片一百零七字。全词同韵，平韵，韵字可阴平、可阳平。上片第二句、末句，下片第三句、末句首字为领字。

上片　五，五，四。五，三、六。三、三。三、四。三、四，五。（九句）
　　　　△　平　　　　平　　平　　平　　　　△平

下片　六。四，五。五，三、六。三、三。三、四。三、四，五。（九句）
　　　平　　△平　　　　平　　平　　平　　　　△平

【词人·词例】

北宋　曾巩（1019—1083），字子固，南丰（今属江西）人。仁宗时进士第。曾官集贤校理，通判越州，知齐、襄、洪三州。仕至中书舍人。有《南丰集》。

暮冬天地闭，正柔木冻折，瑞雪飘飞。对景见南山，岭梅露、几点清
　　　　　　△　　　　　（古上平）

雅容姿。丹染萼、玉缀枝。又岂是、一阳有私。大抵是、化工独许，
（古上平）　　　　（古上平）　　　　（古上平）

使占却先时。　　霜威莫苦凌持。此花根性，想群卉争知。贵用在和
△　（古上平）　　　　　（古上平）　　　　△　　（古上平）

羹，三春里、不管绿是红非。攀赏处、宜酒卮。醉拈嗅、幽香更奇。
　　　　　　　　（古上平）　　　（古上平）　　　　（古上平）

倚阑干、仗何人去，嘱羌管休吹。
△　　（古上平）

注：本词便押古上平声“支”“微”韵。因“支”在现代韵中属“衣”韵，“微”在古韵中与“衣”同韵，故全调可押衣部“衣”韵。

上林春

【词律·词趣】

本格双片一百零二字。全词同韵，仄韵，韵字可上声、可去声，古韵多入声。上片末两句可制为“三三六”句式，下片第一句可制为七字句，第二句可制为“五四”句式，见晁端礼、晁补之词。

上片　四，四，六。四，四，六。四，三、四。三、五，四。（十句）
　　　　　　仄　　　　　仄　　　　　仄　　　　仄

下片　三、四。三、六。四，四，六。四，三、四。三，三、四。（九句）
　　　　　仄　　　仄　　　　　仄　　　　仄　　　　仄

【词人·词例】

南宋　曾纡（1073—1135），字公衮，南丰（今属江西）人。曾任两浙转运副使、知衢州等。有《空青集》。

东苑梅繁，豪健放乐，醉倒花前狂客。靓妆微步，攀条弄粉，凌波遍
　　　　　　　　　　　　　　（古入）
寻青陌。暗香堕靥，更飘近、雾鬓蝉额。倒金荷、念流光易失，幽姿
（古入）　　　　　　　　　　　　（古入）
堪惜。　惜花心、未甘鬓白。南枝上、又见寻芳消息。旧游回首，
（古入）　　　　　（古入）　　　　　　　　　（古入）
前欢如梦，谁知等闲抛掷。稠红乱蕊，漫开遍、楚江南北。独销魂，
　　　　　　　　　（古入）　　　　　　　　　（古入）

念谁寄、故园春色。
（古入）

注：本词例押古入声“陌”“职”韵。因“陌”“职”在古韵中与“碧”“力”同韵，而“碧”“力”在现代韵中属“衣”韵。故全调可押衣部“衣”韵。

少年游

【词律 · 词趣】

本格双片五十字。全词同韵，平韵，韵字可阴平、可阳平。此调一名多体，各体字数、句式及用韵均不同。又名《小阑干》《玉腊梅枝》等。另有《少年游慢》，双片八十四字，仄韵体。本词牌与《城头月》同字句，但不同韵脚和声调。柳永用此词牌连续作了十首，这在词坛很少见。

上片　七，五。四，四，五。（五句）
　　　　　平　　　　　平

下片　七，五。四，四，五。（五句）
　　　　　平　　　　　平

【词人 · 词例】

南宋　赵鼎（1085—1147），字元镇，自号得全居士，解州闻喜（今属山西）人。徽宗时进士。高宗时，两度拜相，荐用岳飞收复重镇襄阳。后受奸臣秦桧所迫，一贬再贬，终不食而死。有《忠正德文集》《得全居士词》。词存四十五首。

三月正当三十日，愁杀醉吟翁。可奈青春，太无情甚，归去苦匆匆。
　　　　　　　　　　（阴）　　　　　　　　　　　　（阴）

共君今夜不须睡，尊酒且从容。说与楼头，打钟人道，休打五更钟。
　　　　　　　　　　（阳）　　　　　　　　　　　　（阴）

注： 本词例押东部“东”韵。

哨　遍

【词律·词趣】

本格双片二百零三字。全词同韵，平仄互叶。平韵可阴平、可阳平，仄韵可上声、可去声。上片第十句，下片第六句首字为领字。此调一名多体，其平仄韵脚不同，句式不同，见苏轼、辛弃疾、曹冠等词。本词一作《稍遍》。

上片　四，四，五。三，五。七。三。六。七。五，四，三、三。三、五。
　　　　　　仄　　平　仄　仄　仄　仄　△　　　　平　　　平
　　　八。四，四，四。（十七句）
　　　平　　　　仄

下片　一。四。七。五，六。五，四，七。五。四，六。八。八。三、四。
　　　平　平　平　　平　△　　仄　平　　仄　仄　仄　　仄
　　　六。五。四，四，六。七。三、四。（二十一句）
　　　仄　平　　　　仄　平　　仄

【词人·词例】

南宋　方岳（1199—1262），字巨山，号秋崖，祁门（今属安徽）人。理宗时进士。官至吏部侍郎。有《秋崖先生小稿》。词存七十九首。

月曰不然，君亦怎知，天上从前事。吾语汝，月岂有弦时。奈人间井
（古去）（古上平）

观乃尔（古上）。休浪许（古去）。历家缪悠而已（古上）。谁云魄死生明起（古上）△。又明死魄生，循环晦朔，有老兔、自熙熙（古上平）。妄相传、月溯日光余（古上平）。嗟万古谁知了无亏（古上平）。玉斧修成，银蟾奔去，此言荒矣（古上）。　　噫（古上平）。世已堪悲（古上平）。听君歌复解人颐（古上平）。桂魄何曾死，寒光不减些儿（古上平）△。但与日相望，对如两镜，山河大地无疑似（古上）。待既望观之（古上平）。冰轮渐侧，转斜才一钩耳（古上）。论本来不与中秋异（古去）。恐天问灵均未知此（古上）。又底用、咸池重洗（古上）。乾坤一点英气（古去）。宁老人间世（古去）。飞上天来，摩挲月去，才信有晴无雨（古上）。人生圆缺几何其（古上平）。且徘徊、与君同醉（古去）。

注：本词例押古上平声“支”“鱼”韵，古上声“纸”“荠”韵，古去声“寘”“语”“未”“霁”韵。因“支”“鱼”“纸”“荠”“寘”“语”“霁”在现代韵中属“衣”“居”韵，“未”在古韵中同“衣”韵，故全调平仄韵均押衣部“衣”“居”韵。

升平乐

【词律·词趣】

本格双片一百零二字。全词同韵，平韵，韵字可阴平、可阳平。凡五字句首字为领字。

上片　四，四，六。四，四，六。四，六。四，四，四。（十一句）
　　　　　　平　　　　平　　平　　　　平

下片　六，五，四。四，四，六。四，三、四。三，五，四。（十一句）
　　　　△　平　　　　平　　　　平　　△　平

【词人·词例】

南宋　吴奕（生平不详）

水阁层台，短亭深院，依稀万木笼阴。飞暑无涯，行云有势，晚来细
（古下平）
雨回晴。庭槐转影，纱厨两两蝉鸣。幽梦断枕，金猊旋热[①]，兰炷微
（古下平）　　　　（古下平）
薰。　堪命俊才俦侣，对华筵坐列，朱履红裙。檀板轻敲，金樽
（古下平）　　　　△　　　　（古下平）
满泛，纵交畏日西沉。金丝玉管，间歌喉、时奏清音。唐虞景，尽陶
（古下平）　　　　（古下平）　　△
陶沉醉，且乐升平。
（古下平）

注：一、本词例押古上平声“文”韵，古下平声“庚”“侵”韵。因“文”“侵”在现代韵中属“根”韵，“庚”与“根”属宽韵，故全调可押根部“根”韵。又因“庚”在现代韵中属“声”韵，而“文”“侵”与“声”属宽韵，故全调亦可押东部“声”韵。

二、①猊：音“ní”。狻猊，传说中的猛兽。

生查子

【词律·词趣】

本格原为唐教坊曲名，后用为词牌。双片四十字。全词同韵，仄韵，韵字可上声、可去声。又名《陌上郎》《绿罗裙》《梅溪渡》《楚云深》《梅和柳》等。因贺铸词中有“处处愁风月”句，又名《愁风月》。

上片　五，五。五，五。（四句）
　　　　仄　　仄

下片　五，五。五，五。（四句）
　　　　仄　　仄

【词人·词例】

南宋　姚宽（1105—1162），字令威，号西溪，嵊（今属浙江）人。以荫补官，为尚书户部员外郎、枢密院编修。词存五首。

郎如陌上尘，妾似堤边絮（古去）。相见两悠扬，踪迹无寻处（古去）。　酒面扑春风，泪眼零秋雨（古上）。过了别离时，还解相思否（古上）。

注：本词例押古上声“纸”“麌”韵，古去声“御”韵。因“纸”“麌”“御”在现代韵中属“居”韵，故全调可押衣部“居”韵。

声声慢

【词律·词趣】

本格双片九十七字。全词同韵，平韵，韵字可阴平、可阳平。凡五字句首字为领字。韵段内可撤句造句，但须保持其字数不变，见李清照、赵佶、曹组、史浩等词。另有九十六至九十九字，平仄韵两体。本词原名《胜胜慢》，因蒋捷用此调咏秋声，全词皆以“声”字押韵，故改为《声声慢》。此调又名《寒松叹》《凤求凰》《神光烂》等。《胜胜慢》调名始见于北宋晁补之词。宋时，朝廷为使官吏少生异心，让其享乐腐化，众多大臣蓄养家妓。晁补之在送别家妓“荣奴”时，因不舍而写下这首《胜胜慢》词。

上片	四，	四，	六。	四，	六。	六，	三、	四。	三，	五，	四。	（十句）
			平		平			平		△	平	
下片	六，	五，	四。	四，	六。	六，	三、	四。	三，	三、	四。	（九句）
		△	平		平			平			平	

【词人·词例】

南宋　姜特立（1125—?），字邦杰，丽水（今属浙江）人。孝宗时，选阁门舍人。光宗时，除知阁门事。宁宗时，拜庆远军节度使。有《梅山续稿》。

云迷越岫，枫冷吴江，天香忽到人寰(阳)。满额涂黄，别更一种施丹(阴)。天教素秋独步，笑同时、霜菊秋兰(阳)。最好处，向(△)水阶月地，把酒相看(阴)。　应有骚人雅韵，将(△)胆瓶笏管，簇向屏山(阴)。野店云房，争待结屋中间(阴)。无奈猖狂老子，架巢卧、风露清闲(阳)。待早晚，约姮娥、同住广寒(阳)。

注：本词例押山部“山”“天”韵。其中，“看”在古韵中押上平声，属现代韵阴平。

十样花

【词律·词趣】

本格多片，每片二十八字。全词同韵，仄韵，韵字可上声、可去声。每片首句为重复句。所谓“十样花”，词牌名称而已，“十”不是定数。据载，北齐兰陵王高长恭勇武而貌美，自以为不足以威敌，常戴面具出战，勇冠三军。齐人因作乐舞《兰陵王入阵曲》歌之。宋人以旧曲制此新声。李弥逊词为七片。

一片　六。六。五，三，三。五。（六句）
　　　仄　仄　　　　　仄　仄
二片　六。六。五，三，三。五。（六句）
　　　仄　仄　　　　　仄　仄
......

【词人·词例】

南宋　李弥逊（1089—1153），字似之，号筠溪翁。连江（今属福建）人，居吴县（今江苏苏州）。徽宗时登进士第。历官起居郎、试中书舍人、户部侍郎。有《筠溪集》。

陌上风光浓处（去）。第一寒梅先吐（上）。待得春来也，香销减，态凝伫（去）。百花休谩妒（去）。　陌上风光浓处（去）。繁杏枝头春聚（上）。艳态最娇娆，堪比并，东邻女。红梅何足数。
(上)　　　　　(上)

……

注： 本词例押姑部“姑”韵。其中，“聚”“女”在古韵中与“吐”“伫”同韵，故“聚”“女”亦押“姑”韵。

十月桃

【词律·词趣】

本格双片九十九字。全词同韵，平韵，韵字可阴平、可阳平。上下片第二句首字为领字。下片第一句可制为“三四”句式，见李弥逊词。

上片　四，五，四。四，六。六，三、四。四，四，四。（十句）
　　　　　△　平　　平　　　　平　　　平

下片　七。五，四。四，六。六，三、四。四，四，四。（十句）
　　　平　△　平　　平　　　　平　　　平

【词人·词例】

南宋　张元干（1091—1161），字仲宗，号芦川老隐、真隐山人，长乐（今福建永泰）人。钦宗时，任行营属官，后任将作少监。词风豪迈，为辛派之先驱。词作对朝廷败失中原表现出了强烈的悲愤之情。有《芦川归来集》《芦川词》。词存一百八十五首。

年华催晚，听尊前偏唱，冲暖欺寒。乐府谁知，分付点化金丹。中原
　　　　　△　　　　　　　　（阳）　　　　　　　　　　（阴）

旧游何在，频入梦、老眼空潸①。撩人冷蕊，浑似当时，无语低鬟。
　　　　　　　　　　　　（阴）　　　　　　　　　　　（阳）

有多情多病文园。向雪后寻春，醉里凭阑。独步群芳，此花风度天然。
　　　　　　（阳）△　　　　　　（阳）　　　　　　　　　（阳）

罗浮淡妆素质，呼翠凤、飞舞斓斑。参横月落，留恨醒来，满地香残。
（阴）（阳）

注：一、本词例押山部“山”“天”韵。

二、①潸：音“shān”。流泪状。

石州慢

【词律·词趣】

本格双片一百零二字。全词同韵，仄韵，韵字可上声、可去声。上下片末句首字为领字。下片第二句、第三句可制为“四四四”句式，见贺铸、张炎词。本词又名《石州词》《石州引》《柳色黄》等。

上片　四，四，四。六，六。四，六，七。五，五。（十句）
　　　　　　仄　　仄　　　　　仄　△仄

下片　二。六，六。四，六。四，六，七。五，五。（十句）
　　　仄　　仄　　仄　　　　　仄　△仄

【词人·词例】

南宋　赵文（1238—?），字仪可，一字惟恭，号青山。庐陵（今江西吉安）人。度宗时入学为上舍。有《青山集》。

京浙尘埃，闽峤风霜，不觉催老。封侯事付儿曹，懒把菱花频照。明
（上）（去）
光赋笔，那知白首山中，年年管领闲花草。叩角夜漫漫，问何时能晓。
（上）△（上）

堪笑。空有传世千篇，正似病呻饥啸。欲傲王侯，早被王侯相傲。
（去）（去）（去）
盖棺事定，即今老子犹龙，荣枯得丧浑难料。无酒不须愁，问黄花知道。
（去）△（去）

注：本词例押高部“高”韵。

拾翠羽

【词律·词趣】

本格双片六十八字。全词同韵，仄韵，韵字可上声、可去声，古韵多入声。

上片　四，六。三、四。四，四。三，六。（七句）
　　　　　仄　　　仄　　　仄　　　仄

下片　四，六。三、四。四，四。三，六。（七句）
　　　　　仄　　　仄　　　仄　　　仄

【词人·词例】

南宋　张孝祥（1132—1169），字安国，号于湖居士，历阳乌江（今安徽和县乌江镇）人。高宗时进士第一。孝宗时，官中书舍人，直学士院、建康留守。后任知荆南府、兼荆湖北路安抚使。有《于湖居士文集》《于湖词》。

春入园林，花信总诸迟速（古入）。听鸣禽、稍迁乔木（古入）。夭桃弄色，海棠芬馥（古入）。风雨霁，芳径草心频绿（古入）。　　禊事才过，相次禁烟追逐（古入）。想千岁、楚人遗俗（古入）。青旗沽酒，各家炊熟（古入）。良夜游，明月胜烧花烛（古入）。

注：本词例押古入声“屋”“沃”韵。因“屋”“沃”在古韵中与“木”“束”同韵，而“木”“束”在现代韵中属“姑”韵，故全调可押姑部“姑”韵。

市桥柳

【词律·词趣】

本格双片五十六字。全词同韵，仄韵，韵字可上声、可去声。此调因蜀中妓词有“折尽市桥官柳”句，故名。

上片　三、四。六。六，三，五。(五句)
　　　　　　仄　仄　　　　　仄

下片　七。三、六。三、三，三，四。(五句)
　　　仄　　仄　　　　　　仄

【词人·词例】

南宋　蜀中妓（生平不详）

欲寄意、浑无所有。折尽市桥官柳。看君著上征衫，又相将，放船楚
　　　　　　（上）　　　　　（上）
江口。　后会不知何日又。是男儿、休要镇长相守。苟富贵、无相
（上）　　　　　　　（去）　　　　　　　　　（上）
忘，若相忘，有如此酒。
　　　　　　　（上）

注：本词例押收部“收”韵。

侍香金童

【词律·词趣】

本格双片六十五字。全词同韵，仄韵，韵字可上声、可去声，古韵多入声。

上片　　四，五。三、五。七。四，四。（六句）
　　　　　　仄　　　仄　仄　　　仄

下片　　三、七。三、五。七。四，四。（五句）
　　　　　　仄　　　仄　仄　　　仄

【词人·词例】

南宋　赵长卿（生卒年不详），字师有，自号仙源居士，南丰（今属江西）人。宗室子。不乐仕进，以觞咏为娱。有《惜香乐府》九卷。词存三百三十九首。

一种春光，占断东君惜（古入）。算秾李、昭华争并得（古入）。粉腻酥融娇欲滴（古入）。端的尊前，旧曾相识（古入）。　　向夜阑、酒醒霜浓寒又力（古入）。但只与、冰姿添夜色（古入）。绣幕银屏人寂寂（古入）。只许刘郎，暗传消息（古入）。

注：本词例押古入声“职”“锡”韵。因“职”“锡”在古韵中与“力”“寂”同韵，而“力”“寂”在现代韵中属“衣”韵，故全调可押衣部“衣”韵。

寿楼春

【词律·词趣】

本格双片一百零一字。全词同韵，平韵，韵字可阴平、可阳平。上片第二句，下片第三句首字为领字。此调为史达祖自度曲。

上片　五。五，四。六，四。三，三。三、四。五，四，五。（十一句）

平　△　平　平　平　平　平

下片　三，三。五，四。六，四。三，三。三、四。五，七。（十一句）

平　△　平　平　平　平

【词人·词例】

南宋　史达祖

裁春衫寻芳。记金刀素手，同在晴窗。几度因风残絮，照花斜阳。谁

（阴）　△　（阴）　（阳）

念我，今无肠。自少年、消磨疏狂。但听雨挑灯，攲床病酒，多梦睡

（阳）　（阳）

时妆。　飞花去，良宵长。有丝阑旧曲，金谱新腔。最恨湘云人散，

（阴）　（阳）　△　（阴）

楚兰魂伤。身是客，愁为乡。算玉箫、犹逢韦郎。近寒食人家，相思

（阴）　（阴）　（阳）

未忘蘋藻香。

（阴）

注：本词例押方部“方”韵。

疏 影

【词律·词趣】

本格双片一百一十字。全词同韵，仄韵，韵字可上声、可去声，古韵多入声。上片第二句首字为领字，下片第二句首字可作领字。下片首句可制为“二四”句式，第二句、第三句可制为“三六”句式，七字句可押韵，见汪元量、周密、刘辰翁等词。另有一百零八字体，且句读略异，见彭履道词。亦有一百零九字体，且上下片后两句制为“五四四”句式，并取名为《解佩环》，见彭元逊词。本词乃姜夔自度曲。据载，姜夔填咏梅词赠范成林，成大使歌女唱之，并名《疏影》。南宋张炎亦好此调，用以咏荷，再度改名为《绿意》。此词还有别称《如意》。

上片	四。	五，	四。	四，	四，	六。	七，	三、	四。	三、	四，	六。	（十句）
	仄	△	仄			仄			仄			仄	
下片	六，	五，	四。	四，	四，	六。	七，	三、	四。	三、	四，	六。	（十句）
			仄			仄			仄			仄	

【词人·词例】

南宋　施枢（生卒年不详），字知言，号芸隐，丹徒（今江苏镇江）人，寓居湖州。理宗时，为浙东转运司幕属，后又为越州府行。终从事郎知溧阳。词存三首。

低枝亚实。望翠阴护晓，幽梦难觅。凄楚霓裳，琼阙瑶台，经年暗锁

（古入） △ （古入）

清逸。春风似怪重门掩，未许入、玉堂吟笔。想寿阳，却厌新妆，倦

（古入） （古入）

抹粉花宫额。　还记孤山旧路，未应便负了，波冷蟾白。莫寄相思，

（古入） （古入）

惟有寒烟，伴我骚人闲寂。东君须自怜疏影，又何待、山前雪积。好

（古入） （古入）

试敲、羯鼓声催[①]，与约鼎羹消息。

（古入）

注：一、本词例押古入声“质”“陌”“锡”“职”韵。因“陌”“锡”“职”在古韵中与“碧”“寂”“力”同韵，而“碧”“寂”“力”在现代韵中属“些”韵，“质”与“些”又属宽韵，故全调可押些部“些”韵。

二、①羯：音“jié”。古代匈奴族的一个分支。

蜀溪春

【词律·词趣】

本格双片九十九字。全词同韵，平韵，韵字可阴平、可阳平。

上片　　四，四，四。四，四，六。五，三、四。三、三，五。（十句）
　　　　　　　　平　　　　　　平　　　　　平　　　　　平

下片　　六，五，四。四，四，六。五，三、四。三，三，三。（十一句）
　　　　　　　　平　　　　　　平　　　　　平　　　　　平

【词人·词例】

南宋　曹勋

蜀景风迟，浣花溪边，谁种芬芳（阴）。天与蔷薇，露华匀脸，繁蕊竞拂娇黄（阳）。枝上标韵别，深不染、铅粉红妆（阴）。念杜陵、曾见时，也为赋篇章（阴）。

如今盛开禁掖，千万朵莺羽，先借朝阳（阳）。待得君王，看花明艳，都道赭袍同光（阴）。须趁排宴席，偏宜带、疏雨笼香（阴）。占上苑，留住春，奉玉觞（阴）。

注：本词例押方部“方”韵。

双声子

【词律·词趣】

本格双片一百零三字。全词同韵，平韵，韵字可阴平、可阳平。凡五字句首字为领字。

上片　四，四，六。四，四，六。四，三、四。三，三，六。（十一句）
平　平　平　平

下片　三、五，六。四，四，六。五，三、四。六，六。（九句）
△　平　平　△　平　平

【词人·词例】

北宋　柳永

晚天萧索，断蓬踪迹，乘兴兰棹东游。三吴风景，姑苏台榭，牢落暮霭初收。夫差旧国，香径没、徒有荒丘。繁华处，悄无睹，惟闻麋鹿呦呦。　想当年、空运筹决战，图王取霸无休。江山如画，云涛烟浪，翻输范蠡扁舟。验前经旧史，嗟漫载、当日风流。斜阳暮草茫茫，尽成万古遗愁。
（阳）（阴）（阴）（阴）△（阴）（阴）△（阳）（阳）

注：本词例押收部“收”韵。

双双燕

【词律·词趣】

本格双片九十八字。全词同韵，仄韵，韵字可上声、可去声。上片第二句，下片第三句首字为领字。上片首句可为“一、二、一”句式。另有九十六字体，且句式和韵脚略异，见吴文英词。此调为史达祖自度曲，因咏双燕而得名。

上片　四，五，四。四，六。六。三、四。六，六。（九句）
　　　　　△　仄　　仄　仄　　仄　　仄

下片　二。四。五，四。四，六。六。三、四。六，六。（十句）
　　　仄　仄　△　仄　　仄　仄　　仄　　仄

【词人·词例】

南宋　史达祖

过春社了[1]，度帘幕中间，去年尘冷。差池欲住，试入旧巢相并。还
　　　　　△　　　　　　（古上）　　　　　　　（古上）
相雕梁藻井。又软语、商量不定。飘然快拂花梢，翠尾分开红影。　芳
　　（古上）　　　　（古去）　　　　　　　　（古上）
径。芹泥雨润。爱贴地争飞，竞夸轻俊。红楼归晚，看足柳昏花暝。
（古去）　（古去）△　　　　　（古去）　　　　　　　（古去）
应自栖香正稳。便忘了、天涯芳信。愁损翠黛双蛾，日日画阑独凭。
　　（古上）　　　　（古去）　　　　　　　　（古去）

注：一、本词例押古上声“阮”“梗”韵，古去声“震”“径”韵。因“梗”“径”在现代韵中属“声”韵，“震”与“声”属宽韵，“阮”与“捆”在古韵中同韵，而“捆”与“声”亦属宽韵，故全调可押东部“声”韵。

二、①春社：古代立春后祭祀土神的称谓。

双头莲

【词律·词趣】

本格双片一百字。全词同韵，仄韵，韵字可上声、可去声。凡五字句首字为领字。上片头三句可制为“四三六”句式，上片第五句、第六句可制为“五四”句式，上片第九句可押韵、可不押韵，见陆游词。另有一百零三字体。此词有小令《双头莲令》，双片四十八字，平韵。上下片均为“七五七五”句式，句句押韵。此小令与《花想容》同句式，但韵脚不同。

上片　四，五，四。四。三。六。六，五。三。四，六。（十一句）

△　仄　仄　仄　仄　△仄　仄　仄

下片　六，五，四。四。三。六。六，五。三，四，四。（十一句）

△　仄　仄　仄　仄　△仄　仄

【词人·词例】

南宋　陆游

华鬓星星，惊壮志成虚，此身如寄。萧条病骥。向暗里。消尽当年豪

△　（古去）　（古去）　（古上）

气。梦断故国山川，隔重重烟水。身万里。旧社凋零，青门俊游谁记。

（古去）　△　（古上）　（古上）　（古去）

尽道锦里繁华，叹官闲昼永，柴荆添睡。清愁自醉。念此际。付

△　（古去）　（古去）　（古去）

与何人心事。纵有楚柂吴樯[①]，知何时东逝。空怅望，鲙美菰香，秋
（古去）　　　　　　　　　　△　　　（古去）

风又起。
（古上）

注：一、本词例押古上声“纸”韵，古去声“寘”“未”“霁”韵。因“纸”“寘”“霁”“未”在现代韵中同“衣”韵，故全调可押衣部“衣”韵。

二、①柂：音“duò”。通“舵”。

双㶉鶒

【词律·词趣】

本格双片四十八字。全词同韵，仄韵，韵字可上声、可去声，古韵多入声。因朱敦儒词中有“一对双飞㶉鶒”而得名。

上片　六。六。六。六。（四句）
　　　仄　仄　仄　仄

下片　六。六。六。六。（四句）
　　　仄　仄　仄　仄

【词人·词例】

南宋　朱敦儒

拂破秋江烟碧。一对双飞㶉鶒。应是远来无力。捎下相偎沙碛①。
　　　（古入）　　　（古入）　　　（古入）　　　（古入）

小艇谁吹横笛。惊起不知消息。悔不当时描得。如今何处寻觅。
　　　（古入）　　　（古入）　　　（古入）　　　（古入）

注：一、本词例押古入声“陌”“职”“锡”韵。因“陌”“职”“锡”与“碧”“力”“寂”在古韵中同韵，而“碧”“力”“寂”在现代韵中属“衣”韵，故全调可押衣部“衣”韵。

二、①捎：音“shào”。往后。碛：音“qì”。沙石浅滩。

双雁儿

【词人·词例】

本格双片五十二字。全词同韵，平韵，韵字可阴平、可阳平。此调与《望江东》同句式，但不同声韵与句读。

上片　七。三，三。七。三，三。（六句）
　　　平　　　平　平　　　平

下片　七。三，三。七。三，三。（六句）
　　　平　　　平　平　　　平

【词人·词例】

南宋　杨无咎

穷阴急景暗推迁（阴）。减绿鬓，损朱颜（阳）。利名牵役几时闲（阳）。又还惊，一岁圆（阳）。　　劝君今夕不须眠（阳）。且满满，泛觥船（阳）。大家沈醉对芳筵（阳）。愿新年，胜旧年（阳）。

注：本词例押山部“山”“天”韵。

双燕儿

【词律·词趣】

本格双片五十字。全词同韵，平韵，韵字可阴平、可阳平。

上片　六。三、三。四，四，四。（五句）
　　　平　　平　　　　平

下片　七，三、四。四，四，四。（五句）
　　　　　　平　　　　平

【词人·词例】

北宋　张先

榴花帘外飘红。藕丝罩、小屏风。东山别后，高唐梦短，犹喜相逢。
（阳）（阴）（阳）

几时再与眠香翠，悔旧欢、何事匆匆。芳心念我，也应那里，蹙破眉峰。
（阴）（阴）

注：本词例押东部“东”“声”韵。

双韵子

【词律·词趣】

本格双片四十九字。全词同韵，仄韵，韵字可上声、可去声。上片第二句首字为领字。此调句格长短有致，加之仄声，韵味十足。

上片　　七。五。六，三、三。（四句）
　　　　仄　△仄　　　　仄

下片　　三。三。三、四。六，三、三。（五句）
　　　　仄　仄　　　仄　　　　仄

【词人·词例】

北宋　张先

鸣鞘电过晓闱静①。敛龙旗风定。凤楼远出霏烟，闻笑语、中天迥。
　　　　（古上）　△　　（古去）　　　　　　　　　　（古上）

清光近。欢声竟。鸳鸯集、仙花斗影。更闻度曲瑶山，升瑞日、
（古去）　（古去）　　　　（古上）

春宫永。
（古上）

注：一、本词例押古上声“梗”“迥”韵，古去声“问”“敬”“径”韵。因“梗”“敬”“径”在现代韵中属“声”韵，“迥”“问”与“声”属通韵，故全调可押东部“声”韵。

二、①鞘：音“shāo”。这里指鞭子末端的细皮条。

霜天晓角

【词律·词趣】

本格双片四十三字。全词同韵，仄韵，韵字可上声、可去声，古韵多入声。下片头两句可制为五字句，见辛弃疾、李廷忠等词。另有四十四字体，且上下片均为“五五六三三”句式，见程垓词。此调亦有平韵体，见黄机词。本词又名《月当窗》《踏月》《长桥月》等。

上片　四。五。六，三、三。（四句）
　　　仄　仄　　　　仄

下片　二。三。五。六，三、三。（五句）
　　　仄　仄　仄　　　　仄

【词人·词例】

北宋　林逋（967—1028），字君复，钱塘（今浙江杭州）人。终身不仕，不婚娶。隐居杭州西湖孤山上，种梅养鹤，人称“梅妻鹤子”。其高士之名远扬，连真宗皇帝都知道其人其事，且赐物劳问，但他不言“皇恩浩荡”。其《山园小梅》诗中“疏影横斜水清浅，暗香浮动月黄昏”句，成为千古咏梅绝唱，诗人画家皆用之。终赐谥和靖先生。有《和靖集》。词存三首。

冰清霜洁。昨夜梅花发。甚处玉龙三弄，声摇动、枝头月。　梦绝。
（古入）　（古入）　（古入）　（古入）

金兽爇。晓寒兰烬灭。要卷珠帘清赏，且莫扫、阶前雪。
（古入）（古入）（古入）

注：本词例押古入声“月”“屑”韵。“月”“屑”在现代韵中属“些”韵，故全调可押“些”部“些”韵。

霜叶飞

【词律·词趣】

本格双片一百一十字。全词同韵，仄韵，韵字可上声、可去声。此调一名多体，其字句、韵脚略不同，见周邦彦、陈允平、张炎、黄裳等词。本词又名《斗婵娟》。

上片　四，三，六。四，四，四。三、四。七。五，六，四。（十一句）
　　　　　　仄　　　　　仄　　　仄　仄　　　　　仄

下片　六，四，六。四，四，四。三、四，七。六，四，四。（十一句）
　　　　　　仄　　　　　仄　　　　　仄　　　　　仄

【词人·词例】

北宋　沈唐（生卒年不详），字公述。官大名府签判，后为渭州签判。

霜林凋晚，危楼迥，登临无限秋思。望中闲想，洞庭波面，乱红初坠。
　　　　　　　　　　　　（古去）　　　　　　　　　　　　　　（古去）
更萧索、风吹渭水。长安飞舞千门里。变景摧芳榭，唯有兰衰暮丛，
　　　　　　（古上）　　　　　（古上）
菊残余蕊。　　回念花满华堂，美人一去，镇掩香闺经岁。又观珠露，
　　（古上）　　　　　　　　　　　　　　　　　　（古去）
碎点苍苔，败梧飘砌。谩赢得、相思泪眼，东君早作归来计。便莫惜
　　　　　　　（古去）　　　　　　　　　　　　　　（古去）

丹青手，重与芳菲，万红千翠。
（古去）

注：本词例押古上声“纸”韵，古去声“寘”“霁”韵。因“纸”“寘”“霁”在现代韵中属“衣”韵，故全调可押衣部“衣”韵。

水调歌头

【词律·词趣】

本格双片九十五字。全词同韵，平韵，韵字可阴平、可阳平。上片第三句、第四句可制为“四七”句式，见米芾等词。另有上下片相邻的两个六字句兼押仄韵者，两句可押一个韵字，亦可各押一个韵字，见韩元吉等词。本词又名《元会曲》《凯歌》《台城游》《花犯念奴》《水调歌》等。相传隋炀帝开汴河时曾制《水调歌》。后唐人演为大曲，曲中有散序、中序和入破三部分，“歌头”为中序的第一章。宋人取“歌头”制成《水调歌头》词牌。北宋米芾作此调别具画家之韵味与意境。此调初始为凄凉之乐，后经北宋苏舜钦、苏轼两位学士的创新，开创了此调昂扬、豪放之音。苏舜钦《水调歌头·沧浪亭》、苏轼《水调歌头·明月几时有》、陈亮《水调歌头·送章德茂大卿使虏》堪称此词牌的代表作。

上片　五，五。六，五。六，六，五。五，五。（九句）
　　　　　平　　平　　　　平　平

下片　三，三，三。四，七。六，六，五。五，五。（十句）
　　　　　　平　　平　　　　平　平

【词人·词例】

北宋　苏轼

明月几时有，把酒问青天。不知天上宫阙，今夕是何年。我欲乘风归
　　　　　　　（阴）　　　　　　　　　　（阳）

去，又恐琼楼玉宇，高处不胜寒。起舞弄清影，何似在人间。　　转
（阳）　（阴）
朱阁，低绮户，照无眠。不应有恨，何事长向别时圆。人有悲欢离合，
（阳）　（阳）
月有阴晴圆缺，此事古难全。但愿人长久，千里共婵娟。
（阳）　（阴）

注：本词例押山部“山”“天”韵。

水龙吟

【词律·词趣】

本格双片一百零二字。全词同韵，仄韵，韵字可上声、可去声。上下片第九句首字为领字。上片头两句可制为“四四五”句式，第九句、第十句可制为“三六”句式，见李之仪词。下片后三句可制为“三六四”句式，见苏轼词。下片首句可押韵，属句中韵，见朱敦儒、吴潜词。此调亦有平韵之作。本词又名《龙吟曲》《小楼连苑》《丰年瑞》《鼓笛慢》《庆椿岁》等。此调名出自李白诗句“笛奏水龙吟”。

上片　六，七。四，四，四。四，四，四。五，四，三、三。（十一句）
　　　　仄　　　　仄　　　　　仄　△　　　　　仄

下片　六，三、四。四，四，四。四，四，四。五，四，四。（十一句）
　　　　　　仄　　　　仄　　　　　仄　△　　　仄

【词人·词例】

南宋　张镃（1153—1235），字功甫，一字时可，号约斋。先世为甘肃天水人，后徙居浙江杭州。官大理司直、直秘阁、婺州通判、司农少卿。有《南湖集》《南湖诗余》。词存八十六首。

这番真个休休，梦中深谢仙翁教。浮生幻境，向来识破，那堪又老。
　　　　　　　　　　　　（去）　　　　　　　　　　　　　（上）

苦我身心，顺他眼耳，思量颠倒。许多时打哄①，鲇鱼上竹，被人弄、
　　　　　　　　　　　　（上）　△

知多少。　　解放微官系缚，似笼槛、猿归林草。云山有约，儿孙无
　（上）　　　　　　　　　　　　　　　　　　　（上）
债，为谁烦恼。自古高贤，急流勇退，直须闻早。把忧煎换取，长伸
　　　　（上）　　　　　　　　　　　　　　　（上）　△
脚睡，大开口笑。
　　　　　（去）

注：一、本词例押高部“高”韵。

二、①哄：音“hòng”。搅扰。

思远人

【词律·词趣】

本格双片五十一字。全词同韵，仄韵，韵字均为去声，古韵为入声。

上片　七，五。四，四，五。（五句）
　　　　　仄　　　　仄

下片　七。五。五，四，五。（五句）
　　　仄　仄　　　　仄

【词人·词例】

北宋　晏几道

红叶黄花秋意晚，千里念行客（去）。飞云过尽，归鸿无信，何处寄书得（去）。

泪弹不尽临窗滴（去）。就砚旋研墨（去）。渐写到别来，此情深处，红笺为无色（去）。

注：本词例押衣部“衣”韵，均为去声。本押古入声“陌”“锡”“职”韵，因“陌”“锡”“职”与“碧”“璧”“力”同韵，而“碧”“璧”“力”属现代韵“衣”韵，故全调可押“衣”韵，且均为去声。

四和春

【词律·词趣】

本格双片五十字。全词同韵，仄韵，韵字可上声、可去声。又名《四犯令》《桂华明》《折丹桂》等。异名词中有韵脚不同者，见程大昌词。

上片　　七。五。七。三、三。（四句）
　　　　仄　仄　仄　　　仄

下片　　七。五。七。三、三。（四句）
　　　　仄　仄　仄　　　仄

【词人·词例】

南宋　李处全（1134—1189），字粹伯，徐州丰县人。高宗时进士。历官殿中侍御史、知袁州、知处州、知舒州。有《晦庵词》一卷。

香雪新苞偏胜韵（去）。领袖催花信（去）。华节良辰人有分（去）。看士女、幡垂鬓（去）。

莫向春风寻旧恨（去）。乐事随方寸（去）。眉寿故应天不吝（去）。浮大白、吾无闷（去）。

注：本词例押根部“根”韵。

四园竹

【词律·词趣】

本格双片七十七字。全词同韵，平仄间叶，平韵韵字可阴平、可阳平，仄韵韵字可上声、可去声。另有句式、韵脚略异体，见陈允平等词。此调为周邦彦首制。本词又名《西园竹》。

上片　四，五。四，四，四。三，三、四。六。（八句）
　　　　　平　　　　　平　　　　　仄　平

下片　三。六，六。六，四，四。三。三，五。（九句）
　　　平　　平　　　　　　平　仄　　　平

【词人·词例】

北宋　周邦彦

浮云护月，未放满朱扉。鼠摇暗壁，萤度破窗，偷入书帏。秋意浓，
（阴）（阳）

闲伫立、庭柯影里。好风襟袖先知。　夜何其。江南路绕重山，心
（上）（阴）（阳）

知谩与前期。奈向灯前坠泪，肠断萧娘，旧日书辞。犹在纸。雁信绝，
（阴）（阳）（上）

清宵梦又稀。
（阴）

注：本词例押衣部"衣"韵。其中，"扉""帏"在古韵中同"衣"韵。

似娘儿

【词律·词趣】

本格双片六十二字。全词同韵，平韵，韵字可阴平、可阳平。又名《转调丑奴儿》。

上片　　五。三、四。七，四，四，四。（六句）
　　　　平　　平　　　　　　　平

下片　　五。三、四。七，四，四，四。（六句）
　　　　平　　平　　　　　　　平

【词人·词例】

南宋　赵长卿

橘绿与橙黄（阳）。近小春、已过重阳（阳）。晚来一霎霏微雨，单衣渐觉，西风冷也，无限情伤（阴）。　孤馆最凄凉（阳）。天色儿、苦恁凄惶（阳）。离愁一枕灯残后，睡来不是，行行坐坐，月在回廊（阳）。

注：本词例押方部“方”韵。

松梢月

【词律·词趣】

本格双片九十八字。全词同韵，平韵，韵字可阴平、可阳平。凡五字句首字为领字。

上片　四。三、六。四，六。七，三、四。七，五。（八句）

平　平　平　平　△平

下片　六，五，四。四，六。七，三、四。四，三、三。（九句）

△　平　平　平　平

【词人·词例】

南宋　曹勋

院静无声。天边正、皓月初上重城。群木摇落，松路径暖风轻。喜揖

（阴）　（阳）　（阴）

蟾华当松顶，照榭阁、细影纵横。杖策徐步空明里，但襟袖皆清。　恍

（阳）　△　（阴）

若如临异境，漾风沼岸阔，波净鱼惊。气入层汉，疑有素鹤飞鸣。夜

△　（阴）　（阳）

色徘徊迟宫漏，渐坐久、露湿金茎。未忍归去，闻何处、重吹笙。

（阴）　（阴）

注：本词例押东部“声”韵。

苏幕遮

【词律·词趣】

本格原为唐教坊曲名，大曲，摘遍用为词牌。双片六十二字。全词同韵，仄韵，韵字可上声、可去声。词牌中的“幕”亦作“莫”或“摩”。《苏幕遮》原为少数民族乐曲，唐代张说《苏摩遮》诗：“摩遮本出海西胡。”宋代王明清《挥麈录》：“妇人戴油帽，谓之苏幕遮。”盖歌舞者有此服饰，故名。又因周邦彦词有“鬓云松”句，故又名《鬓云松令》。本词亦有别称《云雾敛》。

上片　　三，三。四，五。七。四，五。（七句）
　　　　　　仄　　　仄　仄　　　仄

下片　　三，三。四，五。七。四，五。（七句）
　　　　　　仄　　　仄　仄　　　仄

【词人·词例】

北宋　梅尧臣（1002—1060），字圣俞，宣州宣城（今属安徽）人。世称宛陵先生。仁宗时赐进士出身，为太常博士。后官尚书都官员外郎，世称梅都官。诗风平淡，多反映民生疾苦，以矫宋初空洞靡丽之风。有《宛陵先生集》。词存二首。

露堤平，烟墅杳。乱碧萋萋，雨后江天晓。独有庾郎年最少。窣地春
　　　　　（上）　　　　　　　　　（上）　　　　　　（去）

袍，嫩色宜相照。　　接长亭，迷远道。堪怨王孙，不记归期早。
（去）　　（去）　　（上）

落尽梨花春又了。满地残阳，翠色和烟老。
（上）　　（上）

注：本词例押高部“高”韵。

苏武慢

【词律 · 词趣】

双片一百一十三字。全词同韵，仄韵，韵字可上声、可去声。上下片第十句首字为领字。上下片第七句、第八句、第九句韵段内可撤句造句，但须保持其字数不变，见辛弃疾等词。本词又名《过秦楼》《惜余春慢》等，而《过秦楼》多一百一十一字、一百一十二字体，见周邦彦、方千里、陈允平等词。慢词还有一百零九字，平韵体。此词有《苏武令》，双片八十六字，仄韵体。见李纲词。西汉时，中郎将苏武奉命出使匈奴，遭匈奴多方威胁与诱降，又被放逐北海（今贝加尔湖）边牧羊。苏武守志十九年不屈，终回朝。后人对他十分崇敬，词人以其姓名制词。

上片　四，四，六。四，四，六。四，四，六。五，四，四。（十二句）
　　　　　　仄　　　　仄　　　　仄　△　　仄

下片　三、四，四，六。四，四，六。四，四，六。五，四，四。（十二句）
　　　　　　　仄　　　　仄　　　　仄　△　　仄

【词人 · 词例】

南宋　陆游

澹霭空濛，轻阴清润，绮陌细尘初静。平桥系马，画阁移舟，湖水倒

（古上）

空如镜。掠岸飞花，傍檐新燕，都似学人无定。叹连年戎帐，经春边
（古去）（古去）△
垒，暗凋颜鬓。　　空记忆、杜曲池台，新丰歌管，怎得故人音信。
（古去）（古去）
羁怀易感，老伴无多，谈尘久闲犀柄。惟有翛然，笔床茶灶，自适笋
（古去）
舆烟艇。待绿荷遮岸，红蕖浮水，更乘幽兴。
（古上）△（古去）

注：本词例押古上声“梗”“迥”韵，古去声“敬”“径”“震”韵。因“梗”“敬”“径”在现代韵中属“声”韵，“迥”在古韵中与“醒”同韵，而“醒”在现代韵中属“声”韵，“震”与“声”属通韵，故全调可押东部“声”韵。

诉衷情

【词律·词趣】

本格原为唐教坊曲名，后用为词牌。双片四十四字。全词同韵，平韵，韵字可阴平，可阳平。另有双片四十一字体，单片三十三字，平仄互用体。本词又名《画楼空》《偶相逢》《步花间》《渔父家风》《一丝风》《诉衷情令》等。另有《诉衷情近》，双片七十五字，仄韵体。此调由唐代诗人温庭筠取意于《离骚》中“众不可户说兮，孰云察余之中情”句而得名。

上片　七。五。六，五。（四句）
　　　平　平　　　平

下片　三，三。三。四，四，四。（六句）
　　　　　平　平　　　　　平

【词人·词例】

北宋　王益（993—1038），字舜良，临川（今江西东乡）人。王安石之父。真宗时进士。曾任蜀新繁令，官至都官员外郎。

烧残绛蜡泪成痕。街鼓报黄昏。碧云又阻来信，廊上月侵门。　愁
　　　　　　（阳）　　　　（阴）　　　　　　　　　　（阳）

永夜，拂香茵[①]。待谁温。梦兰憔悴，掷果凄凉，两处销魂。
　　　　（阴）　　（阴）　　　　　　　　　　　　（阳）

注：本词例押根部“根”韵。

锁窗寒

【词律·词趣】

本格双片九十九字。全词同韵，仄韵，韵字可上声、可去声。上片第八句首字为领字。韵段内可撤句造句，但须保持其字数不变，见方千里、刘辰翁等词。另有九十八字，其句式略异，见仇远词。本词一作《琐窗寒》《锁寒窗》。

上片　四，四，四。四，六。三、四，七。五，四，四。（十句）
　　　　　仄　　仄　　　仄　△　仄

下片　二。四，四，四。四，六。三、四，七。三、四，五。（十句）
　　　仄　　　仄　　仄　　　仄　　　仄

【词人·词例】

南宋　曾隶（生卒年不详），号横舟。

绣额云横，银钩月小，绿杨庭院。疏明满幅，永昼未忺高卷。爱空纹、巧
　　　　　　　　（去）　　　　　　　　（上）
匀曲波，弄晴日色花阴转。任筛金影碎，轻敲檐玉，碍双飞燕。　凝见。
　　　　　　（上）　△　　　　　　　　（去）　　（去）
窗留篆影，六曲雕阑，翠深绛浅。香风暗度，不隔娇松莺啭。似无情、重
　　　　　　　　（上）　　　　　　　　（去）
雾下垂，嫩桃想像添笑脸。望瑶阶、窄地双鸳，注盻金莲远[1]。
　　　　　　（上）　　　　　　　　　　（上）

注：一、本词例押山部“山”“天”韵。

二、①盻：音“xì”。怒视。

踏　歌

【词律·词趣】

本格原为唐教坊曲名，御制曲，后用为词牌。三片八十一字。全词同韵，仄韵，韵字可上声、可去声，古韵多入声。“踏歌”为我国古代民间的一种歌舞形式。参与者相互联臂，以足踏地为节，载歌载舞自娱自乐。此类民间文艺常为诗人与画家的创作题材。词人遂为词牌。

上片　三。三、五。三、五。三、五。（四句）
　　　仄　　仄　　仄　　仄

中片　二。三、五。三、五。三、五。（四句）
　　　仄　　仄　　仄　　仄

下片　三，三。三、五。八。七。（五句）
　　　　仄　　仄　仄　仄

【词人·词例】

南宋　辛弃疾

攧厥[①]。看精神、压一庞儿劣。更言语、一似春莺滑。一团儿、美满
（古入）　　　　　　　（古入）　　　　　　（古入）

香和雪。　去也。把春衫、换却同心结。向人道、不怕轻离别。问
（古入）　（古入）　　　　　　　（古入）　　　　　　（古入）

昨宵、因甚歌声咽。　秋被梦，春闺月。旧家事、却对何人说。告
　　　　　（古入）　　　　　　（古入）　　　　　　（古入）

弟弟莫趁蜂和蝶。有春归花落时节。
（古入）（古入）

注：一、本词例押古入声“月”“黠”“屑”“叶”韵。因“月”“屑”“叶”在现代韵中属“些”韵，“黠”在古韵中与“劼”同韵，而“劼”属现代韵“些”韵，“也”在现代韵中属“些”韵，故全调可押些部“些”韵。

二、①攧：音“diān”。跌之意。

踏青游

【词律·词趣】

本格双片八十四字。全词同韵，仄韵，韵字可上声、可去声。“踏青”，即春天到郊野游览。旧俗以清明节为踏青节，宋人借此制词。

上片　　四，六。三、四。三，三，四。三，六，六。（九句）
　　　　　　仄　　　仄　　　　　　仄　　　　　　仄

下片　　四，六。三、四。三、三，四。三、六，六。（七句）
　　　　　　仄　　　仄　　　　　　仄　　　　　　仄

【词人·词例】

北宋　王诜（1048—1104），字晋卿，并州太原（今属山西）人，居开封。拜左卫将军、驸马都尉、利州防御使。神宗时，坐罪落驸马都尉。哲宗时复职。能诗善画工词。相传王诜为驸马时，常与文人墨客聚会于后花园西园。王诜邀请人物画家李公麟将自己与友人苏轼、苏辙、黄庭坚、米芾、蔡肇、李之仪、李公麟、晁补之、张耒、秦观、刘泾、陈景元、王钦臣、郑嘉会、圆通大师（日本渡宋僧人）等十六人游园情形画出来，取名《西园雅集图》。此画曾被南宋画家马远，明代画家仇英，清代画家石涛、华嵒临摹。谥荣安。有《王晋卿词》。词存十五首。

金勒狨鞍[1]，西城嫩寒春晓。路渐入、垂杨芳草。过平堤，穿绿径，
　　　　　　　　　　　　（上）　　　　　　　　（上）

几声啼鸟。是处里，谁家杏花临水，依约靓妆窥照。　　极目高原，
（上）　　（去）
东风露桃烟岛。望十里、红围绿绕。更相将、乘酒兴，幽情多少。待
（上）　　（上）　　（上）
向晚、从头记将归去，说与凤楼人道。
（去）

注：一、本词例押高部“高”韵。

二、①狨：音“róng”。绢毛猴。这里指用狨尾做成的马鞍子。

踏莎行

【词律 · 词趣】

本格双片五十八字。全词同韵，仄韵，韵字可上声、可去声。此调名从唐韩翃诗句“踏莎行草过春溪”而来。因贺铸词有“年年游子惜余春”句，又改名《惜余春》。有《惜余春慢》，但与《踏莎行》无关。另有《转调踏莎行》，双片六十四字或六十六字，仄韵体；《踏莎行慢》，双片六十四字或六十六字，仄韵体等。此词有异名《柳长春》《喜朝天》《题醉袖》《阳羡歌》《芳心苦》《平阳兴》《思牛女》《晕眉山》《芳洲泊》《江南曲》等。

上片　　四，四。七。七，七。（五句）
　　　　　　仄　仄　　　仄

下片　　四，四。七。七，七。（五句）
　　　　　　仄　仄　　　仄

【词人 · 词例】

北宋　陈尧佐（963—1044），字希元，号知余子，阆州阆中（今属四川）人。太宗时进士。历官翰林学士、枢密副使、参知政事，以太子太师致仕。工诗善书。词存一首。

二社良辰，千家庭院。翩翩又见新来燕。凤凰巢稳许为邻，潇湘烟暝
　　　　　　　　（去）　　　　　　　（去）

来何晚（上）。　　乱入红楼，低飞绿岸（去）。画梁时拂歌尘散（去）。为谁归去为谁来，主人恩重珠帘卷（上）。

注：本词例押山部“山”“天”韵。

太常引

【词律·词趣】

双片五十字。全词同韵，平韵，韵字可阴平、可阳平。另有四十九字体，句式略异，见卢祖皋等词。本词又名《太清引》《腊前梅》等。

上片　七。三、三。五。三、四。（四句）
　　　平　　　平　平　　　平

下片　四，四，五。五。三、四。（五句）
　　　　　　　平　平　　　平

【词人·词例】

南宋　韩玉（生卒年不详），字温甫。孝宗时，添差通判隆兴府，添差袁州通判。后任右承务郎、军器少监，兼权兵部郎官，兼提点御前军器所。

荒山连水水连天。忆曾上、桂江船。风雨过吴川。又却在、潇湘岸边。
　　　　　（阴）　　　　　（阳）　　　（阴）　　　　　　（阴）

不堪追念，浪萍踪迹，虚度夜如年。风外晓钟传。尚独对、残灯未眠。
　　　　　　　　　　　　（阳）　　　（阳）　　　　　　（阳）

注：本词例押山部“山”“天”韵。

探　春

【词律·词趣】

本格双片一百零二字。全词同韵，仄韵，韵字可上声、可去声。下片第二句首字为领字。另有九十三字、一百零三字体，见吴文英、周密等词。此调又名《探春慢》。其令词为双片五十一字、五十二字，仄韵体，见蒋捷、杨无咎、赵长卿等词。“探春”，即古人初春时的郊游活动。在古代，“都人士女，每至正月半后，各乘车骑马，借帐于园圃或郊野中，聚作探春之宴”。词人取此生活情趣作词牌。

上片　四，四，六。四，四，六。五，七。六，六。（十句）
　　　　　　仄　　　　仄　　仄　　仄

下片　六。五，四。四，四，六。五，六。六，四。（十句）
　　　仄　△　仄　　　　仄　　仄　　仄

【词人·词例】

南宋　田为（生卒年不详），字不伐。善琵琶，通音律。徽宗时，充大晟府典乐，后为大晟府乐令。有《芊呕集》。词存六首。

小雨分山，断云镂日，丹青难状清晓。柳眼窥晴，梅妆迎暖，林外幽
　　　　　　　　　　　　　　　（上）
禽啼早。烟径润如酥，正浓淡遥看堤草。望中新景无穷，最是一年春
　（上）　　　　　　　　　　　（上）

好。　　骄马黄金络脑。争探得东君，何处先到。万盏飞觞，千金
(上)　　　　　　　　(上)　△　　　　　　　(去)

倚玉，不肯轻辜年少。桃李怯残寒，半吐芳心犹小。谩教蜂蝶多情，
　　　　　　　　(去)　　　　　　　　　　(上)

未应知道。
　　(去)

注：本词例押高部“高”韵。

探春令

【词律·词趣】

本格双片五十二字。全词同韵，仄韵，韵字可上声、可去声。韵段内可撤句造句，但须保持其字数不变，见杨无咎词。本调一名多体，其句式、韵脚各异，见沈端节、赵长卿等词。

上片　　七，五。三、五。三、三。（四句）
　　　　　　仄　　　仄　　　仄

下片　　七。五。三、五。三、三。（四句）
　　　　仄　仄　　　仄　　　仄

【词人·词例】

南宋　蒋捷

玉窗蝇字记春寒，满茸丝红处（古去）。画翠鸳、双展金蜩翅[1]（古去）。未抵我、愁红腻（古去）。　　芳心一点天涯去（古去）。絮濛濛遮住（古去）。旧对花、弹阮纤琼指（古上）。为粉靥、空弹泪（古去）。

注：一、本词例押古上声“纸”韵，古去声“寘”“御”“遇”韵。因“纸”“寘”“御”“遇”在现代韵中属“衣”“居”韵，故全调可押衣部“衣”“居”韵。

二、①蜩：音“tiáo”。指蝉。

探芳讯

【词律·词趣】

本格双片八十九字。全词同韵，仄韵，韵字可上声、可去声。下片第二句首字为领字。又名《探芳信》等。另有九十字体，且句式、句读略不同，见吴文英、蒋捷、仇远等词。

上片　三。五，四。五，五。七，五。三，四，四。（十句）
　　　仄　△　仄　　仄　　仄　　　仄

下片　五。五，四。四，五。七，五。三，六。（九句）
　　　仄　△　仄　　仄　　仄　　仄

【词人·词例】

南宋　李彭老（生卒年不详），字商隐，号筼房。德清（今属浙江）人。曾任沿江制置司属官。与弟莱老同为宋遗民诗社中的重要作者。合有《龟溪二隐词》。词存二十二首。

对芳昼。甚怕冷添衣，伤春疏酒。正绯桃如火，相看自依旧。闲帘深
（去）△　　　　　（上）　　　　　　（去）

掩梨花雨，谁问东阳瘦。几多时，涨绿莺枝，坠红鸳甃。　　隄上宝
　　　　　（去）　　　　　　（去）

鞍骤。记草色薰晴，波光摇岫。苏小门前，题字尚存否。繁华短梦随
（去）△　　　　（去）　　　　　（上）

流水，空有诗千首。更休言，张绪风流似柳。
　　　（上）　　　　　（上）

注：本词例押收部“收”韵。

唐多令

【词律·词趣】

本格双片六十字。全词同韵，平韵，韵字可阴平、可阳平。上下片七字句可制为“三四”句式，见刘过等词。另有六十一字、六十二字两体，见吴文英等词。本词一作《糖多令》，又名《南楼令》《箜篌曲》等。

上片　五。五。三、四。七，三、三。(五句)
　　　平　平　　　平　　　　平

下片　五。五。三、四。七，三、三。(五句)
　　　平　平　　　平　　　　平

【词人·词例】

南宋　邓剡(1232—1303)，字光荐，号中斋，庐陵(今江西吉安)人。理宗时进士。帝昺时，官礼部侍郎。有《中斋集》。词存十三首。

雨过水明霞(阳)。潮回岸带沙(阴)。叶声寒、飞透窗纱(阴)。堪恨西风吹世换，更吹我、落天涯(阳)。　寂寞古豪华(阳)。乌衣日又斜(阳)。说兴亡、燕入谁家(阴)。惟有南来无数雁，和明月、宿芦花(阴)。

注：本词例押花部“花”韵。

桃源忆故人

【词律·词趣】

本格双片四十八字。全词同韵，仄韵，韵字可上声、可去声。又名《虞美人影》。宋人何澹作此词，其上片第三句为五字句。

上片　七。六。六。五。（四句）
仄　仄　仄　仄

下片　七。六。六。五。（四句）
仄　仄　仄　仄

【词人·词例】

南宋　吴礼之（生卒年不详），字子和，钱塘（今浙江杭州）人。有《顺受老人词》五卷。

画桥流水飞花舞。柳外斜风细雨。红瘦绿肥春暮。肠断桃源路。
（古上）（古上）（古去）（古去）

欢随仙子乘鸾去。镂月裁云何处。唯有病和愁绪。肯伴刘郎住。
（古去）（古去）（古上）（古去）

注：本词例押古上声“语”“麌”韵，古去声“御”“遇”韵。因“语”“麌”“御”“遇”在现代韵中属“居”韵，故全调可押衣部“居”韵。

剔银灯

【词律·词趣】

本格双片七十八字。全词同韵，仄韵，韵字可上声、可去声。另有七十四字、七十五字、七十六字或九十五字各体，见沈邈、杜安世、柳永等词。本词又名《剔银灯引》。

上片　六。三、二、二。四，四，六。五，三、四。（七句）
　　　仄　　　　仄　　　仄　　　　仄

下片　六。三、四。四，四，六。五，三、四。（七句）
　　　仄　　仄　　　　仄　　　　仄

【词人·词例】

北宋　范仲淹（989—1052），字希文。其先祖邠（今陕西邠县）人，后世徙苏州吴县（今属江苏）。政治家、文学家。真宗时进士。官至枢密副使，参知政事。曾守边多年。出仕后有敢言之名，曾被贬官。主张改革军制、吏制、税制。工于诗文，其《岳阳楼记》中“先天下之忧而忧，后天下之乐而乐”句，传诵千古。其词大都述说边镇守军的劳苦，其中流传千古的名篇《渔家傲》，一扫“花间派”柔媚之词风，可谓苏辛豪放词的先声。谥文正。有《范文正公集》。词存五首。

昨夜因看蜀志。笑曹操、孙权、刘备。用尽机关，徒劳心力，只得三
　　　　（去）　　　　　　　　（去）

分天地（去）。屈指细寻思，争如共、刘伶一醉（去）。　　人世都无百岁（去）。少痴呆、老成尩悴（去）[①]。只有中间，些子少年、忍把浮名牵系（去）。一品与千金，问白发、如何回避（去）。

注：一、本词例押衣部“衣”韵。本押古去声“寘”“霁”韵，因“寘”“霁”在现代韵中属“衣”韵。

二、①尩：音“wāng”。胫、背或胸部弯曲的病；瘦弱。

殢人娇

【词律·词趣】

本格双片六十四字。全词同韵，仄韵，韵字可上声、可去声。

上片　　四，四。三、四。四，四。三、六。（六句）
　　　　　　仄　　　仄　　　仄　　　仄

下片　　四，四。三、四。四，四。三、六。（六句）
　　　　　　仄　　　仄　　　仄　　　仄

【词人·词例】

北宋　毛滂

雪做屏风，花为行帐。屏帐里、见春模样。小晴未了，轻阴一饷。
（去）（去）（上）
酒到处、恰如把春拈上。　官柳黄轻，河堤绿涨。花多处、少停兰
（去）（上）
桨。雪边花际，平芜叠幛。这一段、凄凉为谁怅望。
（上）（去）（去）

注：本词例押方部“方”韵。

天门谣

【词律·词趣】

本格双片四十五字。全词同韵，仄韵，韵字可上声、可去声。上片末句，下片首句首字为领字。下片第一句可制为八字句式，见贺铸词。此调因贺铸词有“牛渚天门险”句得名。

上片　　五。三、四。三。五。(四句)
　　　　仄　　　仄　仄　△仄

下片　　五、三。七。三。三、四。(四句)
　　　　△　仄　仄　仄　　　仄

【词人·词例】

北宋　李之仪

天堑休论险。尽远目、与天俱占。山水敛。称霜晴披览。　正风静
　　(上)　　　　　　(去)　(上)　△　(上)　　　△

云闲、平潋滟①。想见高吟名不滥。频扣槛。杳杳落、沙鸥数点。
　　(去)　　　　　　(去)　(上)　　　　(上)

注：一、本词例押山部“山”“天”韵。

二、①潋滟：音“liàn yàn”。水波相连状。

天仙子

【词律·词趣】

本格原为唐教坊曲名，后用为词牌。本名《万斯年》，来自西域，原为咏天仙之词。有双片、单片两体。双片六十八字。全词同韵，仄韵，韵字可上声、可去声。单片三十四字，有五仄韵、四仄韵、两仄三平韵、五平韵等体。

上片　七。七。七，三。三。七。（六句）
　　　仄　仄　　　仄　仄　仄

下片　七。七。七，三。三。七。（六句）
　　　仄　仄　　　仄　仄　仄

【词人·词例】

北宋　赵令畤（1051—1134），初字景贶，苏轼改为德麟，自号聊复翁，又号藏六居士，涿郡（今河北蓟县）人。哲宗时，任颍州签书。曾因“私通元祐奸党”被革职。后官右朝请大夫、右监门卫大将军、营州防御使、洪州观察使。高宗时，封安定郡王。赵令畤在词史上最著名的不是小词，而是以十二首《蝶恋花》组成的一套鼓子词，词中讲述了张生与崔莺莺的故事，有说有唱、夹叙夹议，是现存《西厢记》中最早的说唱改编形式，是研究宋金说唱文学与戏剧的重要资料。有《侯鲭录》《聊复集》。词存三十七首。

宿雨洗空台榭莹（古去）。下尽珠帘寒未定（古去）。花开花落几番晴，春欲竟（古去）。愁未醒（古上）。池面杏花红透影（古上）。　一纸短书言不尽（古上）。明月清风还记省（古上）。玉楼香断又添香，闲展兴（古去）。临好景（古上）。心似乱萍何处整（古上）。

注：本词例押古上声“轸”“梗”“迥”韵，古去声“敬”“径”韵。因“梗”“敬”“径”在现代韵中属“声”韵，“轸”“迥”与“声”属通韵，故全调可押东部“声”韵。

天　香

【词律·词趣】

本格双片九十六字。全词同韵，仄韵，韵字可上声、可去声。韵段内可撤句造句，但须保持其字数不变，见周密、毛滂、吴文英、李彭老、刘埙等词。此词又名《楼下柳》，又因贺铸词有“好伴云来，还将梦去”句，改名《伴云来》。“天香”，原指特异的香味，亦指宫阙之上的香气，或祭神、礼佛用的香。因“天香”如此宜人，故取为词调名。

上片　四，四，六。四，四，六。四，三、四。六，六。（十句）

　　　　　　仄　　　　仄　　　　　仄　　仄

下片　六。三、四。六，四。六。八。四，四。（八句）

　　　仄　　仄　　　仄　仄　仄　　仄

【词人·词例】

北宋　王观（生卒年不详），字通叟，高邮（今属江苏）人。仁宗时进士。累官大理寺丞、知江都。有《扬州赋》《芍药谱》《冠柳词》。词存二十八首。

霜瓦鸳鸯，风帘翡翠，今年早是寒少。矮钉明窗，侧开朱户，断莫乱

　　　　　　　　　　　　　　　　（上）

教人到。重阴未解，云共雪、商量不了。青帐垂毡要密，红炉收围宜

（去）　　　　　　　　　　（上）

小(上)。　　呵梅弄妆试巧(上)。绣罗衣、瑞云芝草(上)。伴我语时同语，笑时同笑(去)。已被金尊劝倒(上)。又唱个新词故相恼(上)。尽道穷冬，元来恁好(上)。

注：本词例押高部“高”韵。

添春色

【词律·词趣】

本格双片四十九字。全词同韵，仄韵，韵字可上声、可去声。

上片　六。六。三，三，六。（五句）
　　　仄　仄　　　仄

下片　六。六。三，三，七。（五句）
　　　仄　仄　　　仄

【词人·词例】

北宋　秦观

唤起一声人悄。衾冷梦寒窗晓。瘴雨过[①]，海棠晴，春色又添多少。
　　　　（上）　　　　（上）　　　　　　　　　　　　（上）

社瓮酿成微笑。半缺瘿瓢共舀[②]。觉健倒，急投床，醉乡广大人
　　　　（去）　　　　（上）

间小。
（上）

注：一、本词例押高部“高”韵。

二、①瘴：音“zhàng”。闷热潮湿。②瘿：音“yǐng”。囊状物。

调笑令

【词律·词趣】

本格原为唐酒筵小曲，后用为词牌。单片三十二字。全词平仄间叶，即为“仄仄仄平平仄仄仄”韵。一组平韵，两组仄韵，各为一个韵。前两句为叠句。第六句、第七句为第五句末两字的倒用句。此名有另一体，单片三十八字，全词同韵，仄韵。此体词之前用古言古诗八句似为序，并以诗的末句二字为词的首句，见黄庭坚、秦观等词。本词又名《宫中调笑》《转应曲》《调笑歌》《调笑转踏》等。

单片　二。二。六。六。六。二。二。六。（八句）
　　　仄　仄　仄　平　平　仄　仄　仄

【词人·词例】

北宋　吕南公（1047—1086），字次儒，南城（今属江西）人。有《灌园集》。

华草（上）。华草（上）。秀发乘春更好（上）。深心密竹纷纷（阴）。妖韶随处动人（阳）。人动（去）。人动（去）。王孙公子情重（去）。

注：本词例仄韵押高部“高”韵，东部“东”韵；平韵押根部“根”韵。

调啸词

【词律·词趣】

本格单片三十四字。全词平仄间叶。即前五句同韵，三仄声转两平声；后两句同韵，仄声。仄韵韵字可上声、可去声，平韵韵字可阴平、可阳平。前两句为叠句。第六句为两叠句和一倒装句。本词乃《调笑令》的一体，因同时出现在苏氏兄弟的词中，且调名不同、句式不一、声韵不同，故取之。

单片　二。二。六。六。六。二、二、二。六。（七句）
　　　仄　仄　仄　平　平　　　　　　仄　仄

【词人·词例】

北宋　苏辙（1039—1112），字子由，号颍滨遗老，眉州眉山（今属四川）人。仁宗时进士。官尚书右丞、门下侍郎。与父洵、兄轼合称“三苏”，皆被列入“唐宋八大家”。谥文定。有《栾城集》。

归雁。归雁。饮啄江南南岸。将飞却下盘桓。塞北春来苦寒。苦寒、
（去）（去）（去）（阳）（阳）
苦寒、寒苦。藻荇欲生且住①。
（上）（去）

注：一、本词例仄韵押山部“山”“天”韵，平韵押姑部“姑”韵。

二、①荇：音“xìng”。水边生长的多年生草本植物。

亭前柳

【词律·词趣】

本格双片五十五字。全词同韵，平韵，韵字可阴平、可阳平。

上片　五，三、四(平)。五，三(平)。三，三(平)。（六句）

下片　三、五，三、四(平)。五，三(平)。三，三(平)。（六句）

【词人·词例】

南宋　朱雍

拜月南楼上，面婵娟、恰对新妆(阴)。谁凭阑干处，笛声长(阳)。追往事，遍凄凉(阳)。　看素质、临风消瘦尽，粉痕轻、依旧真香(阴)。潇洒春尘境，过横塘(阳)。度清影，在回廊(阳)。

注：本词例押方部“方”韵。

偷声木兰花

【词律·词趣】

本格双片五十字。上下片各为两仄韵转两平韵。两仄韵、两平韵皆各为一个韵，或仄与仄、平与平、平与仄各为一个韵。仄声可上声、可去声，平韵可阴平、可阳平。此调是将《木兰花》上下片第三句减去三个字，并将第三句、第四句改为平韵。这样使原调的声韵节奏部分被偷换，故名《偷声木兰花》。

上片　七。七。四。七。（四句）
　　　仄　仄　平　平

下片　七。七。四。七。（四句）
　　　仄　仄　平　平

【词人·词例】

北宋　谢薖（1074—1116），字幼槃，号竹友，抚州临江（今江西抚州人）。有《竹友词》。

景阳楼上钟声晓。半面啼妆匀未了。斜月纷纷。斜影幽香暗断魂。　玉
（上）（上）（阴）（阳）
颜应在昭阳殿。却向前村深夜见。冰雪肌肤。还有斑斑雪点无。
（去）（去）（阴）（阳）

注：本词例押高部“高”韵，根部“根”韵，山部“天”韵，姑部“姑”韵。

透碧霄

【词律・词趣】

本格双片一百一十七字。全词同韵，平韵，韵字可阴平、可阳平。上片第七句，下片第十一句首字为领字。

上片	五。	三、	四。	四，	四，	五。	七，	五。	三、	四。	三、	四，	七。	（十句）
	平		平			平		△平		平			平	
下片	三。	四，	七。	四，	四，	四。	四，	四，	四。	三、	四。	五，	四，	五。（十三句）
	平		平			平			平		平	△		平

【词人・词例】

南宋　曹勋

阆苑喜新晴。正桂华、飘下太清。宝籞凉秋，梦祥明月，天开辅盈成。
（阳）　（阴）　（阳）
宫闱女职遵慈训，见海宇仪型。奉东朝、晨夕趋承。化内外、咸知柔
△　（阳）　（阳）
顺，已看彤管赋和平。　宴坤宁。香腾金猊，烟暖秘殿彩衣轻。六
（阳）　（阳）　（阴）
乐丝竹，绕云萦水，总按新声。天临帝幄，亲颁寿酒，恩意兼勤。雁
（阴）　（阳）
行缀、宰府殊荣。愿万亿斯年，南山并永，坤厚赞尧明。
（阳）　△　（阳）

注：本词例押东部“声”韵。其中，“荣”在古韵中属“庚”韵，而“庚”在现代韵中属“声”韵。

万年欢

【词律·词趣】

本格原为唐教坊曲名，后用为词牌。双片一百字。全词同韵，平韵，韵字可阴平、可阳平。上下片第二句首字为领字。下片首句可制为“三三”句式，见程大昌词。另有一百零一字、一百零二字体。此词又名《万年欢慢》《断湘弦》等。

上片　四，五，四。四，六。六，三、四。三、四，六。（九句）
△　平　平　平　平

下片　六，五，四。四，六。六，三、四。三、四，六。（九句）
△　平　平　平　平

【词人·词例】

南宋　张纲（1083—1166），字彦正，润洲丹阳（今江苏金坛）人。高宗时，官起居舍人、中书舍人、给事中。后任吏部侍郎、参知政事、知婺州。谥章简。有《华阳集》。

岁晚寒凝，正蓂舒四叶[1]，梅吐孤芳。庆诞佳辰，开筵盛集萱堂。合坐
△　（阴）　（阳）

春回锦绣，卷帘处、花簇笙簧。除乐禁、初许闻韶，应时欢宴何妨。
（阳）　（阳）

人言富贵最好，算有谁能兼，福寿康强。自是仙姿，天教占取恩光。
△　（阳）　（阴）

百和重添宝炬，十分劝、频举瑶觞。仍教画、家庆新图，要看兰桂成行。
（阴）（阳）

注：一、本词例押方部“方”韵。

二、①蓂：音“míng”。传说中一种象征祥瑞的草。

王孙信

【词律·词趣】

本格双片五十二字。全词同韵，仄韵，韵字可上声、可去声。“王孙”，古代贵族子弟的俗称，在诗词中常见。

上片　五。三、四。三、五。三、三。（四句）
　　　仄　　仄　　仄　　　仄

下片　五，三、四。三、五。三、三。（四句）
　　　　　　仄　　仄　　　仄

【词人·词例】

南宋　辛弃疾

有得许多泪。又闲却、许多鸳被。枕头儿、放处都不是。旧家时、怎生睡。　更也没书来，那堪被、雁儿调戏。道无书、却有书中意。排几个、人人字。

（注：泪（去）、被（去）、是（去）、睡（去）、戏（去）、意（去）、字（去））

注：本词例押衣部“衣”韵。本押古上声“纸”韵，古去声“寘”韵，因“纸”“寘”在现代韵中属“衣”韵，故全调可押“衣”韵。

望春回

【词律·词趣】

本格双片一百零二字。全词同韵，仄韵，韵字可上声、可去声，古韵多入声。上下片第二句首字为领字。

上片　　四，五，四。五，五。七，三、五。四，四，四。（十句）
　　　　　　△　仄　　　仄　　　　　仄　　　　　仄

下片　　六。五，四。五，五。七，八。四，四、四。（九句）
　　　　仄　△　仄　　　仄　　　仄　　　　仄

【词人·词例】

北宋　李甲

霁霞散晓，射水村渐明，渔火方绝。滩露夜潮痕，注冻濑凄咽[①]。征鸿来
　　　　　　△　　　　　　　（古入）　　　　　　　　　　（古入）
时应负书，见疏柳、更忆伊同折。异乡憔悴，那堪更逢，岁穷时节。
　　　　　　　　　　　（古入）
东风暗回暖律。算折遍江梅，消尽岩雪。唯有这愁肠，也依旧千结。私言
　　　　（古入）△　　　　　　　（古入）　　　　　　　　　（古入）
窃语些誓约，便眠思梦想无休歇。这些离恨，除非对著、说似明月。
　　　　　　　　　　　（古入）　　　　　　　　　　　　（古入）

注：一、本词例押古入声“质”“月”“屑”韵。因“月”“屑”在现代韵中属“些”韵，而“质”与“些”为宽韵，故全调可押些部“些”韵。

二、①濑：音“lài”。湍急的水。

望海潮

【词律·词趣】

本格双片一百零七字。全词同韵，平韵，韵字可阴平、可阳平。上片第八句，下片第二句、第八句首字为领字。上下片末两句可制为“六五”句式，见柳永、晁瑞礼词。据传，北宋柳永与孙何为布衣交。后孙何在杭州为官，门禁森严，柳永也不得相见。于是，柳永在中秋之夜使歌妓琴琴在孙何面前唱此词，终使孙何迎柳永而入。

上片　四，四，六。四，四，六。五。五，四。四，七。（十一句）
　　　　　　平　　　平　平　△　平　　平

下片　六。五，四。四，四，六。五。五，四。四，七。（十一句）
　　　平　△　平　　　　　平　平　△　平　　平

【词人·词例】

北宋　晁补之

人间花老，天涯春去，扬州别是风光。红药万株，佳名千种，天然浩
（阴）
态狂香。尊贵御衣黄。未便教西洛，独占花王。困倚东风，汉宫谁敢
（阴）（阳）△（阳）
斗新妆。　　年年高会维阳。看家夸绝艳，人诧奇芳。结蕊当屏，联
（阴）（阳）△（阴）

葩就幄，红遮绿绕华堂。花面映交相。更秉菅观洧[1]，幽意难忘。罢
（阳）（阴）△（阳）
酒风亭，梦魂惊恐在仙乡。
（阴）

注：一、本词例押方部“方”韵。

二、①洧：音“wěi”。水名，在今河南。

望汉月

【词律·词趣】

本格双片五十二字。全词同韵，仄韵，韵字可上声、可去声。上片末句可制为“三四”句式，见晏殊词。另有柳永五十一字体，且上片末句亦为“三四”句式，下片第二句、第三句为六字句。本词牌有异名，如《忆汉月》。杜安世《忆汉月》与《望汉月》完全同体，而其他《忆汉月》略不同。

上片　六。六。七，七。（四句）
　　　仄　仄　　仄

下片　五。三，四。七，三、四。（五句）
　　　仄　　仄　　　　仄

【词人·词例】

北宋　李遵勖（约987—1038），字公武。真宗时，授左龙武军将军、驸马都尉。后累官宁国军节度使、知许州等。赠中书令，谥和文。有《闲宴集》。

黄菊一丛临砌。颗颗露珠装缀。独教冷落向秋天，恨东君不曾留意[1]。
（古去）（古去）（古去）

雕阑新雨霁。绿藓上，乱铺金蕊。此花开后更无花，愿爱惜、莫同
（古去）（古上）

桃李。
（古上）

注：本词例押古上声“纸”韵，古去声“寘”“霁”韵。因“纸”“寘”“霁”在现代韵中属“衣”韵，故全调可押衣部“衣”韵。

望江东

【词律·词趣】

本格双片五十二字。全词同韵，仄韵，韵字可上声、可去声。此词牌因黄庭坚词有“望不见、江东路”句而得名。上片第二句，下片第四句可制为六字句。此词与南宋蒋捷《燕归梁》同字句，而平仄不同。在宋词中，只此一词。

上片　七。三、三。七。三、三。（四句）
　　　仄　　仄　仄　　仄

下片　七。三、三。七。三、三。（四句）
　　　仄　　仄　仄　　仄

【词人·词例】

北宋　黄庭坚

江水西头隔烟树（古去）。望不见、江东路（古去）。思量只有梦来去（古去）。更不怕、江阑住（古去）。

灯前写了书无数（古去）。算没个、人传与（古去）。直饶寻得雁分付（古去）。又还是、秋将暮（古去）。

注：本词例押古去声“御”“遇”韵。因“御”“遇”在现代韵中属“居”韵，故全调可押衣部“居”韵。又因词中韵字“树”“路”“住”“数”“付”“暮”在现代韵中属“姑”韵，“去”“与”在古韵中与“著”同韵，而“著”在现代韵中属“姑”韵，故全调亦可押姑部“姑”韵。

望江南

【词律·词趣】

本格原为唐教坊曲名，后用为词牌。双片五十四字。全词同韵，平韵，韵字可阴平、可阳平。上下片中七言句多为对仗句。此词牌有单片，二十七字，平韵。此词初名《忆江南》，又名《江南好》《梦江南》《梦游仙》《江南柳》等。《忆江南》词牌，因唐代诗人白居易诗句“日出江花红胜火，春来江水绿如蓝。能不忆江南”句而得名。《江南好》与《满庭芳》之别称不同体，《梦江南》与正名《梦江南》不同体。据传，《望江南》初名为《忆江南》，而《忆江南》本名为《谢秋娘》，是唐代李德裕（官太尉）为悼念亡妓谢秋娘而作。

上片　　三，五。七，七。五。（五句）
　　　　　　平　　　平　平

下片　　三，五。七，七。五。（五句）
　　　　　　平　　　平　平

【词人·词例】

北宋　欧阳修（1007—1072），字永叔，号醉翁、六一居士，庐陵（今江西吉安）人。政治家、文学家、史学家，著名诗人，北宋诗文革新运动的领袖，“唐宋八大家”之一。仁宗时进士。官馆阁校勘，后被贬知夷陵。进任谏官，再被贬知滁州。官至翰林学士、枢密副使、参知政事。欧阳修晚年隐居在颍州西湖之畔。人生经历大起大落后，他回归自然，幽美静谧的环境使他童颜鹤发，终日“藏书一万卷，集古一千卷，琴一张，棋一局，酒一壶”，在这五物中加上“吾一翁”，遂成“六一居士”。其词婉丽，承袭南唐余风。有《新五代史》《集古录》《欧阳文忠集》《六一词》。谥文忠。词存二百四十二首。

江南柳，花柳两相柔。花片落时黏酒盏，柳条低处拂人头。各自是
（阳）（阳）
风流。　江南月，如镜复如钩。似镜不侵红粉面，似钩不挂画帘头，
（阳）（阴）（阳）
长是照离愁。
（阳）

注：本此例押收部“收”韵。

望梅花

【词律·词趣】

本格双片七十二字。全词同韵，仄韵，韵字可上声、可去声。此词牌另有单片三十八字体，平、仄两用，专作咏梅。梅，迎雪吐艳，与松竹并称“岁寒三友”。在中国花卉栽培史上，梅花乃花中寿星，楚梅（湖北沙市章华寺）、晋梅（湖北黄梅江心寺）、隋梅（浙江天台山国清寺）、唐梅（浙江超山大明堂）、宋梅（浙江超山报慈寺）为我国五大古梅。在中国观赏史上，赏梅是国人的情趣，位于江苏吴县邓尉山的“香雪海景区”就是赏梅的名胜之一，乾隆皇帝曾先后六次到访。在中国文学艺术史上，咏梅、画梅一直流传着数不尽的绝妙之作。宋词咏梅之名人名作颇多，读之让人别有雅兴。

上片　　四。六。七，六。七，六。（六句）
　　　　仄　仄　　　仄　　　仄

下片　　四。六。七，六。七，六。（六句）
　　　　仄　仄　　　仄　　　仄

【词人·词例】

北宋　蒲宗孟（生卒年不详），字传正，阆州新井（今属四川）人。仁宗时进士。神宗时，官著作郎、馆阁校勘、翰林学士、尚书左丞。后出知汝州。谥恭敏。有《蒲左丞集》十卷。词存一首。

一阳初起（古上）。暖力未胜寒气（古去）。堪赏素华长独秀，不并开红抽紫（古上）。青帝只应怜洁白，不使雷同众卉（古去）。淡然难比（古上）。粉蝶岂知芳蕊（古上）。半夜卷帘如乍失，只在银蟾影里（古上）。残雪枝头君认取，自有清香旖旎①（古上）。

注：一、本词例押古上声“纸”韵，古去声“未”韵。因“纸”在现代韵中属“衣”韵，“未”在古韵中同“衣”韵，故全调可押衣部“衣”韵。

二、①旖旎：音“yǐ nǐ”。树枝随风摆动的样子。

望仙楼

【词律·词趣】

本格双片四十七字。全词同韵，仄韵，韵字可上声、可去声，古韵多入声。

上片　七，六。六。五。（四句）
　　　　　仄　仄　仄

下片　六，六。六。五。（四句）
　　　　　仄　仄　仄

【词人·词例】

北宋　晏几道

小春花信日边来，冰上江梅先拆。（古入）今岁东君消息。（古入）还自南枝得。（古入）

素衣染尽天香，玉酒添成国色。（古入）一自故溪疏隔。（古入）肠断长相忆。（古入）

注：本词例押古入声“陌”“职”韵。因“陌”“职”与“碧”“力”同韵，而“碧”“力”在现代韵中属“衣”韵，“拆”在现代韵中与“白”同韵，而“白”在古韵中同“陌”韵，故全词可押衣部“衣”韵。

望仙门

【词律·词趣】

本格双片四十六字。全词同韵，平韵，韵字可阴平、可阳平。下片第四句为第三句后三字的重复语。

上片　　七。三。七。三。（四句）
　　　　平　平　平　平

下片　　五，六。七。三。五。（五句）
　　　　　　平　平　平　平

【词人·词例】

北宋　晏殊

紫薇枝上露华浓。起秋风。管弦声细出帘栊。象筵中。　仙酒斟云
　　　　　　（阳）　（阴）　　　　　　（阳）（阴）

液，仙歌转绕梁虹。此时佳会庆相逢。庆相逢。欢醉且从容。
　　　　　（阳）　　　　　（阳）　（阳）　　　（阳）

注：本词例押东部“东”“声”韵。

望湘人

【词律·词趣】

本格双片一百零七字。全词同韵，仄韵，韵字可上声、可去声。上片第一句，下片第二句首字为领字。

上片　五，四，六。四，四。六。四，四，四。三、四，六。（十一句）
　　　△　　仄　　仄　仄　　　　仄　　　　仄

下片　六。五，四。五，六。四，四。六。三、四，六。（十句）
　　　仄　△　仄　　仄　　仄　仄　　　　仄

【词人·词例】

北宋　贺铸

厌莺声到枕，花气动帘，醉魂愁梦相半。被惜余熏，带惊剩眼。几许伤
△　　　　　　　　　　　　　　（去）　　　　　　　　（上）
春春晚。泪竹痕鲜，佩兰香老，湘天浓暖。记小江、风月佳时，屡约非
　（上）　　　　　　　　　　（上）
烟游伴。　　须信鸾弦易断，奈云和再鼓，曲中人远。认罗袜无踪，旧
　（去）　　　　　　　（去）△　　　　　　　　　（上）
处弄波清浅。青翰棹舣[1]，白蘋洲畔。尽目临皋飞观。不解寄、一定相
　　（上）　　　　　　　（去）　　　　　　　（去）
思，幸有归来双燕。
　　　　　（去）

注：本词例押山部“山”“天”韵。

望扬州

【词律·词趣】

本格双片一百零四字。全词同韵，平韵，韵字可阴平、可阳平。上片第八句，下片第一句首字为领字。

上片　四，四，六。四，四，六。四。五，四。五。三、四。（十一句）
平　平　平　△　平　平　平

下片　五，四，六。五，三、四。四。三、四。三、四，六。（九句）
△　平　平　平　平　平

【词人·词例】

北宋　贺铸

铁瓮城高[1]，蒜山渡阔，干云十二层楼。开尊待月，卷箔披风，依然
（阳）

灯火扬州。绣陌南头。记歌名宛转，乡号温柔。曲槛俯清流。想花阴、
（阴）（阳）△（阳）（阳）

谁系兰舟。　念凄绝秦弦，感深荆赋，相望几许凝愁。殷勤裁尺素，
（阴）△（阳）

奈双鱼、难渡瓜洲。晓鉴堪羞。潘鬓点、吴霜渐稠。幸于飞、鸳鸯未
（阴）（阴）（阳）

老，不应同是悲秋。
（阴）

注：一、本词例押收部“收”韵。

二、①瓮城：围绕在城门外的小城。

望远行

【词律·词趣】

本格原为唐教坊曲名，后用为词牌。双片一百零六字。全词同韵，仄韵，韵字可上声、可去声。下片第十句首字为领字。另有一百零五字体，其句式、韵脚不同，见柳永、陈德武等词。亦有双调七十六字，仄韵体，见黄庭坚词。此词牌有令词，双片五十五字或六十字，仄韵体。

上片　四，三，六。四，四，六。四，六，六。三，六。（十一句）
仄　仄　仄　仄

下片　二。六。三、四。四，四，六。六，四，六。五，四。（十一句）
仄　仄　仄　仄　△　仄

【词人·词例】

北宋　柳永

长空降瑞，寒风剪，淅淅瑶花初下。乱飘僧舍，密洒歌楼，迤逦渐迷（古上）鸳瓦。好是渔人，披得一蓑归去，江上晚来堪画。满长安，高却旗亭（古上）（古去）酒价。　幽雅。乘兴最宜访戴，泛小棹、越溪潇洒。皓鹤夺鲜，白（古去）（古上）（古上）鹇失素，千里广铺寒野。须信幽兰歌断，彤云收尽，别有瑶台琼榭。（古上）（古去）

放一轮明月，交光清夜。
△　　　　　　　　　　（古去）

注：本词例押古上声“马”韵，古去声“卦”“祃”韵。因“马”“卦”“祃”在现代韵中属“花”韵，故全调可押花部“花”韵。

尾犯

【词律·词趣】

本格双片九十八字。全词同韵，仄韵，韵字可上声、可去声，古韵多入声。上片第二句，下片第三句首字为领字。另有九十三字、九十四字、九十五字各体，其句式略有不同，见张炎、仇远、赵以夫、吴文英、蒋捷等词。此词别称《碧芙蓉》。本调始见于柳永《乐章集》。

上片　四。五，四。四，四，四。四，三、三。三，四，六。（十一句）
　　　仄　△　仄　　　　仄　　　　仄　　　　仄

下片　六。三、三。五，四，四。五。三，四。三、四，六。（十句）
　　　仄　　　仄　△　　仄　仄　　　仄　　　　仄

【词人·词例】

北宋　柳永

晴烟幂幂。渐东郊芳草，染成轻碧。野塘风暖，游鱼动触，冰澌微
　　　（古入）△　　　　　　（古入）

坼[①]。几行断雁，旋次第、归霜碛。咏新诗，手捻江梅，故人赠我
（古入）　　　　　　　　　（古入）

春色。　　似此光阴催逼。念浮生、不满百。虽照人轩冕，润屋珠金，
（古入）　　　　　（古入）　　　　　（古入）△

于身何益。一种劳心力。图利禄，殆非长策。除是恁、点检笙歌，访
　（古入）　　（古入）　　　　　（古入）

寻罗绮消得。

（古入）

注：一、本词例押古入声“陌”“锡”“职”韵。因“陌”“锡”“职”在古韵中与“碧”“璧”“轼”同韵，而“碧”“璧”“轼”在现代韵中属“衣”韵，故全调可押衣部“衣”韵。

二、①澌：音“sī”。流动的冰块。

乌夜啼

【词律·词趣】

本格原为唐教坊曲名，后用为词牌。双片三十六字。全词上片为平韵，下片两仄韵转两平韵。平韵一个韵，仄韵一个韵。亦有全词皆为平韵者，且下片头两句可押韵、可不押韵。上片末句亦可制为“四五”句式，见赵鼎、杨无咎、吴文英、刘铉等词。另有四十七字、四十八字体，见李从周、权无染等词。此词又名《圣无忧》。本调与《相见欢》之别称《乌夜啼》不同体。“乌”，即乌鸦鸟。相传，南朝宋临川王刘义庆，因事触怒文帝，被囚于家。其妾夜闻乌啼，以为吉兆。获释后，遂作《乌夜啼》曲。此曲后入乐府《西曲歌》，再入教坊曲。

上片　六。三。六、三。（三句）
　　　平　平　　　平

下片　三。三。三。六、三。（四句）
　　　仄　仄　平　　　平

【词人·词例】

南宋　蒋元龙（生卒年不详），字子云，丹徒（今江苏镇江）人。工于乐府，有词板行世。以特科入官，终县令。《全宋词》存词三首。

小桃落尽残红。夜来风。又是一番春事、不从容。　　翠屏掩。芳信
（古上平）（古上平）（古上平）（古上）

断。转愁浓。可惜日长闲暇、小帘栊。
（古去）（古上平）（古上平）

注：本词例押古上平声“东”“冬”韵，古上声“翰”“琰”韵。因“东”“冬”在现代韵中属“东”韵，“翰”“琰”在现代韵中属“山”“天”韵，故本调平韵可押东部“东”韵，仄韵可押山部“山”“天”韵。

巫山一段云

【词律·词趣】

本格原为唐教坊曲名，后用为词牌。双片四十六字。上片同韵，平韵，韵字可阴平、可阳平。下片前两句同韵，仄韵，韵字可上声、可去声；后两句同韵，平韵，韵字可阴平、可阳平，亦可平韵、仄韵为一个韵字。另有双调四十四字，平韵体。

上片　　五，五。七。五。（四句）
　　　　　　平　平　平

下片　　六。六。七。五。（四句）
　　　　仄　仄　平　平

【词人·词例】

北宋　柳永

萧氏贤夫妇，茅家好弟兄。羽轮飙驾赴层城。高会尽仙卿。　一曲
　　　　　　　　（古下平）　　　　（古下平）　　（古下平）
云谣为寿。倒尽金壶碧酒。醺酣争撼白榆花。踏碎九光霞。
　（古去）　　　　（古上）　　　　（古下平）　　（古下平）

注：本词例押古下平声“庚”“麻”韵，古上声“有”韵，古去声“宥”韵。因“有”“宥”在现代韵中同“收”韵，故本调仄声可押收部“收”韵；“庚”在现代韵中同“声”韵，“麻”在现代韵中属“花”韵，。故本调平韵可押东部“声”韵，花部“花”韵。

武陵春

【词律·词趣】

本格双片四十八字。全词同韵，平韵，韵字可阴平、可阳平。另有四十九字、五十四字体，见李清照、吴潜等词。本词又名《武林春》《花想容》等。

上片　七，五。七。五。（四句）
　　　　　平　平　平

下片　七，五。七。五。（四句）
　　　　　平　平　平

【词人·词例】

南宋　李光（1078—1159），字泰发，一作字泰定，上虞（今浙江上虞）人。徽宗时进士。官知常熟县。钦宗时，任右司谏。高宗时，任吏部侍郎、参知政事。谥庄简。有《庄简集》。

漠漠春阴人似雾，那用绣帘垂。不道持杯是阿谁。须拼倒金罍①。　人
　　　　　　　　　（阳）　　　　　　（阳）　　（阳）

世浑知天上月，离合比盈亏。冒雨须来带雨归。神女解相随。
　　　　　　　　（阴）　　　　　　（阴）　　（阳）

注：一、本词例押飞部“飞”韵。

二、①罍：音“léi”。古代酒具，形似壶。

舞杨花

【词律·词趣】

本格双片九十九字。全词同韵，平韵，韵字可阴平、可阳平。下片第二句首字为领字。

上片　七，六。五，五。七，三、四。六。六。（八句）
　　　　平　　平　　　平　平　平

下片　六，五，四。四，五。七，三、四。六。六。（九句）
　　　　△　平　　平　　　　平　平　平

【词人·词例】

南宋　康与之（生卒年不详），字伯可，号顺庵，洛阳（今河南洛阳）人。高宗时，献《中兴十策》，扬名于时。曾官丞务郎、军器监丞。秦桧“十门客”之一。词学柳永，虽多属应制之作，但词风婉丽，音律严整。有《顺庵乐府》五卷。词存四十三首。

牡丹半坼初经雨，雕槛翠幕朝阳。娇困倚东风，羞谢了群芳。洗烟凝
（阳）（阴）

露向清晓，步瑶台、月底霓裳。轻笑淡拂宫黄。浅拟飞燕新妆。　杨
（阳）（阳）（阴）

柳啼鸦昼永，正秋千庭馆，风絮池塘。三十六宫，簪艳粉浓香。慈宁
△（阳）（阴）

玉殿庆清赏，占东君、谁比花王。良夜万烛荧煌。影里留住年光。
（阳）（阳）（阴）

注：本词例押方部“方”韵。

西地锦

【词律·词趣】

本格双片四十八字。全词同韵，仄韵，韵字可上声、可去声，古韵多入声。凡五字句首字为领字。

上片　六。五。四，四，五。（五句）

仄 △仄　　△仄

下片　六。五。四，四，五。（五句）

仄 △仄　　△仄

【词人·词例】

南宋　石孝友（生卒年不详），字次仲，南昌（今属江西）人。孝宗时进士。以词名世。有《金谷遗音》。词存一百五十四首。

回望玉楼金阙。正水遮山隔。风儿又起，雨儿又煞，好愁人天色。

（古入）△　（古入）　△　（古入）

两岸荻花枫叶[1]。争舞红吹白。中秋过也，重阳近也，作天涯行客。

（古入）　△　（古入）　△　（古入）

注： 本词例押古入声“月”“陌”“职”“叶”韵。因“月”“叶”在现代韵中属“些”韵，“陌”与“液”在古韵中同韵，而“液”在现代韵中属“些”韵，“职”与“些”属通韵，故全调可押些部“些”韵。

西 河

【词律 · 词趣】

本格三片一百零五字。全词同韵，仄韵，韵字可上声、可去声。第三片第四句首字为领字。第三片第一句、第二句可分别制为“三四”句式，第三片后三句可制为“三四六三”句式或“三六七”句式，见周邦彦、辛弃疾等词。另有一百零四字体，见丘崈、王埜等词。本词又名《西河慢》《西湖》等。唐教坊曲有《西河剑器》《西河长命女》等，出于西凉乐，后传入西河（今山西汾阳），遂以名调。宋人据唐教坊旧曲另制此新调。

上片　三。六。七，四。七，六。（六句）
　　　仄　仄　　　仄　　　仄

中片　三，三。六。七，四。七，六。（七句）
　　　　　仄　仄　　　仄　　　仄

下片　七。七。六。五，四，七。（六句）
　　　仄　仄　仄　△　　　仄

【词人 · 词例】

南宋　黄昇（生卒年不详），字叔旸，号玉林，建安（今福建建瓯）人。弃科举，好吟咏。有《散花庵词》《绝妙词选》。词存三十九首。

天似洗。残秋未有寒意。何人短笛弄西风，数声壮伟。倚栏感慨展双
（古上）　　　　（古去）　　　　　　　　　　　　　（古上）

眸，离离烟树如荠。 少年事，成梦里。客愁付与流水。笔床茶具
（古上） （古上） （古上）
老空山，未妨肆志。世间富贵要时贤，深居宜有余味。 大江东去
（古去） （古去）
日西坠。想悠悠千古兴废。此地阅人多矣。且挥弦寄兴、氛埃之外，
（古去） （古去） （古上） △
目送蜚鸿归天际。
（古去）

注：本词例押古上声“纸”“荠”“尾”韵，古去声“寘”“未”“霁”“队”韵。因“纸”“寘”“霁”在现代韵中属“衣”韵，“荠”“尾”“队”在古韵中与“礼”“岂”“柿”同韵，而“礼”“岂”“柿”在现代韵中属“衣”韵，“未”在古韵中属“衣”韵，故全调可押衣部“衣”韵。

西江月

【词律·词趣】

本格原为唐教坊曲名，后用为词牌。双片五十字。全词同韵。上下片均为两平韵转一仄韵。平韵可阳平、可阴平；仄韵可上声、可去声。上下片头两句宜用对仗句。又名《步虚词》《醉高歌》《双锦瑟》《江月令》等。另有《西江月慢》，双片一百零三字，仄韵体，见吕渭老等词。《西江月》调名初见五代后蜀词人欧阳炯词。“西江”指长江。

上片　　六，六。七。六。（四句）
　　　　　　平　平　仄

下片　　六，六。七。六。（四句）
　　　　　　平　平　仄

【词人·词例】

北宋　司马光（1019—1086），字君实，陕州夏县（今属山西）人。史学家、名臣。仁宗时进士。任天章阁待制兼侍讲知谏院。英宗时，为龙图阁直学士。立志编撰《通志》，撰成战国迄秦八卷。英宗设局续修。神宗时，赐名《资治通鉴》。后因反对王安石新法，被贬出知永兴军。退居洛阳后续编《通鉴》，神宗后期成书。哲宗时召回，任相八个月。追封温国公。有《司马文正公集》《稽古录》。词存三首。

宝髻松松挽就，铅华淡淡妆成。青烟翠雾罩轻盈，飞絮游丝无定。
（古下平）　（古下平）　（古去）

相见争如不见，有情何似无情。笙歌散后酒初醒，深院月斜人静。
（古下平）　（古下平）　（古上）

注：本词例押古下平声“庚”“青”韵，古上声“梗”韵，古去声“径”韵。因“庚”“青”“梗”“径”在现代韵中属“声”韵，故全调可押东部“声”韵。

西　施

【词律·词趣】

本格双片七十一字。全词同韵，平韵，韵字可阴平、可阳平。上片第二句、末句，下片末句首字可作领字。另有双片七十二字体。见柳永词。“西施”，中国古代佳人。又称西子，春秋末越国人，浣纱女。因绝美而被越王勾践献于吴王夫差，成为夫差最宠爱的妃子。由此产生了许许多多脍炙人口的文艺作品以叙其事，词人亦以“西施”为词牌。

上片　七。五。四，五。四，五，五。（七句）
　　　平　△平　　平　　　△平

下片　七，三、三。四，五。四，五，五。（七句）
　　　　　　平　　平　　　△平

【词人·词例】

北宋　柳永

自从回步百花桥。便独处清宵。凤衾鸳枕，何事等闲抛。纵有余香，
（阳）△　（阴）　（阴）

也似郎恩爱，向日夜潜消。　恐伊不信芳容改，将憔悴、写霜绡。
△　（阴）　（阴）

更凭锦字，字字说情憀。要识愁肠，但看丁香树，渐结尽春梢。
（阳）　△　（阴）

注：本词例押高部“高”韵。

惜分飞

【词律·词趣】

本格双片五十字。全词同韵，仄韵，韵字可上声、可去声。上下片末句可制为“四三”句式，且句句押韵，见汪元量词。此调又名《惜芳菲》。另有张先《惜双双》为其别称，双片五十四字，仄韵；曹冠《使牛子》亦为其别称，而上下片第三句不押韵。蔡伸《归田乐》与此调同字句，但韵脚不同，各为词牌。

上片　七。六。五。七。（四句）
　　　仄　仄　仄　仄

下片　七。六。五。七。（四句）
　　　仄　仄　仄　仄

【词人·词例】

南宋　赵子发（生卒年不详），字君举。官保义郎。

数点雨声惊残暑。（古上）帘外秋光容与。（古上）重换熏炉炷。（古去）渐低罗幕香成雾。（古去）　今夜夜凉情几许。（古上）莫向屏山取取。（古上）却笑阳台女。（古上）楚人空□高唐赋。（古去）

注：本词例押古上声“语”“麌”韵，古去声“遇”韵。因“语”“麌”“遇”在现代韵中属“居”韵，故全调可押衣部“居”韵。

惜红衣

【词律·词趣】

本格双片八十八字。本词同韵，仄韵，韵字可上声、可去声，古韵多入声。上片末句，下片第八句首字为领字。此调为姜夔自度曲。因词中有“红衣半狼藉”句而得名。本调上片第二句为句中韵，可押韵，可不押韵。

上片　四，四。四。四，五。四，三、四。二。四，五。（十句）
　　　　仄　仄　　仄　　　仄　仄　△仄

下片　四。四，五。六。三。六，六。五，六。（九句）
　　　仄　　仄　仄　仄　　仄　△　仄

【词人·词例】

南宋　李莱老（生卒年不详），字周隐，一说字逛翁，号秋崖。工词，与周密时相唱酬。度宗时，知严州。与其兄李彭老合为《龟溪二隐集》。词存十二首。

笛送西泠，帆过杜曲。昼阴芳绿。门巷清风，还寻故人屋。苍华发冷，
（古入）　（古入）　（古入）

笑瘦影、相看如竹。幽谷。烟树晚莺，诉经年愁独。　残阳古木。
（古入）　△　（古入）　（古入）

书画归船，匆匆又南北。蘋洲鸥鹭素熟。旧盟续。甚日浩歌招隐，听
（古入）　（古入）　（古入）

雨弁阳同宿。料重来时候，香荡几湾红玉。
（古入） △ （古入）

注：本词例押古入声“屋”“沃”“职”韵。因“屋”“沃”“职”在古韵中与“绿”“禄”“副”同韵，而“绿”“禄”“副”在现代韵中属“姑”韵，故全调可押姑部“姑”韵。

惜黄花

【词律·词趣】

本格双片七十字。全词同韵，仄韵，韵字可上声、可去声。上下片第三句、第四句、第五句可制为“三三四”句式，且下片首字可押韵，见史达祖词。另有《惜黄花慢》，双片一百零八字，平仄韵两体，见吴文英、杨无咎词。此调上下片两个五字句宜用对仗语法。

上片　四。四。四，三，三。五，五。三、四。（八句）
　　　仄　仄　　　　　仄　　　仄　　　仄

下片　四，四。四，三，三。五，五。三、四。（八句）
　　　　　仄　　　　　仄　　　仄　　　仄

【词人·词例】

北宋　许将（1037—1111），字冲元，福州闽（今福建闽清）人。仁宗嘉祐八年（1063）癸卯科状元，也是福州地区历史上第一个状元。神宗时，官太常丞、翰林学士、兵部侍郎。哲宗时，官至中书侍郎。徽宗时，官门下侍郎，以资政殿学士出守河南府。后授奉国军节度使。卒赠开府仪同三月，谥文定。词存二首。

雁声晚断。寒霄云卷。正一枝开，风前看，月下见。花占千花上，香
　　　（去）　　　（上）　　　　　　　　　（去）

笑千香浅（上）。化工与、最先裁剪（上）。　　谁把瑶林，闲抛江岸。凭素（去）英浓，

芳心细，意何限（去）。不恨宫妆色，不怨吹羌管（上）。恨天远、恨春来晚（上）。

注：本词例押山部“山”“天”韵。

惜奴娇

【词律·词趣】

本格双片七十三字。全词同韵，仄韵，韵字可上声、可去声。

上片　四，三、四。三、四。四，三、三。二。三、四。（七句）
　　　　　　仄　　仄　　　　　仄　仄　　仄

下片　四，三、三。三、四。四，三、三。二。三、四。（七句）
　　　　　　仄　　仄　　　　　仄　仄　　仄

【词人·词例】

南宋　石孝友

我已多情，更撞著、多情底你（上）。把一心、十分向你（上）。尽□他们，劣心肠、偏有你（上）。共你（上）。风了人，只为个你（上）。　宿世冤家，百忙里、方知你（上）。没前程、阿谁似你（上）。坏却才名，到如今、都因你（上）。是你（上）。我也没、星儿恨你（上）。

注：本词例押衣部“衣”韵。

惜琼花

【词律 · 词趣】

本格双片六十字。全词同韵，仄韵，韵字可上声、可去声，古韵多入声。上下片第三句首字可为领字。

上片　三。三。五，四。七。四，四。（七句）
　　　仄　仄　△　仄　仄　　仄

下片　三，三。五，四。七。四，四。（七句）
　　　　　仄　△　仄　仄　　仄

【词人 · 词例】

北宋　张先

汀苹白。苕水碧。每逢花驻乐，随处欢席。别时携手看春色。萤火而
（古入）（古入）△（古入）（古入）

今，飞破秋夕。　　旱河流，如带窄。任身轻似叶，何计归得？断云
（古入）（古入）△（古入）

孤骛青山极。楼上徘徊，无尽相忆。
（古入）（古入）

注： 本词例押古入声“陌”“职”韵。因“陌”“职”在古韵中与“碧”“力”同韵，而“碧”“力”在现代韵中同“衣”韵，故全调可押衣部“衣”韵。

惜秋华

【词律·词趣】

本格双片九十三字。全词同韵，仄韵，韵字可上声、可去声。下片第二句首字为领字。上片第六句可制为七字句，末句可制为“五四”句式。下片第四句、第五句可制为“四六”句式，见吴文英词。

上片　　四，三、六。四，六。六，三、四。二，三、六。（八句）
　　　　　　　仄　　　仄　　　　　仄　　　仄

下片　　五。五，四。三、三，四。六，三、四。二。三、四。（九句）
　　　　仄　△　仄　　　　　仄　　　　仄　仄　　　仄

【词人·词例】

南宋　吴文英

细响残蛩，傍灯前、似说深秋怀抱。怕上翠微，伤心乱烟残照。西湖
（去）　（去）

镜掩尘沙，翳晓影[①]、秦鬟云扰。新鸿，唤凄凉、渐入红萸乌帽。　江
（上）　（去）

上故人老。视东篱秀色，依然娟好。晚梦趁、邻杵断，乍将愁到。
（上）　△　（上）　（去）

秋娘泪湿黄昏，又满城、雨轻风小。闲了。看芙蓉、画船多少。
（上）　（上）　（上）

注：一、本词例押高部“高”韵。

二、①翳：音“yì”。遮蔽。

惜余妍

【词律·词趣】

本格双片九十四字。全词同韵，仄韵，韵字可上声、可去声，古韵多入声。上下片第二句首字为领字。

上片　四，五，四。四，六。六，三、四。二，三、六。（九句）
　　　　　△　仄　　仄　　　仄　　　仄

下片　六，五，四。四，六。六，三、四。二，三、四。（九句）
　　　　　△　仄　　仄　　　仄　　　仄

【词人·词例】

南宋　曹邍（生卒年不详），字择可，号松山。贾似道门客。有《松山词》。词存六首。

同根异色，看镂玉雕檀，芳艳如簇。秀叶玲珑，嫩条下垂修绿。禁华
　　　　　△　　　　　　（古入）　　　　　　（古入）
深锁清妍，香满架、风梳露浴。轻盈，便似觉、酴醾格调粗俗①。
　　　　　　　　　（古入）　　　　　　　　　（古入）

蜂黄间涂蝶粉，疑旧日二乔，各样妆束。费却春工，斗合靓芳浓馥。
　　　　　　　△　　　　　（古入）　　　　　　（古入）
翠华临槛清赏，飞凤斝②、休辞醉玉。晴昼，镇贮春、瑶台金屋。
　　　　　　　　　　（古入）　　　　　　（古入）

注：一、本词例押古入声“屋”“沃”韵。因“屋”“沃”在古韵中同“绿”“禄”韵，而“绿”“禄”在现代韵中属“姑”韵，故全调可押姑部“姑”韵。

二、①酴醾：音“tú mí”。这里指重酿的酒。②斝：音“jiǎ”。古代酒具。

喜长新

【词律·词趣】

本格双片四十七字。全词同韵，平韵，韵字可阴平，可阳平。

上片　　七。四。七。六。（四句）

　　　　平　平　平　平

下片　　六，四。七。六。（四句）

　　　　　　平　平　平

【词人·词例】

北宋　王益柔（1015—1086），字胜之，河南（今河南洛阳）人。借荫入仕。仁宗时，拜集贤校理。神宗时，任兵部郎中，充集贤校理，直舍人院，知制诰，直学士院。后以太中大夫、龙图阁直学士判将作监，为秘书监。词存一首。

秋云朔吹晓徘徊。雪照楼台。梁王宴召邹枚。相如独逞雄才。　　明

（古上平）（古上平）（古上平）（古上平）

烛薰炉香暖，深劝金杯。庭前粉艳有寒梅。一枝昨夜先开。

（古上平）（古上平）（古上平）

注：本词例押古上平声“灰”韵，亦押现代韵飞部“飞”韵。

喜迁莺

【词律·词趣】

本格双片一百零三字。全词同韵，仄韵，韵字可上声、可去声。上片第二句、第十句，下片第十一句首字为领字。此慢词一名多体，其句式、韵脚各异，见晁端礼、刘一止、蔡伸等词。其令词为双片四十七字，上片四平韵，下片两仄韵、两平韵，见晏殊、杜安世等词。本词又名《万年枝》《鹤冲天》《春光好》等。但正名《鹤冲天》《春光好》与此调不同。

上片　四。五，四。四，四，六。六，六。三，五，四。（十一句）
　　　仄　△　仄　　　　　　仄　　仄　　　△　仄

下片　二。三，四，五。四，四，六。六，六。三，五，四。（十二句）
　　　仄　　　　仄　　　　　仄　　仄　　△　仄

【词人·词例】

南宋　冯去非（1192—?），字可迁，号深居，南康军（今江西星子）人。理宗时进士。曾官协淮东转运、宗学谕。

凉生遥渚。正绿芰擎霜，黄花招雨。雁外渔村，蛩边蟹舍，绛叶满秋
　　（古上）△　　　　　　　（古上）

来路。世事不离双鬓，远梦偏欺孤旅。送望眼，但凭舷微笑，书空无
（古去）　　　　　　　　　　（古上）　　　　△

语。　　慵觑。清镜里，一载征尘，长把朱颜污。借箸青油，挥毫紫
（古上）　（古去）　　　　　　　　　（古去）

塞，旧事不堪重举。间阔故山猿鹤，冷落同盟鸥鹭。倦游也，便檣云
（古上）（古去）△
柁月，浩歌归去。
（古去）

注：本词例押古上声“语”“麌”韵，古去声“御”“遇”韵。因“语”“麌”“御”“遇”在现代韵中属“居”韵，故全调可押衣部“居”韵。

系裙腰

【词律 · 词趣】

本格双片五十八字。全词同韵，平韵，韵字可阴平、可阳平。另有句式、字数、句读不同者，见张先、欧阳修等词。南宋吴文英《花上月令》与此调同字句，但句读不同。

上片　七。三、三。七。三，三，三。（六句）
　　　平　　平　平　　　　平

下片　七。三、三。七。三，三，三。（六句）
　　　平　　平　平　　　　平

【词人 · 词例】

北宋　魏夫人（生卒年不详），名玩，字玉汝，襄阳（今属湖北）人。徽宗朝丞相曾布之妻，封鲁国夫人。南宋哲学家朱熹将其与李清照并提。有《鲁国夫人词》。词存十四首。

灯花耿耿漏迟迟（阳）。人别后、夜凉时（阳）。西风潇洒梦初回（阳）。谁念我，就单枕，皱双眉（阳）。　锦屏绣幌与秋期（阴）。肠欲断、泪偷垂（阳）。月明还到小窗西（阴）。我恨你，我忆你，你争知（阴）。

注：本词例押衣部“衣”韵。其中，“回”“眉”“垂”在现代韵中属“飞”韵，而“飞”在古韵中与“衣”同韵，故“回”“眉”“垂”亦属“衣”韵。

夏初临

【词律·词趣】

本格双片九十七字。全词同韵，平韵，韵字可阴平、可阳平。下片第九句可押韵，可不押韵，见曹冠词。

上片　四，四，六。四，六。六。三、四。四，四，四。（十句）
　　　　　　平　　　平　平　　　平　　　　平

下片　四，四，四，四。四，六。四。三、四。三。四，四。（十一句）
　　　　　　　　平　　平　平　　平　平　　平

【词人·词例】

北宋　刘泾（生卒年不详），字巨济，简州（今四川简阳）人。神宗时进士。王安石荐其才，召见，授经义所检讨，后迁太学博士，又知处、虢、真、坊四州。哲宗时，拜职方郎中。有《前溪集》五卷。

泛水新荷，舞风轻燕，园林夏日初长。庭树阴浓，雏莺学弄新簧。小
　　　　　　　　　　　（阳）　　　　　　　　　（阳）
桥飞如横塘。跨青蘋、绿藻幽香。朱阑斜倚，霜纨未摇，衣袂先凉。
　　　（阳）　　　　　（阴）　　　　　　　　　　　　（阳）

歌欢稀遇，怨别多同，路遥水远，烟淡梅黄。轻衫短帽，相携洞府
　　　　　　　　　　　　　　　（阳）
流觞。况有红妆。醉归来、宝蜡成行。拂牙床。纱厨半开，月在回廊。
（阴）　　（阴）　　　　　　　（阳）　（阳）　　　　　　　（阳）

注：本词例押方部“方”韵。

夏云峰

【词律·词趣】

本格双片九十一字。全词同韵，平韵，韵字可阴平、可阳平。上下片首句可押韵，可不押韵。本调韵段内可撤句造句，但须保持其字数不变，见曹勋、赵长卿等词。

上片　三。三，六。六，四。四，三、四。三、四，四。（九句）
　　　平　　平　　平　　　平　　　平

下片　六。三，六。六，四。四，三、四。三、四，四。（九句）
　　　平　　平　　平　　　平　　　平

【词人·词例】

北宋　柳永

宴堂深。轩楹雨，轻压暑气低沉。花洞彩舟泛斝，坐绕清浔。楚台风
（阴）　　　　　　（阳）　　　　　　（阳）

快，湘簟冷、永日披襟。坐久觉、疏弦脆管，时换新音。　越娥兰
（阴）　　　　（阴）

态蕙心。逞妖艳，昵欢邀宠难禁。筵上笑歌间发，舄履交侵①。醉乡
（阴）　　　　　　（阴）　　　　　　（阴）

归处，须尽兴、满酌高吟。向此免、名缰利锁，虚费光阴。
（阳）　　　　（阴）

注：一、本词例押根部“根”韵。其中，“沉”属“根”韵。

二、①舄：音“xì”。鞋。

献金杯

【词律·词趣】

本格双片六十六字。全词同韵，仄韵，韵字可上声、可去声。此调句式稳健，宜写闲逸之情。

上片　　四，四。三、四。四，五，三。六。（七句）
　　　　　　仄　　　仄　　　　　仄　仄

下片　　四。四，三、四。四，五，三。六。（七句）
　　　　仄　　　　　仄　　　　　仄　仄

【词人·词例】

北宋　贺铸

风软香迟，花深漏短。可怜宵、画堂春半。碧纱窗影，卷帐蜡灯红，
　　　　　　　　（上）　　　　　　　　（去）
鸳枕畔。密写乌丝一段。　　采蘋溪晚。拾翠沙空，尽愁倚、梦云飞
　（去）　　　（去）　　　　　（上）
观。木兰艇子，几日渡江来，心目断。桃叶青山隔岸。
（去）　　　　　　　　　　　　　（去）　　　　（去）

注：本词例押山部“山”韵。

相见欢

【词律 · 词趣】

本格原为唐教坊曲名，后用为词牌。双片三十六字。全词上片与下片后两句同韵，平韵，韵字可阴平、可阳平。下片头两句同韵，仄韵，韵字可上声、可去声。另有平仄韵相间，全词同韵体；亦有全词同韵，均押平韵体。本词又名《秋夜月》（但与正名《秋夜月》不同）《上西楼》《乌夜啼》（但与正名《乌夜啼》不同）。

上片　六。三。六、三。（三句）
　　　平　平　　　平

下片　三。三。三。六、三。（四句）
　　　仄　仄　平　　　平

【词人 · 词例】

南宋　朱敦儒

深秋庭院初凉。近重阳。篱畔一枝金菊、露微黄。　鲈脍韵①。橙
　　　　　（阳）　（阳）　　　　　　　　（阳）　　　（去）
虀品②。酒新香。我是升平闲客、醉何妨。
（上）　（阴）　　　　　　　　（阳）

注：一、本词例押方部“方”韵；根部“根”韵。

二、①脍：音“快”。把鱼肉切成片。②虀：音“xiè”。蔬菜名。

相思会

【词律·词趣】

本格双片七十七字。全词同韵，仄韵，韵字可上声、可去声。此调格律悠扬，最适合填唱人生哲理之词。

上片　　五，五。六，四。四。五。三，三，三。（九句）
　　　　　　仄　　　仄　仄　仄　　　　　　仄

下片　　四，五。四，六。四，五。三、三，五。（八句）
　　　　　　仄　　　仄　　　仄　　　　　仄

【词人·词例】

南宋　曹组（生卒年不详），字元宠，阳翟（今河南禹县）人。曾六举不第。徽宗晚殿试中甲，赐同进士出身。官至睿思殿应制。其词以“滑稽下俚”和“侧艳”著称，源于柳风。有《箕颍词》。

人无百年人，刚作千年调。待把门关铁铸，鬼见失笑。多愁早老。惹
　　　　　　　　　　（去）　　　　　　　　　（去）　　（上）

尽闲烦恼。我醒也，枉劳心，谩计较。　　粗衣淡饭，赢取暖和饱。
　　（上）　　　　　　　　　（去）　　　　　　　　　　（上）

住个宅儿，只要不大不小。常教洁净，不种闲花草。据见定、乐平生，
　　　　　　　　　（上）　　　　　　　　　（上）

便是神仙了。
　　　　（上）

注：本词例押高部“高”韵。

湘春夜月

【词律·词趣】

本格双片一百零二字。全词同韵，平韵，韵字可阴平、可阳平。上片第六句、第八句首字为领字。此词为南宋黄孝迈自度曲，《全宋词》只此一首。

上片　三。六。六，五。六，五，四。五，四，四。（十句）
　　　平　平　　　平　　　△　平　△　　　平

下片　四，四，四。四，三、四，四。四，三、四。三，七，六。（十一句）
　　　　　　　平　　　　　　　平　　　　　平　　　　　平

【词人·词例】

南宋　黄孝迈（生卒年不详），字德文，号雪舟，闽清（今属福建）人。有《雪舟长短句》。词存二首。

近清明（阳）。翠禽枝上消魂（阳）。可惜一片清歌，都付与黄昏（阴）。欲共柳花低诉。怕（△）柳花轻薄，不解伤春（阴）。念（△）楚乡旅宿，柔情别绪，谁与温存（阳）。　　空尊夜泣，青山不语，残照当门（阳）。翠玉楼前，惟是有、一波湘水，摇荡湘云（阳）。天长梦短，问甚时、重见桃根（阴）。这次第、算人间没个并刀，剪断心上愁痕（阳）。

注：本词例押根部“根”韵。

湘江静

【词律·词趣】

本格双片一百零三字。全词同韵，仄韵，韵字可上声、可去声。上片第五句，下片第六句首字可为领字。“湘江”，别称“潇湘”，古代文人视湘江为神遨仙游之地。词人借此制为词牌。调见《乐府雅词》。又名《潇湘静》。

上片　七。三、四。四，四，五。五，三、四。四，四，三、三。（十句）
　　　仄　　仄　　　　△仄　　　　仄　　　　　仄

下片　三，三。三、四。四，四，五。五，三、四。四，四，四。（十一句）
　　　　仄　　仄　　　　△仄　　　　仄　　　　　仄

【词人·词例】

南宋　史达祖

暮草堆青云浸浦。记匆匆、倦篙曾驻。渔榔四起，沙鸥未落，怕愁沾
　　　　（古上）　　　　　（古去）　　　　　　　　　　　　△
诗句。碧袖一声歌，石城怨、西风随去。沧波荡晚，菰蒲弄秋，还重
（古去）　　　　　　　　　（古去）
到、断魂处。　酒易醒，思正苦。想空山、桂香悬树。三年梦冷，
　（古去）　　　　　（古上）　　　　　（古去）
孤吟意短，屡烟钟津鼓。屐齿厌登临，移橙后、几番凉雨。潘郎渐老，
　　　　　△　（古上）　　　　　　　　　　　（古上）

风流顿减，闲居未赋。
（古去）

注：本词例押古上声“语”“麌”韵，古去声“遇”韵。因“语”“麌”“遇”在现代韵中属“居”韵，故全调可押衣部“居”韵。

向湖边

【词律·词趣】

本格双片一百零四字。全词同韵，仄韵，韵字可上声、可去声。上片第五句，下片第四句、第六句首字为领字。此词因江纬词中有“向湖边柳外”句而得名。南宋张拭借江纬韵作一首。

上片　　四，四，六。四，五。三、四，四，六。四，五。（十句）
仄　△仄　仄　仄

下片　　四，五。五，五。四，五。八。三、七。四，五。（十句）
仄　△仄　△仄　仄　仄　仄

【词人·词例】

南宋　江纬（生卒年不详），字彦文，三衢（今浙江衢县）人。哲宗时太学生。徽宗时，赐进士及第。曾任处州缙云县令，拜太学正，太常少卿，知处州。后直秘阁，知洺州。

退处相关，幽栖林薮①，舍宇第须茅盖。翠巘清泉，启轩窗遥对。遇等
（古去）　△　（古去）
闲、邻里过从，亲朋临顾，草草便成幽会。策杖携壶，向湖边柳外。
（古去）　（古去）

旋买溪鱼，便斫银丝脍②。谁复欲痛饮，如长鲸吞海。共惜醺酣，恐
△　（古上）　△　（古上）　△
欢娱难再。矧清风明月非钱买③。休追念、金马玉堂心胆碎。且斗尊
（古去）　（古上）　（古去）

前，有阿谁身在。
（古去）

注：一、本词例押古上声“贿”“蟹”韵，古去声“泰”“队”韵。因“贿”“蟹”“泰”“队”在古韵中与“彩”“买”“太”“代”同韵，而“彩”“买”“太”“代”在现代韵中又属“开”韵，故全调可押开部“开”韵。

二、①薮：音“sǒu”。生长着草的湖。②斫：音“zhuó”。用刀斧砍。③矧：音“shěn”。况且。

逍遥乐

【词律·词趣】

本格双片九十八字。全词同韵，仄韵，韵字可上声、可去声。

上片　六。四，六。四，四，六。四。三、四，四。五，四。（十一句）
　　　仄　　仄　　　　　　仄　仄　　　　仄　　　仄

下片　六。六。五，三、三。五，六。二，四，四。（九句）
　　　仄　仄　　　　仄　　仄　　　仄

【词人·词例】

北宋　黄庭坚

春音渐归芳草（上）。故国佳人，千里信沉音杳（上）。雨润烟光，晚景澄明，极目危栏斜照（去）。梦当年少（去）。对尊前、上客邹枚，小鬟燕赵（去）。共舞雪歌尘，醉里谈笑（去）。　花色枝枝争好（上）。鬓丝年年渐老（上）。如今遇风景，空瘦损、向谁道（去）。东君幸赐与，天幕翠遮红绕（上）。休休，醉乡岐路，华胥蓬岛（上）。

注：本词例押高部“高”韵。

潇湘神

【词律·词趣】

本格单片二十七字。全词同韵，平韵，韵字可阴平、可阳平。第一句、第二句为叠句。又名《潇湘曲》。此调因唐刘禹锡咏湘妃词而得名。

单片　三。三。七。七，七。（五句）
平　平　平　平

【词人·词例】

南宋　黄公绍（生卒年不详），字直翁，邵武（今属福建）人。度宗时进士。隐居樵溪。有《在轩集》。

建云斿（阳）。建云斿①（阳）。土风到处总相犹（阳）。朝了霍山朝岳帝，十分打扮是杭州（阴）。

注：一、本词例押收部“收”韵。

二、①斿：音“yóu”。同“游”。

潇湘忆故人慢

【词律·词趣】

本格双片一百零四字。全词同韵，平韵，韵字可阴平、可阳平。上片第二句、第五句，下片第五句、第六句首字为领字。

上片　　四，五，四。五。五，四。四，三、四。三、四，六。（十句）
　　　　　△　平　平　△　平　　　　　平　　　　平

下片　　三，三，三，六。五。五，四。四，三、四。三、四，六。（十一句）
　　　　　　　　平　△平　△　平　　　　　平　　　　平

【词人·词例】

北宋　王安礼（1034—1095），字和甫，临川（今江西抚州）人。王安石之弟。仁宗时进士。历官著作佐郎、崇文院校书、翰林学士，后知扬、青、蔡三州。官至尚书左丞。世称王安礼、王安国（王安石大弟）、王雱（王安石之子）为“临川三王”。有《王魏公集》二十卷。

薰风微动，方樱桃弄色，萱草成窠[1]。翠帐敞轻罗。试冰簟初展，几
　　　　△　　　　　　　　　（古下平）　　（古下平）△

尺湘波。疏帘广厦，寄潇洒、一枕南柯。引多少、梦中归绪，洞庭雨
（古下平）　　　　　　　　（古下平）

棹烟蓑。　惊回处，闲昼永，但时时，燕雏莺友相过。正绿影婆娑。
（古下平）　　　　　　　　　　　　（古下平）　△　（古下平）

况庭有幽花，池有新荷。青梅煮酒，幸随分、赢得高歌。功名事、到
△　　　　　　　　（古下平）　　　　　　　　　　　　（古下平）

头终在，岁华忍负清和。
　　　　　　　　（古下平）

注：一、本词例押古下平声“歌”韵。因“歌”在现代韵中属歌韵，故全调可押歌部“歌”“波”韵，声调亦有变化。

二、①窠：音“kē”。巢穴。

小重山

【词律·词趣】

本格双片五十八字。全词同韵，平韵，韵字可阴平、可阳平。亦有押仄韵者。此词又名《小冲山》《小重山令》《壁月堂》《群玉轩》等。

上片　七。五，三。七。三，五。（六句）
平　　平　平　　平

下片　五。五，三。七。三，五。（六句）
平　　平　平　　平

【词人·词例】

北宋　欧阳澈（1091—1127），字德明，抚州崇仁（今属江西）人。钦宗初，三次上书抗金，未被采纳。高宗时，伏阙上书，遭杀害，英年抱恨而死。有《飘然先生集》。词存七首。

红叶伤心月午楼。袭人风细细，远烟浮。瞢腾醉眼不禁秋①。追旧事，
（阳）　（阳）　（阴）

拍塞一怀秋。　心绪两悠悠。东阳消瘦损，甚风流。拟凭仙枕梦中
（阳）　（阴）　（阳）

游。无眠久，通夕数更筹。
（阳）　（阳）

注：一、本词例押收部“收”韵。其中，“浮”在古韵中与“收”同韵。

二、①瞢：音“méng”。目不明。

小桃红

【词律·词趣】

本格双片七十字。全词同韵，仄韵，韵字可上声，可去声。上下片末句首字为领字。下片首句可押韵，可不押韵。另有七十二字体，见邵叔齐词。因唐代诗人白居易《长恨歌》有“在天愿作比翼鸟，在地愿为连理枝”句，本词又名《连理枝》。另有别称《红娘子》《灼灼花》等。

上片　五。五。四，四，四。三、五，五。（七句）
　　　仄　仄　　　　仄　　△仄

下片　五，五。四，四，四。三、五，五。（七句）
　　　　　仄　　　　仄　　△仄

【词人·词例】

南宋　余桂英（生卒年不详），字子发，号野云。

芳草连天春。斜日明汀渚。懊恨东风，恍如春梦，忽忽又去。早知人、
（古去）（古上）（古去）

酒病更诗愁，镇轻随飞絮。　宝镜空留恨，筝雁浑无据。门外当时，
△（古去）（古去）

薄情流水，如今何处。正相思、望断碧山云，又莺啼晚雨。
（古去）△（古上）

注：本词例押古上声“语”“麌”韵，古去声“御”“遇”韵。因“语”“麌”“御”“遇”在现代韵中属“居”韵，故全调可押衣部“居”韵。

谢池春

【词律 · 词趣】

本格双片六十六字。全词同韵，仄韵，韵字可上声、可去声。上下片第五句首字为领字。上下片末句可制为七字句。另有《谢池春慢》，双片九十字，仄韵体。本词又名《风中柳》《玉莲花》等。

上片　四，六。三、四。四，五。三、四。（六句）
仄　仄　△仄　仄

下片　四，六。三、四。四，五。三、四。（六句）
仄　仄　△仄　仄

【词人 · 词例】

南宋　陆游

壮岁从戎，曾是气吞残虏。阵云高、狼烟夜举。朱颜青鬓，拥雕戈西
（上）　（上）　△

戍。笑儒冠、自来多误。　功名梦断，却泛扁舟吴楚。漫悲歌、伤
（去）　（去）　（上）

怀吊古。烟波无际，望秦关何处。叹流年、又成虚度。
（上）　△　（去）　（去）

注：本词例押姑部“姑”韵。其中，“举”与“楚”在古韵中同韵，“楚”在现代韵中属“姑”韵。

新荷叶

【词律·词趣】

本格双片八十二字。全词同韵，平韵，韵字可阴平、可阳平。另有八十三字体，且下片头两句制为“四三四”句式，见史浩词。

上片　四，六。四，六。四，三、四。四，六。（八句）
　　　　平　　平　　　　　平　　平

下片　四，六。四，六。四，三、四。四，六。（八句）
　　　　平　　平　　　　　平　　平

【词人·词例】

北宋　黄裳（1044—1130），字勉仲，号演山，延平（今福建南平）人。神宗时，进士第一。曾官端明殿学士。有《演山先生文集》《演山词》。词存五十三首。

落日衔山，行云载雨俄鸣。一倾新荷，坐间疑是秋声。烟波醉客，见
（古下平）（古下平）

快哉、风恼娉婷。香和清点，为人吹在衣襟。　珠佩欢言，放船且
（古下平）（古下平）

向前汀。绿伞红幢，自从天汉相迎。飞鸥独落，芦边对、几朵繁英。
（古下平）（古下平）（古下平）

侑觞人唱[1]，乍闻应似湘灵。
（古下平）

注：一、本词例押古下平声“庚”“青”“侵”韵。因“庚”“青”在现代韵中属“声”韵，“侵”与“声”属宽韵，故全调可押东部“声”韵。

二、①侑：音“yòu”。劝人食、饮。

行路难

【词律·词趣】

本格原为古乐府《杂曲歌辞》篇名，后用为词牌。双片一百一十四字。全词平仄相间，上下片均为“仄仄仄平平平仄仄平平平”韵。平、仄韵段可各为一个韵，可两个韵段或两个以上韵段同一个韵。仄韵可上声、可去声，平韵可阴平、可阳平。上下片第六句、第七句可制为九字句。上下片末两句可制为“六三”句式，见朱雍、贺铸等词。“行路难”，含人生之路艰难及离别悲切之意，源于民间歌谣。因南朝就有名作，且唐李白三首亦著名，故宋人沿用为词牌。此词牌和《将进酒》均由贺铸以乐府篇名《梅花引》中一百一十四字体《小梅花》易名而得。《小梅花》又名《贫也乐》。

上片	三。	三。	七。	三。	三。	四，	五。	七。	七。	三。	三。	四，	五。	（十三句）
	仄	仄	仄	平	平		平	仄	仄	平	平		平	
下片	三。	三。	七。	三。	三。	四，	五。	七。	七。	三。	三。	四，	五。	（十三句）
	仄	仄	仄	平	平		平	仄	仄	平	平		平	

【词人·词例】

北宋　贺铸

缚虎手（上），悬河口（上）。车如鸡栖马如狗（上）。白纶巾（阴），扑黄尘（阳）。不知我辈，可

是蓬蒿人。衰兰送客咸阳道。天若有情天亦老。作雷颠，不论钱。谁
（阳）（去）（上）（阴）（阳）
问旗亭，美酒斗十千。 酌大斗。更为寿。青鬓常青古无有。笑嫣
（阴）（上）（去）（上）
然。舞翩然。当垆秦女，十五语如弦。遗音能记秋风曲。事去千年犹
（阳）（阳）（阳）（上）
恨促。揽流光。系扶桑。争奈愁来，一日却为长。
（去）（阴）（阴）（阳）

注：本词例押收部“收”韵，根部“根”韵，高部“高”韵，山部“山”“天”韵，衣部“居”韵；方部“方”韵。其中，“促”在古韵中与“曲”同韵，而“曲”在现代韵中属“衣”韵，故“促”亦属“衣”韵。

行香子

【词律·词趣】

本格双片六十六字。全词同韵，平韵，韵字可阴平、可阳平。另有六十四字、六十八字体，其句式、韵脚略异，见杜安世、晏几道、李清照等词。此词又名《爇心香》。

上片　四，四。三、四。四，四。四，三，三。（八句）
　　　　平　　平　　平　　　平

下片　四，四。三、四。四，四。四，三，三。（八句）
　　　　平　　平　　平　　　平

【词人·词例】

南宋　戴复古（1167—约1237），字式之，自号石屏、石屏樵隐。台州黄岩（今属浙江）人。以诗名世，布衣终老。曾从陆游学诗，为江湖诗派重要诗人。有《石屏诗集》《石屏词》。词存四十六首。

万石崔嵬，二水涟漪（阴）。此江山、天下之奇（阳）。太平气象，百姓熙熙（阴）。有文章公，经纶手，把州麾（阴）。　满斟寿酒，笑捻梅枝（阴）。管年年、长见花时（阳）。佳人休唱，浅近歌词（阳），读浯溪颂[1]，愚谷记，澹岩诗（阴）。

注：一、本词例押衣部“衣”“居”韵。其中，“麾”在古韵中属“支”韵，而“支”在现代韵中属“衣”韵。

二、①浯：音“wú”。水名。

杏花天

【词律·词趣】

本格双片五十五字。全词同韵，仄韵，韵字可上声、可去声。又名《杏花风》。下片首句可制为“三四”句式。见赵彦端、汪莘词。另有五十四字、五十六字体，见赵彦端、卢炳等词。此调有慢词《杏花天慢》。

上片　七。三、四。七。三、四。（四句）
　　　仄　　　仄　仄　　　仄

下片　七。三、四。七。六。（四句）
　　　仄　　　仄　仄　仄

【词人·词例】

南宋　侯寘（生卒年不详），字彦周，东武（今山东诸城）人，居长沙。曾官耒阳令。有《懒窟词》。词存九十六首。

宝钗整鬓双鸾斗。睡未醒、熏风襟袖。彩丝皓腕宜清昼。更艾虎、衫
（去）（去）（去）

儿新就。　玉杯共饮菖蒲酒。愿耐夏、宜春厮守。榴花故意红添皱。
（去）（上）（上）（去）

映得人来越瘦。
（去）

注：本词例押收部“收”韵。

杏花天影

【词律·词趣】

本格双片五十八字。全词同韵，仄韵，韵字可上声、可去声。姜夔自度曲。姜夔取《杏花天》调，稍作变化而成新腔，故而加“影”以区别。

上片　七。三、四。七，二。三、三。（五句）
　　　仄　　仄　　仄　　仄

下片　三。四。三、四。七，二。三、三。（六句）
　　　仄　仄　　仄　　仄　　仄

【词人·词例】

南宋　姜夔

绿丝低拂鸳鸯浦。（古上）想桃叶、当时唤渡。（古去）又将愁眼与春风，待去。（古去）倚兰桡、更少驻。（古去）　　金陵路。（古去）莺吟燕舞。（古上）算潮水、知人最苦。（古上）满汀芳草不成归，日暮。（古去）更移舟、向甚处。（古去）

注：本词例押古上声“麌”韵，古去声“御”“遇”韵。因“麌”“御”“遇”在现代韵中属“居”韵，故全调可押衣部“居”韵。

绣带儿

【词律·词趣】

本格双片四十五字。全词同韵，平韵，韵字可阴平、可阳平。

上片　五。五。六，五。（四句）
　　　平　平　　　平

下片　五。三、四。四，四，四。（五句）
　　　平　　　平　　　　平

【词人·词例】

南宋　曾觌（1109—1180），字纯甫，号海野老农，汴京（今河南开封）人。高宗时，为建王（后为孝宗）内知客。孝宗即位后，授权知阁门事。后为开府仪同三司，加少保、醴泉观使。有《海野词》。词存一百零四首。

潇洒陇头春。取次一枝新。还是东风来也，犹作未归人。　微月淡
　　　　（阴）　　　　（阴）　　　　　　　　　　（阳）
烟村。谩伫立、惆怅黄昏。暮雨香细，疏英几点，尽奈销魂。
（阴）　　　　　　（阴）　　　　　　　　　　（阳）

注：本词例押根部“根”韵。

选冠子

【词律·词趣】

本格双片一百零七字。全词同韵，仄韵，韵字可上声、可去声。上下片第十句首字为领字。另有一百一十一字。其上下片第七句、第八句、第九句韵段内各加两个字；或其他韵段内可撤句造句，但须保持其字数不变，见曹勋、刘埙等词。本词又名《选官子》《转调选冠子》《惜余春慢》《苏武慢》《仄韵过秦楼》。

上片　四，四，六。四，四，六。四，四，四。五，四，四。（十二句）
　　　　　　仄　　　　仄　　　　　仄　△　　仄

下片　三、四，四，六。四，四，六。四，四，四。五，六。（十一句）
　　　　　　　仄　　　　仄　　　　仄　△　仄

【词人·词例】

南宋　吕渭老

雨湿花房，风斜燕子，池阁昼长春晚。檀盘战象，宝局铺棋，筹画未
　　　　　　　　　　　（上）
分还懒。谁念少年，齿怯梅酸，病疏霞盏。正青钱遮路，绿丝明水，
（上）　　　　　　　　　　（上）△
倦寻歌扇。　　空记得、小合题名，红笺青制，灯火夜深裁剪。明眸
（去）　　　　　　　　　　　　　　　　　　　（上）
似水，妙语如弦，不觉晓霜鸡唤。闻道近来，筝谱慵看，金铺长掩。
　　　　　　　　　（去）　　　　　　　　　　（上）

瘦一枝梅影，回首江南路远。
△ （上）

注：本词例押山部“山”“天”韵。

雪花飞

【词律·词趣】

本格双片四十二字。全词同韵，平韵，韵字可阴平、可阳平。

上片　　六，六。六，四。（四句）
　　　　　　平　　　平
下片　　五，五。六，四。（四句）
　　　　　　平　　　平

【词人·词例】

北宋　黄庭坚

携手青云路稳，天声迤逦传呼。袍笏恩章乍赐，春满皇都。　何
（阴）　（阴）
处难忘酒，琼花照玉壶。归袅丝梢竞醉，雪舞郊衢①。
（阳）　（阳）

注：一、本词例押姑部“姑”韵。“衢”在古韵中与“姑”同韵。

二、①衢：音“qú”。大路。

雪梅香

【词律 · 词趣】

本格双片九十四字。全词同韵，平韵，韵字可阴平、可阳平。凡五字句首字为领字。

上片　三，七。五，六。七，七。三，四，四。（九句）
　　　　　平　△　平　　　平　　　　　平

下片　二。三，四，四。四，六。七，七。三、三，五。（十句）
　　　平　　　　　平　　　平　　　平　　　　△平

【词人 · 词例】

北宋　柳永

景萧索，危楼独立面晴空。动悲秋情绪，当时宋玉应同。渔市孤烟袅
（阴）　△　　　　　　　（阳）
寒碧，水村残叶舞愁红。楚天阔，浪浸斜阳，千里溶溶。　临风。
（阳）　　　　　（阳）　（阴）
想佳丽，别后愁颜，镇敛眉峰。可惜当年，顿乖雨迹云踪。雅态妍姿
（阴）　　　　　（阴）
正欢洽，落花流水忽西东。无憀恨、相思意，尽分付征鸿。
（阴）　　　　　△　　（阳）

注： 本词例押东部“东”“声”韵。

雪狮儿

【词律·词趣】

本格双片九十一字。全词同韵，仄韵，韵字可上声、可去声，古韵多入声。另有八十九字体，且句式略异，见程垓词。

上片　四，四，六。四，六。四。三、四。三、四，四。（九句）
　　　　　仄　仄　仄　仄　仄

下片　六。三，六。四，六。四，三、四。三。六。（九句）
　　　仄　仄　仄　仄　仄　仄

【词人·词例】

南宋　仇远

武林春早，乘兴试问，孤山枝南枝北。见说椒红，初破芳苞犹绿。罗浮
（古入）（古入）
梦熟。记曾有、幽禽同宿。依稀似、缟衣楚楚，佳人空谷。　娇小春
（古入）（古入）（古入）
意未足。甚娇羞，怕入玉堂金屋。误学宫妆，粉额蜂黄轻扑。江空岁晚，
（古入）（古入）（古入）
最难是、旧交松竹。忒幽独。笛倚画楼西曲。
（古入）（古入）（古入）

注：本词例押古入声“屋”“沃”“觉”“职”韵。因“沃”“觉”“职”与“朴”“仆”“匐”同韵，而“朴”“仆”“匐”属“屋”韵，故全词可押“屋”韵。

雪夜渔舟

【词律·词趣】

本格双片一百字。全词同韵，仄韵，韵字可上声、可去声，古韵多入声。上下片第二句首字为领字。

上片	三。	五，	四。	四，	四，	六。	四。	三、	四。	四，	四，	四。	（十一句）
	仄	△	仄			仄	仄		仄			仄	
下片	五。	五，	四。	四，	四，	六。	四。	三、	四。	四，	四，	四。	（十一句）
	仄	△	仄			仄	仄		仄			仄	

【词人·词例】

南宋　张继先

晚风歇。谩自棹扁舟，顺流观雪。山耸瑶峰，林森玉树，高下尽无分
（古入）△　（古入）

别。性情澄彻。更没个、故人堪说。恍然身世，如居天上，水晶宫阙。
（古入）（古入）（古入）（古入）

万尘声影绝。透尘空无外，水天相接。浩气冲盈，真宫深厚，永
（古入）△　（古入）

夜不愁寒冽。愧怜鄙劣。只解道、赴炎趋热。停桡失笑，知心都付，
（古入）（古入）（古入）

野梅江月。
（古入）

注：本词例押古入声“屑”“月”“叶”韵。因“屑”“月”“叶”在现代韵中属“些”韵，故全调可押些部“些”韵；“些”与“衣”属宽韵，故全调亦可押衣部“衣”韵、“居”韵。

寻 梅

【词律·词趣】

本格双片六十字。全词同韵，仄韵，韵字可上声、可去声。

上片　七。三、四。七。五，四。（五句）
　　　仄　　　仄　仄　　　仄

下片　七。三、四。七。三、六。（四句）
　　　仄　　　仄　仄　　　仄

【词人·词例】

北宋　沈蔚（生卒年不详），字会宗，吴兴（今浙江吴兴）人。

今年早觉花信蹉。想芳心、未应误我。一月小径几回过。始朝来寻见，
（古去）（古上）（古去）

雪痕微破。　眼前大抵无那。好景色、只消些个。春风烂熳却且可。
（古去）（古去）（古去）（古上）

是而今、枝上一朵两朵。
（古上）

注： 本词例押古上声“哿”韵，古去声“个”韵。因“哿”“个”在现代韵中属“歌”韵，故全调可押歌部“歌”韵。

燕山亭

【词律·词趣】

本格双片九十九字。全词同韵，仄韵，韵字可上声、可去声。上片第十句首字为领字。上片后两句可制为“三六”句式，下片头三句可制为“六五四”句式，见王之道、毛幵等词。本词又名《宴山亭》。

上片　　四，四，六。四，四，六。四，三、四。二。五，四。（十一句）
仄　仄　仄　仄　△　仄

下片　　六，三，六。四，四，六。四，三、四。二。三、四。（十句）
仄　仄　仄　仄　仄

【词人·词例】

北宋　赵佶（1082—1135），即宋徽宗，1100—1125 年在位。画善花卉翎毛，书法创“瘦金体”。后被金人所俘，北上，死于五国城（今黑龙江依兰）。后世评其“诸事皆能，独不能为君耳”。有《宋徽宗词》。词存十二首。

裁剪冰绡，轻叠数重，冷淡燕脂匀注。新样靓妆，艳溢香融，羞杀蕊
（古去）
珠宫女。易得凋零，更多少、无情风雨。愁苦。闲院落凄凉，几番春
（古上）　（古上）（古上）△
暮。　　凭寄离恨重重，这双燕，何曾会人言语。天遥地远，万水千
（古去）　（古上）

山，知他故宫何处。怎不思量，除梦里、有时曾去。无据。和梦也、有时不做。
（古去）（古去）（古去）（古去）

注：本词例押古上平声“语”“麌”韵，古去声“御”“遇”韵。因“语”“麌”“御”“遇”在现代韵中属“居”韵，故全调可押衣部“居”韵。

盐角儿

【词律·词趣】

本格双片五十字。全词同韵，仄韵，韵字可上声、可去声，古韵多入声。此词牌为北宋人依据包盐纸角中曲谱填词而得名。

上片　　四，四，四。四，四，四。（六句）
　　　　　　　仄　　　仄

下片　　三，三。三、四。三、四，六。（五句）
　　　　　仄　　　仄　　　　仄

【词人·词例】

北宋　欧阳修

增之太长，减之太短，出群风格。施朱太赤，施粉太白，倾城颜色。
　　　　　　　　　　　　（古入）　　　　　　　　　　　（古入）

慧多多，娇的的。天付与、教谁怜惜。除非我、偎著抱著，更有
　　　　　　（古入）　　　　　　（古入）

何人消得。
　（古入）

注： 本词例押古入声“陌”“锡”“职”韵。因“锡”“职”在现代韵中属“衣”韵，“陌”与“碧”在古韵中同韵，而“碧”在现代韵中属“衣”韵，故全调可押衣部“衣”韵。

檐前铁

【词律·词趣】

本格双片七十一字。全词同韵，仄韵，韵字可上声、可去声，古韵多入声。“檐前铁”，指屋檐前的“铁马”，又称“檐马”“玉马”，即古代人们挂在屋檐下的风铃。“檐马丁当不忍听”，屋前的风声记载着多少思念之情！宋人以此物为词牌，其意深切。

上片　三，四，四。三、五，六。三，三，六。（八句）
　　　　　　仄　　　　仄　　　仄

下片　三、三，六。三、七。四，五，三。（六句）
　　　　　　仄　　仄　　　仄

【词人·词例】

宋　无名氏

悄无人，宿雨厌厌，空庭乍歇（古入）。听檐前、铁马戛叮当，敲破梦魂残结（古入）。丁年事，天涯恨，又早在心头咽（古入）。　　谁怜我、绮帘前，镇日鞋儿双跌（古入）。今番也、石人应下千行血（古入）。拟展青天，写作断肠文，难尽说（古入）。

注：本词例押古入声“月”“屑”“叶”韵。因“月”“屑”“叶”在现代韵中属“些”韵，故全调可押些部“些”韵。

眼儿媚

【词律·词趣】

本格双片四十八字。全词同韵，平韵，韵字可阴平、可阳平。又名《秋波眉》。相传此词牌由王安石之子王雱初创。王雱因体弱多病，其妻庞荻（翰林学士庞公三女）不得不改嫁。王雱心底戚然，在弥留之际写下了这首《眼儿媚》，不久去世，年仅三十三岁。

上片　七。五。四，四，四。（五句）
　　　平　平　　　　　　平

下片　七，五。四，四，四。（五句）
　　　　　平　　　　　　平

【词人·词例】

北宋　阮阅（生卒年不详），字闳休，号散翁，舒城（今属安徽）人。神宗时进士。历官户部郎、知郴州、知袁州。有《松菊集》《诗话总龟》《阮户部词》。词存六首。

楼上黄昏杏花寒（阳）。斜月小栏干（阴）。一双燕子，两行征雁，画角声残（阳）。

绮窗人在东风里，洒泪对春闲（阳）。也应似旧，盈盈秋水，淡淡青山（阴）。

注：本词例押山部“山”“天”韵。

宴清都

【词律·词趣】

本格双片一百零二字。全词同韵，仄韵，韵字可上声、可去声。上片后四句宜用对偶句。韵段内可撤句造句，但须保持其字数不变，见曹勋、卢祖皋等词。此词因程垓词有“那更春好，花好，酒好，人好”句，又名《四代好》。

上片　五。三，六。四，四，四。六。三、四。三，四，二，二，二。（十三句）
　　　仄　　　仄　　　　　　仄　仄　　　仄　　　　　　　仄

下片　二。四，四，四。四，四，四。六。三、四。三、四，四。（十一句）
　　　仄　　　　　仄　　　　　仄　仄　　　仄　　　　仄

【词人·词例】

南宋　何籀（生卒年不详），字子初，信安（今浙江衢州）人。词存一首。

细草沿阶软。迟日薄，蕙风轻蔼微暖。春工靳惜，桃红尚小，柳芽犹
　　　　（上）　　　　　　　（上）

短。罗帏绣幕高卷。又早是、歌慵笑懒。凭画楼，那更天远，山远，
（上）　　　　（上）　　　　　　（上）

水远，人远。　　堪叹。傅粉疏狂，窃香俊雅，无计拘管。青丝绊马，
　　　（上）　　　（去）　　　　　　　　　　　　　　（上）

红巾寄泪，甚处迷恋。无言泪珠零乱。翠袖滴、重重渍遍。故要知、
（去）（去）（去）
别后思量，归时觑见。
（去）

注：本词例押山部“山”“天”韵。

宴瑶池

【词律·词趣】

本格双片一百字。全词同韵，仄韵，韵字可上声、可去声，古韵多入声。上片第二句，下片第三句、第五句首字为领字。

上片　四，五，四。七，六。四，三、四。六，七。（九句）
　　　　△　仄　　　仄　　　　　仄　　仄

下片　七。四，五。四，五，四。四，三、四。六，五。（十句）
　　　仄　　△仄　　△　仄　　　　　仄　　　仄

【词人·词例】

南宋　奚溅（生平不详），字倬然，号秋崖。

紫鸾飞舞，又东华宴罢，归步凝碧。缥缈天风吹送处，冷冷佩声清逸。
　　　　　△　　　　　　　（古入）　　　　　　　　　　　　　（古入）
青童两两，争笑撚、琪花半折。羽衣寒露香披，翠幢珠辂去云疾[①]。
　　　　　　　　　（古入）　　　　　　　　　　　　（古入）

西真还又传帝敕。霞城检校，问学仙消息。玉府高寒，有不老丹
　　　　　　（古入）　　　　△　（古入）　　　　△
容，自然琼液。人间尘梦，应误认、烟痕雾迹。洞云依约开时，丹华
　　　（古入）　　　　　　　　　（古入）
飞素白。
　（古入）

注：一、本词例押古入声“质”“屑”“陌”“职”韵。因“质”在现代韵中属“衣”韵，“屑”“陌”在古韵中与“闭”“碧”同韵，而“闭”“碧”在现代韵中属“衣”韵；“职”与“忆”在古韵中同韵，而“忆”在现代韵中属“衣”韵，故全调可押衣部“衣”韵。

二、①辂：音“lù”。古代车辕上用来挽车的横木。

燕归梁

【词律·词趣】

本格双片五十一字。全词同韵，平韵，韵字可阴平、可阳平。另有四十九字、五十字、五十二字体，其句式和韵脚略异，见柳永、欧阳修、蒋捷等词。此调因晏殊词有“双燕归飞绕画堂，似留恋虹梁”句而得名。本词又名《双雁儿》《折丹桂》等。

上片　七。五。七。三、三。（四句）
　　　平　平　平　　　平

下片　四，四，五。七。三、三。（五句）
　　　　　　　平　平　　　平

【词人·词例】

北宋　石延年（994—1041），字曼卿，一字安仁，宋城（今河南商丘）人。仁宗时，授馆阁校勘，官至太子中允。有《扪虱庵长短句》。

芳草年年惹恨幽。想前事悠悠。伤春伤别几时休。算从古、为风流。
　　　　　（阴）　　　（阴）　　　　（阴）　　　　（阳）

春山总把，深匀翠黛，千叠在眉头。不知供得几多愁。更斜日、凭危楼。
　　　　　　　　　　　　（阳）　　　　（阳）　　　　　（阳）

注：本词例押收部“收”韵。

扬州慢

【词律·词趣】

本格双片九十八字。全词同韵，平韵，韵字可阴平、可阳平。凡五字句首字均为领字。上片第六句、第七句、第八句可制为“七四四”句式，后两句可制为“三四四”句式，见姜夔、赵以夫等词。本词又名《朗州慢》。据载，姜夔路过扬州时，有感于城邑被金兵劫掠后的萧条，自制此词。此调声情悲凉，后人多用以抒发怀古之意。以扬州地名为词牌名者有四种：姜夔《扬州慢》、秦观《梦扬州》、韩琦《维扬好》、贺铸《望扬州》。

上片　四，四，六。五，五。三、四，四，四。五，六。（十句）
平　△　△平　平　△　平

下片　四，三、四。五，四，四。六，三、四。五，六。（九句）
平　△　平　平　△　平

【词人·词例】

南宋　郑觉斋（生平不详），《阳春白雪》录其词三首。

弄玉轻盈，飞琼淡泞，袜尘步下迷楼。试新妆才了，炷沉水香球。记
（阳）　△　△　（阳）

晓剪、春冰驰送，金瓶露湿，缇骑新流。甚天中月色，被风吹梦南州。
（阳）　△　（阴）

尊前相见，似羞人、踪迹萍浮。问弄雪飘枝，无双亭上，何日重游。
（阴） △ （阳）

我欲缠腰骑鹤，烟霄远、旧事悠悠。但凭阑无语，烟花三月春愁。
（阴） △ （阳）

注：本词例押收部“收”韵。其中，“浮”在古韵中与“收”同韵。

阳　春

【词律·词趣】

本格双片一百零四字。全词同韵，仄韵，韵字可上声、可去声，古韵多入声。又名《阳春曲》。《阳春》原为古琴曲，曲意乃取万物知春、和风澹荡之意。因格调高雅，和者甚寡。宋人取为词牌。

上片　　三，三，六。五，三，七。四。三、四。七，六。(十句)
　　　　　　　仄　　　　　仄　仄　　　仄　　　仄

下片　　三、五，三、四。六，三、四。六。三、四。三、五，四。(八句)
　　　　　　　　　仄　　　　　仄　仄　　　仄　　　　　仄

【词人·词例】

南宋　杨无咎

蕙风轻，莺语巧，应喜乍离幽谷(古入)。飞过北窗前，迟晴晓，丽日明透翠帏縠(古入)。篆台芬馥(古入)。初睡起、横斜簪玉(古入)。因甚自觉腰肢瘦，新来又宽裙幅(古入)。　对清镜、无心忺梳裹，谁问著、余酲带宿(古入)[①]。寻思前欢往事，似惊回、好梦难续(古入)。花亭遍倚栏曲(古入)。厌满眼、争春凡木(古入)。尽憔悴、过了清明候，愁红惨绿(古入)。

注：一、本词例押古入声“屋”“沃”韵。因“屋”“沃”在古韵中与“木”“束”同韵，而“木”“束”在现代韵中属“姑”韵，故全调可押姑部“姑”韵。

二、①酲：音“chéng”。喝醉了神志不清之状。

阳关三叠

【词律·词趣】

本格原为古琴曲名，后用为词牌。三片一百三十一字。全调同韵，平韵，韵字可阴平、可阳平。上下片第三句首字为领字。本词又名《阳关曲》。因唐代诗人王维有“西出阳关无故人”诗句，宋人取其“阳关”为词名，词分三段，故叫“三叠”。“阳关”，这里指西汉置古关名，故址在今甘肃敦煌西南古董滩附近，因在玉门关之南故名。

上片　四，五。五，四，五。三、四。七。四，五。（九句）
　　　　　平　△　　　平　　　平　平　　　平

中片　三、四。四，五。三，七，三、四。三，三。（八句）
　　　　　平　　　平　　　　　　　平　　　平

下片　四，四。五。五，三、四，四，五。三、四，五。（九句）
　　　　　平　△平　　　　　　　平　　　　平

【词人·词例】

南宋　柴望（1212—1280），字仲山，号秋堂，又号归田，江山（今属浙江）人。理宗时，官太学上舍。因直言忤权臣贾似道，诏下府狱，后得救放归。

西风吹鬓，残发早星星。叹故国斜阳，断桥流水，荣悴本无凭。但朝
　　　　　（古下平）△　　　　　　　　　　　　（古下平）

朝、才雨又晴（古下平）。人生飘聚等浮萍（古下平）。谁知桃叶，千古是离情（古下平）。　正无奈、黯黯离情（古下平）。渡头烟暝，愁杀渡江人（古上平）。伤情处，送君且待江头月，人共月、千里难并（古下平）。笳鼓发，戍云平（古下平）。　此夜思君，肠断不禁（古下平）△。尽思君送君（古上平）。立尽江头月，奈此去、君出阳关，纵有明月，无酒酌故人（古上平）。奈此去、君出阳关，明朝无故人（古上平）。

注：本词例押古上平声“真”“文”韵，古下平声“庚”“青”“蒸”“侵”韵。因“真”“文”“庚”“青”“蒸”“侵”与现代韵“声”或“根”属宽韵，故全调可押东部“声”韵或根部“根”韵。

杨柳枝

【词律·词趣】

本格原为双片四十字。全词同韵，平韵，韵字可阴平、可阳平。此调原为古曲，名《折杨柳》或《折柳枝》，至唐名《杨柳枝》。入教坊后，其体制为七言四句。作为词牌时，在七言每句后各加三字或四字、五字句，即成词体。但是，加三字体与《梦江南》实则不同。还有称《柳枝》者，为此词异体，见朱敦儒、许棐词。

上片　七。三。七。三。（四句）
　　　平　平　平　平

下片　七，三。七。三。（四句）
　　　　　平　平　平

【词人·词例】

北宋　晁补之

素色清薰出俗华。腊前花。轩前爱日扫云遮。几枝斜。　月淡纱窗
　　　　　　（阳）　　（阴）　　　　　　（阴）　　（阳）
香暗透，白于纱。幽人独酌对芳葩。兴无涯。
　　　　（阴）　　　　　　（阴）　（阳）

注： 本词例押花部“花”韵。其中，“遮”“斜”在古韵中属“麻”韵，“麻”在现代韵中属“花”韵。

瑶池宴令

【词律·词趣】

本格双片五十一字。全词同韵，仄韵，韵字可上声、可去声。

上片　四。三。二。六。三。四。三。（七句）
　　　仄　仄　仄　仄　仄　仄　仄

下片　三、四。三。六。三。四。三。（六句）
　　　　　仄　仄　仄　仄　仄　仄

【词人·词例】

北宋　廖正一（生卒年不详），字明略，号竹林居士，安州（今湖北安陆）人。神宗时进士。哲宗时任宣德郎，充馆阁校勘，权通判杭州，拜秘阁校理。后贬为信州玉山监税。有《竹林集》三卷。

飞花成阵。春心困。寸寸。别肠多少愁闷。无人问。偷啼自揾。残
（去）（去）（去）（去）（去）
妆粉。　抱瑶琴、寻出新韵。玉纤趁。南风未解幽愠。低云鬓。
（上）（去）（去）（去）（去）
眉峰敛晕。娇和恨。
（去）（去）

注：本词例押根部“根”韵。

瑶花慢

【词律·词趣】

本格双片一百零二字。全词同韵，仄韵，韵字可上声、可去声，古韵多入声。上片第三句，下片第二句首字为领字。周密填此词时，其句读略异。此词又名《瑶华》。"瑶花"，又名琼花，又称聚八仙、蝴蝶花，花大如盘，洁白如玉，有时用以借指仙花。

上片　四，四，五。四，三、六。四，三、四。三、四，六。（九句）
△仄　仄　仄　仄

下片　六，五，四。四，三、六。四，三、四。三、四，六。（九句）
△　仄　仄　仄　仄

【词人·词例】

南宋　仇远

疏疏密密，漠漠纷纷，乍舞风无力。残砖断础，才转眼、化作方圭圆
△　（古入）
璧。非花非絮，似骋巧、先投窗隙。立小楼、不见青山，万里鸟飞无
（古入）　（古入）
迹。　休邻冻梗冰苔，算飞入园林，都是春色。年华婉娩，谁信道、
（古入）　△　（古入）
老却梁园词客。踏青近也，且一白、何消三白。把一白、分与梅花，
（古入）　（古入）

要点寿阳妆额。
（古入）

注：本词例押古入声“职”“陌”韵。因“职”“陌”在古韵中与“力”“碧”同韵，而“力”“碧”在现代韵中属“衣”韵，故全调可押衣部“衣”韵。

瑶台第一层

【词律·词趣】

本格双片九十六字。全词同韵，平韵，韵字可阴平、可阳平。另有九十七字体，见张元干、赵仲御等词。“瑶台”，传说中神仙居住的地方。

上片　六，三、三。四，四，四。五，三、四。三、四，四。（九句）
平　平　平　平

下片　二。四，三、四。八，四。四，四，四。三。四，五。（十一句）
平　平　平　平　平　平

【词人·词例】

北宋　赵顼（1048—1085），即宋神宗。在位十八年，任王安石行新法。

西母池边宴罢，赠南村、步玉霄。绪风和扇，冰华发秀，雪质孤高。汉陂
（阴）（阴）
呈练影，问是谁、独立江皋。便凝望、壶中珪璧，天下琼瑶。　清标。
（阴）（阳）（阴）
曾陪胜赏，坐忘愁、能使尘销。况双成与乳丹点染，都付香梢。寿妆酥
（阴）（阴）
冷，郢韵佩举，麝卷云绡。乐逍遥。凤凰台畔，取次忆吹箫。
（阴）（阳）（阴）

注：本词例押高部“高”韵。

瑶台聚八仙

【词律·词趣】

本格双片九十九字。全词同韵，平韵，韵字可阴平、可阳平。凡五字句首字为领字。下片第七句可制为“三五”句式。此词又名《新雁过妆楼》《八宝妆》等。“八仙”，有“蜀之八仙”、“饮中八仙”和“天上八仙”等说法，八仙故事多见于唐宋元明文人的作品。宋人以此为词牌，可见词牌含义的浪漫性。

上片　四。三、六。四，六。七，七。三。四，四。（九句）
　　　平　平　平　平　平　平

下片　六，五，四。四，六。七，八。三，五，四。（十句）
　　　△　平　平　平　△　平

【词人·词例】

南宋　张炎

楚竹闲挑。千日酒、乐意稍稍渔樵。那回轻散，飞梦便觉迢遥。似隔芙蓉
（阴）（阳）（阳）
无路到，如何共此可怜宵。旧愁消。故人念我，来问寂寥。　登临试开
（阴）（阴）（阳）
笑口，看垂垂短发，破帽休飘。款语微吟，清气顿扫花妖。明朝柳岸醉醒，
△（阴）（阴）
又知在烟波第几桥。怀人处，任满身风露，踏月吹箫。
（阳）△（阴）

注：本词例押高部“高”韵。

瑶台月

【词律·词趣】

双片一百二十字。全词同韵，仄韵，韵字可上声、可去声，古韵多入声。凡五字句首字为领字。另有双片一百二十二字体，其字句略有不同，见张继先词。此调又名《瑶池月》，且为双片一百一十八字体，见黄裳词。李白《清平调》有“若非群玉山头见，会向瑶台月下逢”句，词人取以制为词牌。

上片　四。五，四。三、三，四。三、四，三、四。三，三。三，三。二。五，
　　　仄　△　仄　　　　仄　　　　　　仄　　　仄　　　仄　仄　△
　　　四。（十四句）
　　　仄

下片　三、四，三、四。五，四。三、四，三、四。三，三。三，三。二。五，
　　　　　　　　仄　△　仄　　　　　　仄　　　仄　　　仄　仄　△
　　　四。（十三句）
　　　仄

【词人·词例】

南宋　葛长庚（1194—1229），又名白玉蟾，字如晦，一字白叟，号海琼子。琼州（今海南琼山）人。能诗赋，长于书画。入武夷山修道。宁宗时，诏征赴阙，馆太乙宫，封紫清明道真人。为道教南宗教旨的实际创立者。有《玉蟾诗余》。词存一百三十五首。

烟霄凝碧。问紫府清都，今夕何夕。桐阴下、幽情远，与秋无极。念
（古入）△　（古入）　（古入）
陈迹、虎殿虬宫，记往事、龙箫凤笛。露华冷，蟾光白。云影净，
（古入）　（古入）
天籁息。知得。是蓬莱不远，身无羽翼。　广寒宫、舞彻霓裳，白
（古入）（古入）△　（古入）
玉台、歌罢瑶席。争不思下界，有人岑寂。羡博望、两泛仙槎，与曼
（古入）△　（古入）
倩、三偷蟠实。把丹鼎，暗融液。乘云气，醉挥斥。嗟惜。但城南老
（古入）　（古入）　（古入）（古入）△
树，人谁我识。
（古入）

注：本词例押古入声“质”“陌”“锡”“职”韵。因在现代韵中，“质”属“衣”韵，“陌”“锡”“职”与“碧”“觅”“力”亦同“衣”韵，故全调可押衣部“衣”韵。

夜半乐

【词律·词趣】

本格原为唐教坊曲名，御制曲，后用为词牌。三片一百四十五字。全词同韵，仄韵，韵字可上声、可去声。上片第四句首字为领字。另有一百四十四字体，其句读略异。据载，唐玄宗自潞州还京师，举兵，夜半诛韦皇后，遂制《夜半乐》《还京乐》二曲纪之。后二曲入教坊。宋人借旧曲另翻新声，以作词牌。

上片　　四，四，七。五，四。四，四，六，四。三、五。（十句）
　　　　　　　　仄　△　仄　　　　　　　仄　　　仄

中片　　六，四，四。三、六。四。四，六，四。三、五。（九句）
　　　　　　　　仄　　　仄　仄　　　　　仄　　　仄

下片　　四，四，四。三、五。三、七。三、五。八。（七句）
　　　　　　　　仄　　　仄　　　仄　　　仄　仄

【词人·词例】

北宋　柳永

艳阳天气，烟细风暖，芳郊澄朗闲凝伫。渐妆点亭台，参差佳树。舞
　　　　　　　　　　　　　　　　（古上）△　　　　　　　　（古上）
腰困力，垂杨绿映，浅桃浓李夭夭，嫩红无数。度绮燕、流莺斗双语。
　　　　　　　　　　　　　　　　　　（古去）　　　　　　　　（古上）

翠娥南陌簇簇，蹑影红阴，缓移娇步。抬粉面、韶容花光相妒。
　　　　　　　　　　　　　　　（古去）　　　　　　　　（古去）

绛绡袖举。云鬟风颤，半遮檀口含羞，背人偷顾。竞斗草、金钗笑争赌。
（古上）（古去）（古上）

对此嘉景，顿觉消凝，惹成愁绪。念解佩、轻盈在何处。忍良时、
（古上）（古上）

孤负少年等闲度。空望极、回首斜阳暮。叹浪萍风梗知何去。
（古去）（古去）（古去）

注：本词例押古上声“语”“麌”韵，古去声“御”“遇”韵。因“语”“麌”“御”“遇”在现代韵中属“衣”韵，故全调可押衣部“衣”韵。

夜飞鹊

【词律·词趣】

本格双片一百零六字。全词同韵，平韵，韵字可阴平、可阳平。上片第七句，下片第九句首字为领字。韵段内可撤句造句，但须保持其字数不变，见陈允平词。此调始见于周邦彦词。

上片　　五，四。六。七，六。五，五，四。四，三、四。（十句）
平　平　平　△　平　平

下片　　六，五，四。六，四，四。四，三、四。五，四，四。（十一句）
平　平　平　△　平

【词人·词例】

南宋　胡翼龙（生卒年不详），字伯雨，号蒙泉，庐陵（今江西吉安）人。理宗时进士。

星桥度情处，地久天长。尘世无此匆忙。纤云淡荡凉蟾小，家家瓜果
（阳）　（阳）
钱唐。愁人独无那，叹紫箫易断，青翼难将。返魂何在，漫空留、苟
（阳）　△　（阴）
令余香。　　忍记穿针儿女，篝尘想都暗，叠损衣裳。谁念才情未
（阴）　（阳）
减，老来何逊，少日卢郎。柳风荷露，黯销凝、罗扇練囊①。更银河
（阳）　（阳）　△

曲曲，玉签点点，都是凄凉。
（阳）

注：一、本词例押方部“方”韵。

二、①綀：音“shū”。一种似苎布的粗葛织物。

夜合花

【词律·词趣】

本格双片一百字。全词同韵，平韵，韵字可阴平、可阳平。此调正格为九十七字体，见晁补之词。然而，词家多取一百字体。另有九十九字体，见吴文英词。“夜合花”，即合欢树。此调名出自唐代诗人韦应物诗句“夜合花开香满庭”。

上片	四，	四，	六。	四，	六。	三，	三。	三、	四。	四，	四，	四。（十一句）
			平		平		平		平			平
下片	六。	六，	四。	四，	六。	三，	三。	三、	四。	四，	四，	四。（十一句）
	平		平		平		平		平			平

【词人·词例】

南宋　周密（1232—约1298），字公谨，号草窗、蘋州、四水潜夫，原济南、后吴兴（今浙江湖州）人。曾任义乌令。宋亡不仕。其词讲求格律，风格在姜夔、吴文英之间，与吴（梦窗）并称“二窗”。亦能诗文、书画。有《草窗韵语》《草窗词》《蘋洲渔笛谱》《绝妙好词》。词存一百五十三首。

月地无尘，珠宫不夜，翠笼谁炼铅霜。南州路杳，仙子误入唐昌。零
（阴）（阴）

露滴，湿微妆(阴)。逗清芬、蝶梦空忙(阳)。梨花云暖，梅花雪冷，应妒秋芳(阴)。虚庭夜气偏凉(阳)。曾记幽丛采玉，素手相将(阴)。青蕤嫩萼①，指痕犹映瑶房(阳)。风透幕，月侵床(阳)。记梦回、粉艳争香(阴)。枕屏金络，钗梁绛缕，都是思量(阳)。

注：一、本词例押方部“方”韵。

二、①蕤：音“ruí”。草木花下垂的样子。

夜行船

【词律·词趣】

本格双片五十六字。全词同韵，仄韵，韵字可上声、可去声。此调始见于欧阳修词，其为双片五十五字，句式略不同。本词又名《明月棹孤舟》。另有别称《雨中花》，然与正名《雨中花》不同体。

上片　七。三、四。四，四，六。（五句）
　　　仄　　仄　　　　　仄

下片　七。三、四。四，四，六。（五句）
　　　仄　　仄　　　　　仄

【词人·词例】

南宋　韩元吉（1118—1187），字无咎，号南涧，开封雍丘（今河南杞县）人，居信州上饶（今属江西）。官至吏部尚书。其词风近辛派。有《南涧甲乙稿》《南涧诗余》。词存八十二首。

极目高亭横远岫。拂新晴、黛蛾依旧。策马重来，秋光如画，霜满
（去）　　　　　（去）

翠梧高柳。　　菊美橙香还对酒。欢情似、那时重九。楼上清风，溪
（上）　　　　　　（上）　　　　　　（上）

头明月，不道沈郎消瘦。
（去）

注：本词例押收部“收”韵。

夜游宫

【词律·词趣】

本格双调五十七字。全词同韵，仄韵，韵字可上声、可去声。又名《念彩云》。

上片　六。三、四。七。三，三，三。（六句）
　　　仄　　　仄　仄　　　　　　　仄

下片　五。三、四。七。三，三，三。（六句）
　　　仄　　　仄　仄　　　　　　　仄

【词人·词例】

南宋　陆游

雪晓清笳乱起。梦游处、不知何地。铁骑无声望似水。想关河，雁
　　　　（古上）　　　　　　　　（古去）　　　　　（古上）

门西，青海际。　　睡觉寒灯里。漏声断、月斜窗纸。自许封侯在万
　　　（古去）　　　　　　　（古上）　　　　　（古上）

里。有谁知，鬓虽残，心未死。
（古上）　　　　　　（古上）

注：本词例押古上声“纸”韵，古去声“际”“寘”韵。因“纸”“际”“寘”在现代韵中属“居”韵，故全调可押衣部“居”韵。

谒金门

【词律·词趣】

本格原为唐教坊曲名，后用为词牌。双片四十五字。全词同韵，仄韵，韵字可上声、可去声。本词又名《空相忆》《花自落》《出塞》《垂杨碧》《闻鹊喜》等。

上片　　三。六。七。五。（四句）
　　　　仄　仄　仄　仄

下片　　六。六。七。五。（四句）
　　　　仄　仄　仄　仄

【词人·词例】

北宋　谢逸（1068—1112），字无逸，号溪堂，抚州临川（今江西抚州）人。屡试不第，以诗文自娱。曾作蝴蝶诗三百首，世称“谢蝴蝶”。有《溪堂词》。词存六十二首。

帘外雨。洗尽楚乡残暑。白露影边霞一缕。绀碧江天暮。　　沉水烟
（古上）　　（古去）　　（古上）　　（古去）

横香雾。茗碗浅浮琼乳。卧听鹧鸪啼竹坞。竹风清院宇。
（古去）　　（古上）　　（古上）　　（古上）

注：本词例押古上声“麌”韵，古去声“御”“遇”韵。因“麌”“御”“遇”在现代韵中属“居”韵，故全调可押衣部“居”韵。

一丛花

【词律·词趣】

本格双片七十八字。全词同韵，平韵，韵字可阴平、可阳平。另有秦观词，其下片首句为“二五”句式，并均押韵。本词又名《一丛花令》。

上片　七(平)。五(平)。七，三、四(平)。四，四，五(平)。（七句）

下片　七(平)。五(平)。七，三、四(平)。四，四，五(平)。（七句）

【词人·词例】

南宋　林正大（生卒年不详），字敬之，号随庵，永喜人。曾为严州学官。有《风雅遗音》。

知章骑马似乘船(阳)。落井眼花圆(阳)。汝阳三斗朝天去，左丞相、鲸吸长川(阴)。潇洒宗之，皎如玉树，举盏望青天(阴)。　长斋苏晋爱逃禅(阳)。李白富诗篇(阴)。三杯草圣传张旭，更焦遂、五斗惊筵(阳)。一笑相逢，衔杯乐圣，同是饮中仙(阴)①。

注：一、本词例押山部“山”“天”韵。

二、①饮中仙：即“饮中八仙”：李白、贺知章、李适之、李琎、崔宗之、苏晋、张旭、焦遂。

一寸金

【词律·词趣】

本格双片一百零六字。全词同韵，仄韵，韵字可上声、可去声，古韵多入声。上片第三句，下片第四句首字为领字。另有双片一百零八字，仄韵体，其句式、韵脚略不同，见柳永、周邦彦词。《乐章集》入《小石调》，即《中吕商》。

上片　四，七。五，四，四，四。五。三、四。三、四，五。（十句）
　　　　仄　△　　　　仄　仄　　仄　　　仄

下片　四，四，五。五，四，四，四。五，三、四。三、四，五。（十一句）
　　　　　　仄　△　　　　仄　　　　仄　　　仄

【词人·词例】

南宋　仇远

楼倚寒城，隔岸江山见东越。望远红千尺，游丝起舞，空青一段，斜
（古入）△
阳明灭。孤树秋声歇。霜枝袅、尚留病叶。阑干外、带郭人家，蜂房
（古入）（古入）（古入）
几盘折。　我独逍遥，乘虚凭远，天风醒毛发。问西窗停烛，谁吟
（古入）（古入）△
巴雨，连床鼓瑟，谁弹湘月。消得青鸾下，分明是、绛台紫阙。何时
（古入）（古入）

约、姑射仙人，试手回剪雪。

（古入）

注：本词例押古入声“月”“屑”“叶”韵。因“月”“屑”“叶”在现代韵中属“些”韵，故全调可押些部“些”韵。

一萼红

【词律·词趣】

本格双片一百零八字。全词同韵，平韵，韵字可阴平、可阳平。下片第二句首字为领字。另有仄韵体，用者甚少。此调因北宋无名氏词中有“未教一萼，红开鲜蕊”句而得名。

上片　三。五，五。四，四，六。三、四，三、五。四，四，四。（十一句）
　　　平　△　平　　　　　平　　　　　平　　　平

下片　六，五，四。四，四，六。三、四，三、五。六，四。（十句）
　　　　　△　平　　　　　平　　　　　平　　平

【词人·词例】

南宋　詹玉（生卒年不详），字可大，号天游，古郢（今湖北江陵）人。南宋遗民。元世祖至元年间除翰林应奉、集贤殿学士，为丞相桑歌党羽。桑歌败，为御史中丞崔彧所劾，罢官。有《天游词》。

泊沙河。月钩儿挂浪，惊起两鱼梭。浅碧依痕，嫩凉生润，山色轻染
（阳）　　　　　　　　　　　（阴）

修蛾。钓船在、绿杨阴下，蓦听得、扇底有吴歌。一段风情，西湖和
（阳）　　　　　　　　　　　　　　（阴）

靖，赤壁东坡。　　往事水流云去，叹山川良是，富贵人多。老树高
　　　　（阴）　　　　　　　　　△　　　　　　　（阴）

低，疏星明淡，只有今古销磨。是几度、潮生潮落，甚人海、空只恁
　　　　　　　　　　　（阳）

风波。闲著江湖尽宽，谁肯渔蓑。
（阴）　　　　　　　　　　　　（阴）

注：本词例押歌部“歌”“波”韵。

一斛珠

【词律·词趣】

本格原为唐教坊曲名，后用为词牌。双片五十七字。全词同韵，仄韵，韵字可上声、可去声。相传，唐玄宗封珍珠一斛，密赐梅妃，梅妃因久被冷落，触景生情而不受，以诗相谢。玄宗览诗后不悦，令乐府以新声度之，名《一斛珠》。本词又名《醉落魄》《怨春风》等。

上片　四。七。七。四，五。（五句）
　　　仄　仄　仄　　　仄

下片　七。七。七。四，五。（五句）
　　　仄　仄　仄　　　仄

【词人·词例】

南宋　王质

风流太守（上）。未春先试回春手（上）。天寒修竹斜阳后（去）。翠袖中间，忽有人红袖（去）。　天香国色浓如酒（上）。且教青女休僝僽[①]（去）。梅花元是群花首（上）。细细商量，只怕梅花瘦（去）。

注：一、本词例押收部“收”韵。

二、①僝僽：音“chán zhòu”。憔悴，烦恼。

一剪梅

【词律·词趣】

本格双片六十字。全词同韵，平韵，韵字可阴平、可阳平。本调一名多体，句式与韵脚略异，见周邦彦、曹勋、徐似道等词。此调又名《腊梅香》《玉簟秋》《摊破木兰花》等。本词因周邦彦词有“一剪梅花万样娇”句而得名。

上片　　七。四，四。七，四，四。（六句）
　　　　平　　　平　　　　　平

下片　　七。四，四。七，四，四。（六句）
　　　　平　　　平　　　　　平

【词人·词例】

南宋　李清照

红藕香残玉簟秋。轻解罗裳，独上兰舟。云中谁寄锦书来，雁字回时，
　　　　　　　（阴）　　　　　　　　（阴）

月满西楼。　花自飘零水自流。一种相思，两处闲愁。此情无计可
　　　（阳）　　　　　　　（阳）　　　　　　　（阳）

消除，才下眉头，却上心头。
　　　　　　　　　　（阳）

注：本词例押收部“收”韵。

一落索

【词律·词趣】

本格双片四十六字。全词同韵，仄韵，韵字可上声、可去声，古韵多入声。另有四十四字至五十九字、仄韵多体，见李元膺、李吕等词。此词一作《一络索》，又名《洛阳春》《玉连环》《窗下绣》《上阳春》等。宋人冯伟寿自制曲《玉连环》与本词别称《玉连环》不同。“一落索”为宋时俗语，犹言“一大串”。

上片　六。四。七，三、三。（四句）
　　　仄　仄　　　　　仄

下片　六。四。七，三、三。（四句）
　　　仄　仄　　　　　仄

【词人·词例】

南宋　王安中（1076—1134），字履道，阳曲（今属山西）人。哲宗时进士。历官中书舍人、御史中丞、翰林学士承旨、检校太保、大名府尹。后为左中大夫。曾师苏轼、晁以道。有《初寮词》。词存五十五首。

欲访瑶台蓬岛（上）。烟云缥缈（上）。清游却到凤皇池，听檀板、新声妙（去）。　天上除书催早（上）。人瞻元老（上）。东风烟柳罩河堤，更何处、深春好（上）。

注：本词例押高部“高”韵。

一枝春

【词律·词趣】

本格双片九十四字。全词同韵，仄韵，韵字可上声、可去声。下片第二句可制为“五四”句式，见张炎、周密等词。“一枝春”，即梅花，语出陆凯《赠范晔》诗：“折梅逢驿使，寄与陇头人。江南无所有，聊赠一枝春。”

上片　四，三、六。四，六。四，三、四。三、四，六。（八句）
　　　　　　仄　　仄　　　　仄　　　仄

下片　六。三、六。四，六。四，三、四。三、四，四。（八句）
　　　仄　　仄　　仄　　　　仄　　　仄

【词人·词例】

南宋　杨缵（生卒年不详），字继翁，号守斋，又号紫霞翁，严陵（今浙江桐乡）人，理宗淳祐初前后在世，居钱塘（今浙江杭州）。好古博雅，善琴，画墨竹。

竹爆惊春，竞喧填、夜起千门箫鼓（古上）。流苏帐暖，翠鼎缓腾香雾（古去）。停杯未举。奈刚要、送年新句（古去）。应自有、歌字清圆，未夸上林莺语（古上）。　从他岁穷日暮（古去）。纵闲愁、怎减刘郎风度（古去）。屠苏办了，迤逦柳欺梅妒（古去）。宫壶未晓，早骄马、绣车盈路。还又把、月夜花朝，自今细数。
（古去）（古上）

注：本词例押古上声“语”“麌”韵，古去声“遇”韵。因“语”“麌”“遇”在现代韵中属“居”韵，故全调可押衣部“居”韵。

伊州三台

【词律·词趣】

本格双片四十八字。全词同韵，平韵，韵字可阴平、可阳平。又名《伊州三台令》。

上片　六。六。五。三、四。（四句）
平　平　平　平

下片　六。六。五。三、四。（四句）
平　平　平　平

【词人·词例】

南宋　赵师侠（生卒年不详），一名师使，字介之，新淦（今江西新干）人。孝宗时进士。官江华郡丞。有《坦庵长短句》。词存一百五十四首。

桂华移自云岩。更被灵砂染丹。清露湿酡颜。醉乘风、下临世间。
（阳）（阴）（阳）（阴）

素娥襟韵萧闲。不与群芳并看。蔌蔌绛绡单。觉身轻、梦回广寒。
（阳）（阴）（阴）（阳）

注：本词例押山部“山”“天”韵。其中，“看”在古韵中属上平声。

宜男草

【词律·词趣】

本格双片六十字。全词同韵，仄韵，韵字可上声、可去声。另有五十八字体，且句式不同，见范成大词。“宜男”，萱草的别称。相传，此物可使人忘忧，若怀孕妇人佩戴它的花就能生男。词人赏其意而制为词牌。

上片　七。三、四。三、六，三、四。（四句）
　　　仄　　　仄　　　　　　　　仄

下片　七。三、四。三、六，三、四。（四句）
　　　仄　　　仄　　　　　　　　仄

【词人·词例】

南宋　范成大（1126—1193），字致能，号石湖居士，苏州吴县（今江苏苏州）人。著名词人，“中兴四大诗人”之一。高宗时进士。官至参知政事。谥文穆。有《石湖居士诗集》《石湖词》等。

篱菊滩芦被霜后。袅长风、万里高柳。天为谁、展尽湖光渺渺，应为
　　　　　　　（去）　　　　　　　（上）

我、扁舟入手。　橘中曾醉洞庭酒。辗云涛、挂帆南斗。追旧游、
　　（上）　　　　　　　　　　（上）　　　　　　（上）

不减商山杳杳，犹有人、能相记否。
　　　　　　　　　　　　（上）

注：本词例押收部“收”韵。

忆东坡

【词律·词趣】

本格双片九十八字。全词同韵，仄韵，韵字可上声、可去声。

上片　　五，五。五，七。六，六，五。四，七。（九句）
　　　　　仄　　仄　　　　　　仄　　仄

下片　　四，五。六，五。六，六，五。六，五。（九句）
　　　　　仄　　仄　　　　　　仄　　仄

【词人·词例】

南宋　王之道（1093—1169），字彦猷，濡须（今安徽合肥）人。徽宗时进士。曾官知开州、通判安丰军、湖南转运判官。有《相山居士词》。词存一百八十六首。

雪霁柳舒容，日薄梅摇影（上）。新岁换符来，天上初见颁桃梗（上）。试问我酬君唱，何如博塞欢娱，百万呼卢胜（去）。投珠报玉，须放骚人遣春兴（去）。　诗成谈笑，写出无穷景（上）。不妨时作颠草，驰骋张芝圣（去）。谁念杜陵野老，心同流水必东，与物初无竞（去）。公侯应有种哉，倾否由天命（去）。

注：本词例押东部“声”韵。

忆帝京

【词律·词趣】

本格双片七十二字。全词同韵，仄韵，韵字可上声、可去声。另有双片七十一字、七十六字，仄韵体。亦有字数同而句式不同者，见朱敦儒等词。

上片　七。六。五，五。五，五。（六句）
　　　仄　仄　　　仄　　　仄

下片　三、四。三、四。四，四，七。五，五。（七句）
　　　　　仄　　　仄　　　　　仄　　仄

【词人·词例】

北宋　黄庭坚

鸣鸠乳燕春闲暇（古去）。化作绿阴槐夏（古上）。寿酒舞红裳，睡鸭飘香麝（古去）。醉此洛阳人，佐郡深儒雅（古上）。　况坐上、玉麟金马（古上）。更莫问、莺老花谢（古去）。万里相依，千金为寿，未厌玉烛传清夜（古去）。不醉欲言归，笑杀高阳社（古上）。

注：本词例押古上声“马”韵，古去声“祃”韵。因“马”“祃”在现代韵中属“花”韵，故全调可押花部“花”韵。

忆旧游

【词律·词趣】

本格双片一百零三字。全词同韵，平韵，韵字可阴平、可阳平。上片第一句、第九句，下片第一句、第二句首字为领字。上下片前三句可撤句造句，但须保持其字数不变，见吴文英、仇远等词。此调另有双片一百零二字，平韵体，句式不同，见周帮彦词。

上片　五，四，四。七，四，四。六，五。五，四，四。（十一句）
　　　△　　平　　　　　平　　平　△　　平

下片　五，五，四。五，五，四。六，五。五，六。（十句）
　　　△　△　平　　　　　平　　平　　平

【词人·词例】

南宋　刘将孙（1257—?），字尚友，庐陵（今江西吉安）人。刘辰翁之子，故称小须。未举进士。曾任延平教官。有《养吾斋集》。词存二十一首。

正落花时节，憔悴东风，绿满愁痕。悄客梦惊呼伴侣，断鸿有约，回
△　　　　　　　　　　（阳）

泊归云。江空共道惆怅，夜雨隔篷闻。尽世外纵横，人间恩怨，细酌
（阳）　　　　　　　　　（阳）△

重论。　叹他乡异县，渺旧雨新知，历落情真。匆匆那忍别，料当
　　　　△　　　　　△　　　　　　（阴）

君思我，我亦思君。人生自非麋鹿，无计久同群。此去重销魂，黄
(阴)　(阳)

昏细雨人闭门。
(阳)

注：本词例押根部“根”韵。“论”在古韵中同“痕”韵，“痕”在现代韵中属“根”韵，故“论”亦属“根”韵，阳平。

忆秦娥

【词律·词趣】

本格双片四十六字。分仄韵、平韵两体。上下片各一叠句。全词同韵。仄韵韵字可上声、可去声，古韵多入声；平韵韵字可阴平、可阳平。另有四十一字、四十五字各体，其句式不同，见张先、欧阳修等词。此词又名《秦楼月》《碧云深》《子夜歌》《花深深》《蓬莱阁》等。世传李白首创此词，词中有“秦娥梦断秦楼月”句，故名。“秦娥”，指秦穆公之女弄玉。传说弄玉好吹箫，让其父找到了她的梦中俊少年、亦能吹箫的箫史，二人成婚后，常常吹箫合奏，其乐融融。有一天，飞来一对龙凤，弄玉骑上彩凤，萧史跨上金龙，向华山明皇崖飞去，后世将此传说流传开来。

上片　三。七。三。四，四。（五句）
　　　仄　仄　仄　　　仄

下片　七。七。三。四，四。（五句）
　　　仄　仄　仄　　　仄

【词人·词例】

南宋　王庭珪（1079—1171），字民瞻，安福人。徽宗时进士。曾官而不就。孝宗时，为直敷文阁学士。有《卢溪集》。

梅花发。夜寒吹笛千山月。千山月。此时愁听，龙吟幽噎[①]。　数
（古入）　　　　　（古入）　（古入）　　　　　（古入）

枝飞尽南枝雪。风光又作年时别。年时别。江头心绪，乱丝千结。
　　（古入）　　　　　（古入）　（古入）　　　　　（古入）

注：一、本词例押古入声“月”“屑”韵。因“月”“屑”在现代韵中属“些”韵，故全调可押些部“些”韵。

二、①噎：音“yē”。呛堵。

忆少年

【词律·词趣】

本格双片四十六字或四十七字。全词同韵，仄韵，韵字可上声、可去声，古韵多入声。上下片末句首字为领字。又名《十二时》《桃花曲》等。《十二时》另有慢曲，三片一百三十字，仄韵，见柳永等词。

上片　四，四，四。五，五。（五句）
　　　　　仄　　△仄

下片　三、五。三、四。五，五。（四句）
　　　　仄　　仄　　△仄

【词人·词例】

南宋　曹组

当时酒伴，年时去处，年时春色。清明又近也，却天涯为客。　念
　　　　　　　　　　　　（古入）　　　　　△　　（古入）

过眼、光阴难再得。想前欢、尽成陈迹。登临恨无语，把阑干暗拍。
　　　　（古入）　　　　（古入）　　　　　△　　（古入）

注：本词例押古入声“陌”“职”韵。因“碧”“力”在古韵中属“陌”“职”韵，而“碧”“力”在现代韵中又属“衣”韵，故全调可押衣部“衣”韵。

忆王孙

【词律·词趣】

本格双片五十四字。全词同韵，仄韵，韵字可上声、可去声。又名《怨王孙》《于中好》等。另有上片首句为六字句、末句为四字句体，见刘学箕词。此词牌另有单片三十一字，平韵体。又名《豆叶黄》《独脚令》《画娥眉》《阑干万里心》等。单片中还有仄韵体，其名《忆君王》。

上片　七。三、四。七，三、三。（四句）
　　　仄　　　仄　　　　　　仄

下片　七。三、四。七，三、三。（四句）
　　　仄　　　仄　　　　　　仄

【词人·词例】

南宋　周紫芝

梅子生时春渐老。红满地、落花谁扫（上）。旧年池馆不归来，又绿尽、今年草（上）。　思量千里乡关道（去）。山共水、几时得到（去）。杜鹃只解怨残春，也不管、人烦恼（上）。

注：本词例押高部“高”韵。

忆真妃

【词律·词趣】

本格双片三十六字。全词平、仄韵互协，平韵一个韵，仄韵一个韵。平韵韵字可阴平、可阳平，仄韵韵字可上声、可去声。

上片　六。三。六、三。（三句）
　　　平　平　　平

下片　三。三。三。六、三。（四句）
　　　仄　仄　平　　平

【词人·词例】

南宋　康仲伯（生平不详）

匆匆一望关河。听离歌。艇子急催双桨、下清波。　淋浪醉。阑干
（阳）（阴）（阴）（去）

泪。奈情何。明日画桥西畔、暮云多。
（去）（阳）（阴）

注：本词例押歌部“歌”“波”韵，飞部“飞”韵。

意难忘

【词律·词趣】

本格双片九十二字。全词同韵，平韵，韵字可阴平、可阳平。上下片第二句、第八句首字为领字。

上片　四。五，四。五，五。三，三。五。三、四，四。（十句）
平　△　平　平　平　△平　平

下片　六。五，四。五，五。三，三。五。三、四，四。（十句）
平　△　平　平　平　△平　平

【词人·词例】

南宋　朱用之（生平不详）

宫额涂黄。怕笺凝怨墨，酒渍离觞。红楼春寄梦，青琐夕生香。花气
（阳）　△　（阴）　（阴）
暖，柳阴凉。棹曲水沧浪。爱弄娇、临流梳洗，顾影低相。　桃花
（阳）　△　（阳）　（阴）
结子成双。纵题红去后，枉误刘郎。琴心挑别恨，莺羽学新妆。千万
（阴）　△　（阳）　（阴）
恨，恼愁肠。便憔悴何妨。待共伊、平消别后，几度风光。
（阳）　△　（阳）　（阴）

注：本词例押方部“方”韵。其中，“浪”在古韵中与“阳”同声调，阳平。

引驾行

【词律·词趣】

本格双片一百字。全词同韵，仄韵，韵字可上声、可去声。凡五字句首字为领字。有上片首句不押韵者，见晁补之词。另有一百二十五字、平韵体及五十二字、仄韵令词，见柳永词。

上片　四。七。三、三，六。二。五，七。三、四，三、三。（九句）
仄 仄 仄 仄 △ 仄

下片　二。四，六。五，四，四。二。五，七。三、四，四。（十一句）
仄 仄 △ 仄 仄 △ 仄 仄

【词人·词例】

北宋　柳永

虹收残雨。蝉嘶败柳长堤暮。背都门、动消黯，西风片帆轻举。愁睹。
（古上）（古去）（古上）（古上）
泛画鹢翩翩[①]，灵鼍隐隐不前浦。忍回首、佳人渐远，想高城、隔
△ （古上）
烟树。　几许。秦楼永昼，谢阁连宵奇遇。算赠笑千金，酬歌百琲[②]，
（古去）（古上）（古去）△
尽成轻负。南顾。念吴邦越国，风烟萧索在何处。独自个、千山万水，
（古去）（古去）△（古去）
指天涯去。
（古去）

注：一、本词例押古上声“语”“麌”韵，古去声“遇”“御”韵。因“语”“麌”“遇”“御”在现代韵中属“居”韵，故全调可押衣部“居”韵。

二、①鹢：音“yì”。古书上指一种像鹭的水鸟。②琲：音“bèi”。成串的珠。

饮马歌

【词律·词趣】

本格双片三十四字。全词平、仄韵间用。仄韵一个韵，韵字可上声、可去声；平韵一个韵，韵字可阴平、可阳平。此调源于古战场饮马时吹奏的笛子曲，不鼓不拍，声甚凄切。据传，金兀术带兵与宋军对阵时，闻此乐正乃鏖战之际，惊恐无还期也。

上片　五。五。五。五。（四句）
　　　仄　仄　仄　仄

下片　三。三。五。三。（四句）
　　　平　平　仄　仄

【词人·词例】

南宋　曹勋

边头春未到。（古去）雪满交河道。（古上）暮沙明残照，（古去）塞烽云间小。（古上）　断鸿悲。（古上平）陇月低。（古上平）泪湿征衣悄。（古上）岁华老。（古上）

注：本词例押古上声“筱”“皓”韵，古去声“啸”“号”韵，古上平声“支”“齐”韵。因“筱”“皓”“啸”“号”在现代韵中同属“高”韵，故本调仄韵可押高部“高”韵；因“支”“齐”在现代韵中同属“衣”韵，故本调平韵可押衣部“衣”韵。

应天长

【词律 · 词趣】

本格双片九十四字。全词同韵，仄韵，韵字可上声、可去声，古韵多入声。上下片第二句首字为领字。此长调始于北宋柳永，后有九十八字体，见周邦彦词。此词短调（小令）有双片四十九字或五十字、仄韵体，始于五代前蜀词人韦庄。

上片　五，五，四。四，六。五，三、四。三，四，四。（十句）

　　　　△　仄　　仄　　　　仄　　　仄

下片　五。五，四。四，六。五，三、四。三，四，四。（十句）

　　　仄　△　仄　　仄　　　　仄　　　仄

【词人 · 词例】

南宋　叶梦得（1077—1148），字少蕴，号肖翁、石林居士，原籍吴县（今属江苏），居乌程（今浙江湖州）。文学家，著名词人。哲宗时进士。高宗时，任江东安抚制置大使，兼知建康府、行宫留守。其学问博洽，精熟掌故。词风近苏轼。亦能诗。有《建康集》《石林诗话》。词存一百零三首。

松陵秋已老，正柳岸田家，酒醅初熟①。鲈脍莼羹，万里水天相续。

　　　　　△　　　　　　　（古入）　　　　　　　　　（古入）

【应天长】

扁舟凌浩渺，寄一叶、暮涛吞沃。青蒻笠，西塞山前，自翻新曲。　　来
（古入）　　（古入）

往未应足。便细雨斜风，有谁拘束。陶写中年，何待更须丝竹。鸱夷
（古入）　△　　（古入）　　（古入）

千古意，算入手、比来尤速。最好是，千点云峰，半篙澄绿。
（古入）　　（古入）

注：一、本词例押古入声“屋”韵。因“屋”在古韵中与“木”同韵，而“木”在现代韵中属“姑”韵，故全调可押姑部“姑”韵。

二、①醅：音“pēi”。未过滤之酒。

应天长令

【词律·词趣】

本格双片四十九字。全词同韵，仄韵，韵字可上声、可去声。此词为《应天长》短调，始于五代前蜀词人韦庄，其词为五十字体。

上片　　七。七。三，三。七。（五句）
　　　　仄　仄　　　仄　仄

下片　　五。六。六。五。（四句）
　　　　仄　仄　仄　仄

【词人·词例】

南宋　毛开（生卒年不详），字平仲，信安（今浙江常山）人。仕止州卒。有《樵隐诗余》。

曲栏十二闲亭沼。履迹双沉人悄悄。被池寒，香烬小。梦短女墙莺唤
（上）（上）（上）
晓。　　柳风轻袅袅。门外落花多少。日日离愁萦绕。不知春过了。
（上）（上）（上）（上）（上）

注：本词例押高部“高”韵。

莺啼序

【词律·词趣】

本格四片二百四十字。全词同韵，仄韵，韵字可上声、可去声。第一片第二句、第八句首字为领字。另有句式、韵脚不同体，见吴文英等词。又名《丰乐楼》。此词为词中字数最多之词。

一片　六，五。三、四，六。五，四，五。五，六。（九句）
　　　　△仄　　　　仄　　　　仄　△　仄

二片　四，四，五。三、四，六。三、四，三、四。三、四，四。（九句）
　　　　　　　仄　　　　仄　　　　仄　　　　仄

三片　四，四，五。五，四。六，四。四，四。七，三、五。四，六，六。
　　　　　　　仄　　仄　　仄　　仄　　　　仄　　　　仄

（十四句）

四片　四，四，四。三、三，六。四，四。四，四。七。三、五。六，四，四。
　　　　　　　仄　　　　仄　　仄　　仄　仄　　仄　　　　仄

（十四句）

【词人·词例】

南宋　高似孙（生卒年不详），字续古，号疏寮，余姚（今属浙江）人。孝宗时进士。历官知信州、知严州、知江阴军、知处州。有《疏寮小集》。

青旂报春来了，玉△鳞鳞风旎(上)。陈瑶席、新奏琳琅，窈窕来荐嘉祉(上)。桂酒洗琼芳，丽景晖晖，日夜催红紫(上)。湛△青阳新沐，人声澹荡花里(上)。　光泛崇兰，坼遍桃李，把深心料理(上)。共携手、蘅宝兰房，奈何新恨如此(上)。对佳时、芳情脉脉，眉黛蹙、羞搴琼珥[1](去)。折微馨、聊寄相思，莫愁如水(上)。　青蘋再转，淑思菲菲，春又过半矣(上)。细雨湿香尘，未晓又止(上)。莫教一鸩无聊，群芳亹亹[1](上)。伤情漠漠，泪痕轻洗(上)。曲琼桂帐流苏暖，望美人、又是论千里(上)。佳期杳渺，香风不肯为媒，可堪玩此芳芷(上)。春今渐歇，不忍零花，犹恋余绮(上)。度美曲、造新声，乐莫乐此新知(上)。思美人兮，有花同倚(上)。年华做了，功成如委(上)。天时相代何日已(上)。怅春功、非与他时比(上)。殷勤举酒酬春，春若能留，□还亦喜(上)。

注：一、本词例押衣部“衣”韵。本押古上声“纸”“荠”韵，古去声“寘”韵，因“纸”“荠”“寘”在现代韵中属“衣”韵；“知”与“委”在古韵中同属“纸”韵。故全调可押“衣”韵。

二、①珥：音“ěr”。用珠子或玉石做的耳环。②亹：音“wěi”。不倦的样子。

迎春乐

【词律·词趣】

本格双片五十二字。全词同韵，仄韵，韵字可上声、可去声。本词一名多体，其字句略异，见周邦彦、杨无咎等词。此词又名《辨弦声》《攀鞍态》《辟寒金》《舞迎春》等。

上片　七。三、三。七。三、三。（四句）
　　　仄　　仄　仄　　仄

下片　三、五。三、四。六，五。（四句）
　　　　仄　　仄　　仄

【词人·词例】

北宋　晏殊

长安紫陌春归早（上）。亸垂杨①、染芳草（上）。啼莺语燕催清晓（上）。正好梦、频惊觉（去）。　当此际、青楼临大道（去）。幽会处、两情多少（上）。莫惜明珠百琲，占取长年少（去）。

注：一、本词例押高部“高”韵。

二、①亸：音“duǒ”。下垂。

迎仙客

【词律·词趣】

本格双片五十六字。全词同韵，仄韵，韵字可上声、可去声。

上片　三。三。七。三。三。四，五。（七句）
　　　仄　仄　仄　仄　仄　　　仄

下片　三。三。七。三。三。四，五。（七句）
　　　仄　仄　仄　仄　仄　　　仄

【词人·词例】

南宋　史浩

瑞云绕（上）。四窗好（上）。何须隔水寻蓬岛（上）。日常晓（上）。春不老（上）。玉蕊楼台，果是无尘到（去）。

没智巧（上）。没华妙（去）。个中只喜风波少（上）。清尊倒（上）。朱颜笑（去）。回首行人，犹在长安道（去）。

注：本词例押高部“高”韵。

迎新春

【词律·词趣】

本格双片一百零五字。全词同韵，仄韵，韵字可上声、可去声。

上片　　五，六。五。三、三。三、四。三、六。五。三、四。（八句）
　　　　　　仄　仄　　　仄　　　仄　　　仄　仄　　　仄

下片　　四，四。三、六。七，三、四。三、七。四。四，六。（九句）
　　　　　　仄　　　仄　　　　　仄　　　仄　仄　　　仄

【词人·词例】

北宋　柳永

嶰管变青律①，帝里和新布（古去）。晴景回轻煦（古去）。庆嘉节、当三五（古上）。列华灯、千门万户（古上）。遍九陌、罗绮香风微度（古去）。十里然绛树（古去）。鳌山耸、宣天箫鼓（古上）。

渐天如水，素月当午（古上）。香径里、绝缨掷果无数（古去）。更阑烛影花阴下，少年人、往往奇遇（古去）。太平时、朝野多欢民康阜（古去）。随分良聚（古上）。堪对此景，争忍独醒归去（古去）。

注：一、本词例押古上声“麌”韵，古去声“御”“遇”韵。因“麌”“御”

“遇”在现代韵中属“居”韵，故全调可押衣部“居”韵。又因韵字“布”“五”“户”“度”“树”“鼓”“午”“数”“阜”在现代韵中属“姑”韵，“煦”“遇”“聚”“去”在古韵中与“树”“恕”同韵，而“树”“恕”属现代韵“姑”韵，故全调亦可押姑部“姑”韵。

二、①嶰：音“xiè”。山涧。

映山红慢

【词律·词趣】

本格双片一百零一字。全词同韵，仄韵，韵字可上声、可去声。上片第三句首字为领字。

上片　四，三、四。五，四，四。七。七。五，六。（九句）
　　　　　仄　△　　仄　仄　仄　仄

下片　三、四，三、四。三、四，六。七，三、四。四。三、四。（八句）
　　　　　　仄　　　仄　　　仄　仄　　仄

【词人·词例】

北宋　元绛（1009—1084），字厚之，钱塘（今浙江杭州）人。仁宗时进士。历官广东转运使，工部郎中，两浙、河北转运使，天章阁待制，知福州，龙图阁直学士，翰林学士，知开封府。以太子少保致仕。赠太子少师，谥章简。有《玉棠集》。

谷雨风前，占淑景、名花独秀。露国色仙姿，品流第一，春工成就。罗帏
（去）△（去）

护日金泥皱。映霞腮动檀痕溜。长记得天上，瑶池阆苑曾有。　千匝绕、
（去）（去）（上）

红玉阑干，愁只恐、朝云难久。须款折、绣囊剩戴，细把蜂须频嗅。佳人
（上）（去）

再拜抬娇面，敛红巾、捧金杯酒。献千千寿。愿长恁、天香满袖。
（上）（去）（去）

注：本词例押收部“收”韵。

永遇乐

【词律 · 词趣】

本格双片一百零四字。全词同韵，仄韵，韵字可上声、可去声。下片第二句可押韵，可不押韵。韵段内可撤句造句，但须保持其字数不变，见柳永、辛弃疾、吴潜等词。此调又名《消息》。另有南宋陈允平用平韵者。相传，唐代有一杜姓书生，擅长诗词，常邀文人在家聚会吟唱。其诗词让隔壁一女子甚为喜欢，均可背诵。久而久之，女子心生恋意，遂“逾墙相从”，以身相许。后来，书生被告官并被发配外乡。临行前，他写了这首《永遇乐》，女子对着词谱连唱三遍而亡。

上片　四，四，四。四，四，五。四，四，六。三、四，六。（十一句）
　　　　　　　仄　　　　仄　　　　仄　　　　仄

下片　四，四。六。四，四、五。四，四，六。三、四，四。（十句）
　　　　　仄　仄　　　　仄　　　　仄　　　　仄

【词人 · 词例】

北宋　解昉（生卒年不详），字方叔。曾任苏州司理。词存三首。

风暖莺娇，露浓花重，天气和煦（古去）。院落烟收，垂杨舞困，无奈堆金缕（古上）。谁家巧纵，青楼弦管，惹起梦云情绪（古上）。忆当时、纹衾粲枕，未尝暂孤鸳侣。(古上)　芳菲易老，故人难聚。(古上)到此翻成轻误。(古去)阆苑仙遥，蛮笺纵写、何计传深诉。(古去)青山绿水，古今长在，惟有旧欢何处。(古上)空赢得、斜阳暮草，淡烟细雨。(古上)

注：本词例押古上声“麌”“语”韵，古去声“御”“遇”韵。因“麌”“语”“御”“遇”在现代韵中属“居”韵，故全调可押衣部“居”韵。

于飞乐

【词律·词趣】

本格双片七十二字。全词同韵，平韵，韵字可阴平、可阳平。另有《于飞乐令》，双调七十三字、平韵体，其句式略异，见张先等词。“于飞”，古人指凤与凰相偕而飞的情状，后用以比喻夫妻和睦。宋人取意制为词牌。

上片　四，六(平)。六(平)。三，三，四(平)。四，三、四(平)。（八句）

下片　四，四，六(平)。三，三，四(平)。四，三、四(平)。（八句）

【词人·词例】

北宋　晏几道

晓日当帘，睡痕犹占香腮(阴)。轻盈笑倚鸾台(阳)。晕残红，匀宿翠，满镜花开(阴)。娇蝉鬓畔，插一枝、淡蕊疏梅(阳)。　每到春深，多愁饶恨，妆成懒下香阶(阴)。意中人，从别后，萦系情怀(阳)。良辰好景，相思字、唤不归来(阳)。

【于飞乐】

注：本词例押开部“开”韵。其中，“梅”与“开”在古韵中同韵，“阶”与“怀”在古韵中同韵，“怀”在现代韵中属“开”韵，故“梅”“阶”亦可押“开”韵。

鱼游春水

【词律·词趣】

本格双片八十九字。全词同韵，仄韵，韵字可上声、可去声，古韵多入声。此调先有石刻古词，后由大晟府撰腔。因词中有“鱼游春水”句而得名。

上片　五（仄）。七（仄）。四，六（仄）。七，七（仄）。四，四（仄）。（八句）

下片　六（仄）。七（仄）。六，四（仄）。七，七（仄）。四，四（仄）。（八句）

【词人·词例】

南宋　吕胜已（生卒年不详），约宋孝宗时在世。字季克，号渭川居士，建阳（今属福建）人。受学于朱熹。官至朝请大夫。

林梢听布谷（古入）。郭外舒怀仍快目（古入）。平田浩荡，瀌瀌泉鸣暗谷（古入）①。香稻吐芒针棘细，秀麦遥风波浪绿（古入）。山童野老，意亲情熟（古入）。　我待休官弃禄（古入）。屏迹幽闲安退缩（古入）。渭川千亩修篁，巑巑绀玉（古入）②。顾盼滩流萦八节，呼吸湖光穿九曲（古入）。贪求自乐，尽忘尘俗（古入）。

注：一、本词例押古入声“屋”“沃”韵。因“屋”“沃”在古韵中与“术”“束”同韵，而“木”“束”在现代韵中属“姑”韵，故全调可押姑部“姑”韵。

二、①漷：音“guō”。水流声。②巑：音“zǎn”。峻峭的山峰。

渔　父

【词律·词趣】

本格单片二十七字。全词同韵，平韵，韵字可阴平、可阳平。另有苏轼体，句式为“三三六七六”，仄韵。唐代诗人张志和作《渔父》词，为早期文人词中之名篇。

单片　七。七。三，三。七。（五句）
　　　平　平　　　平　平

【词人·词例】

北宋　蒲寿宬（生卒年不详），泉州（今属福建）人。度宗时，守梅州。有《心泉学诗稿》六卷。

万里长江一钓丝（古上平）。萧萧蓬鬓任风吹（古上平）。微雨过，片帆攲（古上平）。青山浓淡更多奇（古上平）。

注：本词例押古上平声“支”韵。因“支”在现代韵中属“衣”韵，故全调可押衣部“衣”韵。

渔父家风

【词律·词趣】

本格双片四十四字。全词同韵，平韵，韵字可阴平、可阳平。

上片　　七。五。六，五。(四句)

　　　　平　平　　　平

下片　　三，三。三。四，四，四。(六句)

　　　　　　平　平　　　　　平

【词人·词例】

南宋　张元干

八年不见荔枝红。(阳)肠断故园东。(阴)风枝露叶新采，怅望冷香浓。(阳)　冰透骨，玉开容。(阳)想筠笼。(阳)今宵归去，满颊天浆，更御冷风。(阴)

注：本词例押东部“东”“声”韵。

渔家傲

【词律·词趣】

本格双调六十二字。全词同韵，仄韵，韵字可上声、可去声。又名《荆溪咏》《吴门柳》《游仙咏》《渔家傲引》等。此调另有上下片各用二平韵三仄韵之作。本调为北宋年间流行歌曲，词人好倚声填之。

上片　　七。七。七。三。七。（五句）
　　　　仄　仄　仄　仄　仄

下片　　七。七。七。三。七。（五句）
　　　　仄　仄　仄　仄　仄

【词人·词例】

北宋　强至（1022—1076），字几圣，钱塘（今浙江杭州）人。仁宗时进士。曾任祠部员外郎。

雪月照梅溪畔路，幽姿背立无言语。冷浸瘦枝清浅处。香暗度。妆成
（古去）（古上）（古去）（古去）

处士横斜句。　　浑似玉人常淡伫。菱花相对盈清楚。谁解小图先
（古去）（古上）（古上）

画取。天欲曙。恐随月色云间去。
（古上）（古去）（古去）

注：本词例押古上声“语”“麌”韵，古去声“御”“遇”韵。因“语”“麌”“御”“遇”在现代韵中属“居”韵，故全调可押衣部“居”韵。

虞美人

【词律·词趣】

本格原为唐教坊曲名，原为古琴曲，后用为词牌。双片五十六字。全词仄平韵相间，上下片均为“仄仄平平”韵。全词仄平，平平，仄仄各为一个韵，即四个韵字或二至三个韵字。仄声可上声、可去声，平声可阴平、可阳平。此格另有五十八字体。亦有五十四字、全词同韵体，见徐似道词。本词牌取名于项羽宠姬虞美人。“虞美人”亦为植物名，又称“丽春花”。因南唐李煜词有“问君能有几多愁，恰似一江春水向东流”句，此词又名《一江春水》。本词又名《玉壶冰》《巫山十二峰》《宣州竹》《忆柳曲》《虞美人令》等。另有《虞美人影》，为《桃源忆故人》之别称。

上片　七。五。七。六、三。（四句）
　　　仄　仄　平　　　平

下片　七。五。七。六、三。（四句）
　　　仄　仄　平　　　平

【词人·词例】

南宋　吕本中（1084—1145），字居仁，号紫薇，世称“东莱先生”，开封（今属河南）人。高宗时，赐进士出身。历官中书舍人、权直学士院。工诗善词，并提出了“贫贱勿厌”“富贵勿羡”的理学思想。谥文清。有《东莱集》《紫薇诗话》《江西诗社宗派图》《紫薇词》。词存二十七首。

平生臭味如君少。自是君难老。似侬憔悴更谁知。只道心情不似、少
（上）（上）（阴）
年时。　春风也到江南路。小槛花深处。对人不是忆姚黄。实是旧
（阳）（去）（去）（阳）
时风味、老难忘。
（阳）

注：本词例押高部“高”韵，衣部“衣”韵，姑部“姑”韵，方部“方”韵。

雨霖铃

【词律·词趣】

本格原为唐教坊曲名，后用为词牌。双片一百零四字。全词同韵，仄韵，韵字可上声、可去声，古韵多入声。上片第二句、第八句首字为领字。另有一百字、一百零二字、一百零三字各体，其句式略异，见柳永、晁端礼等词。本词又名《雨淋铃》《雨霖铃慢》等。据载，唐玄宗因安史之乱仓皇迁蜀，行至马嵬驿时，因兵变，斩了宰相杨国忠，杨贵妃缢死。入斜谷时，霖雨连日，栈道中闻雨滴击铃之声，怀念杨贵妃凄切之情油然而生，遂作此曲。本词牌浸透着孤凉之景，悲泣之情。

上片	四。	五，	四。	六，	四，	四。	六，	五。	三、	四，	七。（十句）
	仄	△	仄			仄		△仄			仄
下片	七。	八。	六，	三、	四。	四，	四，	四。	三、	四，	五。（九句）
	仄	仄			仄			仄			仄

【词人·词例】

南宋　李纲（1083—1140），字伯纪，邵武（今属福建）人。徽宗时进士。官太常少卿。钦宗时，官兵部侍郎、尚书右丞。南渡初，拜相，在职七十五日。词多咏史寄慨之作。有《梁溪集》《梁溪词》。词存五十四首。

蛾眉修绿。正君王恩宠，曼舞丝竹。华清赐浴瑶甃①，五家会处，花

（古入） △ （古入）

盈山谷。百里遗簪堕珥，尽宝钿珠玉。听突骑、鼙鼓声喧②，寂寞

（古入） △ （古入）

霓裳羽衣曲。　　金舆远幸匆匆速。奈六军不发人争目。明眸皓齿难

（古入） （古入） （古入）

恋，肠断处、绣囊犹馥。剑阁峥嵘，何况铃声，带雨相续。谩留与、

（古入） （古入）

千古伤神，尽入生绡幅。

（古入）

注：一、本词例押古入声“屋”“沃”韵。因“屋”“沃”在古韵中与“束”“木”同韵，而“束”“木”在现代韵中属“姑”韵。故全调可押姑部“姑”韵。

二、①甃：音“zhòu”。用砖砌的池子。②鼙：音“pí”。古代军队用的小鼓。

雨中花

【词律·词趣】

本格双片九十六字。全词同韵，平韵，韵字可阴平，可阳平。上片第四句首字为领字。此调分慢词、令词二体，又各有平韵、仄韵多体，见苏轼、黄庭坚、贺铸、叶梦得、周紫芝、杨无咎等词。《夜行船》之别称也叫《雨中花》，但各为一体。

上片　　四，四，六。五，四。六，六。四，四，四。（十句）
平　△　平　平　平

下片　　四，四，六。三、四，四。六，六。四，四，四。（十句）
平　平　平　平

【词人·词例】

南宋　京镗（1138—1200），字仲远，豫章（今江西南昌）人。高宗时进士。历官星子令、监察御史、右司员外郎、四川安抚使、刑部尚书。宁宗时，拜左丞相。有《松坡居士乐府》一卷。词存四十三首。

玉局祠前，铜壶阁畔，锦城药市争奇。正紫萸缀席，黄菊浮卮。巷陌
（古上平）△　（古上平）
联镳并辔[①]，楼台吹竹弹丝。登高远望，一年好景，九日佳期。　自
（古上平）　（古上平）
怜行客，犹对佳宾，留连岂是贪痴。谁会得、心驰北阙，兴寄东篱。
（古上平）　（古上平）

惜别未催鹞首，追欢且醉蛾眉。明年此会，他乡今日，总是相思。
（古上平）（古上平）

注：一、本词例押古上平声“支”韵。因“支”在现代韵中与“衣”同韵，故全调可押衣部“衣”韵。

二、①镳：音“biāo”。马嚼子的两端露出嘴外的部分。

玉箪凉

【词律·词趣】

本格双片九十七字。全词同韵，平韵，韵字可阴平、可阳平。上片第二句、第五句、第九句，下片第六句首字为领字。

上片　四。五，四。五，五。六，三、四。三，五，四。（十句）
　　　平　△　平　　△平　　　　平　　△　平

下片　二。四，四，六。五，五。六，三、四。三，三、四。（十句）
　　　平　　　　平　　△平　　　平　　　　平

【词人·词例】

南宋　史达祖

秋是愁乡。自锦瑟断弦，有泪如江。平生花里活，奈旧梦难忘。蓝桥
　（阴）△　　　　　　（阴）　　　　　　　△　　（阳）
云树正绿，料抱月、几夜眠香。河汉阻，但凤音传恨，阑影敲凉。　新
　　　　　　　　　　（阴）　　　△　　　　　　（阳）
妆。莲娇试晓，梅瘦破春，因甚却扇临窗。红巾衔翠翼，早弱水茫茫。
（阴）　　　　　　　　　　（阴）　　　　　△　　　（阳）
柔指各自未剪，问此去、莫负王昌。芳信准，更敢寻、红杏西厢。
　　　　　　　　　　（阴）　　　　　　　　（阴）

注：本词例押方部“方”韵。

玉蝶蹬

【词律·词趣】

本格双片七十五字。全词同韵，仄韵，韵字可上声、可去声。又名《解蝶蹬》。

上片　六，五(仄)。四，五(仄)。六，四，六(仄)。（七句）

下片　三(仄)。六(仄)。五(仄)。四，五(仄)。六，四，六(仄)。（八句）

【词人·词例】

南宋　曹勋

雨过池台秋静，桂影凉清昼(去)。槁叶喧空，疏黄满堤柳(上)。风外残菊枯荷，凭阑一饷，犹喜冷香襟袖(去)。　少欢偶(上)。人道消愁须酒(上)。酒又怕醒后(去)。这般光景，愁怀煞难受(去)。谁念千种秋情，乍凉虽好，还恨夜长时候(去)。

注：本词例押收部“收”韵。

玉蝴蝶

【词律·词趣】

本格双片九十九字。全词同韵，平韵，韵字可阴平、可阳平。此长调始于柳永。亦有九十八字、一百字体，见李之仪、陈德武词。另有小令，始于唐温庭筠，双片四十一字、四十二字，平韵体。

上片　六，四，四。四，六。三、四，三、四。三。四，四。（十句）
　　　　　　　平　　平　　　　　平　平　　平

下片　二。四，四，四。四，七。三、四，三、四。三。四，四。（十一句）
　　　平　　　　平　　平　　　　　　　平　平　　平

【词人·词例】

北宋　晁冲之（生卒年不详），字叔用，初字用道，济州巨野（今属山东）人。晁补之从弟，南宋藏书家晁公武之父。终生无功名。哲宗时，隐居河南禹县具茨山下，世称具茨先生。有《具茨集》十卷、《晁叔用词》一卷。词存十六首。

目断江南千里，灞桥一望，烟水微茫。尽锁重门，人去暗度流光。雨
　　　　　　　　　　　　　　（阳）　　　　　　　　　　　（阴）
轻轻、梨花院落，风淡淡、杨柳池塘。恨偏长。佩沉湘浦，云散高唐。
　　　　　　　　　　　　　（阳）　（阳）　　　　　　　　　（阳）
清狂。重来一梦，手搓梅子，煮酒初尝。寂寞经春，小桥依旧燕
（阳）　　　　　　　　　　　　（阳）

飞忙。玉钩栏、凭多渐暖，金缕枕、别久犹香。最难忘。看花南陌，待
（阳）（阴）（阳）

月西厢。
（阴）

注：本词例押方部“方”韵。

玉京秋

【词律·词趣】

本格双片九十一字。全词同韵，仄韵，韵字可上声、可去声，古韵多入声。此调为周密自度曲。

上片　　三。五，四。四，四。六，三、四。三。四，四。（十句）
　　　　仄　　仄　　仄　　　　仄　仄　　仄

下片　　六。三、四。四，四，四。四，三、六。三。六。（九句）
　　　　仄　　仄　　　　仄　　　　仄　仄　仄

【词人·词例】

南宋　周密

烟水阔。高林弄残照，晚蜩凄切。碧砧度韵，银床飘叶。衣湿桐阴露
（古入）　　　　　　（古入）　　　　　　（古入）

冷，采凉花、时赋秋雪。叹轻别。一襟幽事，砌蛩能说。　　客思吟
　　　　　　（古入）　（古入）　　　　　　（古入）

商还怯。怨歌长、琼壶暗缺。翠扇思疏，红衣香褪，翻成消歇。玉骨
（古入）　　　　（古入）　　　　　　　　　　　（古入）

西风，恨最怀、闲却新凉时节。楚箫咽。谁倚西楼淡月。
（古入）　　　　　　（古入）　（古入）　　　（古入）

注： 本词例押古入声“月”“屑”“曷”“叶”“洽”韵。因“月”“屑”“叶”在现代韵中属“些”韵，“曷”“洽”在古韵中与“越”“怯”同韵，而“越”“怯”在现代韵中又属“些”韵，故全调可押些部“些”韵。

玉漏迟

【词律·词趣】

本格双片九十四字。全词同韵，仄韵，韵字可上声、可去声。下片第二句首字为领字。另有句式、韵脚略异者，见周密、张炎、蒋捷、李流谦、刘子寰等词。此调因唐代白居易诗有“天凉玉漏迟”句，故名。“玉漏”乃古代滴水计时的仪器，多为铜质。后人称为“漏壶”，又名“漏刻”“刻漏”“壶漏”。一种由单壶而制，一种由多壶而制，记时逐步准确。明代以后，我国有了钟表，漏壶渐弃。

上片　五，四，四。四，六。六，三、四。三。四，四。（十句）
　　　　　　　仄　　仄　　　　仄　仄　　仄

下片　六，五，四。四，六。六，三、四。三。六。（九句）
　　　　　△　仄　　仄　　　　仄　仄　仄

【词人·词例】

南宋　何梦桂（1228—?），字严叟，又字申甫，号潜斋。淳安（今浙江淳安）人。度宗时，省试第一，廷试一甲三名。授台州军事判官。后为监察御史。有《潜斋集》。

问春先开未，江南野水，得春初小（上）。独殿群芳，却道花前开早（上）。长苦冰霜压尽，更说甚、风标清窈（上）。些子好（上）。孤香冷艳，有谁知道（去）。　年

年吹落还开，听画角楼头，送他昏晓。何处玉堂，满地苍苔不扫。谁
（上）（上）
是肝肠铁石，与共说、岁寒怀抱。花未老。无奈酒阑情好。
（去）（上）（上）

注：本词例押高部“高”韵。

玉梅令

【词律·词趣】

本格双片六十六字。全词同韵，仄韵，韵字可上声、可去声。上下片第四句首字为领字。

上片　四。五。三、四。五，五，四，四。（七句）
　　　仄　仄　　仄　△　　　　仄

下片　四，四。三、四。五，五，三、四。（六句）
　　　　　仄　　仄　△　　　　仄

【词人·词例】

南宋　姜夔

疏疏雪片。散入溪南苑。春寒锁、旧家亭馆。有玉梅几树，背立怨东
　　（去）　　　（去）　　　　　　　　（上）△

风，高花未吐，暗香已远。　　公来领略，梅花能劝。花长好、愿公
　　　　　　　　　　（上）　　　　　　　　　　（去）

更健。便揉春为酒，剪雪作新诗，拚一日、绕花千转。
（去）△　　　　　　　　　　　　　　　　　（去）

注：本词例押山部“山”“天”韵。

玉人歌

【词律·词趣】

本格双片八十八字。全词同韵，仄韵，韵可上声、可去声。上下片第二句首字为领字。别称《探芳信》，其体略不同。

上片　三。五，四。四，五。七，五。三，四，四。（十句）
　　　仄　△　仄　　　仄　　　仄　　　　　　仄

下片　五。五，四。四，五。七，五。三，六。（九句）
　　　仄　△　仄　　　仄　　　仄　　　仄

【词人·词例】

南宋　杨炎正（1145—?），字济翁，庐陵（今江西吉安）人。宁宗时进士。曾任大理司直，知藤、琼二州。有《西樵语业》。词存三十八首。

风西起。又老尽篱花，寒轻香细。漫题红叶，句里意谁会。长天不恨
（古上）△　　　　　（古去）　　　　　　（古去）
江南远，苦恨无书寄。最相思，盘桔千枚，脍鲈十尾。　鸿雁阻归
　　　　（古去）　　　　　　　　　（古上）
计。算愁满离肠，十分岂止。倦倚阑干，顾影在天际。凌烟图画青山
（古去）△　　　　（古上）　　　　　　（古去）
约，总是浮生事。判从今，买取朝醒夕醉。
　　（古去）　　　　　（古去）

注：本词例押古上声“纸”韵，古去声“寘”“霁”“泰”韵。因“纸”“寘”“霁”在现代韵中同“衣”韵，“会”在古韵中同“泰”韵，“会”在现代韵中同“费”韵，而“费”在古韵中又同“衣”韵，故“泰”可押“衣”韵，即全调可押衣部“衣”韵。

玉烛新

【词律·词趣】

本格双片一百零一字。全词同韵，仄韵，韵字可上声、可去声。上下片第二句首字为领字。上片第四句、第五句可制为“七六”句式，见周邦彦词。

上片　五。五，四。四，三、六。四。三、四。三、四，六。（九句）
　　　仄　△　仄　　　　仄　仄　　仄　　　　仄

下片　六，五，四。四。三、六。四。三、四。三、四，六。（九句）
　　　　　△　仄　仄　　仄　仄　　仄　　　　仄

【词人·词例】

南宋　史达祖

疏云萦碧岫。带晚日摇光，半江寒皱。越溪近远，空频向、过雁风边
　　　（去）△　　　　　　　（去）

回首。酸心一缕。念水北、寻芳归后。轻醉醒、堤月笼沙，鞍松宝轮
（上）　　（上）　　　　　　（去）

飞骤。　　秦楼蜃约芳春，记扇背题诗，帕罗沾酒。瘦愁易就。因惊
（去）　　　　　　　　　△　　　　　（上）　　（去）

断、梦里桃源难又。临风话旧。想日暮、梅花孤瘦。还静倚、修竹相
　　　　（去）　　（去）　　　　　（去）

思，盈盈翠袖。
　　（去）

注： 本词例押收部“收”韵。其中，“缕”在古韵中同“母”韵，而“母”韵又同“酒”韵，“酒”在现代韵中属“收”韵，故“缕”可押“收”韵。

尉迟杯

【词律·词趣】

本格双片一百零五字。全词同韵，仄韵，韵字可上声、可去声。下片第二句首字为领字。韵段内可撤句造句，但须保持其字数不变，见柳永、周邦彦等词。另有一百零六字、平韵体，见晁补之《琴趣外篇》。此词又名《东吴乐》。

上片　三。三，五。六，六。四，三、五。三、四，六。（九句）
仄　仄　仄　仄　仄

下片　六，五，四。七，三、四。三、四，三、五。三、四，六。（九句）
△　仄　仄　仄　仄

【词人·词例】

南宋　吴文英

垂杨径。洞钥启、时见流莺迎。涓涓暗谷流红，应有缃桃千顷。临
（去）　（去）　（上）
池笑靥，春色满、铜华弄妆影。记年时、试酒湖阴，褪花曾采新杏。
（上）　（去）

蛛窗绣网玄经，才石研开奁，雨润云凝。小小蓬莱香一掬，愁不
△　（去）
到、朱娇翠靓。清尊伴、人闲永日，断琴和、棋声竹露冷。笑从前、醉
（去）　（上）

卧红尘，不知仙在人境。
（上）

注：本词例押东部“声”韵。本押古上声“梗”韵，古去声“敬”“径”韵。因“梗”“敬”“径”在现代韵中属“声”韵，故全调可押东部“声”韵。

御街行

【词律·词趣】

本格双片七十八字。全词同韵，仄韵，韵字可上声、可去声。又名《孤雁儿》。另有七十六字、七十七字等体，见柳永、欧阳修、张先等词。

上片	七。	三、	三。	七，	六。	四，	四，	五。	（七句）
	仄		仄		仄			仄	
下片	七。	三、	三。	七，	六。	四，	四，	五。	（七句）
	仄		仄		仄			仄	

【词人·词例】

北宋　范仲淹

纷纷坠叶飘香砌（古去）。夜寂静、寒声碎（古去）。真珠帘卷玉楼空，天淡银河垂地（古去）。年年今夜，月华如练，长是人千里（古上）。　愁肠已断无由醉（古去）。酒未到、先成泪（古去）。残灯明灭枕头攲，谙尽孤眠滋味[①]（古去）。都来此事，眉间心上，无计相回避（古去）。

注：一、本词例押古上声“纸”韵，古去声“霁”“寘”“未”“队”韵。因

“纸”“霁”“寘”在现代韵中属“衣”韵，“未”在古韵中与“衣”同韵，“队”在古韵中与“柿”同韵，而“柿”在现代韵中属“衣”韵，故全调可押衣部“衣”韵。

二、①谙：音“ān”。熟识。

月边娇

【词律·词趣】

本格双片九十七字。全词同韵，仄韵，韵字可上声、可去声。下片末句首字为领字。

上片　四，五，四。四，四，六。四，三、四。四，三、四。（十句）
　　　　　　　仄　　　　　仄　　　　仄　　　　仄

下片　六，四，四。四，四，六。四。三、四。四，五。（十句）
　　　　　　　仄　　　　　仄　仄　　　仄　　△仄

【词人·词例】

南宋　周密

酥雨烘晴，早柳盼鞶娇，兰芽愁醒。九街月淡，千门夜暖，十里宝光
　　　　　　　　　　　　（古上）
花影。尘凝步袜，送艳笑、争夸轻俊。笙箫迎晓，翠幕卷、天香宫粉。
（古上）　　　　　　　　（古去）　　　　　　　　　　　（古上）

少年紫曲疏狂，絮花踪迹，夜蛾心性。戏丛围锦，灯帘转玉，拚
　　　　　　　　　　　　　（古去）
却舞勾歌引。前欢谩省。又辇路、东风吹鬓。醺醺倚醉，任夜深春冷。
　　（古上）　（古上）　　　　　（古去）　　　△　　（古上）

注： 本词例押古上声“轸”“吻”“梗”“迥”韵，古去声“敬”韵。因“轸”“吻”“梗”“迥”“敬”属宽韵，同“声”韵，故全调可押东部“声”韵。

月城春

【词律·词趣】

本格双片九十二字。全词同韵，仄韵，韵字可上声、可去声。凡五字句首字均为领字。此调上下片取用《解连环》前段、《醉蓬莱》中段末段、《雪狮儿》中段各句式构成。

上片　　四。五，四。四，五。四。三、四。四，四，四。（十句）
　　　　仄　△　仄　　△仄　仄　　仄　　　　仄

下片　　六。五，四。四，五。四。三、四。四，四，四。（十句）
　　　　仄　△　仄　　△仄　仄　　仄　　　　仄

【词人·词例】

南宋　卢祖皋（生卒年不详），字申子，又字次夔，号蒲江，永嘉（今浙江温州）人。宁宗进士。曾官将作少监、权直学士院。有《蒲江词稿》。

五云腾晓。望凝香画戟，恍然蓬岛。玉露冰壶，照神仙风表。诗书坐
　　（上）　△　　　　　　（上）　　　　　△　　（上）
啸。唤淮楚、满城春好。雨谷催耕，风帘戏鼓，家家欢笑。　南湖
（去）　　　　（上）　　　　　　　　　　　　（去）
细吟未了。看金莲夜直，丹凤飞诏。鬓影青青，办功名多少。持杯满
　　（上）　△　　　　　　（去）　　　　　△　　　（上）
釂[1]。听千里、载歌难老。试向尊前，蟠桃次第，红芳犹小。
（去）　　　　（上）　　　　　　　　　　　　（上）

注：一、本词例押高部“高”韵。

二、①釂：音“jiào”。将杯中酒喝完。

月当厅

【词律·词趣】

本格双片一百零一字。全词同韵，平韵，韵字可阴平、可阳平。

上片　七，四，四。四，六。六，三、五。三，四，四。（十句）
　　　　　　　平　　平　　　　平　　　平

下片　七，三、六。四，六。七，七。三、三，五。（八句）
　　　　　　　平　　平　　平　　　　平

【词人·词例】

南宋　史达祖

白壁旧带秦城梦，因谁拜下，杨柳楼心。正是夜分，鱼钥不动香深。
（古下平）（古下平）

时有露萤自照，占风裳、可喜影麸金。坐来久，都将凉意，尽付沉吟。
（古下平）（古下平）

残云事绪无人舍，恨匆匆、药娥归去难寻。缀取雾窗，会唱几拍清音。
（古下平）（古下平）

犹有老来印愁处，冷光应念雪翻簪。空独时、西风紧，弄一井桐阴。
（古下平）（古下平）

注：本词例押古下平声“侵”韵。因“侵”在现代韵中属“根”韵，故全调可押根部“根”韵。

月宫春

【词律·词趣】

本格双片四十九字。全词同韵，平韵，韵字可阴平、可阳平。“月宫”，谓月亮里的宫殿，为嫦娥所居。相传唐明皇梦游月宫，得娱上清之乐。白居易诗有“月宫幸有闲田地，何不中央种两株”句。

上片　七。五。七。五。（四句）
　　　平　平　平　平

下片　七，七。六，五。（四句）
　　　　平　　平

【词人·词例】

南宋　韩淲

柳娇花妒燕莺喧。断肠空眼穿。一春风雨夜厌厌，不闻钟鼓传。　香
（阴）（阴）（阳）

冷曲屏罗帐掩，园林谁与上秋千。忆得年时凤枕，日高犹醉眠。
（阴）（阳）

注：本词例押山部“山”“天”韵。

月华清

【词律·词趣】

本格双片九十八字。全词同韵，仄韵，韵字可上声、可去声，古韵多入声。上片第九句，下片第二句首字为领字。“月华”，乃月亮周围的光环。古人云：月之有华常出于中秋夜次，或十四，或十六夜。月华之状如锦云捧珠，五色鲜荧，磊落匝月，如刺绣也。词人以“月华”为词牌，可见其诗情与画意。

上片　四，四，六。四，六。三、四，三、四。二。五，四。（十句）
　　　　　　仄　　仄　　　　　仄　仄　△　仄

下片　六。五，四。四，六。三、四，三、四。二。四，四。（十句）
　　　仄　△　仄　　仄　　　　　仄　仄　　　仄

【词人·词例】

南宋　朱淑真（生卒年不详），号幽栖居士，钱塘（今浙江杭州）人，著名女词人。工诗词，善绘画，词意凄切悲凉。文学成就仅次于李清照。有《断肠集》《断肠词》。词存二十五首。

雪压庭春，香浮花月，揽衣还怯单薄。（古入）欹枕裴回，又听一声干鹊。（古入）粉
泪共、宿雨阑干，清梦与、寒云寂寞。（古入）除却。（古入）△是江梅曾许，诗人吟作。（古入）

长恨晓风漂泊。且莫遣香肌，瘦减如削。深杏夭桃，端的为谁零落。
（古入）△（古入）（古入）
况天气、妆点清明，对美景、不妨行乐。拌着。向花时取，一杯独酌。
（古入）（古入）（古入）

注：本词例押古入声“药”韵。因“药”在古韵中属南方口音，与“作”“薄”“落”同韵，而“作”“薄”“落”在现代韵中属“波”韵，故全调可押歌部“波”韵。

月上海棠

【词律·词趣】

本格双片七十二字。全词同韵，仄韵，韵字可上声、可去声。另有七十字体，见陆游词。亦有九十一字体，见陈允平词。金人党怀英词，双调七十二字，仄韵体，其上下片第五句不押韵。

上片　七。三、五。五，三、四。三。六。（六句）
　　　仄　　五仄　　　　仄　仄　仄

下片　七。三、五。五，三、四。三。六。（六句）
　　　仄　　仄　　　　仄　仄　仄

【词人·词例】

南宋　张侃（生卒年不详），字直夫，邗城（今江苏扬州）人。理宗时，曾任镇江签判。有《张氏拙轩集》。

南枝消息凭谁送（古去）。北枝寒、清晓破余冻（古去）。横溪浸疏影，月黄昏、暗香浮动（古上）。真仙种（古上）。不与梨花同梦（古去）。　洛阳姚魏争先贡（古去）。妒纷纷、红紫眩新宠（古上）。尽雪压风欺，□和羹、此时须用（古去）。烦珍重（古去）。莫作桓伊三弄[①]（古去）。

注：一、本词例押古上声“董”“肿”韵，古去声“送”“宋”韵。因“董”

"肿""送""宋"在现代韵中属"东"韵，故全调可押东部"东"韵。

二、①桓伊三弄：桓伊，东晋人，官至江州刺史。喜韵，善吹笛，时称"江左第一"。《神奇秘谱》所载琴曲梅花三弄，据说乃依其笛曲《三调》改编。

月下笛

【词律·词趣】

本格双片九十七字。全词同韵，仄韵，韵字可上声、可去声。凡五字句首字为领字。另有九十八字、九十九字、一百字，仄韵各体。此调因周邦彦词有“凉蟾莹彻”“静倚官桥吹笛”句，故名。

上片　四，四，四。四，六。四，三、六。四，四，四。（十句）
　　　　　　仄　　仄　　　　仄　　　　仄

下片　六，五，四。四，六。四，三、六。三，五，四。（十句）
　　　　△　仄　　仄　　　　仄　　△　仄

【词人·词例】

南宋　彭元逊（生卒年不详），字巽吾，庐陵（今江西吉安）人。

江上行人，竹间茅屋，下临深窈。春风袅袅，翠鬟窥树犹小。遥迎
（上）（上）
近倚，归还顾、分付横枝未了。扁舟却去，中流回首，惊散飞鸟。　重
（上）（上）
踏新亭展齿，耿山抱孤城，月来华表。鸡声人语，隔江相半歌笑。
△（上）（去）
壮游历历，同高李、未拟诗成草草。长桥外，有醒人吹笛，并在霜晓。
（上）△（上）

注：本词例押高部“高”韵。

月照梨花

【词律·词趣】

本格双片五十五字。全词仄平韵相间，上下片前后韵段各为一个韵，或相间为同一个韵，即全词押二至四个韵部。仄声可上声、可去声，平声可阴平、可阳平。

上片　二。二。四。四，四。六。三。(七句)
　　　仄　仄　仄　　　仄　平　平

下片　七。四。五。七。四。三。(六句)
　　　仄　仄　仄　平　平　平

【词人·词例】

南宋　黄昇

昼景。方永。重帘花影。好梦犹酣，莺声唤醒。门外风絮交飞。送春
(上)　(上)　　(上)　　　　　　　(上)　　　　(阴)
归。　修蛾画了无人问。几多别恨。泪洗残妆粉。不知郎马何处
(阴)　　　　(去)　　　(去)　　　(上)
嘶。烟草萋迷。鹧鸪啼。
(阴)　　　　(阳)

注：本词例押东部“声”韵，飞部“飞”韵，根部“根”韵，衣部“衣”韵。

月中桂

【词律·词趣】

本格双片一百零五字。全词同韵，仄韵。韵字可上声、可去声，古韵多入声。上下片第二句、第五句首字为领字。古代神话传说月亮中有桂树，故月亮之别称为“桂宫”、“桂魄”。月中之桂高五百丈，下有一仙吴刚常斫之，树创随合，故后世流传着“吴刚伐桂”的动人故事。

上片　四，五，四。四，五，四。五。三、四。五，四，五。（十一句）
　　　　△　仄　　　△　仄　仄　　　仄　　　仄

下片　七。五，四。四，五，四。五，三、四。五，七。（十句）
　　　仄　△　仄　　　△　仄　　　　　仄　　　仄

【词人·词例】

南宋　赵彦端（1121—1175），字德庄，号介庵，鄱阳（今江西波阳）人。高宗时进士。曾知建宁府，终左司郎官。有《介庵集》《介庵词》。词存一百五十七首。

露酹无情，送长歌未终，已醉离别。何如暮雨，酿一襟凉润，来留佳
　　　　　△　　　　　　（古入）　　　　　　△

客。好山侵座碧。胜昨夜、疏星淡月。君欲翩然去，人间底许，员峤
（古入）　（古入）　　　　（古入）

问帆席。　诗债酒病非畴昔。赖亲朋对影，且慰良夕。风流雨散，
（古入）　　　　　　（古入）△　　　　　　（古入）

定几回肠断，能禁头白。为君烦素手，荐碧藕、轻丝细雪。去去江南
△　　　　　　　（古入）　　　　　　　　　　　　　（古入）

路，犹应水云秋共色。
　　　　　　（古入）

注：本词例押古入声“月”“屑”“陌”“职”韵。因“月”“屑”在现代韵中属“些”韵，“些”韵中的“液”与“陌”同韵，“色”与“月”“屑”属通韵，故本调可押些部“些”韵。

月中行

【词律·词趣】

本格双片五十字。全词同韵，平韵，韵字可阴平、可阳平。

上片　　七。五。七。五。（四句）
　　　　平　平　平　平

下片　　七，三、四。七。五。（四句）
　　　　　　　平　平　平

【词人·词例】

北宋　周邦彦

蜀丝趁日染干红。微暖面脂融。博山细篆霭房栊。静看打窗虫。　　愁
（阳）（阳）（阳）（阳）

多胆怯疑虚幕，声不断、暮景疏钟。团团四壁小屏风。啼尽梦魂中。
（阴）（阴）（阴）

注：本词例押东部“东”“声”韵。

越江吟

【词律·词趣】

本格单片三十三字。全词同韵，仄韵，韵字可上声、可去声。

单片　　七。二。七。四，五。七。（六句）
　　　　仄　仄　仄　　　仄　仄

【词人·词例】

北宋　苏易简（958—996），字太简，梓州铜山（今属四川）人。太宗时进士。官知制诰、翰林学士、知陈州等。后赠礼部尚书。

神仙神仙瑶池宴（去）。片片（去）。碧桃零落春风晚（上）。翠云开处，隐隐金舆挽（上）。玉麟背冷清风远（上）。

注：本词例押山部“山”“天”韵。

云仙引

【词律·词趣】

本格双片九十八字。全词同韵，平韵，韵字可阴平、可阳平。

上片　　四，四，六。三，三。六，七。四，四，四。（十句）
　　　　　　　　平　　平　　平　　　　平

下片　　六。三、五。四，四，四。四，四，七。四，四，四。（十一句）
　　　　平　　平　　　　平　　　　平　　　　平

【词人·词例】

南宋　冯伟寿（生卒年不详），字艾子，号云月。

紫凤台高，红鸾镜里，翡翡几度秋馨[①]。黄金重，绿云轻。丹砂鬓边
（古上平）　（古下平）

滴粟，翠叶玲珑烟剪成。含笑出帘，月香满袖，天雾萦身。　　年时
（古下平）　（古上平）

花下逢迎。有游女、翩翩如五云。乱掷芳英，为簪斜朵，事事关心。
（古下平）　（古上平）　（古下平）

长向金凤，一枝在手，嗅蕊悲歌双黛颦。绕临溪树，对初弦月，露下
（古上平）

更深。
（古下平）

注：一、本词例押古上平声“真”“文”韵，古下平声“庚”“青”“侵”韵。

因“真”“文”“侵”在现代韵中属“根”韵，“庚”与“贞”在古韵中同韵，而“贞”在现代韵中属“根”韵，“青”与“根”属通韵，故全调可押根部“根”韵。

二、①馡馡：亦作“菲菲”，香也。馡，音“fēi”。

韵 令

【词律·词趣】

本格双片七十六字。全词同韵，平韵，韵字可阴平、可阳平。此调句式平稳，韵律平直，适填叙事、品评之词。

上片　四，四。五。四，四。四，四。四，五。（九句）
　　　　　平　平　　　平　　　平　　　平

下片　四，四。五。四，四。四，四。四，五。（九句）
　　　　　平　平　　　平　　　平　　　平

【词人·词例】

南宋　程大昌（1123—1195），字泰之，休宁（今属安徽）人。高宗时进士。任太平州教授。孝宗时，累官著作佐郎，国子司业，礼部侍郎，直学士院，吏部尚书。后出知泉、明二州，以龙图阁学士致仕。谥文简。

是男是女，都有官称。孙儿仕也登。时新衣著，不待经营。寒时火柜，
（阴）（阴）（阳）
春里花亭。星辰上履，我只唤卿卿。　寿开八秩，两鬓全青。颜红
（阳）（阴）（阴）
步武轻。定知前面，大有年龄。芝兰玉树，更愿充庭。为询王母，桃
（阴）（阳）（阳）
颗几时赪①。
（阴）

注：一、本词例押东部“声”韵。

二、①赪：音“chēng”。红色。

早梅芳

【词律·词趣】

本格双片八十二字。全词同韵，仄韵，韵字可上声、可去声。另有一百零五字体，见柳永词。此词又名《早梅芳近》。

上片　　三，三。五。四，七。五，五。五，五。(九句)
　　　　　　仄　仄　　　仄　　仄　　仄

下片　　三，三。五。四，七。五，五。三，五。(九句)
　　　　　　仄　仄　　　仄　　仄　　仄

【词人·词例】

南宋　陈允平

凤钗横，鸾带绕。独步鸳鸯沼。阑干斜倚，自打精神对花笑。贴衣琼
　　　　(上)　　　　　　(上)　　　　　　　　　(去)
佩冷，衬袜金莲小。卷香茵缥缈，舞袖称纤妙。　梦初成，欢未了。
　　　　(上)　　　　　　　　　(去)　　　　　　　　　(上)
明日青门道。离云别雨，脉脉无情画堂晓。柳边骄马去，翠阁空凝眺。
　(去)　　　　　　　　　　(上)　　　　　　　　　　　(去)
渐春风，绿愁江上草。
　　　　(上)

注：本词例押高部“高”韵。

澡兰香

【词律·词趣】

本格双片一百零三字。全词同韵，仄韵，韵字可上声、可去声，古韵多入声。此调为吴文英自度曲。词意多述端午风俗，中有“午镜澡兰帘幕”句，故名。

上片　四，四，六。四，四，六。三、四，六。六，四。（十句）
　　　　　　仄　　　　　仄　　　　　仄　　仄

下片　六，四，四。四，四，六。三、四，六。三、四，四。（十句）
　　　　　　仄　　　　　仄　　　　　仄　　　　仄

【词人·词例】

南宋　吴文英

盘丝系腕，巧篆垂簪，玉隐绀纱睡觉（古入）。银瓶露井，彩箑云窗[1]，往事少年依约（古入）。为当时、曾写榴裙，伤心红绡褪萼（古入）。黍梦光阴渐老，汀洲烟蒻（古入）。　　莫唱江南古调，怨抑难招，楚江沉魂（古入）。薰风燕乳，暗雨梅黄，午镜澡兰帘幕（古入）。念秦楼、也拟人归，应剪菖蒲自酌（古入）。但怅望、一缕新蟾，随人天角（古入）。

注：一、本词例押古入声“觉”“药”韵。因“觉”“药”与“幄”“作”在古韵中同韵，而“幄”“作”在现代韵中属“波”韵，故全调可押歌部“波”韵。

二、①箑：音“shà”。扇子。

摘红英

【词律 · 词趣】

本格双片五十四字。全词同韵，仄韵，韵字可上声、可去声，古韵多入声。

上片　三。三。七。三。三。四，四。（七句）
　　　仄　仄　仄　仄　仄　　　仄

下片　三。三。七。三。三。四，四。（七句）
　　　仄　仄　仄　仄　仄　　　仄

【词人 · 词例】

南宋　刘辰翁

花朝月。朦胧别。朦胧也胜檐声咽。亲曾说。令人悦。落花情绪，上
（古入）　（古入）　（古入）　（古入）　（古入）

坟时节。　花阴雪。花阴灭。柳风一似秋千掣。晴未决。晴还缺。
（古入）　（古入）　（古入）　（古入）　（古入）　（古入）

一番寒食，满村啼鴂。
（古入）

注： 本词例押古入声“月”“屑”韵。因“月”“屑”在现代韵中属“些”韵，故全调可押些部“些”韵。

占春芳

【词律·词趣】

本格双片四十六字。全词同韵，平韵，韵字可阴平、可阳平。因苏轼词有“独自占春芳”句，故名。

上片　三，三，五。六，六。（五句）
　　　　　　平　　平

下片　五。三、四。七，四。（四句）
　　　平　　平　　平

【词人·词例】

北宋　苏轼

红杏了，夭桃尽，独自占春芳（阴）。不比人间兰麝，自然透骨生香（阴）。　对酒莫相忘（阳）。似佳人、兼合明光（阴）。只忧长笛吹花落，除是宁王（阳）。

注：本词例押方部“方”韵。

昭君怨

【词律 · 词趣】

本格双片四十字。上下片均为“仄仄平平”韵。仄、平韵可各押一个韵字，亦可押两个或两个以上韵字。仄韵可上声、可去声，平韵可阴平、可阳平。又名《明妃怨》《洛妃怨》等。“昭君”，姓王名嫱，字昭君。后封明妃。汉元帝时被选入宫。相传宫廷画师毛延寿为宫女们画像时，昭君不肯贿赂而被画丑。后请嫁匈奴，被元帝发现其美貌，毛氏被杀。

上片　　六。六。五。三。（四句）
　　　　仄　仄　平　平

下片　　六。六。五。三。（四句）
　　　　仄　仄　平　平

【词人 · 词例】

南宋　王从叔（生卒年不详），号山樵，庐陵（今江西吉安）人。

门外春风几度。马上行人何处。休更卷朱帘。草连天。　　立尽海棠
　　　　（去）　　　　　（去）　　　（阳）　（阴）

花月。飞到荼蘼香雪。莫怪梦难成。梦无凭。
（去）　　　（上）　　　（阳）　（阳）

注：本词例押姑部“姑”韵，些部“些”韵，山部“天”韵，东部“声”韵。

鹧鸪天

【词律·词趣】

本格双片五十五字。全词同韵，平韵，韵字可阴平、可阳平。下片两个三字句宜用对偶句。又名《思越人》《思佳客》《剪朝霞》《游少年》《千叶莲》《第一花》《醉梅花》等。此调取唐人郑嵎诗句“春游鸡鹿塞，家在鹧鸪天”而得名。因贺铸词有“梧桐半死清霜后”句，又名《半死桐》。“鹧鸪”，红腿竹鸡，又称石鸡，俗称赤姑，花鸡，怀南，越雉等。此鸟喜朝太阳飞，故又名“随阳鸟”。古人以其叫声的谐音为“行不得也哥哥”，用以表达思乡之情。唐诗吟咏鹧鸪颇多，并谱曲以歌之，这种鹧鸪类音乐又属笙笛类乐曲。故宋词《鹧鸪天》和《瑞鹧鸪》都取意于此。

上片　七。七。七，七。（四句）
　　　平　平　　　平

下片　三，三。七。七，七。（五句）
　　　　　平　平　　　平

【词人·词例】

北宋　夏竦（985—1051），字子乔，江州德安（今属江西）人。曾官翰林学士、枢密使、参知政事等。后封英国公。有《文庄集》《古文四声韵》。词存二首。

镇日无心扫黛眉。临行愁见理征衣。尊前只恐伤郎意，阁泪汪汪不敢
　　　　　　(古上平)　　　　　　(古上平)

垂。　停宝马，捧瑶卮。相斟相劝忍分离。不如饮待奴先醉，图
(古上平)　　　　　　(古上平)　　　　　(古上平)

得不知郎去时。
　　　(古上平)

注： 本词例押古上平声“支”“微”韵。因“支”在现代韵中同“衣”韵，“微”在古韵中同“衣”韵，故全调可押衣部“衣”韵。

珍珠令

【词律·词趣】

本格双片五十字。全词同韵，仄韵，韵字可上声，可去声频。下片第三句首字为领字。

上片　　七。三。七。五，五。（五句）
　　　　仄　仄　仄　　　仄

下片　　七。三、四。五，四。（四句）
　　　　仄　　　仄　△　仄

【词人·词例】

南宋　张炎

桃花扇底歌声杳。愁多少。便觉道花阴闲了。因甚不归来，甚归来不
（上）　（上）　（上）
早。　满院飞花休要扫。待留与、薄情知道。怕一似飞花，和春都
（上）　（上）　（去）△
老。
（上）

注：本词例押高部“高”韵。

真珠帘

【词律·词趣】

本格双片九十九字。全词同韵，仄韵，韵字可上声、可去声。上片第八句，下片第二句、第九句首字为领字。韵段内可撤句造句，但须保持其字数不变，见吴文英、陆游、张炎等词。上片第五句可押韵，可不押韵。另有一百字、一百零一字等体，见周密、吴文英等词。本词一名《珍珠帘》。

上片　七。三、四。五，五。七。七。二。五，四。（九句）

仄　仄　仄　仄　仄　仄　△　仄

下片　六，五，四。五，五。七，七。二。五，四。（十句）

△　仄　仄　仄　仄　△　仄

【词人·词例】

南宋　陈楠（1168—1211），字南木，号翠虚翁，惠州博罗（今属广东）人。道教金丹派南宗尊奉的“南五祖”之一。据传，楠修得“太乙金丹诀”，能捻土疗人，病人呼为陈泥丸。

金丹大药人人有。要须是、心传口授。一片白龙肝，一盏醍醐酒[1]。

（上）　（去）　（上）

只为离无寻坎有。移却南宸回北斗。好笑。见金翁姹女，两个厮斗。

（上）　（上）　（去）　△　（去）

些儿铅汞调匀，观汉月海潮，抽添火候。一箭透三关，方表神仙手。
△ （去） （上）
兔子方来乌处住，龟儿便把蛇吞了。知否。那两个钟吕，是吾师友。
（上） （上） △ （上）

注：一、本词例押收部“收”韵。其中，“笑”“了”与“廖”在现代韵中同“高”韵，而“廖”在古韵中属“宥”韵，故“笑”“了”亦属“宥”韵，“宥”在现代韵中属收韵。

二、①醍醐：音“tí hú”。古时指从牛奶中提炼出来的精华，佛教比喻最高的佛法。这里指美酒。

昼夜乐

【词律·词趣】

本格双片九十八字。全词同韵，仄韵，韵字可上声、可去声。另有下片第五句不押韵者，见黄庭坚词。

上片　七。三、三。六，六。七。三、四。五，五。（八句）
　　　仄　　仄　　仄　仄　　仄　　仄

下片　七。三、三。六，六。七。三、四。五，五。（八句）
　　　仄　　仄　　仄　仄　　仄　　仄

【词人·词例】

北宋　柳永

秀香家住桃花径。（古去）算神仙、才堪并。（古上）层波细剪明眸，腻玉圆搓素颈。（古上）爱把歌喉当筵逞。（古上）遏天边、乱云愁凝。（古去）言语似娇莺，一声声堪听。（古去）　洞房饮散帘帏静。（古上）拥香衾、欢心称。（古去）金炉麝袅青烟，凤帐烛摇红影。（古上）无限狂心乘酒兴。（古去）这欢娱、渐入嘉景。（古上）犹自怨邻鸡，道秋宵不永。（古上）

注：本词例押古上声“梗”韵，古去声“径”韵。因“梗”“径”在现代韵中属“声”韵，故全调可押东部“声”韵。

竹马儿

【词律·词趣】

本格双片一百零三字。全词同韵，仄韵，韵字可上声、可去声。上片第四句、第十一句首字为领字。上片前三句、后三句内可撤句造句，但须保持其字数不变，见柳永词。此词又名《竹马子》。

上片　　三，六，四。五，四，四。六，四，四。五，五，四。（十二句）

仄　△　仄　仄　△　仄

下片　　五，四，四。六。六。六，四，五。四，五。（十句）

仄　仄　仄　仄　仄

【词人·词例】

南宋　叶梦得

与君记，平山堂前细柳，几回同挽。又征帆夜落，危槛依旧，遥临云巘。

（上）　△　（上）

自笑来往匆匆，朱颜渐改，故人俱远。横笛想遗声，但寒松千丈，倾崖苍

（上）　△

藓。　　世事终何已，田阴纵在，岁阴仍晚。稽康老来尤懒。只要莼羹

（上）　（上）　（上）

菰饭。却欲便买茅庐，短篷轻楫，尊酒犹能办。君能过我，水云聊为伴。

（上）　（去）　（去）

注：本词例押山部“山”“天”韵。

烛影摇红

【词律·词趣】

本格双片九十六字。全词同韵，仄韵，韵字可上声、可去声。此调有令词，双片四十八字，取慢词的一片构成，即上片为一片的前半部分，下片为后半部分，见贺铸、毛滂等词。北宋王诜作《忆故人》词，得徽宗赏识，令大晟府谱新曲以演之。乐官周邦彦便将王诜词略改，并取其词中“烛影摇红”句为词名。本词有别称《秋色横空》《玉珥坠金环》《归去曲》等。

上片　四，七。七，五。六。三、四。四，四，四。（九句）
　　　　　仄　　　仄　仄　　　仄　　　　　仄

下片　四，七。七，五。六。三、四。四，四，四。（九句）
　　　　　仄　　　仄　仄　　　仄　　　　　仄

【词人·词例】

南宋　程珌（1164—1242），字怀古，号洛水遗民，休宁（今属安徽）人。光宗时进士。历官翰林学士、知制诰、知福州兼福建安抚使。有《洛水集》《洛水词》。词存四十三首。

青旆摇风[①]，朱帘漏月黄昏早。蓬山万叠忽蜚来，上有千灯照。和气
　　　　　　　　　　（上）　　　　　　　　　　　　（去）

祥烟缭绕。映琼楼、五云缥缈。青裙缟袂，乱吹繁弦，九衢欢笑。　元
　　（上）　　　　　　（上）　　　　　　　　　　　（去）

是琴堂，十分管领春光到(去)。手移星宿下人寰，招客来仙岛(上)。信道邦人见少(上)。彷佛似、皇都春好(上)。明年只恐，鳌山扈从②，随班清晓(上)。

注：一、本词例押高部“高”韵。

二、①旆：音“pèi”。古代一种末端像燕尾的旗。②扈：音“hù”。随从。

驻马听

【词律·词趣】

本格双片九十三字。全词同韵，平韵，韵字可阴平、可阳平。下片第三句首字为领字。

上片　四。(平) 三，六。(平) 四，四，六。(平) 三。(平) 三、四。(平) 四，四，四。(平)

下片　六，六。(平) 五，(△) 四。(平) 六，六。(平) 三，四，四。(平)

【词人·词例】

北宋　柳永

凤枕鸾帷(古上平)。二三载，如鱼似水相知(古上平)。良天好景，深怜多爱，无非尽意依随(古上平)。奈何伊(古上平)。恣性灵、忒煞些儿(古上平)。无事孜煎，万回千度，怎忍分离(古上平)。

而今渐行渐远，渐觉虽悔难追(古上平)。漫(△)寄消寄息，终久奚为(古上平)。也拟重论缱绻，争奈翻覆思维(古上平)。纵再会，只恐恩情，难似当时(古上平)。

注： 本词例押古上平声“支”韵。因“支”在现代韵中属“衣”韵，故全调可押衣部“衣”韵。

祝英台

【词律·词趣】

本格双片七十七字。全词同韵，仄韵，韵字可上声、可去声。另有句读、韵脚不同者，见苏轼、黎廷瑞、刘辰翁、辛弃疾、岳珂等词。此调还有平韵体。本词又名《祝英台近》《祝英台令》《月底修箫谱》。因辛弃疾词有“宝钗分，桃叶渡。烟柳暗南浦”句，本词又名《宝钗分》。

上片　三，三，五。四，五。六，四，三、四。（八句）

　　　　　　仄　　仄　　　　　　仄

下片　三。六，五。四，五。六，四，三、四。（八句）

　　　仄　　仄　　仄　　　　　　仄

【词人·词例】

南宋　曾协（？—1173），字同季，南丰（今属江西）人，以门荫仕长兴丞。后任嵊县丞、镇江府通判、临安通判、知吉州、知抚州、知永州。有《云庄集》。

放花开，催花谢，谁解东君意。要遣花王，独占花蹊邃。且看玉镜台

（古去）　（古去）

前，霞觞新举，红玉软、晓妆慵试。　好风味。须信金屋中人，谁

（古去）　（古去）

堪并娇媚。隐约微潮，应向尊前醉。最怜纹锦褰帷，青罗飞盖，尘土

（古去）　（古去）

外、轻盈相倚。
（古上）

注：本词例押古上声“纸”韵，古去声“寘”“未”韵。因“纸”“寘”在现代韵中属“衣”韵，“未”在古韵中同“衣”韵，故全调可押衣部“衣”韵。

转调踏莎行

【词律·词趣】

本格双片六十六字。全词同韵，仄韵，韵字可上声、可去声，古韵多入声。

上片　　四，四。五、三。四，五。五、三。（六句）
　　　　　仄　仄　仄　仄

下片　　四，四。五、三。四，五。五、三。（六句）
　　　　　仄　仄　仄　仄

【词人·词例】

南宋　赵彦端

宿雨才收，余寒尚力（古入）。牡丹将绽也、近寒食（古入）。人间好景，算仙家也惜（古入）。因循尽扫断、蓬莱迹（古入）。　　旧日天涯，如今咫尺（古入）。一月五番价、共欢集（古入）。些儿寿酒，且莫留半滴（古入）。一百二十个、好生日（古入）。

注： 本词例押古入声“质”“陌”“锡”“职”“缉”韵。因“陌”“锡”“职”“缉”在古韵中与“碧”“的”“力”“立”同韵，而“碧”“的”“力”“立”在现代韵中属“衣”韵，故“陌”“锡”“职”“缉”可押“衣”韵；而“质”在现代韵中属“衣”韵，故全调可押衣部“衣”韵。

紫玉箫

【词律·词趣】

本格双片九十九字。全词同韵，平韵，韵字可阴平、可阳平。凡五字句首字为领字。

上片　四，四，六。四，五，四。四，三、四。三，四，四。（十一句）
　　　　　　平　　　△　平　　　　平　　　　平

下片　六，五，四。四，五，四。四，三、四。三，四，四。（十一句）
　　　　△　平　　　△　平　　　　平　　　　平

【词人·词例】

北宋　晁补之

罗绮丛中，笙歌丛里，眼狂初认轻盈。无花解比，似一钩新月，云际初
　　　　　　　　　　　　　　　　（阳）　　　　　△
生。算不虚得，都占与、第一佳名。轻归去，那知有人，别后牵情。
（阴）　　　　　　　　　　（阳）　　　　　　　　　　（阳）

襄王自是春梦，休谩说东墙，事更难凭。谁教慕宋，要题诗曾倚，宝柱
　　　　　　　△　　　　　（阳）　　　　　　△
低声。似瑶台晓，空暗想、众里飞琼。余香冷，犹在小窗，一到魂惊。
（阴）　　　　　　　　　　　　（阳）　　　　　　　　　　（阴）

注：本词例押东部“东”“声”韵。

最高楼

【词律·词趣】

本格双片八十字。全词同韵，平韵，韵字可阴平、可阳平。另有七十八字至八十五字多体，其中有全词仄韵或平仄间叶各体，见向子諲、史浩、辛弃疾、刘克庄、何梦桂等词。

上片　四，五。三，三。七，七。三，三，三。（九句）
　　　　　平　　平　　平　　　　平

下片　七，七。三、三。七，三、三。三，三，三。（八句）
　　　　　平　　平　　　　平　　　平

【词人·词例】

南宋　柳富（生卒年不详），字润卿，东都（今河南开封）人。

人间最苦，最苦是分离。伊爱我（阳），我怜伊（阴）。青草岸头人独立，画船东去橹声迟（阳）。楚天低，回望处，两依依（阴）。　后会也知俱有愿，未知何日是佳期（阴）。心下事、乱如丝（阴）。好天良夜还虚过，辜负我、两心知（阴）。愿伊家，衷肠在，一双飞（阴）。

注：本词例押衣部“衣”韵。其中，“飞”在古韵中属“支”韵，而“支”在现代韵中属“衣”韵。

醉垂鞭

【词律·词趣】

本格双片四十二字。全词平、仄韵相间。下片后两句，上片后三句可同韵、可不同韵。凡平声可阴平、可阳平，凡仄声可上声、可去声。

上片　　五。三。三。五。五。（五句）
　　　　平　仄　仄　平　平

下片　　五。三。三。五。五。（五句）
　　　　仄　仄　平　平　平

【词人·词例】

北宋　张先

酒面滟金鱼。吴娃唱。吴潮上。玉殿白麻书。待君归后除。　勾留风
（阳）（去）（去）（阴）（阳）

月好。平湖晓。翠峰孤。此景出关无。西州空画图。
（上）（上）（阴）（阳）（阳）

注：本词例押衣部“居”韵，方部“方”韵，姑部“姑”韵，高部“高”韵。

醉春风

【词律·词趣】

本格双片六十四字。全词同韵，仄韵，韵字可上声、可去声。上下片第四句为三叠字句。此词又名《怨春风》。

上片　　五。五。七，三。四，四，四。（七句）
　　　　仄　仄　　　仄　　　　　仄

下片　　五。五。七，三。四，四，四。（七句）
　　　　仄　仄　　　仄　　　　　仄

【词人·词例】

北宋　贺铸

楼外屏山秀（去）。凭阑新梦后（去）。归云何许误心期，候候候（去）。到陇梅花，渡江桃叶，断魂招手（上）。　楚制汗衫旧（去）。啼妆曾枕袖（去）。东阳咏罢不胜情，瘦瘦瘦（去）。隋岸伤离，渭城怀远，一枝烟柳（上）。

注：本词例押收部“收”韵。

醉公子

【词律·词趣】

本格原为唐教坊曲名，后用为词牌。双片四十字。全词平、仄韵间用。即上、下片为“仄仄平平”韵，或上片为仄韵，下片为平韵。全词同韵字，或平、仄韵字各异。凡平声可阴平、可阳平，仄声可上声、可去声。此词另有慢词，双片一百零六字。全词同韵，仄韵，见史达祖等词。本词牌与《生查子》同字句，但声韵不同。

上片　五。五。五。五。（四句）
　　　仄　仄　平　平

下片　五。五。五。五。（四句）
　　　仄　仄　平　平

【词人·词例】

南宋　仇远

晓入蓬莱岛。松下锄瑶草。贪看碧桃花。误游金母家①。　一酌洼尊
（上）（上）（阴）（阴）

露。醉失归来路。不见董双成。隔花闻笛声。
（去）（去）（阳）（阴）

注：一、本词例押高部“高”韵，花部“花”韵，姑部“姑”韵，东部“声”韵。

二、①金母：西王母，即王母娘娘。

醉花阴

【词律·词趣】

本格双片五十二字。全词同韵，仄韵，韵字可上声、可去声。上下片第二句可作领字，见舒亶词。此调为北宋毛滂自度曲。因词中有“人在翠阴中”，“劝君对客杯须覆”句，取其意而得名。

上片　七。五。五，四，五。（五句）
　　　仄　仄　　　　仄

下片　七。五。五，四，五。（五句）
　　　仄　仄　　　　仄

【词人·词例】

南宋　米友仁（1074—1153），一名尹仁，小名寅哥，字元晖，自号懒拙老人。米芾长子，世称小米。著名书画家。南渡后官兵部侍郎、敷文阁直学士。善行书。山水画草草运笔，自称“墨戏”。对“文人画”用笔墨有一定影响。诗词亦善。

一阳来复群阴往（上）。吾道从今长（上）。万事莫关情，月夕风前，依旧须豪放（去）。

卿云舒卷浮青嶂（去）。从古书珍赏（上）。满引唱新词，春意看看，又到梅梢上（去）。

注：本词例押方部“方”韵。

醉蓬莱

【词律·词趣】

本格双片九十七字。全词同韵，仄韵，韵字可上声，可去声。凡五字句首字可作领字。下片前四句可制为“四四四四”句式，见葛胜仲词。另有九十八字体，见欧阳修词。

上片　五，四，四。四，五。四，四，五。四，四，四。（十一句）
　　　△　　　仄　　△仄　　　　△仄　　　　仄

下片　六，六，四。四，五。四，四，五。四，四，四。（十一句）
　　　　　　仄　　△仄　　　　△仄　　　　仄

【词人·词例】

北宋　苏轼

笑劳生一梦，羁旅三年，又还重九。华发萧萧，对荒园搔首。赖有多
△　　　　　　　　　　（上）　　　　　△　　　（上）

情，好饮无事，似古人贤守。岁岁登高，年年落帽，物华依旧。　此
　　　　　　△　　　（上）　　　　　　　　　　　　（去）

会应须烂醉，仍把紫菊茱萸，细看重嗅。摇落霜风，有手栽双柳。来
　　　　　　　　　　　（去）　　　　　△　　　（上）

岁今朝，为我西顾，酹羽觞江口。会与州人，饮公遗爱，一江醇酎。
　　　　　　　△　　　（上）　　　　　　　　　　　　（去）

注：本词例押收部“收”韵。

醉思仙

【词律·词趣】

本格双调八十八字。全词同韵，平韵，韵字可阴平、可阳平。上片第二句、第四句，下片第三句首字为领字。另有九十字体，其上片多二字，且末三句为“三五四”句式，见曹勋词。

上片　三。五，四。五，四。三，三，五。三，三，六。（十一句）
　　　平　△　平　△　平　　　　　平　　　　平

下片　五，六。五，四。三，三，三、三。三，三，六。（十句）
　　　　　平　△　平　　　　　　　平　　　　平

【词人·词例】

南宋　吕渭老

断人肠。正西楼独上，愁倚斜阳。称鸳鸯鸂鶒[1]，两两池塘。春又老，
　（阳）△　　　　　　　　（阳）△　　　　　　　　（阳）
人何处，怎惯不思量。到如今，瘦损我，又还无计禁当。　小院呼卢
　　　　　　（阳）　　　　　　　　　　　　　　（阴）
夜，当时醉倒残缸。被天风吹散，凤翼难双。南窗雨，西廊月，尚未
　　　　　（阴）△　　　　　　（阴）
散、拂天香。听莺声，悄记得，那时舞板歌梁。
　　（阴）　　　　　　　　　　　（阳）

注：一、本词例押方部“方”韵。

二、①鸂鶒：音“xī chì”。像鸳鸯的一种水鸟。

醉太平

【词律·词趣】

本格双片四十六字。全词同韵，仄韵，韵字可上声、可去声。另有双片三十八字，平韵或平仄韵互叶体，见米芾、戴复古等词。本词又名《醉思凡》《凌波曲》等。

上片　四。四。七。五。（四句）
　　　仄　仄　仄　仄

下片　七。七。七。五。（四句）
　　　仄　仄　仄　仄

【词人·词例】

南宋　辛弃疾

态浓意远（上）。眉颦笑浅（上）。薄罗衣窄絮风软（上）。鬓云欺翠卷（上）。　南园花树春光暖（上）。红香径里榆钱满（上）。欲上秋千又惊懒（上）。且归休怕远（上）。

注：本词例押山部“山”“天”韵。

醉翁操

【词律·词趣】

本格双片九十一字。全词同韵，平韵，韵字可阴平、可阳平。此词牌为苏轼依琴曲首创。苏轼词上片第三句为“二三二”句式，且句句押韵。本调格律尤为婉丽、顺畅，最能表达闲适之心境。

上片　二。二。三、四。七。六，三。五。七。（八句）
　　　平　平　　　平　平　　　平　平　平

下片　四，四。四，六。六。六。五。五。五。七。（十句）
　　　　　平　　　平　平　平　平　平　平　平

【词人·词例】

南宋　楼钥（1137—1213），字大防，号攻愧主人，鄞县（今属浙江）人。孝宗时进士。初官太府宗正寺丞、知温州。光宗时，历官考功郎、国子司业、起居郎、给事中，后为翰林学士、吏部尚书、参知政事、大学士。赠少师，谥宣献。有《攻愧集》。

茫茫。苍苍。青山绕、千顷波光。新秋露风荷吹香。悠飏心地翛然[①]，
（阳）（阴）（阴）（阴）

生清凉。古岸摇垂杨。时有白鹭飞来双。　隐君如在，鹤与翱翔。老
（阳）（阳）（阴）（阳）

仙何处，尚有流风未忘。琴与君兮宫商。酒与君兮杯觞。清欢殊未央。
（阳）（阴）（阴）（阴）

西山忽斜阳。欲去且徜徉。更将霜鬓临沧浪。
（阳）　（阳）　（阴）

注：一、本词例押方部“方”韵。“忘”“浪”在古韵中属“阳”韵，而“阳”在现代韵中属“方”韵，故“忘”“浪”亦属“方”韵。

二、①翛然：自由自在。翛，音“xiāo”。

醉乡曲

【词律·词趣】

本格双片八十七字。全词同韵。上片平、仄韵相间，下片皆平韵。平声可阴平、可阳平，仄声可上声、可去声。此词牌因沈瀛词中有“醉乡道路无他径”句而得名。

上片　四，三、五。八，五。七。三、五。三、三。（七句）
　　　　　　　平　　平　仄　　仄　　平

下片　八。九。七。三、五。三，三、三。（六句）
　　　平　平　平　　平　　　平

【词人·词例】

南宋　沈瀛（生卒年不详），字子寿，号竹斋，归安（今浙江湖州）人。高宗时进士。官至安抚司参议。有《竹斋词》。

说与贤瞒，这躯壳、安能久仗凭。幸尊中有酒浇磊块，先交神气平。
（古下平）（古下平）
醉乡道路无他径。任陶陶、现出真如性。没闲恼、没闲争。　也能
（古去）（古去）（古下平）
使情怀长似春。也能使飘然逸气如云。饶君万劫修功行。又争如、一
（古上平）（古上平）（古下平）
盏乐天真。这些儿，休放过、且重斟。
（古上平）（古下平）

注：本词例押古上平声“文”韵，古下平声“庚”“侵”韵，古去声“敬”“径”韵。因“文”“庚”“侵”“敬”“径”与“根”“声”属宽韵，故全调可押根部“根”韵或东部“声”韵。

附　录

一、古韵韵部（一百零六个）

上平声　东　冬　江　支　微　鱼　虞　齐　佳　灰　真　文　元　寒　删（十五部）

下平声　先　萧　肴　豪　歌　麻　阳　庚　青　蒸　尤　侵　覃　盐　咸（十五部）

上　声　董　肿　讲　纸　尾　语　麌　荠　蟹　贿　轸　吻　阮　旱　潸　铣　筱　巧　皓　哿　马　养　梗　迥　有　寝　感　琰　豏（二十九部）

去　声　送　宋　绛　寘　未　御　遇　霁　泰　卦　队　震　问　愿　翰　谏　霰　啸　效　号　个　祃　漾　敬　径　宥　沁　勘　艳　陷（三十部）

入　声　屋　沃　觉　质　物　月　曷　黠　屑　药　陌　锡　职　缉　合　叶　洽（十七部）

二、现代韵韵部（十七个）

花部　花　　**歌部**　歌　波　　**些部**　些

姑部	姑	**衣部**	衣　居	**开部**	开
飞部	飞	**高部**	高	**收部**	收
山部	山　天	**根部**	根	**方部**	方
东部	东　声				

参考书目

唐圭璋编:《全宋词》，中华书局 1965 年版。
［清］万树:《词律》，上海古籍出版社 1984 年版。
夏于全集注:《唐诗宋词全集》，华艺出版社 1997 年版。
夏承焘等:《宋词鉴赏辞典》，上海辞书出版社 2003 年版。
《袖珍诗韵》，荣宝斋 1965 年版。
秦似编著:《现代诗韵》，广西人民出版社 1975 年版。
《诗韵新编》，上海古籍出版社 1965 年版。
王易:《中国词曲史》，团结出版社 2006 年版。
陈彤、陈果:《宋代词话》，中国人事出版社 2009 年版。
詹衡宇主编:《宋词鉴赏常识》，万卷出版公司 2010 年版。
王兆鹏、王可喜、方星移:《两宋词人丛考》，凤凰出版社 2007 年版。
傅德岷、卢晋主编:《宋词鉴赏辞典》，崇文书局 2005 年版。
《辞海》，上海辞书出版社 1999 年版。

后 记

在人类，我们之所以叫中国人，是因为我们的祖先发祥于黄河文明和长江文明。在这片神奇而富饶的土地上，华夏儿女五千年求索，创造出了辉煌灿烂的文化。中华文化是中华民族思想、智慧、情操与趣味的积淀，铸就了中国人的特质，展现着中国人的风貌。它是中国人的文化基因。在中华民族优秀的传统文化中，文学是重要的组成部分，是华夏文明的支柱，最能代表中国人对大千世界的认知和对美的追求。宋词是文学的一种独特样式，它吸收了各类文学的思维方式和想象力，又以一种浓郁的音韵表达心灵对事物的感应和对世界的咏叹。因为我们独有宋词文化，我们的精神世界就多一重天地。若对宋词有所了解，并能倚声遣兴，不仅能让我们的人生多一分情趣，更能保持中国人的精神与气质。

在当今，随着全球化和城市化的迅猛发展，既带来了现代文明，也带来了对传统文明的遗弃或破坏。其中，我们的传统文化受到了前所未有的冲击与挑战。中国的“文化生态”在盲目的工业化和无序的城市化进程中，因对文化资源的过度开发与利用，对传统文化的远离与戕害比比皆是。由此，文化的某些部分产生倒退，使得中国人“文化身份”的象征性受到侵蚀，国家实力的“文化支撑”受到削弱。一个民族、一个国家的文化软实力是多样性、多层面的，各种文化遗存和新文化不断夯实着民族发展进步的精神基础。尤其是前人为我们创造的优秀文化，是中华民族生生不息的血脉，永远流淌在每一个中国人的肌体中，是五十六个民族实现共同的“中国梦”与共和国实现伟大复兴的意志力和创造力。因此，当我们置身于市场经济的环境中，当我们生活在情绪容易躁动的年代，当我们面对各种诱惑时，我们要心存敬畏，要保持“文化自省”和“文化自觉”，找回我们的文化记忆，守住我们的文化家园。当我们在寻求真正的自信与真正的快乐时，不妨从宋词的文苑中去享受悠然与自得。

王辰春·成都

图书在版编目（CIP）数据

两宋词律集萃/姚康铃著．—成都：巴蜀书社，2014.6
ISBN 978-7-5531-0415-7

Ⅰ.①两…　Ⅱ.①姚…　Ⅲ.①宋词－诗词格律－诗词－研究
Ⅳ.①I207.23

中国版本图书馆 CIP 数据核字（2014）第 066473 号

两 宋 词 律 集 萃
LIANGSONG CILV JICUI

姚康铃　著

责任编辑　王　雷
封面设计　张　科
出　　版　巴蜀书社
　　　　　成都市槐树街 2 号　邮编 610031
　　　　　总编室电话：（028）86259397
网　　址　www.bsbook.com
发　　行　巴蜀书社
　　　　　发行科电话：（028）86259422　86259423
经　　销　新华书店
印　　刷　三河市天润建兴印务有限公司
版　　次　2014 年 6 月第 1 版
印　　次　2014 年 6 月第 1 次印刷
成品尺寸　240mm×170mm
印　　张　47
字　　数　650 千字
书　　号　ISBN 978-7-5531-0415-7
定　　价　188.00 元